MAXI

1.ª edición: octubre de 2017

© 2015, Mikel Santiago
www.mikelsantiago.com

© 2015, 2017, Sipan Barcelona Network S.L.
Travessera de Gràcia, 47-49. 08021 Barcelona
Sipan Barcelona Network S.L. es una empresa
del grupo Penguin Random House Grupo Editorial, S. A. U.

Printed in Spain
ISBN: 978-84-9070-300-7
DL B 18621-2017

Impreso por RODESA
Pol. Ind. San Miguel, parcelas E7-E8
31132 - Villatuerta-Estella, Navarra

El mal camino

Mikel Santiago

MAXI

Para Nerea, toda una promesa

PRIMERA PARTE

I

1

Todo comienza con Chucks no cogiendo el teléfono durante días, ni respondiendo al e-mail, ni dando señales de vida en el WhatsApp, lo que probablemente significaba que estaba metido en su sótano, grabando sin parar y durmiendo en un sofá.

Pero ¿y si le hubiera pasado algo?

Le escribí un mensaje el miércoles y después le intenté llamar el jueves por la noche, pero no tuvo el detalle de decir: «Perdón. Ocupado.» Y esa semana yo tampoco había estado muy ocioso que dijéramos: cuando no atendía las llamadas de la prensa, era Miriam y sus viajes a tiendas para comprar mantelerías, baúles, candelabros de bronce y otras chucherías para recargar nuestra ya de por sí recargada cueva provenzal. Así que no había sabido nada de Chucks en siete días y eso me preocupó.

Primero pensé que su silencio entraría dentro de lo razonable si es que se había pirado a navegar por Italia con Jack

Ontam y sus amiguitas, pero ¿por qué no me dijo nada en nuestra última charla? Escasos cuatro días antes nos habíamos despedido en el Abeto Rojo (el bar que quedaba a medio camino entre mi casa y su *maison*) con un «hasta pronto».

Y ahora era viernes, la mañana del 25 de mayo, y estaba solo en casa; mis chicas habían salido pronto esa mañana. Miriam, a una galería nizarda; Britney, al Instituto Nacional Charles de Gaulle, donde las clases acabarían pronto. Yo había hecho mis estiramientos, yoga, cien abdominales y me disponía a comenzar mi «dura» jornada de escritor.

Había preparado una taza de café, puesto dos rosquillas en el plato (eso serían veinte abdominales extra) y con la taza en las manos había cruzado el jardín hasta el cobertizo de madera donde solía trabajar. Entonces, nada más encender mi Mac volví a mirar el teléfono por si Chucks me había respondido al último mensaje («¿estás vivo?, ¿muerto?»). Pero nada. Y eso hacía una semana sin decir ni mu.

Vivíamos en el sur Francia aquel año, y el verano estaba ya asomando detrás de la primavera. Llenando el aire de grillos, hierba quemada, gritos de niños que jugaban en las calles de aquellos pueblos de piedra encaramados en colinas. Las campanas y los perros eran los últimos latidos del día. Los provenzales, gente que no necesitaba conocer el mundo porque todo el mundo los envidiaba a ellos, habían sido unos buenos anfitriones hasta la fecha. Indiferentes. Con ese toque de clase abrupta, de elegancia poseída durante siglos que no necesitaba ser aireada, que les salía por las venas.

Chucks no debería estar allí, pero estaba. Solo, como era su estilo. Y siendo una pieza difícil de encajar en el rompecabezas de nuestra nueva vida. (Algo que también era su estilo.) Entonces recordé a Jimi Hendrix, que la diñó cuando todavía no había acabado «su mejor disco» (según sus propias palabras), y de pronto me imaginé a Chucks en su sótano-estudio, electrocutado por algún cable, o mortalmente atrapado en su montacargas, o envenenado con uno de esos viejos vinos de a mil euros la botella que reposaban entre polvo milenario en las paredes de su estudio.

Y yo era su único amigo en mil millones de años luz a la redonda. Un amigo con quizá demasiada imaginación como para poder quedarse de brazos cruzados un minuto más.

Di un sorbo al café y me levanté de la silla.

Una cazadora de cuero más tarde encendía el contacto de mi Alfa Romeo Spider del 88 y lo hacía rugir un poco entre las paredes del garaje. Salí despacio, pese a las prisas, por el estrecho sendero del jardín frontal y, con un simple toque de botón, cerré la casa y activé todas las alarmas.

Había una distancia de quince kilómetros entre nuestra casita en Saint-Rémy y la *maison* de Chucks en el valle de Sainte Claire. Una estrecha carretera regional que subía, bajaba y se contorneaba en una curva tras otra, surcando campos de lavanda, viñedos y pequeños pueblitos de casas viejas, paredes de hiedra y ventanas rebosantes de flores.

Conduje con el *Exile on Main Street* de los Stones a un volumen quizá poco aconsejable. Sonaba «Tumbling Dice», canción que rara vez no me hace cantar, pero yo iba pensando en Chucks. Traté de recordar si me había dicho algo el lunes. ¿Alguna fan que venía a visitarle (y con la que podría estar protagonizando un momento John-Yoko en el sofá cama del estudio)? ¿Algún viaje programado?

Nada. Todo lo que ese día me contó Chucks era lo feliz

que estaba aquí, en la Provenza y en su nueva vida de «hombre de las cavernas», y la grabación de su último disco:

—Siempre pensé que la magia estaba solo en Londres. Que si alguna vez me iba de Londres perdería el jodido Mojo. Y mira lo que está saliendo en esta maldita bodega.

Habíamos escuchado el disco sentados detrás de la mesa de mezclas de su «caverna», una bodega de vinos reconstruida como estudio de grabación. Era lo mejor que había escrito en diez años. Mágico. Como regresar a su primer y segundo disco de principios de los noventa, cuando Chucks era The Blind Sculpture, un atribulado y bello veinteañero a medio camino entre Jim Kerr y Bryan Ferry que había descubierto que podía crear canciones inmortales. Y en aquel disco, en *Beach Ride*, había unas cuantas de ellas. Para empezar, la que daba título al disco, que tenía un alma tan gruesa como las paredes de un castillo.

—Voy a volver, Bert. Después de tantos años en el desierto. Voy a volver.

A mí no me cabía ninguna duda. El disco se lanzaría en octubre y Jack Ontam, su agente, ya estaba cerrando fechas en Estados Unidos y Canadá para el verano siguiente. Una colaboración estelar de Lana del Rey (desde Los Ángeles, lástima, porque Britney se hubiera muerto por conocerla) y otra de Dave Grohl le auguraban buena prensa de lanzamiento. Y no era ninguna locura pensar que *Beach Ride* competiría por un Brit o al menos un MTV Music Award. Lo que estaba claro es que Chucks estaba al comienzo de una nueva carrera, más madura, en la que estaría sobrio más de cinco días a la semana para disfrutar de su éxito.

Llegué a Sainte Claire, desde allí había una desviación por un pequeño puente que cruzaba el Vilain, después un bosque y por allí se encontraba Villa Chucks. *Le mas des citronniers*, un *mas* provenzal a tres naves, techados de parra y paredes pintadas de azul pastel. «Renacentista —decía Chucks como si supiera de lo que hablaba—, es renacentista.» Creo que se lo oyó decir a la agente de la inmobiliaria y se lo apuntó para sorprender a sus visitas. Pero lo cierto es que era una casa hermosa. Rodeada de limoneros, jardines de rocalla, terrazas y escaleras de piedra que bajaban hasta una piscina con forma de media luna. Chucks nos había invitado a cenar una vez a Miriam y a mí; y por mucho que a Miriam le disgustase Chucks, tuvo que admitir que había tenido un gusto exquisito a la hora de comprar. «Y suerte —había añadido yo al recordar el precio que Chucks me había confiado en cierta ocasión—. Por ese dinero en Londres vives en una caja de zapatos.»

Frené el Spider frente a la puerta principal e hice sonar el claxon. Chucks tenía una sirvienta, Mabel, una mujer francesa con aspecto de adivinadora del tarot que siempre salía a recibirme cuando aparecía por allí. Esperé verla, con su delantal blanco, remangada y una sonrisa suspicaz en el rostro, como si planeara asesinarnos y trocearnos esa misma tarde. Chucks también tenía una perra labrador, *Lola*, pero ninguno de los dos hizo acto de presencia cuando apagué el motor. De hecho, en ese instante detecté que una de las ventanas de la casa estaba abierta, y que por allí ondeaba una cortina fuera de lugar.

«Ummm. Raro.»

Soy escritor. Escribo novelas donde hay personas de mal carácter que asaltan casas y matan a sus habitantes. Hachazos, motosierras, tijeras de podar. Mucho kétchup y algún que otro final feliz, pero pírrico. Encabezo el ranking de escritores que matan a sus personajes principales, a sus amigos y familias. Así que no me culpéis por mis malos pensamientos. Pero aquello olía mal.

Alguien (y empecé a visualizar a un tipo con ojos de lagarto) había abierto la verja y ahora esperaba agazapado tras la puerta, armado con un afilado estilete (por ejemplo) con el que me rebanaría el cuello nada más cruzar el umbral. O quizás un rápido y certero pinchazo en el corazón bastase. Después me arrastraría hasta el sótano, junto al cadáver de Chucks, que aún sujetaba su *smartphone* en la mano, con el mensaje de socorro recién enviado. Seríamos como dos muñecos olvidados en el baúl de los juguetes. Nuestros ojos vidriosos mirando al techo para toda la eternidad. Una absurda postura de manos. La boca abierta, con alguna mosca revoloteando dentro.

«Con cuidado, Bert. Te quedan unos cuantos años por vivir y mucha salud que destrozar.»

Salí del coche y me apoyé en su precioso chasis de color rojo. Me empujé las Ray-Ban hasta la frente y observé la casa con cuidado. Había un par de miradores a los lados de la entrada, que daban a dos amplias salas. Una de ellas era la sala «de escuchar», como la había bautizado Chucks. Había un sofá de seis mil euros en el centro, cuatro estanterías (una por cada pared) llenas de DVD de la colección de Chucks y un equipo Harman Kardon que en sí mismo constituía un botín de lujo para cualquier banda de atracadores que entendiera un poco del tema. Pero, aparte de todo eso, no había nadie.

La otra sala era la «de ver» —todo esto eran nombres que Chucks inventó mientras salía con una experta en feng shui en Tijuana—. Era prácticamente el mismo concepto que la otra sala, solo que aquí había instalado un pequeño cine casero. Solíamos juntarnos de vez en cuando para ver alguna peli, comer thai y reírnos de las tetas falsas de alguna actriz. Yo la llamaba la sala Stalin, porque leí en alguna parte que Stalin tenía un cine privado, y Chucks decía que si Stalin amaba el cine, entonces no podía ser tan malo. También estaba vacía.

Y tampoco se veía movimiento en las ventanas de la primera planta, todas veladas con grandes cortinas blancas.

«Y tienes una familia, recuérdalo: una mujer preciosa y una hija que, aunque creen que eres un capullo, todavía te quieren un poco.»

Alcé la voz y dije «Hola», pero nadie me respondió. La siguiente casa estaba a unos mil metros de allí, a través del bosque, pero Chucks me dijo que era la *maison* de unos millonarios parisinos que solo iban por allí de vez en cuando. Desde allí a Sainte Claire no había un alma y no se pronosticaban visitas, a excepción de algún paisano en bicicleta, algún recolector de champiñones o algún turista perdido.

—¿Chucks? —volví a gritar—. ¿Estás por ahí?

Decidí no entrar por esa puerta medio abierta. En vez de eso, caminé hacia la derecha, con la sana intención de rodear y observar la casa desde un ángulo no comprometido. En mi novela *Amanecer en Testamento*, había creado un personaje asesino llamado Bill Nooran que se colaba en las casas a pleno día, disfrazado de repartidor o vendedor a domicilio. La gente teme la noche, pero en realidad debería temer el día, cuando nadie está alerta. Cuando un hombre vestido de cartero tiene permiso para acercarse y echar un vistazo...

Llegué a la parte trasera, donde comenzaba un camino de piedras que conectaba con el jardín y una de las terrazas de la casa, con vistas abiertas al valle y a un pequeño bosque. Llegué allí y me asomé. La piscina con forma de media luna resplandecía bajo el sol de la mañana. No había nadie en ella. Ni vivo ni muerto. Bien, eso eliminaba una posibilidad: el final a lo Brian Jones que había venido imaginándome en algún proceso paralelo de mi cerebro. Las puertas acristaladas de la terraza estaban cerradas. Me acerqué a ellas y observé el salón «de ver» desde el otro ángulo, igual de vacío que antes. Entonces vi a alguien aparecer a mis espaldas, reflejado en el cristal.

—¡Joder! —dije, dándome la vuelta.

—¡Joder! —respondió Chucks.

Y los dos dijimos lo mismo al mismo tiempo: «Me has asustado.»

Aunque yo tenía mejores razones para asustarme: Chucks me apuntaba con una escopeta.

2

Estaría bien hacerse una imagen de Chucks en este momento. En lo físico era un joven de cuarenta y dos años. Delgado como un espantapájaros, con una mandíbula adornada de arrugas y una preciosa melena *rock 'n' roll* que esa mañana era un auténtico caos. Iba vestido únicamente con un albornoz púrpura, zapatillas de andar por casa y la cara de no haber dormido en un par de noches. Y seguía apuntándome con esa escopeta de caza.

—¿Puedes bajar eso, joder? —le inquirí.

Chucks pareció despertar de un sueño. Bajó la escopeta y después la apoyó en uno de los sofás de la terraza.

—Lo siento. Lo siento, Bert. Oí que alguien venía por detrás y...

—Bueno, ¿y no viste que era yo? He dejado el Spider frente a la casa.

—No, tío. Estaba en la bodega.

—Pero ¿qué demonios te ocurre? Estás hecho un puto desastre. Una semana sin coger el teléfono. Y ahora esta escopeta. ¿De dónde la has sacado?

—Es una antigualla. Ni siquiera sé si dispara; la encontré en el desván de la casa.

—Pero ¿para qué vas con ella?

—No me preguntes, Bert.

—¿Que no te pregunte? ¿Estás loco?

Miré a mi amigo a los ojos. Los había desviado hacia el suelo, como si aquello le avergonzara. Tenía dos preciosos ojos castaños, rasgados y marcados con densas pestañas. Dos ojos casi infantiles que posiblemente eran lo único auténtico y puro que conservaba aún en su rostro, en ese mapa del exceso que había dibujado a golpe de giras mundiales.

—¿Qué pasa, Chucks? —insistí.

Pero casi en cuanto terminé la frase, Chucks bajó la escopeta y se encaminó a un sofá. Cojeaba ligeramente. Era una pequeña muesca de cierta tragedia de su pasado. Se dejó caer sobre un sofá de color beis anexo al de su escopeta, había apoyado los codos sobre las rodillas y se arrastraba las manos por el rostro.

—Creo que me estoy volviendo loco, Bert. Loco de atar.

Aparté la escopeta y me senté junto a él. No sabía qué le pasaba, pero era suficientemente gordo como para que Chucks Basil estuviera gimoteando como una fan histérica.

—Vale —dije—. Empieza por el principio.

—No sé si quiero contártelo. Si quiero contárselo a alguien.

—Bueno, date un minuto. ¿Quieres que nos prepare un par de gimlets?

—Lo que sea. ¿Tienes cigarrillos?

—En el Spider. Los traeré.

Diez minutos más tarde estábamos sentados en una mesa de piedra redonda, en una de las terracitas del jardín, entre la casa y la piscina. Yo había preparado un par de combinados y había colocado un par de botellas en la mesa. También había traído los cigarrillos y Chucks ya tenía uno entre los labios.

—Vale —dijo espirando el humo por la nariz—. Empezaré por el principio.

—Perfecto —dije yo.

—Creo que me cargué a un tío.

Dicho esto, fumó su cigarrillo. Una larga calada que se llevó casi medio centímetro de su Marlboro Red Tab. Yo sentí una especie de cachete en la nuca. Con retardo, claro.

—Repítelo —dije.

—Creo que he matado a una persona, Bert. Eso es lo que acabo de decir.

Tomó su gimlet y le metió un sorbo. Yo no sabía ni qué decir.

—¿Con la escopeta? —pregunté.

—No, joder. Con la escopeta no. Ya te he dicho que ni siquiera tiene balas. Con el coche, con el Rover. La semana pasada, el lunes.

—¿El lunes? ¿Hace cuatro días?

—Sí. Exactamente, hace cuatro días. Fue después de salir del Abeto Rojo. ¿Te acuerdas?

Asentí con la cabeza.

El lunes Chucks acababa de terminar las mezclas de *Beach Ride* y nos habíamos pasado la tarde escuchando y reescuchando el disco. Después de un par de copas, Chucks se había animado a salir. Bueno, esa noche Miriam y yo habíamos tenido una nueva bronca sobre «el tema de siempre» y no me apetecía encontrármela despierta, así que accedí. El Abeto Rojo era el único establecimiento en varios kilómetros a la redonda donde se podía encontrar algo de ambiente guay en aquella zona (estaba el Raquet Club, pero pasábamos enormemente de él). Así que allá fuimos. Esa noche tocaba una banda bastante mala, pero los músicos tenían unas amigas esbeltas y no dudaron en presentarse a Chucks Basil en cuanto lo reconocieron. Joder, es lo que tiene ser una estrella de rock. A Bert Amandale, escritor de *best sellers* como *Amanecer en Testamento* o *Ruidos en la puerta* solo le reconoce el voluntario de gafitas de la biblioteca municipal. Pero Chucks, pese a llevar diez años sin pisar un tablao, seguía brillando en la imaginación popular como el guaperas que cantaba «Una promesa es una promesa».

El caso es que al final de la noche, Chucks estaba un poco aburrido de aquella gente, y la única chica que le interesaba se había marchado con su novio, un filisteo que tocaba la Les Paul como si estuviera lijando una ventana. Además tuvo una enganchada con un tipo que le había echado vino en su camisa de *cowboy* (llevaba una estrafalaria camisa de vaquero aquella noche) y que ni siquiera se disculpó. Terminé sacándolo de allí antes de que la gente del bar lo hiciera por mí, y en el aparcamiento nos fumamos un último cigarrillo bajo las estrellas y nos montamos cada uno en su coche.

—No íbamos tan tocados —dije yo.

—Íbamos jodidos, Bert. ¿Te acuerdas de que intenté chupar el vino que aquel tipo me había derramado en la camisa? —Se rio—. Joder, fue lo último gracioso que posiblemente habré hecho en esta vida.

—No digas eso. ¿Qué pasó después?

Chucks se reincorporó en su asiento, como si ahora empezase la historia de verdad.

—Se había puesto a llover un poco y yo tenía el limpiaparabrisas lleno de polen o alguna mierda. Eso, supongo, tuvo algo que ver con el accidente, aunque no del todo. En este jodido sitio a nadie se le ha ocurrido iluminar las carreteras, a pesar de todos los impuestos que pagamos. El caso es que no veía bien la carretera. Había vuelto a poner *Beach Ride* en el reproductor del coche. Iba cantando a voz en grito, con un cigarrillo entre los dedos. Estaba conduciendo por una de esas colinas que hay entre el Abeto Rojo y la vieja tienda de artesanía. Esa que tiene el cartelito tan hortera en la puerta.

—Maison Merme —dije.

—¿La conoces?

Asentí. El dueño era el profesor del taller de artesanía de Miriam, mi mujer. Un flipado con fular y maneras de aristócrata.

—Bueno, pues eso —dijo Chucks—. Acababa de pasar la tienda y estaba bajando la colina, por una curva. Iba fumando y entonces se me cayó la brasa del cigarrillo entre las piernas y empecé a dar saltos y a intentar apagarla con el culo. De pronto levanto la vista y veo a un tío delante del coche. Así. Iluminado como si estuviera en un teatro, con los brazos levantados, en medio de la puta carretera, y pidiéndome que frenara. Fue un visto y no visto. Bam.

—Hostias —dije. Y me bebí el gimlet hasta el fondo.

—No pude hacer nada, Bert. Te lo juro por mis muertos. Nada.

Chucks dio la vuelta a mi paquete de cigarrillos y dejó caer tres sobre la mesa. Cogió uno y se lo encendió. Entonces noté que le temblaban las manos. Cogí yo también un cigarrillo y me serví algo de whisky a pelo. Hacía un día hermoso de primavera, pero de pronto me había entrado frío.

—No sé ni a cuánto iría, pero supongo que rondaría los ochenta por hora. Todavía me duele la pierna del golpe que le metí al freno. Pero no dio tiempo. El parachoques del Rover le dio de lleno en el pecho, lo hizo doblarse y golpear el capó con la cara. Y después salió volando hacia delante. Sonó como un saco contra el asfalto.

—Madre mía.

Chucks había perdido la mirada en alguna parte al recordar ese momento. Supe, sin que hiciera falta que él me lo dijera, que yo era la primera persona a la que le hablaba del asunto. Estaba «oyéndose» por primera vez.

Se sirvió whisky.

—Llevo días sin pegar ojo y todas mis pesadillas empiezan en ese momento. Levanto la cabeza, miro hacia delante y veo a ese tipo en frente de mi coche. Es curioso —dijo como si hablase solo para sí mismo— que en mis sueños le veo la cara. Y ya está sangrando, como si estuviera herido antes del golpe.

—Chucks —empecé a decir, pero él no me hizo caso.

—Ni siquiera gritó, ¿sabes? Se dobló y voló como un muñeco de esos que usan en las pruebas de accidentes, y después se hizo un horrible silencio. El motor del Rover se había apagado, y durante unos segundos «Beach Ride» dejó de sonar, pero después se activó el circuito eléctrico y la puta canción volvió. La canción de mi regreso. La canción de todas mis esperanzas. Y aquel tipo tirado en la carretera, inmóvil, las suelas de sus zapatos iluminadas por los faros de mi coche.

Miré a Chucks fijamente. Pese a que toda aquella historia había conseguido cerrarme la garganta, estaba empezando a atar algunos cabos.

—Me quedé sentado en el asiento del coche un rato —continuó—, escuchando «Beach Ride». Era un lunes a las dos de la madrugada y por allí no pasaba un alma. Creo que podría haberme quedado toda la noche allí y no haber visto pasar ni un maldito coche. Después espabilé, cogí el teléfono y llamé a Jack Ontam. Ya sabes lo que se dice, un buen agente es como tener al diablo de tu lado. Busqué su número y lo seleccioné en la pantalla, pero al final no lo hice. En vez de eso, me bajé del coche.

»Había dejado de llover. El viento se había llevado las nubes y una luna llena se había asomado en el cielo. El aire olía a gasolina, a humo, a neumático. Esos olores asquerosos de los accidentes de coche. Ya sabes —al decirlo cerró los ojos durante dos o tres segundos; después se recompuso—. Y de pronto, según estoy fuera, veo que sus zapatos se empiezan a mover. Que empieza a agitarse.

El segundo cigarrillo era ya un fósil de ceniza entre los dedos de Chucks, pero este no se había dado cuenta.

—Me acerco corriendo adonde él. Ha empezado a balbucear, a intentar decir algo. Me hinco de rodillas al suelo, junto a su cabeza. Joder, ¿qué es lo que decía el manual de primeros auxilios sobre la cabeza? ¿Moverla o no moverla? No lo recuerdo. Le intento levantar la cabeza, y entonces me doy cuenta de que tiene el rostro lleno de unas terribles marcas. Como cicatrices por toda la cabeza. ¿Eso se lo ha hecho contra mi coche?, pienso, porque no ha roto ningún cristal.

»Lo siento, tío, empiezo a decirle, no te he visto. No me ha dado tiempo. Yo.

»Pero el hombre ni siquiera sabe dónde está. Todo el cuerpo le está temblando ahora, como un maldito muñeco a pilas a punto de agotarse. Entonces me doy cuenta de que su pecho está deformado, de que le he roto toda la maldita caja torácica y ahora parece el Cañón del Colorado.

»Y ahí es cuando noto su mano. Me ha agarrado de pronto del bolsillo de mi camisa vaquera y me mira, temblando. Empieza a respirar muy fuerte y muy rápido, como un viejo asmático, está cogiendo aire para decirme algo, mientras me agarra por el bolsillo de la camisa con la mano.

»Lo siento, vuelvo a decirle. Lo siento de veras.

»Pero el tipo está intentando decirme algo. Niega con la cabeza, como para que me calle. Y entonces me dice unas palabras. Bert. Me dice un nombre en francés: «*l'ermitage, l'ermitage*».

—¿Qué?

—Eso es todo lo que recuerdo. «*L'ermitage.*»

—La ermita.

—Creo que sí. No dijo nada más. Se me quedó mirando y todavía puedo ver sus ojos, bailando locamente, y su cuerpo temblando como si se estuviera congelando en vida. Y sus dedos aferrados a mi camisa. Y sus últimas respiraciones, rapidísimas, un, dos, tres, cuatro, como pequeños grititos, como pequeños ataques de hipo. Hi, hi, hi. Y después murió, Bert. La diñó en mis brazos. Se quedó con los ojos abiertos y los dedos enganchados en el bolsillo de la camisa. Y yo me doy cuenta de que le he matado. Yo... le maté...

Por fin, Chucks consiguió llorar. Supongo que llevaba un buen rato queriendo hacerlo. Se derrumbó sobre la mesa y empezó a gemir. Explotó en un llanto amargo.

A mí se me había caído un piano sobre la cabeza. En menos de diez minutos, había cambiado una apacible mañana de viernes por una pesadilla *high definition*. Y aquello, todo aquello, era exactamente igual que otra pesadilla *high defini-*

tion de hacía quince años. Chucks llorando ante mí, otro accidente de coche... solo que aquella vez yo también lloraba.

«Joder, Chucks, tú y los coches —pensé—. Tú y los jodidos coches.»

3

El peso de aquella confesión había convertido el aire de la mañana en plomo. Las consecuencias todavía eran lejanas, como pequeños lobos mordiéndonos las piernas bajo la mesa. Encendí un cigarrillo y traté de apaciguarle. Le cogí de la nuca y traté de resultar todo lo amable que podía, mientras no lograba dejar de hacerme preguntas. Llené los vasos y eché mano de algo de psicología de libro.

—Vamos a ver, Chucks. No puedes cargar con esto, no con todo. Ese hombre se plantó en medio de la carretera, de noche, junto a la desembocadura de una curva. Él también tuvo su culpa.

Chucks alzó la cabeza. Aspiró por la nariz y bebió un poco. Se recompuso por un instante.

—Lo sé, lo sé... Es lo que trato de decirme. Pero es que además... ahí no termina todo, tío.

—¿Hay más? —Y según lo pregunté me hice cargo. El accidente había sido el lunes anterior. ¿Qué había pasado con todo aquello?

—Estaba borracho, Bert —dijo Chucks como si adivinase mi pregunta—. Y el dibujo estaría muy claro para cualquier agente de policía del mundo: una celebridad del rock con cuatro copas encima y superando el límite de velocidad... Y no cualquier celebridad. ¡Yo, Bert! Chucks Basil el mataesposas. De pronto todas aquellas cosas vinieron a mi mente. Pensamientos egoístas. Debería haber cogido ese maldito teléfono y llamado a Jack o a la policía. Debería haber tomado a ese tipo por los sobacos, montarlo en mi coche y llevarlo al hospital de Salon-de-Provence, aun sabiendo que no había nada que hacer. Pero entonces entré en pánico. *Beach Ride* seguía sonando en medio de la noche e hice una pequeña reflexión. Todo el maldito disco se iría a la mierda. Aquel tipo había saltado frente a mi coche y toda mi vida se iba a ir por el retrete. Y ese hombre estaba muerto y yo estaba vivo.

—Y te largaste —dije como para cortar una tensión que Chucks no acababa de romper.

—Sí —dijo Chucks—, me largué. Fui un cobarde.

No quería decirlo: «Sí, lo fuiste», pero supongo que Chucks lo adivinó en mis ojos.

—Sigue —dije, como para espantar aquel momento.

—Bueno. Volví al coche. Rodeé el cuerpo y conduje hasta la casa. Fui despacio y no me crucé con un solo coche en todo el camino. Llegué a Sainte Claire, metí el Rover en el garaje y me pasé una hora limpiándolo a fondo. Increíblemente, el puto coche no había recibido ni un toque. La matrícula un poco doblada y un par de abolladuras en la parte delantera. Nada más.

—Es lo que pasa con esos monstruos —dije, estremecido.

Chucks acababa de confesarme su crimen con bastante frialdad. Y de paso me había convertido, a mí, en cómplice de su secreto. Aún no sabía muy bien cómo tomarme aquello, aunque hice una nota mental: «Que Miriam no se entere de esto jamás.»

—No pude dormir —continuó diciendo Chucks—. Sinceramente, esperaba ver un par de coches de policía aparecer por la puerta principal en cualquier momento, pero no ocurrió. Empecé a darme cuenta de lo que había pasado. Empecé a pensar. La huida, la idea de haber rodeado ese cuerpo y haberlo dejado abandonado en la carretera, comenzó a consumirme. De pronto pensé que eso podría provocar otro accidente de madrugada. Un camión o una furgoneta de reparto... Joder, podría cargar con la culpa de haber reventado a un suicida nocturno, pero no con mucho más.

»Debían de ser cerca de las cinco de la mañana cuando tomé la decisión. Me quité la ropa, la escondí como un maldito criminal, pensando que quizá contuviera algún resto de ADN de esos que encuentran los polis de las películas. Me duché y me vestí de punta en blanco. Me enjuagué la boca. Bajé a la cocina y preparé una jarra de té. Mientras desayunaba, escribí una nota a Mabel diciendo que me iba a Niza para encontrarme con algunos amigos. Y, de hecho, era lo que pensaba hacer: coger un velero y largarme a Capri, a casa de Jack Ontam o algo así.

»Dejé el Rover aparcado en el garaje y saqué el Tesla. Cerré la casa detrás de mí y comencé mi obra de teatro. Enfilé la carretera en dirección al norte, como cualquier ciudadano de bien que madruga para ir al trabajo. Coño, hasta sienta bien hacerlo de vez en cuando, ¿sabes? Creo que no he madrugado en toda mi vida.

Supuse que se había olvidado de sus años en Londres trabajando en mil ponzoñas y chapuzas, pero no dije nada.

—Conduje despacio por las colinas. A medida que me acercaba al lugar del accidente, comencé a ponerme nervioso. Dios, Bert, tuve una taquicardia. Me sudaban las manos y pensé que me iba a dar un infarto allí mismo. Entonces, a unos dos kilómetros de la curva, me crucé con un coche que venía en dirección contraria; un señor de gafitas en un viejo Renault. Esperé a que quizá me hiciera una seña. Luces, un bocinazo. «Cuidado, tío, hay algo tirado ahí atrás.» Pero nada. ¿Es que no había visto el cadáver?

»Llegué a la maldita curva. Había ya bastante luz. El asfalto estaba mojado y allí, Bert, no había nadie. La carretera estaba perfectamente limpia de obstáculos. Ni una mancha. Nada.

—¿Qué?

—Nada. No había nada. Conduje muy despacio, casi a diez por hora, y pasé por allí mirando a un lado y al otro. Hay un bosque frondoso a un lado, de donde supongo que salió el tipo, y casi detuve el coche al pasar por allí. Pero entonces apareció detrás de mí una de esas furgonetas de Leche Michel y me dio una pitada de infarto.

—Joder. ¿Qué hiciste?

—Bueno, intenté no darme la hostia mientras trataba de mantener el control. Aceleré un poco, pero no demasiado. De pronto pensé que me había equivocado de curva y que el muerto estaba más adelante, aunque eso me parecía improbable. El letrero de la casa de artesanía estaba allí, a unos ochocientos metros tras la curva. Lo pasé y seguí durante un par de kilómetros más, con ese kamikaze de Leche Michel pegado al parachoques. Tal y como suponía, no encontré nada y finalmente me salí del camino (con el consiguiente cruce de bocinazos e insultos con el lechero) y di la vuelta. Regresé y aparqué el Tesla en la entrada de la casa de artesanía. Y fui andando hasta el lugar del atropello.

»Había vuelto a llover y el asfalto estaba mojado. Traté de encontrar algún resto del accidente. Alguna huella, alguna mancha en el suelo, pero nada. Llegué a adentrarme en el bosquecillo pensando que algún otro desalmado habría movido el muerto por mí. Pero allí no había más que helechos y zarzas, ni siquiera un camino. El tipo se había esfumado.

—O ya se lo habían llevado —dije.

—Eso pensé yo, tío —respondió Chucks lanzándose el último pitillo a los labios—. ¿Tienes más tabaco?

Negué con la cabeza.

—Vaya. ¿Te apetece un porro?

—No. Ahora no —dije—. ¿Qué has querido decir con «eso pensé yo»? Alguien había encontrado el muerto, ¿no?

—¿Tú has oído alguna noticia? —preguntó Chucks. Y en su rostro se dibujó una suerte de tétrica sonrisa.

—¿Sobre el accidente? Pues para ser sinceros...

—No, ¿verdad? Yo tampoco.

—Quizá no haya salido en los periódicos.

—¿Un *hit and run* en toda regla, Bert, lo dices en serio? ¿En este valle donde hasta el nacimiento de un gorrino sale en portada?

—Es raro.

—Joder. No es raro, es algo más. Escucha: al día siguiente me fui a la cabina de France Telecom de Sainte Claire y llamé al hospital de Salon-de-Provence. Es donde lógicamente enviarían a alguien por aquí cerca, ¿no? Les conté una historia improbable sobre un amigo que esperaba esa noche y no había llegado. Les pregunté si habían ingresado algún accidentado en carretera en las últimas veinticuatro horas. Había habido dos heridos de motocicleta en la D-952, una pareja que iba haciendo el loco, pero nada más. Después llamé a la clínica de Castellane. Un tío que se había herido con una segadora industrial en Trigance, pero nada más.

—¿Llamaste a la policía?

—No llegué tan lejos. Un celador de hospital podría tragarse mi cuento, pero pensé que un poli no. Y además mi acento inglés me marcaría rápidamente.

Había empezado a dolerme el culo en aquel asiento de piedra. Me levanté y me recosté en la pequeña barandilla.

—Bueno. Para mí está claro que algún hospital se te ha escapado. Y que la noticia no habrá salido en prensa por alguna razón. Habrá que investigarlo. Podría empezar por insinuárselo a Vincent Julian.

—¿Quién?

Le expliqué a Chucks quién era V.J.: un policía local de Saint-Rémy con el que me había amigado últimamente. Era fan mío. Otro de esos fans como el voluntario de la biblioteca y la señora Pompiu, directora del liceo de cine. Además, Vincent era un aspirante a escritor y solíamos intercambiar conocimientos. Él me ponía al día en cuanto a los procedimientos policiales franceses y yo le daba algunos consejos para escribir. También me había leído un par de cuentos suyos y le había animado a pulirlos un poco más. Tengo que decir que, aunque mi francés es tirando a flojo, los cuentos no eran nada malos.

—Vamos, que me debe una —terminé de decir—. Veré si lo encuentro en el pueblo. Seguro que hay una explicación.

—Gracias, tío —dijo Chucks—; llevo una semana en el puto infierno. He ido a ver el morro del Rover unas cien veces, a ver si las abolladuras seguían allí. He empezado a pensar que me lo inventé todo. Que aluciné.

—¿Crees que es posible?

—¿Solo con tres copas? A menos que el vino que aquel gilipollas del Abeto Rojo me tiró en la camisa contuviese LSD. Y aun así solo lo chupé.

—¿Lo has llegado a pensar en serio?

Chucks asintió con un gesto que venía a significar: «Estoy así de desesperado.»

Yo le miré en silencio. Aunque había empezado a tener serias dudas sobre aquel asunto, traté de mantenerme fiel a la escena.

—Y lo que te dijo el muerto: *«L'ermitage»* —pregunté después, y me di cuenta de que había dicho «muerto»—, ¿lo has investigado? Quizá quería decir algo.

—Lo googleé, y encontré mil cosas pero nada que tuviera sentido. Ni siquiera estoy seguro de que dijese eso. Solo sonó a eso. Quizá podrías echarle un vistazo tú. Al fin y al cabo, siempre has sido el cerebro de la familia.

—Lo haré. Seguro que todo termina explicándose. Y ahora explícame algo a mí: ¿por qué has tardado tanto en llamarme?

—Joder, Bert, ¿por qué crees que he tardado? —dijo echándose los dedos a los ojos, que habían comenzado a brillarle otra vez—. Odiaba la idea de contarte esto, tío. ¿No te imaginas la razón?

—¿Miriam? Vamos... Esto no tiene nada que ver con Linda ni...

—Sí que tiene algo que ver. Un coche. Unas copas. Comprendo que me desprecies.

—No te desprecio —respondí—. Soy tu amigo, no lo olvides. Pero creo que cometiste un error, y no me refiero al accidente. Porque eso es lo que fue, Chucks: un jodido accidente entremezclado con un pequeño delito de alcohol al volante. Pero ahora has cometido un delito con todas las letras. Se llama omisión de auxilio.

Y yo «omití» añadir algo más: que quizás ese hombre no

estuviera muerto, sino moribundo, y que la acción de Chucks le hubiera sentenciado finalmente.

Chucks se quedó mirando a lo lejos, hacia el jardín que quedaba a mis espaldas. Me volví y vi venir corriendo a *Lola*, su labrador, como una bala de oro sobre aquel césped verde brillante. Subió por las escaleras de piedra y se coló entre un parterre de rocallas y pinos hasta alcanzarnos. Nada más llegar, y tras darme un lengüetazo de bienvenida, se subió a las piernas de Chucks y ambos procedieron a besarse en los morros.

—¿Dónde has andado, *Lola*? ¿Trincando con algún sabueso?

—¿Y Mabel? —pregunté entonces—. ¿También anda zurciendo por ahí?

—Le di vacaciones pagadas —dijo Chucks—. No soportaba la idea de verla por la casa mientras yo vagaba como un fantasma paranoico. No puedo pegar ojo, Bert. Tengo pesadillas todo el rato. Veo la cara de ese tío, una y otra vez, agarrándome de la camisa y diciéndome esas palabras que no entiendo. O justo antes de atropellarlo, iluminado por los faros del coche. En mis sueños está cubierto de sangre antes incluso de atropellarlo.

—¿Lo estaba?

—No lo recuerdo. Fue demasiado rápido. Pero esas palabras... estaba como asustado. Como si ya estuviera asustado antes de que yo le hubiera partido la crisma.

—Lo investigaremos —dije empleando un tono de voz muy a lo Mike Hammer—. Empieza por volver a contratar a Mabel. No creo que te haga daño y podrías infectarte con toda la basura que seguramente no limpias. ¿Estás trabajando en el disco?

Chucks negó con la cabeza.

—Pues empieza. Todavía quedaban unas cuantas guitarras por grabar, ¿no?

—¿De qué hablas, Bert? ¿No acabas de oír lo que te he contado? Todo se ha acabado.

—Nada se ha acabado, Chucks. No hables así. Acabará de verdad si no duermes.

—Me cargué a un hombre.

—Eso lo veremos. Esta tarde hablaré con V.J. y sabremos algo más. Mientras tanto, debes volver a la vida. ¿Tienes medicinas para dormir? Puedo prestarte mi caja de trucos.

—Sí, pero no quiero empezar con eso.

—Ahora lo necesitas, Chucks. Está justificado. Tómate un par y duerme el resto de la tarde. Yo me encargaré de investigar.

—¿Y qué harás cuando sepas la verdad?

—Lo decidiré entonces. Pero para que estés tranquilo, no tengo la intención de denunciarte. Si vas a comisaría, lo harás por tu propio pie.

Chucks arqueó las cejas.

—¿Estás diciendo que debería entregarme?

—Mira, soy tu amigo —le dije—; no pienso joderte la vida y menos después de oír la historia. Ese tipo se te echó encima, tú actuaste mal y te asustaste, pero aquel tipo se suicidó contra tu Rover, Chucks. O huía de algo y tuvo la mala suerte de salir a la carretera en el peor momento. Mi consejo es que llames a Jack Ontam y le digas que busque al mejor abogado de la zona, alguien de Marsella. Pero no te lo calles. Podría destruirte.

Chucks permaneció en silencio, con las manos hundidas tras las orejas de *Lola*, que jadeaba con la lengua fuera y una eterna sonrisa. La perra nos miraba extrañada. «¿Qué coño les pasa a estos dos?», pensaba seguramente.

—¿Nos veremos esta noche? —me preguntó Chucks con los ojos puestos en mí.

—Esta noche es imposible, tío; Miriam ha organizado una cena con alguno de esos nuevos amigos del pueblo. Pero te llamaré en cuanto sepa algo de V.J.

—Gracias, *bro*.

—Venga —le dije—. Dame un abrazo, capullo.

II

1

Conduje de vuelta a Saint-Rémy, muy despacio y en silencio. Había dejado a Chucks en su sofá del salón, con un vaso de agua, un par de Valiums y *Lola* echada a sus pies. Y al verlo allí, con su clásica postura despatarrada, no había podido evitar pensarlo: «Joder, Chucks y los problemas.» Y me lo reproché a mí mismo porque era la clásica frase de Miriam sobre Chucks: «Chucks, el imán de los problemas.»

Y entonces pensé en Miriam, y lo que pasaría si Chucks realmente había matado a un tipo con su coche y todo terminaba saliendo a la luz.

Durante muchos años habíamos tenido lo que yo llamaba *pax romana* entre Miriam y Chucks, sobre todo al mudarnos a la Provenza y dejar Londres, pero todo se fue al traste cuando, un buen día, hacía exactamente un año, Chucks se mudó a Sainte Claire «por sorpresa».

Todavía puedo verla ese día, tan bella y enfadada, apoyada en el mostrador de la cocina con un cuchillo de cortar pescado en la mano.

—Júrame que tú no has tenido nada que ver.

—No he tenido nada que ver. Ni siquiera había venido por aquí. Se compró la casa a través de un agencia, por Internet.

Era la noche de un largo día en el que Chucks había aparecido por Saint-Rémy «de visita», según él. Dijo que iba a pasar el fin de semana fuera de Londres. El muy capullo lo había planeado todo como una broma.

Miriam se había «fugado» con Brit a Nimes, de compras y con la intención de no cruzarse con él en todo el día. En cambio, tengo que admitir que yo estaba entusiasmado con volver a ver a mi amigo.

Nos fuimos de paseo por las montañas de Grambois, comimos en un restaurante, bebimos una botella de vino y me contó las noticias del disco. Fue la primera vez que me habló de «Beach Ride», un tema que había compuesto en una playa colombiana, ese verano. «Tiene el aroma y la fuerza de las grandes canciones de los setenta, tío. Y ha sido como un tronco del que han ido surgiendo el resto de las canciones. Está lleno de maldita vida, joder.»

Después me dijo que debía enseñarme algo «muy especial». Y me llevó hasta Sainte Claire, un pueblo que solo había visitado cinco veces en el año y medio que Miriam, Brit y yo llevábamos viviendo en la Provenza. Yo pensaba que se trataba de una chica. Alguna francesita loca que ahora sería su novia o algo así. Entonces frenó su coche frente a aquella casa que apareció entre los pinos del camino.

—¿Qué coño es esto, Chucks?

Y el muy cabrón se empezó a reír y me dijo:

—Mi nueva casa, Bert. ¿Qué te parece? Ahora somos vecinos.

Aquello me llenó de alegría. Chucks era lo más parecido a un hermano que he tenido jamás. La persona más divertida (o al menos con la que yo me divierto más) del mundo. Me gustaba salir de copas con él, ver películas con él, incluso perseguir un erizo era una actividad divertida si lo hacías con Chucks. Y en nuestra nueva vida provenzal, después de casi quinientos días en aquellos idílicos valles, aún no había encontrado algo semejante. Y Chucks venía a tapar el hueco. ¡Sí!

Pero, claro, también me preparé para la increíble tormenta que aquello iba a desatar en Miriam. Chucks y la gente como Chucks eran una de las «grandes» razones para haber dejado Londres y venirnos a vivir al sur de Francia. Alejarnos del «monstruo» y aposentarnos en los lomos de los ángeles franceses. Empezar una nueva vida. Una vida limpia, rodeados de montañas, lavanda, deportes y amigos con camisas de cuadros que salen a celebrar la fiesta del vino. Era su gran proyecto de higiene mental para 2014 y los años posteriores. Y Chucks venía a joder todo el asunto de una manera fastuosa.

—No es bienvenido. Quiero que lo sepa, díselo.

—Miriam, tiene todo el derecho a mudarse donde quiera.

—Pero no quiero que aparezca por casa. Britney lo está empezando a «llevar bien» ahora. Es un momento delicado y no quiero que Chucks le influya negativamente.

Bueno, Britney era el otro problema de la ecuación, claro. De hecho, era también la razón de todo. Britney, mi preciosa niña de dieciséis años que quería ser cantante de rock como Chucks. Que era una rebelde sin causa y que había fumado heroína en un papel de aluminio, durante una fiesta en una casa de Brixton, y se había desvanecido en una cama piojosa.

—Justo ahora, no. Chucks trae problemas. Siempre los ha traído. Acuérdate de Linda...

2

Encontré a V.J. en su puesto, en la pequeña *gendarmerie* local de Saint-Rémy; un estrecho edificio frente a la plazuela del pueblo, que compartía espacio con algunos negocios para turistas, una tienda de *delicatessen* y un despacho de vino. Según entré por la puerta, le vi comiendo el segundo *croissant* de la mañana, acompañado de un café en vaso de cartón y el último libro de Benjamin Black.

Al oír mi toc toc en la puerta, V.J. sonrió debajo de su pequeño mostacho y me ofreció una silla.

—¡Amandale! Pase, siéntese —dijo levantando el libro—. ¿Lo ha leído?

Vincent Julian era la estampa del clásico gendarme francés que yo habría imaginado para una novela. Cincuentón, con un mostacho canoso y una sonrisa amable. Casi le pegaba más trabajar en un estanco que en una comisaría. Sus funciones como policía en Saint-Rémy se limitaban a organizar el tráfico en la feria del vino, multar a algún turista mal aparcado o dar clases de educación vial en el colegio del pueblo. No obstante, era una gran lector de archivos policiales y eso le había dado una buenísima base para los cuentos de detectives que solía escribir.

—Tengo la novela casi acabada —me dijo nada más sentarme en la silla—. Me encantaría que usted la leyera. ¿Cree que tendrá tiempo para ella? Al menos las primeras cien páginas.

—Claro, V.J. —le dije—. Lo haré con mucho gusto. ¿Resolvió el asunto del revólver que desaparecía y volvía a aparecer?

—Sí, bueno, espero que le guste la idea.

—Seguro. Páseme el manuscrito en cuanto lo tenga listo. Aunque deberá tener paciencia: mi francés no es para lanzar cohetes.

—Lo haré. Lo haré. Pero siéntese. ¿Cómo va su libro? ¿Quiere un vaso de agua? ¿Una tónica?

—Nada, gracias. La novela va bien —mentí, pero ya estaba acostumbrado a no cargar a nadie con mis problemas—. Estoy más o menos en la mitad.

—¿Me sigue prometiendo que seré el primero en leerla?

—En canutillo de plástico, V.J. Tiene mi palabra. Pero yo en realidad venía con una pregunta esta mañana. ¿Han tenido que atender algún accidente grave últimamente? ¿Algo en la carretera que va a Sainte Claire?

V.J. frunció el ceño al escuchar mi pregunta y después sonrió. No era la primera vez que le preguntaba algo sobre la actualidad policial de la zona. Cuando un escritor conoce a un policía, no tarda en empezar a tirar de la cuerda.

—No me suena de nada. Déjeme ver.

Tecleó en su ordenador y escrutó los resultados de la pantalla con el ceño fruncido de quien comienza a necesitar gafas. Una muñeca que representaba una bailarina tailandesa se meneó sobre el monitor.

—El último incidente que tenemos —dijo mirando su pantalla— fue hace tres semanas. Un camión de fardos de paja se volcó en una curva. Y en la D-952, el lunes pasado, una pareja se salió de la carretera en su motocicleta. Se hicieron unos bonitos arañazos, pero nada más.

Junté los dedos de las manos y comencé a hacer un gesto de abrir y cerrar, pensando.

—¿A qué viene está curiosidad, Monsieur Amandale? —dijo V.J. entonces—. ¿Datos para una historia?

—No... Bueno, en realidad, un amigo me dijo que le había parecido ver luces y sirenas la noche del jueves —dije sonriendo—, pero que después no había salido nada en los periódicos. Por eso la pregunta.

—Claro. Bueno, es extraño. Quizá fueran los bomberos de Arlés. A veces se caen ramas en la carretera o alguien atropella un jabalí, pero esas cosas menores no constan en el ordenador. Si quiere, puede consultar con la comisaría en Sainte Claire.

—No, déjelo, V.J. En realidad, era simple curiosidad, pero si se entera de algo, acuérdese de mí. ¿De acuerdo?

—Lo haré, *monsieur*. Pero ¡quiero salir en los agradecimientos si alguna vez esto se convierte en un libro!

Me reí. No sabía si estar aliviado o preocuparme más. ¿Chucks estaba inventándose todo aquello de pronto? Y si no: ¿dónde se había metido aquel «muerto»?

3

Llegué a casa cuando el reloj de mi Alfa Romeo marcaba las 12:32. Vivíamos en una preciosa villa a dos kilómetros del pueblo. Los lugareños la llamaban la «villa de los manzanos» por la profusión de frutales que salpicaban su terreno. Un edificio sobrio, de paredes grises y un tejado de tejas rojas. Hiedras en las paredes por las que trepaban todo tipo de insectos (incluidos los escalofriantes escorpiones que abundaban en estos lares) y un bonito jardín con una pequeña piscina, elemento casi obligatorio en cualquier *maison* de la Provenza.

Después de aparcar las compras sobre la mesa de la cocina, salí al jardín y me encerré en mi pequeño cobertizo. Allí tenía mi pequeño despacho. Un ordenador, impresora, conexión a Internet y una sola ventana con vistas a la casa. La luz de la mañana entraba como una flecha, haciendo brillar el polvo como si fuese oro, iluminando los manuscritos, cuadernos de notas, dibujos y otros tantos artefactos de escritor que reposaban sobre una mesa de carpintero. Detrás, a espaldas del sofá de cuero (la única comodidad de mi espartano refugio), se ordenaba una colección de variados aparejos de jardinería. Rastrillos, palas, sacos de abono y mangueras...

El café de la mañana estaba allí, frío, y la rosquilla huérfana sobre el plato. Me senté, me la comí y encendí el ordenador.

Mientras se cargaba, estuve a punto de llamar a Chucks para contarle lo que V.J. me había dicho (y que, desde mi punto de vista, venía a aclarar un poco el asunto), pero pensé que era mejor dejarle descansar.

Una vez que el iMac me mostró el escritorio, entré directamente en la página web de *La Provence*. Empecé buscando en la sección de sucesos y navegando por la hemeroteca. *«Mort en route»*, *«accident»*, pero aquello no dio ningún resultado, excepto la noticia de un ciclista accidentado cerca de Aviñón seis meses atrás. Después amplié la búsqueda a otros diarios de la zona, hasta los nacionales, con idénticos resultados. Afiné mi mejor francés para hacer una búsqueda más atinada. *«Mort en route Saint-Rémy»*, *«accident Sainte Claire»*, *«hit and run»*... y después se me ocurrió incluir el nombre de la carretera. ¿Era la R algo, no? Abrí Google Maps y eché un vistazo partiendo desde Saint-Rémy. Allí estaba la carretera, efectivamente, la R-81. Utilicé el nuevo término («R81») en la búsqueda de noticias, pero de nuevo, y dejando aparte la dificultad del idioma, no encontré nada relacionado con un accidente, un muerto o algo parecido en nuestra zona, en los últimos días.

Y entonces... ¿qué? Los muertos no desaparecen así como así...

Traté de escribir hasta las tres de la tarde, hora en la que oí el motor del coche de Miriam. Eso me hizo salir del trance y también darme cuenta de que tenía un hambre voraz: no había probado bocado desde el desayuno. Grabé los últimos cambios en mis documentos y salí en dirección a la casa.

En la cocina, Miriam estaba sacando la compra de unas bolsas de tela. La miré por detrás, en silencio, disfrutando de ella. Su pelo, recogido en un moño de oro, una vaporosa camisa beis que dejaba traslucir un sujetador negro y unos pantalones de color marrón que daban ganas de morder.

—Hola, madre *sexy* —le dije.

Aquel era nuestro chiste «interno» desde hacía un par de semanas, cuando Britney nos contó que sus compañeros del nuevo colegio rumoreaban que Miriam era una MILF, que es el acrónimo de algo muy pervertido sobre madres que despiertan las hormonas de los adolescentes. «Tu madre es una MILF —le habían dicho—. ¿Está casada o divorciada?»

—Hola, hombre del cobertizo —respondió ella—. ¿Cómo ha ido la mañana? ¿Has comido algo?

—No. Pero he comprado queso y vino para la noche.

Dejó las manzanas sobre el aparador y vino a darme un beso inesperado, ¿porque había comprado el vino y el queso?

—Por eso tu coche está fuera —observó acertadamente—. ¿Qué pasa, no te concentrabas? ¿Has ido a dar una vuelta?

—No, bueno... fui a visitar a Chucks —dije—. Hacía un par de días que no sabía nada de él y hemos tomado café juntos.

La mención de Chucks provocó que las preciosas mejillas de Miriam se encendieran. Sus finas cejas castañas se agruparon en un ceño fruncido y sus ojos marrones brillaron de furia por un instante.

—Ah.

Se dio la vuelta y siguió con lo suyo, en silencio.

—¿Ya has decidido el menú de esta noche? —dije colocándome a su lado y ayudándola a desembalar algunas frutas.

—Lleva decidido una semana, cariño.

«Buen intento, Bert.»

—¿Qué tal está? —dijo entonces ella.

—¿Quién? —pregunté.

—Quién va a ser: Chucks.

—¿Chucks?

Miriam asintió con un sonido que delataba cierto embarazo. Lógico porque jamás preguntaba por Chucks.

—Bueno, pues está... bien —dije—. Te manda recuerdos.

—¿Cómo va su disco?

—Pues viento en popa. Pronto lo terminará. Le faltan algunas guitarras, no mucho más.

«¿De qué demonios va todo esto? —pensé—. ¿A qué maquiavélico juego estás jugando?»

—Genial. Tengo... La verdad es que tengo ganas de escucharlo. ¿Sabes que Britney me preguntó por Chucks anoche? Me preguntó por nuestra historia. De cuando éramos jóvenes. ¿Te ha preguntado algo a ti?

—¿A mí? No. Bueno, lo básico.

—¿A qué llamas lo básico?

—Bueno, pues cómo nos conocimos. Y le conté que éramos amigos en Dublín, que tocamos juntos en una banda cuando éramos adolescentes. Pero eso fue hace mucho. En Londres. ¿A qué viene todo esto?

—Eso me pregunto yo también. Pasé por su habitación para decirle buenas noches y de pronto me preguntó por Chucks. Por qué no le veíamos tan a menudo «si es que éramos amigos» y por qué, en cambio, veíamos a toda esa «nueva gente».

—¿Y qué le dijiste?

—Le dije que Chucks era «sobre todo» tu amigo. Que él y yo teníamos visiones muy diferentes de la vida. ¿Tú le has hablado de Chucks recientemente?

—No.

—Bueno, vale. Será una pájara que le ha dado.

—Alguien del instituto le hablaría de él —dije yo—. Hay mucho *freak* de dieciséis años que conoce a Chucks Basil y supongo que a estas alturas del año todo el mundo se habrá enterado de que vive por la zona. Le habrán dicho algo, yo qué sé.

—Claro.

Miriam había terminado de sacar la compra de las bolsas. La mesa de la cocina estaba cubierta de vegetales, vino, queso, botes de mostaza, lácteos, lácteos, lácteos y varias tarrinas de helado.

—Bueno. Es una pregunta lógica... Quizá, no lo sé. Quizás algún día convenga invitar a Chucks a casa. Tampoco es cuestión de mantener una situación tan poco natural: si es tu amigo, es normal que lo invites a casa, ¿no?

—Claro. Sabes que harás muy feliz a Chucks. Y a mí, por supuesto.

Supongo que había sido suficiente para Miriam. Dijo un «vale» y se puso las manos en la cintura mirando todo aquello que «había por hacer». El gran reloj de la cocina marcaba las 15:12, lo cual nos daba tres horas para a) poner la mesa; b) cocinar la receta de Bruno Loubet (sacada de su libro *Mange tout*) que Miriam había seleccionado para impresionar a los invitados; c) vestirse, descorchar el vino y preparar el canapé.

4

El buen karma de Miriam respecto a Chucks iba a durar muy poco y todo por culpa de Chucks y la «feliz» idea con la que se despertó de su siesta de cinco horas. Pero ya llegaremos a eso. Primero hablemos de la cena de esa noche, con los Mattieu y los Grubitz, y de lo importante que era para Miriam y para nuestra vida social en Saint-Rémy.

Habíamos llegado a Saint-Rémy hacía un año y medio y la mitad de ese tiempo habíamos sido una de esas «nuevas familias» que llegan a una comunidad pequeña y entran, como se suele decir, en periodo de cuarentena. Todo el mundo es amable contigo, te pregunta de dónde eres y cómo terminaste llegando allí, pero sabes que al mismo tiempo estás bajo la estricta y precisa evaluación de los «moderadores» sociales de tu nuevo entorno. «Los nuevos habitantes de la "casa de los manzanos" ¿de dónde son? ¿Ingleses?» «Dicen que él es un escritor famoso.» «¡Ay, Dios! Espero que no sean la clásica pareja que se emborracha y grita por las noches.» «¿Se han apuntado al Raquet Club? Pensaba que se necesitaba un avalista. ¿Quién será?»

Antes de dejar Londres, Miriam había trabajado en una de esas minigalerías de franquicia que exhiben arte a precios asequibles, y a través de ella había conocido a Luva Grantis, una pintora afincada en Mouries, a unos kilómetros de Saint-Rémy. Ella fue la que la invitó a la Provenza por primera vez, y gracias a ella —de alguna forma— habíamos terminado todos allí. Pasamos unas cortas vacaciones de verano en la *maison* de Luva en julio de 2014 y Miriam se enamoró completamente del lugar, de su clima y de la sencillez de aquellas pequeñas comunidades. Y como Londres empezaba a convertirse en un nido de problemas (sobre todo a raíz de las nuevas amistades de Britney), Miriam elaboró este nuevo plan para la familia: «¡Vivamos un año en Francia!» A través de los contactos de Mademoiselle Grantis, encontramos aquella preciosa casa rodeada de manzanos, y un buen colegio donde Britney podría blindar su francés a prueba de balas. Miriam se dedicaría a descubrir artistas y artesanos para su tienda en Londres y yo... ¡qué demonios!, yo era escritor. Se supone que podría trabajar hasta en Alaska.

Los Mattieu (Annete y Dan) y los Grubitz (Charlie y... no me acuerdo cómo se llamaba su señora) eran parte de una «pequeña comunidad de nuevos vecinos» (en el pueblo nos llamaban los Beverly Hills) que se habían asentado en las afueras de Saint-Rémy en los últimos años, principalmente en chalés y *maisons* de cierta categoría. Miriam había conocido a las dos mujeres a través de una de las actividades municipales que había comenzado ese año: restauración de muebles y antigüedades. Supongo que había echado mano de sus conocimientos de arte para deslumbrarlas y caerles bien, cosa que Miriam sabía hacer de maravilla. Nos invitaron a un par de cenas (primero en la casa de los Mattieu, después una barbacoa en la de los Grubitz) y había llegado nuestro turno. La ocasión de demostrar lo buenos, interesantes y sofisticados vecinos que éramos.

A las cinco de la tarde íbamos por delante del reloj. El plato progresaba adecuadamente dentro del horno. El postre estaba listo y en el congelador. Todo indicaba que aquella sería una exquisita velada con familia y amigos, pero entonces asomaron las primeras nubes de tormenta. Hablo, por supuesto, de la reina de los rebeldes sin causa, la diosa destructora de las convenciones sociales: mi bella hija de dieciséis años. Britney Amandale.

—¡No pienso ponerme ese vestido de monja!

Yo estaba en el jardín trasero, probando las luces con las que engalanaríamos la mesa, cuando escuché su voz, aguda y musical, abriéndose paso a través de la ventana de su habitación. Posiblemente acababa de descubrir el vestido que Miriam le había comprado en una tienda de ropa bastante cara de Arlés.

«Bueno —pensé—, al menos solo ha dicho "monja" y eso ni siquiera llega a la categoría de insulto. Se ve que el colegio francés está teniendo algún efecto sobre ella.»

—Además, os dije que no quería estar en la cena.

—¿Sí? —oí decir a Miriam—. ¿Y qué plan tienes exactamente para hoy?

—¿Qué te importa? Tengo mi vida. Tú tienes la tuya.

A pesar de que Britney tiene bastantes cosas mías (el gusto por la música y los platos pesados), también tiene mucho de su madre: básicamente, los genes de alguna sangrienta guerrera nórdica. Mi estrategia cuando discuten es mantenerme alejado, a riesgo de morir agujereado en un cruce de picas.

—Te avisé de que vendría el hijo de los Grubitz, Bastian. ¡Y viene solo porque les dije que tú también estarías en la cena!

—Pues que se aguante. Además, ya sé quién es. Va a mi clase. Es un aburrido de cojones.

—Britney, cuida esa lengua, compañera.

Silencio. Me imaginé el sonido de una espada deslizándose fuera de una vaina.

—¿Sabes una cosa, Miriam...?

Hete aquí, Britney empleando un dardo mortífero. Llamando Miriam a Miriam. Eso solo podía significar guerra total.

—... Estoy harta de que intentes transformarnos a todos en la familia de tus sueños. Ahora la ropa. ¿Qué será lo siguiente? ¿Elegirás a mi novio? ¿Me casarás con Bastian?

—Deja de decir bobadas. Es un vestido negro porque sé que te gusta el negro. Solo que esto es elegante. Pero negro. Pero, en fin, haz lo que quieras. Ponte lo que quieras. Y si quieres, no bajes a la cena, pero no irás a ninguna otra parte.

—¿Eso es? ¿Estoy encarcelada en mi habitación? —gritó Britney, pero su queja coincidió con el portazo que Miriam acababa de dar.

La vi bajar por las escaleras, con un conjunto marrón perfectamente ajustado a su esbelta silueta y las mejillas ligeramente enrojecidas de furia.

—¿Has descorchado el vino? —se limitó a decir—. Es mejor que se vaya aireando.

Yo la tomé por la cintura, frené su avance en dirección a la cocina.

—¿Qué? —dijo, y el fuego draconiano de su ira casi me depila las cejas.

Le sonreí.

—Que estás muy guapa —le dije, e intenté darle un beso.

—Bert, son las cinco y...

La atrapé entre mis brazos y la besé con fuerza. Ese es un terreno donde sé que siempre gano. Miriam se resistió un poco, pero terminó relajando los músculos y dejándose llevar.

—Es imposible. De verdad —dijo al separarse. Los ojos se le habían cristalizado en una lágrima de ira—. Lo intento todo, pero no me deja.

—Déjame a mí —le dije después.

Britney estaba sentada en la cama, de espaldas. Según entré, vi cómo escondía su teléfono móvil a toda prisa. Bueno, eso no tenía nada de raro; seguramente estaría mandando un WhatsApp lleno de ira a alguna amiga de Londres.

—¿Qué quieres? —dijo—. ¿Tú también vienes a convencerme?

—No vengo a nada —respondí—, solo a ver a mi hija. ¿Qué tal el día?

Me acerqué y me senté a su lado. Ese día vestía unos vaqueros negros rotos por las rodillas, un cinturón de tachuelas y una camiseta sin mangas. El pelo rubio suelto por los hombros y un par de lágrimas en las mejillas. El vestido de la discordia yacía extendido sobre el colchón.

—No es tan feo —dije levantándolo en el aire—, un poquito clásico tal vez. Pero una monja no se pone esto, créeme. Bueno, una monja cachonda tal vez.

Britney aguantó un poco, pero terminó cediendo a una sonrisa.

—¿Ni siquiera vas a hacer la prueba?

Negó con la cabeza.

—A mamá se le ha ido la olla si piensa que me voy a poner eso.

Entonces su teléfono emitió un bip, como si alguien le hubiera respondido. Pero ella se reprimió y ni lo tocó.

Miré a la colección de pósters que ocupaba la pared norte de su habitación. Lo más viejo que había allí era un póster de Nirvana, pero eso daba igual. Con una diferencia de veinte años, era exactamente igual que mi habitación de Londres de los años ochenta, solo que entonces eran The Police, The Cure o Joy Division. En vez de un tocadiscos, ahora era un iPod con altavoces. En vez de una *Rolling Stone*, era una página de Internet. Por lo demás, todo era lo mismo.

—Bueno, ¿qué tal el colegio?

—Se acaba pronto, gracias a Dios.

Se sentó en la cama, con la espalda apoyada en el cabecero de forja, y dobló las piernas. Tomó el teléfono de forma que yo no pudiera ver nada, y se puso a teclear.

Me quedé callado. Miré el bajo Fender Jazz Bass que reposaba en la esquina de su habitación. Las esquinas rozadas y un par de pegatinas decorando el golpeador negro. Se lo había comprado en Denmark Street un par de años atrás.

—¿Cómo va con Rick y Christine? ¿Para cuándo otro concierto? Nos dejasteis con la boca abierta el otro día.

Rick y Christine Todd eran un par de hermanos norteamericanos que también pasaban una temporada en Francia. Su padre, un ingeniero de telecomunicaciones, había sido trasladado a una filial de su empresa en Sophia Antípolis, cerca de Niza. Y al igual que Britney, ambos tenían grandes planes en la música, de modo que se habían puesto a organizar una banda. Su debut oficial había sido dos semanas atrás, en la fiesta de primavera del instituto, y realmente habían logrado mover de sus sillas a todos aquellos culos cuarentones y cincuentones.

—Aquí no hay «circuito», papá. Este lugar está muerto. Rick y Chris lo dicen también. Ellos, que son de Carolina del Sur, dicen que allí puedes tocar todos los días de la semana en temporada de verano, ¡y ganando dinero!

—Pues aprovecha para ensayar y pulirte. Todavía no eres Glenn Hughes. Y cuando volvamos a Londres romperás la pana.

—Eso es lo que quiero saber: ¿cuándo vamos a volver a Londres?

—Dijimos que hablaríamos al final del verano.

Britney resopló haciendo un ruido con sus bonitos labios.

—¿Qué hay que hablar? Ya está, ya ha pasado. Aprendí la lección. Soy la primera a la que no le gusta vomitarse encima y terminar en un hospital.

—No solo se trata de ti, Brit. Recuérdalo.

—Bueno. Yo os veo bien. No habéis tenido una bronca importante en dos semanas.

No quería reírme, pero me reí.

—Eres la releche, hija mía. Anda, ponte lo que quieras pero baja a la cena. Aguanta el tipo por una noche, ¿vale?

A las seis en punto sonó el timbre y eran los Grubitz y los Mattieu. Les abrí la puerta, cogí sus botellas de vino y la tarta que la señora Grubitz había preparado, y lo llevé todo a la cocina mientras Miriam controlaba esos primeros momentos teatrales en el vestíbulo. A partir de entonces entrábamos en modo «familia feliz y divertida».

—Bert, cariño, ¿por qué no vas preparando unas copas de vino mientras les enseño la casa?

—Claro, amor mío.

—Oh, lo tienes muy bien educado, Miriam —comentó la Grubitz, y todos se rieron.

—Vieja bruja —murmuré con mi acento de Dublín del norte.

Bastian, el hijo «casadero» de los Grubitz, era realmente una estampa desmotivadora. Un chaval de dieciséis años vestido con camisa y jersey. Peinado con raya y con los zapatos tan brillantes como los de un soldado en día de desfile. Desde que entró por la puerta se esforzó por resultar gracioso, con un inglés bien pulido en varias estancias en Estados Unidos, y probablemente un buen coeficiente intelectual que, sin embargo, no le salvaban de ser un auténtico plomazo.

Cuando Britney apareció por el jardín, vi que me había hecho caso respecto a la ropa «a su manera»: en vez del vestido de Miriam, se había puesto uno de esos minipantalones vaqueros que había comprado en Barcelona el verano anterior. Unas medias negras recubriendo el largo y ancho de sus esbeltas piernas y una camiseta que le quedaba corta y dejaba ver su ombligo. «Me cago en todo», pensé al verla. Y Miriam casi rompe la copa de vino entre sus dedos.

Bastian se puso a tartamudear de pronto. Se quitó el jersey porque tenía calor, pero su madre le obligó a volver a ponérselo.

Después de esas primeras turbulencias, la conversación fluyó durante el aperitivo. Bastian y Britney hablaron del colegio mientras los adultos nos separábamos entre hombres y mujeres. Mientras el *brie* recibía su último golpe de horno, yo llevé a Charlie Grubitz y Dan Mattieu a ver los manzanos. Ninguno era originario de Saint-Rémy (Grubitz era marsellés y Mattieu de París), pero me contaron algunas cosas de la familia que originariamente había vivido en esa casa, los Bernard, que se habían dedicado al negocio de la sidra y el vino. Me dijeron que los manzanos eran de buenísima calidad y me preguntaron si no me gustaría intentar hacer sidra como «afición». Les dije que me parecía una idea brillante (mentira) y que me lo pensaría (otra mentira).

Mattieu era ginecólogo en un hospital de la zona. Grubitz, en cambio, se dedicaba a la abogacía y hacía algunos pinitos en propiedad inmobiliaria. Me habló de la suerte que habíamos tenido de conseguir la casa de los manzanos.

—Una de las mejores propiedades de Saint-Rémy, sin duda. ¿La han comprado o están de alquiler?

Le expliqué que estábamos de alquiler pero que había, al parecer, una opción de compra. «Dependerá de cuánto tiempo pensemos quedarnos por aquí», dije al final.

Eso suscitó que los dos hombres se miraran desconcertados.

—Pero ¿no piensan quedarse para siempre? ¡Ahora que habíamos conocido a un nuevo miembro para nuestra secta! —bromeó palmeándome el hombro con fuerza.

Nos sentamos a cenar y, bueno, no fue tan mal. Grubitz era un tipo bien viajado y tenía un montón de anécdotas, y eso mantuvo la atención enfocada en él durante un buen rato. Después comenzaron a caernos las preguntas que, más o menos, me había esperado. La señora Mattieu le preguntó a Britney si había elegido ya el plan de estudios del año siguiente, que básicamente decidiría qué carrera universitaria terminaría eligiendo. Estaba claro que en el mundo de los Grubitz y los Mattieu todos los chicos de dieciséis años iban a la universidad.

—No iré a la universidad —dijo Britney—. Quiero dedicarme a la música.

—¿A la música? —dijo la señora Mattieu—. Oh, pero ¡qué bella vocación! ¿En algún conservatorio?

—No... —dijo Brit—, quiero hacer rock. Componer canciones. Formar una banda.

La señora Mattieu ganó algo de color en las mejillas. Nos lanzó una miradita sonriente.

—Se puede combinar eso con una carrera universitaria —intervino Miriam—, o al menos con unos estudios profesionales. Ya hablaremos cuando llegue el momento.

—Cuando tenga dieciocho seré libre —dijo Britney retadoramente.

—Ya hablaremos —repitió Miriam sonriendo.

Noté que había llegado el punto de fusión del átomo y que si no intervenía seríamos todos víctimas de una explosión nuclear.

—¿Y tú, Bastian? —dije—. ¿Quieres ser abogado como tu padre?

Bastian empezó a hablar acerca de las universidades de Estados Unidos o de Europa en las que le gustaría estudiar. Mientras hablaba y hablaba yo miré a Miriam y a Britney. Britney miraba a Bastian como quien mira a una mosca en un cristal. En cambio, Miriam se había servido otra copa de vino quizá demasiado rápido y tenía las mejillas encendidas. «Calma, calma —dije para mis adentros—. Va a salir bien. Vamos a sobrevivir. Somos un equipo.»

El *brie* horneado con patatas y jamón fue todo un éxito y suscitó un aplauso general para Miriam. El flambeado con ginebra, en aquella mesa oscura del jardín trasero, bajo las estrellas, nos iluminó los rostros como en un pequeño aquelarre. Entonces el tema de conversación se desvió a nosotros, sobre todo a mí y mis libros.

—No he leído ningún libro suyo —dijo el señor Grubitz—, pero Marie dijo que son aterradores.

—Lo son —aprobó su mujer—. Tenía que levantar la vista en algunos instantes de la lectura. ¿De dónde saca esas ideas tan sangrientas?

—Son cosas que desearía hacerles a mis vecinos —bromeé. Pero me vi obligado a aclarar que «era una broma» cuando las dos parejas se quedaron calladas.

Después hablé un rato sobre el rodaje de la película basada en *Amanecer en Testamento* y de cómo había llegado a conocer a Benicio del Toro, Raquel Welch y a Brad Pitt en una fiesta en la casa del productor en West Hollywood. La señora Grubitz, que llevaba la filmoteca del pueblo, dijo que planeaba proyectarla en septiembre y que estaría muy bien si yo pudiera asistir y leer algunos fragmentos del libro. A Miriam le encantó la idea, y también a la señora Mattieu, y mientras comentaban los detalles de ese posible evento, yo noté que algo zumbaba en el bolsillo de mi pantalón. Saqué el teléfono por debajo del mantel y miré la pantalla. En letras grandes vi el nombre de CHUCKS.

«Joder —pensé—. Ahora no.»

Volví a metérmelo en el bolsillo y dejé que zumbase ahí dentro, pero Chucks debía de tener algo muy importante que decirme porque el teléfono siguió dando guerra durante otro largo minuto, antes de apagarse. Yo, para entonces, ya había perdido el hilo de la conversación...

—¿Qué... perdón?

—Le preguntaba si se le ha ocurrido ya alguna historia que pase aquí, en Saint-Rémy.

—Pues... yo... bueno, pues ahora mismo estoy con una idea...

Noté que el zumbido comenzaba otra vez en mis pantalones. «Mierda, Chucks, ¿qué quieres?»

—Perdonen un segundo —dije, levantándome con cierta torpeza, tanto que empujé la mesa y provoqué que la copa de vino de Dan Mattieu se cayera sobre su plato—. ¡Lo siento!

Corrí por la casa hasta el salón y saqué el teléfono, que seguía vibrando con el nombre de CHUCKS en la pantalla.

—Dime, tío, estoy en medio de una cena —contesté casi de mal humor.

Oí un ruido al otro lado, una especie de sollozo.

—¿Chucks?

—Bert, tío. Soy Chucks.

—Ya sé que eres Chucks. ¿Qué pasa?

—Necesito... necesito que vengas a Sainte Claire.

—¿Qué? Te he dicho que estoy en medio de una cena. ¿Qué ocurre?

—Estoy en la *gendarmerie*. He venido a entregarme. Me han dejado hacer una llamada. ¿Puedes avisar a Jack Ontam?

—Ostias, Chucks. ¿Qué me estás diciendo?

—Tenías razón —respondió—. Era lo mejor. Dormir me ha sentado bien... me ha hecho pensar. Avisa a Jack. Todavía no me han detenido ni nada, aunque supongo que lo harán en breve.

—Vale. Vale. Tranquilo. Espérame, voy... voy para allá.

—No hace falta. No quiero interrumpiros. Miriam me odiará.

«Sí —pensé—, lo hará.»

—No te preocupes. Voy para allá.

Colgué y me quedé mirando al teléfono con una mezcla de ideas en la cabeza. Aquello era una explosión nuclear en toda regla. Chucks acababa de joderse la vida y todo por un consejo que yo le había dado. Bueno, era el consejo que le hubiera dado cualquiera, ¿no? Eso traté de decirme a mí mismo mientras caminaba en dirección al jardín, donde Miriam, Britney y los invitados interrumpieron su conversación al verme regresar a la mesa.

—¿Pasa algo, cariño? —preguntó Miriam, seguramente detectando mi cara de «haber visto un fantasma» bajo la luz de los farolillos.

—Era una llamada de Chucks —dije, todavía sin haber planeado cómo enfocaría el tema—. Tengo que salir. Es una emergencia.

Debí de imaginarme que usar la palabra «emergencia» suscitaría ciertas reacciones. Dan Mattieu se levantó.

—¿Necesita un médico?

—No... no... tranquilo. No tiene nada que ver con la salud.

Miriam explicó que Chucks era un amigo que vivía en Sainte Claire.

—No debería conducir —dijo la señora Grubitz—. Charlie, llévale tú.

—No hace falta —insistí—, se lo juro. Gracias. Me llevará un rato... espero, pero de verdad que tengo que ir.

—¿Ahora? —preguntó Miriam con el rostro desencajado, en el que se leía una gigantesco NO ME JODAS, BERT—. Si no es nada de salud, ¿puede ser tan urgente?

—Sí, Miriam, créeme. Lo es.

Britney, que hasta ese momento había permanecido callada, en su esquina de la mesa, me miró con cara de preocupación.

—¿Quieres que vaya contigo, papá?

Y se lo agradecí de veras, pero le dije que no haría falta.

Salí de allí dejando el ambiente frío e indigesto. Había arruinado la cena, y no solo eso: ya podía escuchar la maquinaria de la rumorología local preparándose para el cotilleo del día siguiente: «Miriam es encantadora, pero ese marido suyo, el escritor... Uf. Un tipo raro, como todos los artistas. ¿Y viste a qué velocidad bebía el vino? Tuvo que largarse de la cena pitando. Un amigo suyo. ¿Problemas con la justicia?»

Casi podía sentir sobre mi cabeza la mala, la tremenda, la terrible mala leche que Miriam debía de tener en esos momentos.

Traté de concentrarme en conducir con cuidado. Lo último que nos faltaba era un nuevo accidente, y sobre todo con dos vasos de vino que ya llevaba encima. Llegué a Sainte Claire cuando todavía quedaba algo de luz. Pregunté por la *gendarmerie* a un par de cocineros que descansaban de la jornada fumando en la parte trasera de un restaurante.

La Gendarmerie Nationale de Sainte Claire estaba en un edificio blanco de dos plantas y tejado rojo en el centro del pueblo. Hablé con un agente que montaba guardia en la recepción y le dije que era amigo de Ebeth James Basil (que era como se llamaba Chucks en realidad), que me había llamado desde allí, al parecer. El agente, que no hablaba nada de inglés, asintió con la cabeza y me hizo un gesto para que aguardara; aunque yo le hablé con mi mal francés, él prefirió no responderme.

Esperé unos cinco minutos hasta que apareció otro gendarme, mayor y más serio. Con los ojos rasgados y la mandíbula cuadrada.

—¿Es usted el amigo de Monsieur Basil? —Respondí que así era. El policía se presentó como el teniente Riffle—. Mire, señor. Su amigo ha venido por aquí hará una hora y media manifestando que deseaba realizar una confesión. Le hemos hecho pasar a la sala de interrogatorios y allí nos ha contado una historia muy extraña.

—¿Qué les ha contado? —pregunté, evitando dar ningún detalle yo mismo.

—Bueno, pues básicamente afirma que el lunes pasado debió de atropellar a un hombre en la carretera regional. Dice que no pudo evitarle, que apareció de la nada en medio de la noche.

—Ay, Dios...

—Admite que se dio a la fuga. Que entró en pánico al ver que el hombre estaba muerto. O eso es lo que él dice al menos. Y que después regresó por allí en su busca, arrepentido, pero que el cadáver ya no estaba.

—¿Qué? —exclamé tratando de hacerme el sorprendido. El teniente Riffle, que era cualquier cosa menos tonto, debió de calarme al instante.

—¿Usted conocía esta historia?

—¿Yo? —dije al tiempo que ponía un dedo acusador sobre mi pecho—. No tenía ni idea.

—Mire, llevamos dos horas hablando con todos los hospitales y servicios de emergencia de la zona. No ha habido ningún accidente ni ha aparecido ningún cadáver en la zona en toda la semana. Hemos enviado un par de agentes al tramo de carretera donde su amigo dice que sucedió todo. Tampoco hay rastros de un accidente. Y, bueno, las abolladuras del Rover que su amigo ha presentado como prueba no nos dicen gran cosa. Curiosamente, Monsieur Basil dice que las limpió a fondo. ¿Conoce usted bien al señor Basil?

—Bastante —respondí—; somos amigos desde hace años.

—¿Sufre algún tipo de enfermedad mental?

Se hizo un pequeño silencio después de la pregunta. No era para menos. Tragué saliva.

—Ha tenido algún problema en el pasado —dije, recordando una vieja historia—, pero fue hace mucho tiempo. Y relacionado con las drogas. Ya sabe...

—Un examen toxicológico revela que ha tomado algún tipo de calmante en las últimas horas. ¿Consume drogas habitualmente?

—Hace mucho tiempo que no toca nada más que una cerveza —respondí. No era del todo cierto, pero aparte de algo de marihuana y alcohol, Chucks no probaba ningún «truco» desde que llegó a Francia, al menos que yo hubiera presenciado—. Estuvo en algunos centros de rehabilitación en el pasado.

Riffle se quedó en silencio, pensativo. Le pregunté si debía conseguirle a Chucks un abogado, pero el negó con la cabeza.

—Sin indicios de delito no hay base para ninguna acusación. Al menos no hasta que encontremos el cadáver o detectemos alguna desaparición por la zona. Monsieur Basil no ha aportado ninguna descripción, ni ningún dato de ese supuesto «cadáver». Podría ser una alucinación, una falsa confesión o ganas de darse publicidad de algún tipo, ¿comprende? Mientras tanto, no podemos detenerle, pero me gustaría contar con su palabra de que no se moverá del pueblo.

—¿La mía? —pregunté—: La tiene.

—Sabemos que tiene una propiedad a unos kilómetros del pueblo, y que es un personaje famoso, por lo que no veo ninguna razón para que pase aquí la noche. Lléveselo a casa, hable con él. Quizá deberían contactar con un psicólogo.

—De acuerdo.

Esperé otros diez minutos hasta que apareció Chucks acompañado por dos gendarmes y vestido con un chándal de color blanco. Por la cara que traía no parecía demasiado contento.

—Nada, tío. Todo para nada. ¿Has llamado a Jack?

—Está bien, Chucks, hablaremos luego.

El gendarme Riffle nos acompañó hasta la puerta.

—Monsieur Basil, una mera confesión no basta para detener a nadie en Francia, y su historia, a falta de pruebas, no constituye ningún delito. No obstante, cuento con su palabra de que no abandonará Sainte Claire en unos días, hasta que hayamos hecho algunas investigaciones. ¿Estamos de acuerdo?

—De acuerdo, agente —dijo Chucks—. Tiene mi palabra.

Salimos de allí en silencio. Chucks cogió su Tesla y yo le seguí con el Spider hasta la casa. Mientras conducía intenté llamar a Miriam, pero debía de tener el teléfono en alguna otra parte. Finalmente me cogió Britney.

—Mamá está que arde.

—Me lo imagino. ¿Siguen los invitados en casa?

—Se han quedado un rato después de que te marcharas. Mamá ha servido el postre y se lo han comido a toda velocidad. Ni siquiera se han tomado el café. ¿Qué le ha pasado a Chucks?

—Nada. Una historia muy rara. Os lo contaré al volver a casa.

—No tardes, papá. Creo que hoy es uno de esos días que...

—Ya... lo entiendo.

Llegamos a la *maison* y aparcamos los coches uno detrás del otro. Acompañé a Chucks dentro. Abrimos las puertas de la terraza trasera y nos sentamos allí. Chucks se puso un gin-tonic y me ofreció uno a mí. Lo rechacé. Ya habíamos tenido suficiente alcohol en carretera.

—Vuelve a casa, tío —dijo Chucks—. Quizá llegues al postre.

Le dije que no se preocupara.

—Os he jodido la noche, y al final para nada.

—No ha sido para nada, Chucks. Está bien. Has hecho lo que... sentías.

Se sentó a mi lado. En ese momento había aparecido *Lola* por allí. Nos rechupeteó las manos y después se sentó a los pies de Chucks.

—Pero ese tipo sigue muerto, en alguna parte. ¿Sabes que he soñado con él esta tarde?

—¿Un sueño?

—Sí. Estaba sentado con ese tipo, en una terraza en Londres. El muchacho, de no más de treinta, estaba allí, perfectamente vestido y sin heridas en la cara. Con un par de pintas de cerveza. Me hablaba, me decía que no pasaba nada. Que yo no tenía la culpa del accidente.

Dio un sorbo a su gin-tonic y los dos permanecimos callados, fumando. El humo de nuestros cigarrillos formaba un perfecto hilo recto. Chucks tenía la mirada perdida, profundas ojeras.

—Era como si le conociera de algo. Podía ver su cara perfectamente, tío. Cada detalle de su cara. Un chaval de ojos rasgados, barbilla pronunciada. Hablaba muy nervioso, de estos chicos que tienen mucho que contar en muy poco tiempo. Se atragantaba con sus palabras. Aunque no entendía muy bien la mayor parte, era capaz de verle... Increíble.

—De veras lo es.

—Y me decía que ahora tenía algo que hacer. Que tenía algo en mis manos. Y yo le preguntaba qué, pero entonces dejaba de hablar. De pronto, tenía la boca cosida con hilo blanco. De pronto, alguien le había cosido las mangas de la camisa y estaba sentado, con los brazos cruzados, como un loco. Entonces empezaba a gritar, y tenía los ojos abiertos de par en par. Los ojos vacíos, como los de una res, y la cabeza llena de esas pequeñas heridas. Y estaba otra vez de vuelta en la carretera, y otra vez volvía a arrollarlo con el coche. Bam, y volvía a volar por encima de mis faros. Entonces me desperté y decidí entregarme.

—Has hecho lo correcto, tío, ¿te sientes mejor?

—Sí, pero ahora esos polis piensan que estoy loco. ¿Y tú?

Me quedé callado pensando en aquella vieja historia de Chucks. Había venido a mi memoria cuando el gendarme me preguntó por una posible enfermedad mental de Chucks y yo le respondí que «tuvo algo en el pasado».

«¿Y si estuviera pasando otra vez?», me pregunté.

5

Hace un millón de años, creo que en 1995, Chucks acababa de coronar una gira europea. Era esa época en la que lo raro para él era pasar un día entero sobrio. Bebía y tomaba todas las drogas que pasaban por el *backstage*. Y eso significa un montón de drogas.

Nada más terminar la gira se mudó a Ámsterdam, a la casa de Elise Watenberg, una bella modelo holandesa que entonces era su novia. Planeaban pasar el otoño allí —una especie de fase de recuperación antes de encarar el 96, en el que se embarcaría en una gira por América— y venir a Londres por Navidad.

Supongo que la vida en Ámsterdam tampoco era precisamente sana esos días, y Chucks siguió con su ritmo de auténtico campeón del autoderribo. Además, Elise no era precisamente una monja, y por lo que me contó más tarde, debían de tener una vida bastante caótica en aquel apartamento del Pijp. Muchas fiestas. Tríos, alguna que otra orgía. A Elise le iba lo de intercambiarse y no le hacía ascos a ninguna mujer tampoco. Y todos sabemos que en esos días Ámsterdam era un gran carnaval multicolor de drogas.

Bueno, el caso es que durante aquel mes de octubre, en sus paseos diarios o sus noches de golfería, Chucks debió de empezar a sentirse observado por «personas». Es lo que nos dijo a Miriam y a mí mucho más tarde. Personas que se repetían, que eran «las mismas» pero con diferentes «vestidos». «Un tipo chino, con ojos rasgados. Otro de origen árabe. Otro...»

El dispositivo se elevaba a una veintena de personas, según él. Gente que le perseguía por algún motivo. Espiarle. Secuestrarle. O algo peor. En su último disco había dos canciones que insultaban directamente al Gobierno de Estados Unidos y los *neocon*. Canciones que habían levantado ampollas y provocado un aluvión de censuras en Estados Unidos, donde se suponía que comenzaría su gira a principios del verano siguiente.

Y eso hizo que su fantástica imaginación lo conectara todo. Decidió que aquellos hombres de Ámsterdam eran agentes de la CIA.

«Un día estaba en un restaurante con Elise y unos amigos, bebiendo hasta el agua de los floreros, y entonces los vi, sentados a una mesa, observándome. El chino, el árabe y el tipo alto. Me levanté y fui donde uno de ellos, lo cogí de la corbata y le grité que SABÍA LO QUE ESTABAN HACIENDO. Fue un escándalo por todo lo alto, pero nadie me detuvo (tal y como contó la prensa). Cogí mi coche y me pasé toda la noche conduciendo hasta París.»

Según su relato, aquellos agentes también le siguieron por la autopista hasta París. Se alojó en el George V y desde allí llamó a Jack Ontam para que viniera a buscarle con un par de rompehuesos, porque «alguien quería hacerle daño». Y al día siguiente volaba en un jet privado a Heathrow.

Chucks estuvo sometido a terapia un par de meses, y finalmente fue referido a un centro de rehabilitación en Irlanda, al sur de Dublín (donde, por cierto, se hizo muy amigo de Jimmy Page), y así pasó el invierno de 1995, pintando acuarelas y aprendiendo a hacer esculturas de arcilla. Yo fui a visitarle un par de veces, e incluso nos hicimos un viaje en furgoneta por el oeste y la costa de Connemara. Un viaje de «fin de curso yonqui» en el que prometió dejarlo todo. Con el beneplácito de Miriam, le invitamos a casa por Navidad, y para entonces ya se había dado cuenta de que todo había sido una locura. «Mi mente estaba fuera de control, había perdido los papeles, Bert. Y no quiero que vuelva a pasar.» También, a cuenta de su pequeña aventura de espías en Europa, nos contó que había roto con Elise, quien al parecer pasaba por una fase lesbiana con una mujer danesa.

A esa misma cena de Nochebuena, Miriam había invitado a su mejor amiga. Linda Fitzwilliams. Bueno, Linda era como un angelito. Una estudiante de Ingeniería de ojos azules, pelo rojo y un bonito cuerpo de atleta semiprofesional. Chucks y ella se sentaron juntos por casualidad y a ninguno de los invitados a la mesa de esa Navidad se les escapó la buena química que surgió entre ambos casi al instante. Linda era hija de una familia obrera y había crecido en un barrio duro de Londres. No se dejaba amedrentar por las grandilocuencias de Chucks, a quien le metió el hacha en un par de ocasiones sin ningún sonrojo. Pero Chucks, en vez de enfadarse, sencillamente la miraba y se echaba a reír. Y para cuando fuimos al abeto navideño a descubrir nuestro regalo «del amigo invisible», ya nos estaban organizando un viaje en coche hasta Escocia, donde Linda conocía un sitio perfecto para pasar la noche de Fin de Año. Al final nadie se apuntó y se fueron ellos dos solos. Y así fue como empezó la historia de Linda y Chucks. Yo jamás había visto a mi amigo tan feliz, tanto que estuvo a punto de pedirle a Linda matrimonio solo un mes más tarde de enrollarse en Escocia (cosa que le desaconsejé hacer). Pero a Miriam, desde el principio, aquello le dio mala espina. Conocía a Chucks, le caía bien pero le temía. Decía que era «un problema andante»; que era un «egoísta disfrazado de tipo guay». Y después, cuando ocurrió El Accidente, sencillamente decidió odiarle con todas sus fuerzas, cosa que no había cambiado hasta aquella noche.

Por eso decidí callármelo al principio, cuando la encontré sentada en la mesa del salón, esperándome con una solitaria copa de vino frente a ella. Britney apareció al oírme entrar, se quedó a medio camino en las escaleras que subían a la primera planta.

—Vengo de la comisaría —dije nada más cerrar la puerta—. Chucks tuvo un accidente.

Miriam abrió los ojos de par en par.

—¿Qué? —dijo Britney bajando un par de escalones, todavía agarrada a la barandilla—. ¿Está bien?

¿Qué hacer? Chucks era mi amigo; Miriam, mi mujer. ¿Debía contarle la verdad? Pero ¿y de qué serviría la verdad? Y, en realidad, ¿había pasado algo?

—Con el coche, nada grave —terminé diciendo—. Solo un susto.

—Dios...

Miriam perdió la mirada, y yo ya sabía dónde.

—¿Iba...?

—No. Sobrio como una lechuga. Patinó. Seguramente con alguna mancha de aceite. Un par de rayones en su coche y algo de dolor en las articulaciones. Se pondrá bien.

—Joder. Chucks y... —empezó a decir, pero se interrumpió.

—No, dilo —le animé—, dilo, Miriam.

—Los coches —dijo Miriam antes de beber un largo trago de vino—. Chucks y los malditos coches.

Esa noche soñé con Chucks, Miriam, Linda y yo. Estábamos en una playa de España, alrededor de una fogata, tocando la guitarra y bebiendo cerveza. Miriam y Linda, a la luz del fuego, eran las dos chicas de veintisiete años más bellas del mundo en aquellos instantes. Chucks se levantaba, miraba las estrellas y gritaba «¡Lo son!» y todos nos reíamos. Era 1999, el verano que recorrimos España, Marruecos y Portugal a bordo de dos furgonetas. Pero en aquella noche de la costa de Cádiz, a lo lejos, en la arena, comenzaban a aparecer unas siluetas. Diez, veinte, treinta personas que se acercaban hacia nosotros amenazantes. Y yo trataba de avisar a mis amigos, pero ellos seguían riéndose sin prestarme atención.

III

1

Llegó la siguiente mañana, prístina y azul, y yo, pese a que la historia de Chucks me repicaba en la mente, seguía siendo un escritor con ciertas obligaciones.

Me levanté pronto, preparé café y lo bebí junto con el primer cigarrillo del día sentado en nuestra mesita del jardín trasero, observando el glorioso espectáculo primaveral que se desarrollaba ante mis ojos. En la Provenza las cosas tienen aura y aroma. La hierba, los árboles, la lavanda. Las cosas huelen bien, resplandecen, están pidiendo que las pintes; no me extraña que tantos pintores de renombre se quedaran a vivir bajo esta luz. Además, dicen que la lavanda es un aroma que produce confianza. Está científicamente probado que le prestarías dinero a un tipo que oliera a lavanda antes que a cualquier otro. Quizá por ello mi autoconfianza como escritor estaba en un grado de seis sobre diez aquella mañana y pensé que quizá podría escribir un buen puñado de páginas.

Me terminé el café y entré en mi cobertizo. Me senté en mi cómodo y aparatoso sillón y encendí el ordenador. Alrededor, en la amplia mesa de madera, había notas y papelitos repartidos caóticamente. Uno de ellos, junto al teclado, era lo que se suponía mi mejor idea hasta el momento:

«Bill acaba de regresar a Testamento disfrazado de vendedor de suscripciones de una revista religiosa. En la cafetería del Andy's se topa casualmente con la voluntaria del centro de ayuda a las mujeres solteras Patty Carcaiste, que se convierte en su víctima número 16.»

A la luz de la mañana me pareció una auténtica basura. No obstante, hice por leerla otra vez. Respiré (lavanda, lavanda) y volví a pensarlo.

«Escribe lo que sea, tío. Sencillamente tienes un contrato y tienes que entregar una novela. Hazlo.»

Nora Lee, la editora de S&S, había comprado la tercera parte de *Amanecer en Testamento* a precio de oro y solo con una condición: que Bill Nooran todavía fuese el asesino y que superase las quinientas páginas. (¡Novelas al kilo, señora!)

Había empezado a escribirla en enero con mucha fuerza (casi cinco páginas diarias) y avanzado unos seis capítulos sin pararme, como un surfista sobre una ola gigantesca. Envié los capítulos a Mark y este se los hizo llegar a Nora Lee en Nueva York, que respondió con un e-mail muy entusiasta. Pero a esas alturas había comenzado a ir más despacio cada día. De mis dos mil o tres mil palabras en una sesión media, había descendido a unas mil quinientas o mil en mayo. Y durante el mes de junio comencé a tener días «en blanco» salteados, pero yo seguía sin encender las alarmas. Un «día en blanco», lo que posiblemente es uno de los fantasmas más temibles para un escritor profesional, es siempre sinónimo de otra cosa.

Cansancio, falta de perspectiva o necesidad de unas vacaciones mentales.

Escribí hasta las diez y media, momento en que me interrumpió el sonido de un claxon. Salí al jardín y vi una furgoneta de La Poste aparcada al otro lado de la valla. El cartero, que tenía cierto aire a delincuente juvenil reformado, me entregó un paquete pesado.

—Viene de Inglaterra —dijo, sin ocultar su inapropiada curiosidad.

Miré el remite yo también. «M. B. Ukraine Street, 318. London.» Bueno, solo conocía una persona que viviera en el 318 de la calle Ucrania, y era Mark Bernabe, mi agente. Así que supuse que serían ejemplares de cortesía de alguna editorial, quizá la holandesa, donde estaban a punto de publicar la segunda parte de *Amanecer...* Transporté la caja hasta mi cobertizo y la abrí. Había una nota de Mark, pero antes de leerla saqué uno de los pesados tomos que ocupaban casi todo el espacio de la caja.

La cubierta, oscura y gótica, representaba una vieja casa rodeada de niebla, en un paisaje de marismas, y una mujer en camisón caminando hacia ella. El título, en grandes letras rojas, decía:

LA NOCHE DE LOS CELOS ASESINOS
AMANDA NORTHÖRPE

—Pero qué coño...

Entonces recogí la nota de Mark y la leí:

«Querido Bert: aunque lo parezca, esto no es una broma pesada. La agente de Amanda me los ha hecho llegar a Londres, y vienen dedicados. No estaría mal que hicieses las paces. A fin de cuentas, sois colegas de profesión. Un abrazo. Mark. P. S.: ¿Qué tal va Bill?»

Abrí *La noche de los celos asesinos* y encontré la dedicatoria de Miss Northörpe:

«Para Bert, con toda la humildad de una aprendiz, espero contar con el privilegio de tu lectura. Un abrazo. Amanda.» No pude evitar una carcajada. Cerré el libro y miré la contracubierta. La fotografía de la joven y atractiva Amanda Northörpe me sonrió. Debajo se podían leer algunos rimbombantes párrafos marketinianos:

«Con más de un millón de ejemplares vendidos en todo el mundo, Amanda Northörpe se proclama como la nueva dama del misterio actual. Únete a los miles de lectores que ya han sido cautivados por los inquietantes casos de la inspectora Ratty Callahan y su mayordomo y amante Mister Bundt.»

Volví a mirar aquella bonita cara de veintiséis años recién cumplidos. Pelirroja, pecosa, sonriente.

—En el fondo, tienes clase, Miss Northörpe.

Durante una conferencia en la Feria de Fráncfort el año pasado yo había dejado escapar un pequeño exabrupto sobre los libros de Amanda Northörpe, y de ahí venía todo. Un periodista me preguntó si había leído ya a la nueva escritora de moda y respondí —con bastante poco tino— que solo había podido con las primeras cien páginas. Aquello se filtró y se convirtió en un jodido titular. Alguien lo calificó como «la guerra entre el maestro y la alumna» y yo lo negué, pero lo cierto es que el fenómeno Northörpe me había pisado un par de lanzamientos de verano en Estados Unidos y el norte de Europa. ¿Estábamos en guerra? No. Pero lo cierto es que duele dejar de ser la «niña bonita» del género, hacerse viejo, sentir que alguien más joven te empieza a sobrepasar.

Intenté esbozar una educada contestación para Miss Northörpe durante el resto de la mañana, pero no se me ocurrió nada realmente sincero. Al mediodía, Britney me sacó de mis pensamientos. Se pasó por el cobertizo y me encontró recostado en el sofá, leyendo.

—¿Qué lees? ¿Northörpe? Pensaba que la odiabas.

—No es tan mala —dije—, pero me da sueño. Me ha enviado dos libros en plan sorna. Dedicados y todo.

Se rio.

—¿Puedes llevarme a Sainte Claire? Tengo que llevar el bajo y algunas cosas a casa de los Todd y no quiero ir en la moto.

Decidí que aquello era mucho mejor plan que seguir en los misteriosos mundos de Ratty y Mister Bundt. Dejé el libro y fui a por mi chaqueta.

2

Me encantaba ir con Brit en el coche. Al contrario que a Miriam, a ella le gustaba la velocidad. Le encantaba llegar a una curva bien de revoluciones, como a mí. Y poner la música a todo volumen. Y cantar. Fuimos tarareando el *Off the Record* de My Morning Jacket y vacilando a los ciclistas que nos cruzábamos por el camino. Algunos nos sonreían y todo. Una rubia en un descapotable rojo es lo que tiene.

Tardamos un cuarto de hora en llegar al Abeto Rojo, y desde allí comenzaba la ascensión hacia Mount Rouge. La misma que Chucks debió de realizar el día de su «accidente». Allí reduje un poco la velocidad. Era una carretera llena de curvas, que subía y bajaba entre colinas orillada de grandes bosques.

Pasé junto al cartel de la tienda de artesanía del señor Merme y dejé atrás la entrada a su pequeño «emporio» de muebles del siglo XVI. Pensé que la curva debía de ser alguna de esas.

—¿Qué ocurre, papá? —me preguntó Britney.

—Nada —respondí—, me ha parecido ver un erizo.

Pero decidí que a la vuelta me pararía a echar un vistazo.

Tras dejar a Britney con los Todd, di la vuelta y enfilé otra vez Mount Rouge, bastante más despacio, hasta llegar al lugar en cuestión.

La curva era descendente en ese sentido. A la derecha, el bosque; a la izquierda, la ladera recortada y sujetada por un armazón de cemento. Si la historia era como Chucks la contaba, es cierto que no tuvo demasiado tiempo. Con su Rover quizás un poco acelerado, fumando un cigarro, con la camisa de *cowboy* apestando al vino que aquel capullo le había derramado en el Abeto Rojo... Traté de calcular cuánto podía recorrer un coche a ochenta kilómetros por hora, con su conductor tratando de apagar un cigarro con el trasero y de pronto alguien apareciendo en medio de la carretera.

Miré por el retrovisor y vi que no había nadie detrás de mí, así que frené y reduje hasta unos veinte kilómetros por hora buscando algún hueco en la orilla, o la entrada de algún camino forestal donde aparcar el coche. El bosque que se abría a la derecha se presentaba como una inmensa garganta de color verde oscuro.

La pequeña recta no ofrecía ninguna posibilidad de parar, pero cien metros más tarde di con el inicio de un estrecho sendero rural. Resultaría algo un poco aparatoso, pero a esas horas la carretera estaba desierta. Giré el volante del Spider quizá demasiado rápido y noté cómo el lateral de aquel diablo intentaba elevarse, pero no obstante lo controlé y lo enfilé perfectamente en el camino, donde lo aparqué sin mayor problema.

Caminé de vuelta por el casi inexistente arcén hasta llegar de nuevo a la curva. La sección de bosque a orillas del asfalto estaba plagada de arbustos y maleza y parecía intransitable. La ladera de la colina caía suavemente, en un pequeño barranco, pero di con un sendero de piedras y empecé a descender hasta desembocar en un frondoso bosque de pinos y castaños que caía cuesta abajo hacia algún punto.

Me resbalé un par de veces bajando la ladera, me manché el pantalón de tierra y me clavé una sarta de pinchos de una zarza sobre la que tuve la mala suerte de aterrizar. Empecé a tener unas cuantas dudas sobre aquella aventurilla. El bosque, pensé, terminaría en alguna abrupta formación de rocas o en las faldas de otra colina. ¿Qué había pensado encontrarme allí? ¿La casa de Hansel y Gretel, tal vez? Y había dejado mi Spider aparcado en ese camino rural, expuesto a ser rayado por algún granjero a bordo de su tractor.

Pero entonces, según mis ánimos detectivescos comenzaban a decaer, el terreno empezó a allanarse y atisbé un aumento de la claridad a lo lejos. Apreté el paso y terminé llegando a la última línea de árboles.

Me había equivocado sobre lo que habría después del pinar. No era ningún accidente natural intransitable, sino un precioso campo de canola amarilla que resplandecía como el oro. El terreno, protegido por varios bosques, debía de extenderse hasta los límites de Sainte Claire por lo menos. Y, más allá, en la distancia, se atisbaba una casa.

Una gran casa blanca. Una especie de mansión con algunos pequeños edificios anexos.

No podía ver ningún movimiento desde donde estaba. El campo de canola tampoco mostraba ningún sendero, solo algunas bandas paralelas dibujadas en aquel denso mar de flores, y que debían de pertenecer a algún tractor. Estuve seriamente tentado a emprender el camino a través de las flores y acercarme un poco más. Estaba como electrizado. Como si hubiera descubierto la casa de la bruja perdida en medio del bosque. Un tesoro encantado, o maldito. Aquella casa, no demasiado lejos del punto donde Chucks habría atropellado a un hombre que «parecía estar huyendo de algo».

«¿De ese lugar?»

Me quedé agazapado tras un pino, con un escalofrío en la nuca, mirando aquella estampa de la tranquilidad. La casa entre las flores estaría a un par de kilómetros, y desde donde yo estaba no se detectaba nada. Ni personas, ni coches, nada se movía, solo las copas de las flores empujadas por el viento.

Llevaría un par de minutos disfrutando de aquel siniestro hallazgo cuando escuché algo a mis espaldas. Un crujido. Un ruido de ramas rotas y de hojas moviéndose a toda velocidad. Me volví. Algo venía aproximándose a través del bosque. Algo grande, oscuro, que trotaba a toda velocidad.

Tardé unos segundos en darme cuenta, pero para entonces ya era muy tarde. Ni siquiera pensé en echar a correr. El monstruo de cuatro patas, un mastín del tamaño de un caballo, surcaba el bosque de pinos a toda velocidad, ladrando a un volumen ensordecedor.

Miré a mi alrededor y vi asomarse un trozo de rama. Di un par de zancadas y la alcancé. No era tan grande ni tan gruesa como hubiera deseado pero al menos era algo con lo que protegerse de aquella bestia que venía galopando en mi dirección, sus patas retumbando contra el suelo como un tanque de la *Blitzkrieg*.

Para cuando el animal se decidió a acercarse yo ya me había guarecido tras uno de aquellos troncos (de hecho, había pensado en trepar por él, pero no me veía capaz). Fue el momento de percibir, con absoluto terror, sus dimensiones reales. Sobre sus cuatro patas, su cabeza llegaría más o menos hasta mi vientre. Y sus fauces contenían colmillos que nada tenían que envidiar a los de un tigre. Joder. Una estocada de esos dientes en mi cuello y podía ir diciendo adiós a todo.

—Tranquilo, bonito... —le espeté con una voz un tanto ridícula, y con eso solo provoqué que elevara el volumen de sus ladridos.

Mientras tanto, parecía que la rama, que empuñaba con aire amenazador, era lo único que había impedido a aquel monstruo abalanzarse sobre mí, derribarme y comenzar a desollarme por el cuello.

Pero el perro, después de evaluarme, debía de haberse dado cuenta de que la rama no representaba una gran amenaza, así que dio un salto hacia delante y redujo nuestra distancia en un par de metros. Comenzó a ladrar más fuerte y la espuma que corría por entre sus colmillos me salpicó.

Yo alcé mi rama y golpeé el aire frente a él, tratando de demostrar a lo que se exponía si avanzaba, pero fue una demostración de fuerza bastante banal. De hecho, fue casi peor que no haber hecho nada. Quedó bastante claro, incluso para la inteligencia de un perro, que aquel trozo de madera era una verdadera birria como arma.

Le vi reclinarse sobre sus patas traseras, preparándose para dar un salto en mi dirección. Si me escondía detrás del árbol solo aceleraría las cosas, así que comencé a cortar el aire con la rama todo lo rápido que pude, utilizando la técnica samurái más conocida como «el ventilador», y eso logró retenerlo un poco. Pero el mastín era un asesino nato y, siguiendo sus instintos, saltó hacia un lado rodeándome, tan rápido que todo mi costado quedó a tiro de sus mandíbulas.

Entonces, en la lejanía, escuché un silbato. Un fuerte silbato que hirió mis oídos y los del mastín. El perro se detuvo por unos segundos, los que yo utilicé para parapetarme detrás del tronco. El silbato volvió a sonar y el perro se congeló, aunque siguió ladrándome. En su idioma debía de estar diciendo algo como «voy a partirte el cuello de un mordisco y después te comeré las tripas».

Miré hacía un lado y vi a dos hombres corriendo entre los árboles.

—¡Quédese quieto! ¡No corra! —me gritó uno en francés.

Respiré aliviado y me quedé donde estaba. El perro tampoco se movió. Estaba perfectamente entrenado para obedecer.

Los hombres llegaron. Uno era joven, de unos veinte, y el otro mayor, de unos cuarenta. Ambos vestían ropa de cazador, pero no portaban ningún arma.

El veinteañero se lanzó sobre el perro y lo ató a una correa de la que debía de haberlo liberado antes. El mayor, un hombre de ojos verdes saltones, pelo lacio y rojizo y una constitución física imponente, se acercó donde mí y, lejos de disculparse por haber lanzado a su monstruo contra mí, dijo:

—¿Qué hace aquí? Esto es propiedad privada.

—¿Qué? —dije—. Yo... estaba dando un paseo. No he visto ningún cartel que dijese nada.

—No es necesario poner un cartel en todas partes. Sencillamente, no hay ningún camino público, ¿verdad?

—Bueno, pues no. Pero ese perro podría causar un accidente muy grave, ¿sabe? La carretera está solo a unos doscientos metros de aquí. ¿Y si algún niño bajase a echar una meada? Llevarlo suelto es una temeridad.

—Eso es asunto nuestro —me respondió el hombre, de forma bastante desagradable.

—¿Ah, sí? —repliqué yo calentándome—. Quizá lo haga asunto mío también, ¿sabe? Y de la policía.

El hombre sonrió. Vestía una camisa caqui que estaba ligeramente sudada. Se llevó la mano al bolsillo y extrajo un teléfono móvil.

—Tenga. ¿Quiere llamar a la policía?

—Lo haré —respondí empezando a caminar—. Pero con mi propio teléfono, gracias. ¿Puede darme su nombre?

Esa técnica de «darme su nombre» la había aprendido de un *road manager* de Chucks, que siempre pedía los datos de todo el mundo cuando alguien le tocaba las pelotas. Solo que el tipo debía de hacer algo que yo no sabía hacer, puesto que el truco no funcionó. El matón de ojos saltones se volvió a meter el teléfono en el bolsillo de la camisa y le dijo algo en francés al chico, que tenía el perro por la correa. Después se dirigió a mí con una cara tan o más fea que la de su perro.

—Oiga, se lo vuelvo a decir: ¿por qué no se larga?

El perro ladrando y aquellos dos comandos paramilitares no me inspiraron ninguna contestación heroica. Dije «Buenas tardes» y me alejé de ellos dos mientras les escuchaba susurrar a mis espaldas. En algún momento debieron de encontrarle un punto gracioso a la escena, ya que empezaron a reírse. Me hubiera girado y les hubiera gritado algún insulto en mi propio idioma, pero después recordé que el perro seguía teniendo hambre.

De camino hacia la carretera me volví una vez más y les divisé entre los árboles. Caminaban con el perro delante de ellos, que tiraba de la correa y olisqueaba el suelo.

—¿Buscando algo? —murmuré entre dientes—. ¿O a alguien?

3

Esperé sentado en el pequeño vestíbulo de la *gendarmerie* mientras oía, a través de la puerta medio abierta, un vecino que se quejaba de las plazas de aparcamiento que el ayuntamiento acababa de pintar frente a su jardín. V.J., con su voz de funcionario aburrido, trataba de aplacar su furia y le prometió que arreglarían el asunto de alguna u otra manera.

—Es un pueblo pequeño —me dijo cuando entré por el despacho y caí sobre la silla—. Y yo soy el único buzón de reclamaciones. Pero siempre encontramos la manera de satisfacer a todo el mundo.

Me fijé que aquella mañana tenía el escritorio lleno de folletos sobre Tailandia. Sabía que V.J. planeaba su retiro dorado para dentro de unos años en Tailandia, donde había un grupo de ex policías instalados en un *resort* privado y viviendo como sultanes con su pensión francesa.

—Pensaba que le quedaban unos años para el retiro.

—Sí, claro, claro. Pero quizás este año haga una visita al *resort*. Hay que ir asegurando la plaza, ya sabe. Y además diciembre es muy melancólico aquí en la Provenza. Frío, lluvioso... y los huesos de este viejo policía crujen cada año más.

—No está usted tan viejo, Vincent.

Se rio.

—Gracias, Bert. Pero, dígame, ¿qué le trae por aquí? Espero que no sea mi novela, porque aún no está lista.

—No... es otra cosa, verá, una historia un poco rara, la verdad. Tengo un amigo por la zona, Chucks Basil. Vive en Sainte Claire. Ayer por la tarde se entregó en la comisaría diciendo que había atropellado a un hombre.

—¡Ah, sí! —dijo V.J. sonriendo—. Me llegó un aviso esta mañana. ¿Es el hombre que dice que atropelló a alguien en la R-81? Parece que la confesión era un poco extravagante. Dice que el cadáver desapareció. Vaya, no sabía que fuera amigo suyo...

—Un viejo amigo, de hecho. Vino a vivir por aquí hace un año, pero nos conocemos desde hace tiempo. ¿Sabe si hay algún progreso con el asunto?

—Nada. Absolutamente nada. Una patrulla de Sainte Claire estuvo peinando la carretera un buen rato esta madrugada. Pero, claro, al parecer han pasado unos cuantos días desde el accidente... o eso es lo que su amigo dijo. Es una vieja estrella de rock, ¿verdad?

—Sí. El tío que cantaba «Una promesa es una promesa». ¿La recuerda?

La tarareé un poco y V.J. la reconoció.

—¡Claro! Le encantaba a mi ex mujer. Bueno... señor Amandale, no se lo tome a mal, pero ¿tiene esto algo que ver con sus preguntas de ayer por la mañana?

No pude evitar que se me encendieran un poco las mejillas.

—Chucks me lo contó, es cierto, y me pareció algo improbable, por eso preferí preguntarle primero.

Vi cómo V.J. bajaba la mirada al tiempo que tamborileaba con los dedos sobre uno de aquellos folletos de Tailandia.

—Debió usted habérmelo contado, Bert —dijo con voz de profesor antes de emitir un carraspeo—. ¡Hay confianza! Ya le he dicho que esto es un sitio pequeño. Estamos para ayudarnos el uno al otro.

—Lo sé —sonreí—. Pero es que yo tampoco lo creí del todo. Chucks tiene una imaginación desbordante y... bueno, no es la primera vez que vive una historia parecida.

—Sí... una estrella de rock, ¡ya se sabe! —exclamó haciendo un gesto al aire—. En fin, pasemos página. ¿Qué le trae por aquí entonces?

—Bueno, pues verá. Esta mañana pasaba por Mount Rouge de casualidad y paré el coche por la zona. No podía evitarlo. Aparqué en un lado y bajé a dar un paseo. Hay unos pinares realmente preciosos, aunque no sabía que fueran propiedad privada.

V.J. frunció el ceño.

—¿Propiedad privada?

—¿No lo son? Esos pinares a orillas de la carretera...

—No me consta. ¿Por qué?

—Vaya, hay que joderse. Unos tipos con un perro, o debería decir un caballo con colmillos, casi me han sacado a patadas con la disculpa de que era una propiedad privada.

V.J. se recostó en la silla, puso las manos boca abajo, en el borde de su escritorio, en una postura anfibia.

—¿Dónde ha ocurrido exactamente?

—Bueno, deje que lo recuerde —dije—, justo en ese momento estaba viendo un gran campo de canola amarilla. Y una especie de mansión al fondo. Una gran casa blanca.

—Ah, los Van Ern. Es el centro de rehabilitación.

—¿El qué?

—Un centro de rehabilitación de toxicómanos. Una clínica de lujo para alcohólicos y yonquis ricos.

—No sabía que había una por los alrededores —dije—. Conocía la de Castellane, pero no esa.

—La Provenza está salpicada de ellas, créame. Desde que los Rolling Stones se mudaron a la Costa Azul en 1971, este es un exilio oficial de celebridades atribuladas. Pero qué le voy a decir a usted... —Y al decir aquello, se sonrojó—. Bueno, no es que sea usted ninguna celebridad atribulada... ya me entiende.

—Claro, claro —dije yo, pensando: «V.J., si usted supiera...»

—Quizás haya sido alguien del centro Van Ern —continuó diciendo Vincent un momento después.

—¿El qué? —pregunté yo.

—Los hombres que le molestaron. Me consta que tienen algunos tipos dedicados a la seguridad. Sobre todo por los *paparazzi* y algunos intentos de meter drogas blandas desde fuera. Hace dos años nos trajeron a un chico que traía hachís para uno de los huéspedes. Lo tuvimos en el calabozo una noche, llorando como un mocoso. Un tipo de Niza le había pagado tres mil euros para venir e intentar colarlo en una pelota de tenis.

—Vaya. Así que hay gente importante en ese lugar.

—No se sabe, por supuesto —dijo V.J.—; una de las claves de esos lugares es el absoluto secreto sobre sus huéspedes. Tienen un helicóptero que a veces va y viene. Se supone que recogen a la gente en el aeropuerto de Marsella, o el de Niza, y los llevan allí directamente. Y lo mismo con su personal. Son casi todos extranjeros, para evitar filtraciones y cuchicheos. Aunque por supuesto algunos nombres se han filtrado más allá de la canola amarilla.

V.J. sació mi curiosidad con un par de nombres de auténticas leyendas del cine y el rock. Me quedé con la boca abierta, porque jamás habría sospechado de uno de ellos.

—Joder. ¿Era alcohólico? Pensaba que era el tipo más sano de Hollywood.

—Y adicto a las pastillas para dormir. Al menos es lo que dicen. Pero nunca hay que fiarse del todo, ¿no? Bueno, pues estoy casi seguro de que su encontronazo ha sido con sus «gorilas». ¿Quiere que les llame la atención sobre ello? Les diré que no era usted ningún *paparazzi*, sino uno de nuestros más insignes vecinos. ¿Llevaban el perro suelto?

Le dije a Vincent que lo olvidase; de pronto no necesitaba ninguna reparación de mi honor. En cambio, todo aquello me había provocado un desagradable escalofrío por la espalda.

—¿Y si ese hombre que mi amigo dice que atropelló hubiera salido de la clínica? Quizás era un tipo famoso intentando irse de fiesta.

V.J. se rio.

—Buena teoría. Déjeme que haga un par de llamadas. Conozco bien a los Van Ern. Gente de mucha clase pero agradables y cercanos. Les preguntaré si alguno de sus pacientes apareció con una pierna rota el lunes pasado. Jajajá.

—Gracias, V.J. ¡Ah! Una pregunta más. ¿Sabe usted si hay alguna ermita por esa zona?

—¿Una ermita? —se rio V.J.—. Vaya preguntas más raras

que tiene hoy para mí, Monsieur Amandale. Pero no, no me suena en absoluto.

—Gracias, Vincent. Intente no hablar mucho de este asunto, ¿de acuerdo? Chucks es una celebridad y... bueno, ya sabe.

—No se preocupe, Bert —dijo V.J. guiñando un ojo—. Su secreto está a salvo conmigo.

4

Esa tarde me marché con las chicas a Niza y por la noche Brit se fue con «unos amigos» (eso es todo lo que dijo) a un cine al aire libre en Sainte Claire y yo invité a Miriam a cenar en De Puit Daphne en Aix-en-Provence, uno de sus restaurantes favoritos. Pasamos la cena hablando de algunos artistas que Miriam había estado evaluando para las exposiciones de Londres. Bueno, en realidad ella era la que hablaba. Yo me dedicaba a rellenar nuestras copas de vino y darle vueltas al asunto de Chucks. Temía el teléfono. Temía que sonara otra vez para darme otra mala noticia. Y Miriam parecía leer ese temor en mi rostro y trataba de no tocar el tema, aunque podía sentir su curiosidad. Finalmente, a la llegada del entrante me preguntó si todo iba bien.

—Te veo distraído, Bert. ¿Te aburro?

Imagínate a una mujer preciosa, vestida elegantemente, su cabello de oro recogido en un moño y unos pendientes de diamante colgando de sus dos preciosas orejitas. Una mesa al aire libre en una placita de un pueblo de Francia. Las estrellas. La brisa de la primavera. El sonido de las conversaciones, del descorche de vino, de la fuente del pueblo y de un dúo de violín y chelo tocando en un bar. Imagínate todo eso y trata de no resultar romántico. ¿Puedes? Yo sí.

—No, cariño —dije—. Solo es que estoy un poco preocupado...

(Y esas bonitas mejillas encendiéndose...)

—¿Por Chucks? Dios... —dijo tomando la servilleta de sus muslos y lanzándola en la mesa—. ¿Por que no le invitaste a cenar a él? O mejor: ¿por qué me invitaste a mí?

—Vamos, Miriam. Lo siento. Es todo eso del accidente. Le veo deprimido. Extraño.

—Chucks siempre está deprimido y extraño, Albert. Y yo estoy intentando tener una cena normal contigo, y él sigue apareciendo en todo lo que hacemos.

—Venga, no te enfades, que el pobre está muy solo.

—Pero ¿es que no te das cuenta? No me enfado con Chucks. Chucks es la disculpa que tú utilizas para no hacer lo que hemos venido a hacer aquí: empezar una vida nueva. Hacer nuevas amistades. Y parece que tú solo has venido de acompañante, Bert. Llevas un año aquí y ¿cuántos nuevos amigos has hecho?

—Yo... bueno, ya sabes que soy un tipo de pocos amigos. Está V.J. Chucks... ejem...

—Da igual —se rio antes de beber de su copa—, da igual. En realidad, es una bobada.

—No lo es, pero ¿qué quieres que haga si no pego mucho con la gente? No me gusta ponerme camisas de Lacoste y un jersey en los hombros. No me gusta esquiar, ni hacer vela, ni...

—No te gusta nada más que escribir y beber cerveza con tu amigote, Bert. Y sobre todo: no te gusta reinventarte.

—Joder, Miriam, tengo cuarenta tacos, ¿qué quieres? ¿Que empiece a cantar musicales?

—No... solo que hagas un esfuerzo, Bert. Un esfuerzo.

El camarero apareció entonces con los dos platos de postre y consiguió cortar aquella mecha de pólvora por la mitad.

No recuerdo cómo, pero logré arreglar el asunto de alguna manera. Llegamos a casa riendo por alguna cosa y Miriam se preguntó si Britney habría regresado ya del garaje de los Todd. Y eso podía significar que le apetecía tener un tú a tú conmigo después de todo. Pero todo se jodió por una llamada de Jack Ontam, que recibí cuando ya estaba tumbado en la cama. Miré el teléfono. Vi un número que empezaba por +44 que desconocía y cogí.

La voz de criminal juvenil reconvertido en millonario del rock de Ontam me saludó desde su bullicioso ático en Londres.

—¿Qué coño ha pasado, tío? Chucks me llamó para decirme que se ha entregado a la policía.

Miriam se estaba cambiando en el cuarto de baño. Salí de la habitación y me apresuré a bajar las escaleras. No quería que oyera nada.

—Sí. Eso es, sí —dije bajando la voz—, dice que atropelló a alguien, pero no hay ninguna prueba.

—Joder... ¡Mierda! —exclamó Ontam. Escuché unas risas a su lado y recordé que Chucks me había contado que tenía un jacuzzi con barra de bar incorporada donde solía invitar a sus amiguitas—. ¿Crees que pudo pasar?

—¿Que si lo creo? Bueno, si Chucks lo dice.

—Ya, pero tú entiendes a qué me refiero. ¿Ha vuelto a beber? ¿Fumar? ¿Alguna pirula?

—Alcohol y tabaco, Jack, un porro de vez en cuando. O al menos delante de mí. ¿Crees que puede ser otra psicosis como la de Ámsterdam? Ha pasado mucho tiempo desde aquello.

—No tanto —dijo Ontam entonces—. Supongo que no te ha contado su película de espionaje en Londres del año pasado...

—¿Qué?

—Ya veo que no te lo ha contado. Tuvo una bronca con unos tipos porque aseguró que le estaban espiando a través de la wifi. Estuvo en el banquillo y pagó una multa de cinco mil libras por asalto con violencia y destrozos en propiedad privada.

Noté que se me caía la sangre a los pies.

—Joder. Pero ¿qué coño estás diciendo?

—Chucks y sus paranoias. Un día, alguien le habló de todas esas historias de *hackers*, y lo de ponerle una pegatina a su cámara web. No sé quién coño fue, pero le hizo una putada en realidad. Ya sabes lo paranoico que es Chucks. Había empezado a usar el MacBook para guardar todas las demos de *Beach Ride* y se empezó a comer la cabeza. Instaló unos cuantos programas para detectar *hackers* y movidas del estilo, y un día todo empezó a pitar. Las luces rojas, alarmas. Por alguna razón divina decidió que eran unos tíos del ciber de enfrente de su casa en Kensington. Los típicos chavales que se pasan el día con el ordenador. Fue allí y les cerró el portátil sobre los dedos. Un par de gritos y un ojo morado. Nada más. Pero se enteraron de quién era y le pusieron una denuncia para sacarle las entrañas. *C'est la vie*.

Me quedé callado, pensando por qué Chucks habría decidido ocultarme semejante cosa.

—Intenté que fuera a ver a un psicólogo, el doctor de Los Ángeles que le ayudó la otra vez. Pero se negó. Creo que fue entonces cuando decidió marcharse a Francia siguiendo tus pasos. Por cierto, ¿cómo están Miriam y las niñas?

—Solo tengo una hija, Jack. Están bien.

—Me alegro. Mira, le he estado llamando toda la tarde, pero no me lo coge. Me preocupa, de veras. Justo ahora que tiene algo tan fantástico en las manos.

—Estará en el estudio. Ya sabes cómo es cuando trabaja.

—Eso quiero pensar. El caso es que intentaré llegar a Marsella el miércoles. Quiero sacarle de allí. Nos damos un voltio por el Mediterráneo. Aire puro, una paradita en Capri. ¿Os apetece venir?

—No, espera. Déjame que intente hablar con él primero. Le convenceré de que vaya a ver a ese doctor de Los Ángeles. Calgari, ¿verdad? Si vienes tú, quizá se ponga a la defensiva.

Se oyeron unas risas cerca de Ontam. Música de fondo. Gente.

—Vale, Bert. Me harías un favor, porque tengo... algunos compromisos aquí.

—No te preocupes. Yo lo arreglaré todo.

«Tu inversión está a salvo, Ontam.»

Colgué y regresé al dormitorio. Miriam estaba ya en la cama, leyendo una revista. Me deslicé sobre el colchón y le di un beso en la mejilla.

—¿Con quién hablabas?

—Con... Bernabe —mentí. Una mentira bastante mala, ya que Mark Bernabe, mi agente, pocas veces llamaba por la noche—. Me ha enviado unos libros de Amanda Northörpe en plan de coña y...

Noté cómo Miriam pasaba la página de la revista con fuerza. «No ha colado», me dije, pero decidí no dar más explicaciones. No estaba preparado para hablarle del asunto de Chucks. Quería mantenerla alejada de eso.

Después intenté besarla de nuevo, pero ella se limitó a ponerse las gafas y seguir leyendo.

«Mierda.»

5

El domingo se celebró un pequeño mercado vecinal en la plaza Charles de Gaulle de Saint-Rémy. Era un evento para catar vino, comer queso y comprar alguna cosa cara, y Miriam y la gente del taller de restauración participaban con un puesto de marcos y antigüedades. Los Mattieu y los Grubitz estaban allí junto a otra docena de Beverly Hillenses (incluido Mister Merme, el líder espiritual de los talleres de manualidades). La típica cita que yo me hubiera saltado con alguna excusa, como escribir, segar el césped o ir a visitar a Chucks. Pero en esta ocasión no hizo falta que Miriam dijera nada: entendí perfectamente que era mi mejor oportunidad de compensar mi estampida del viernes y la sucesión de cagadas de la noche anterior.

Estuve allí desde muy temprano, siendo el marido perfecto. Ayudé a transportar los muebles, corté queso y me ocupé de alinear y servir el vino a la gente que iba acercándose. La señora Grubitz andaba por allí y no perdió la oportunidad de preguntarme por «la pequeña emergencia del viernes».

—Un amigo tuvo un pequeño susto en la carretera —respondí, volviendo a la versión «alternativa» de los hechos—. Siento mucho haberles dejado tan abruptamente.

Britney estaba sentada en la fuente del pueblo con algunos amigos. Aunque el instituto estaba en Sainte Claire —así como la mayor parte de la población de la zona—, había algunos chicos y chicas sueltos por Saint-Rémy, la mayoría hijos de los habitantes de las afueras, como nosotros. Estaban los Todd, con sus flequillos casi a cara completa y sus caras de estar en los mundos de Yupi, una chica delgadita y pálida vestida como una «gótica» llamada Sarah y una «hierbas» (todo esto eran apelativos creados por Britney) llamada Malu que había tripitido varios cursos y ya debería estar en la universidad. Pero había alguien más por allí. Alguien que no había visto hasta la fecha: un muchacho esbelto, de cabello rubio, barbita y una dentadura de las que solo tienen los norteamericanos. Britney y él estaban sentados pierna con pierna, y se reían de alguna cosa. La verdad es que, como pareja, relucían.

—Vaya, vaya, parece que nuestra Britney comienza a adaptarse —le dije a Miriam, quien también los miraba en ese momento.

Miriam sonrió con los brazos cruzados.

—Creo que se llama Elron. Es bastante mono, ¿no?

Bueno, si Britney hubiera tenido once años me lo hubiera tomado todo a broma e incluso hubiera dicho que sí, que Elron era un chaval guapo. Pero con dieciséis, y todo lo que eso implicaba, mis genes de paterfamilias me hicieron ver las cosas desde otra óptica.

—¿Te había hablado de él?

—Sí. Alguna vez. Van juntos al instituto, aunque él es dos años mayor que ella. Está a punto de ir a la universidad.

«Dos años, pensé. Dieciocho. Joder, qué bien.»

Intenté comportarme como un padre moderno y traté de no vigilar muy descaradamente. Britney, que normalmente hacía gala de un carácter bastante duro con los chicos, se permitía el lujo de reírle las gracias, incluso de tocarle el hombro de vez en cuando. Y el muchacho parecía estar encantado también.

«¿Te estás poniendo celoso, Bert?»

Como cierre del mercadillo, un par de bodegas de la zona habían organizado un *lunch* con una cata de vinos. El comedor consistía en cinco mesas alargadas bajo la sombra de unos árboles y allí fuimos en grupo, con los Grubitz y otro montón de amigos de la zona. Pero supongo que las mesas y los estrechos bancos no eran precisamente muy atractivos y la gente permanecía de pie, bebiendo vino rosado y charlando, y de pronto me encontré al lado de una magnífica señora, alta, de rasgos aristocráticos y ciertamente apetecible. Me sonrió un par de veces, con un gesto de cordial timidez, y al final se acercó a mí.

—¿Es usted, por casualidad, el famoso escritor Bert Amandale?

Bueno, no estoy demasiado acostumbrado a que la gente me reconozca. Mis contracubiertas siguen llevando una foto mía de hace casi diez años y tampoco soy muy dado a salir en prensa y revistas, por mucho que la editorial se empeñe en explotar cierta imagen de escritor maldito. Así que no pude evitar cierto halago en toda la situación. Sonreí, estreché aquella delicada mano y admití, como quien admite una travesura, ser quien era.

—¡Soy una gran fan! —dijo la mujer—. Creo que me he leído todas sus novelas. A una por verano.

—Vaya... ¡Muchas gracias!

Ya entrados en harina me fijé en ella. En su vestido blanco, un único y carísimo anillo de diamantes y un sombrero muy elegante. Una dentadura perfecta y una nariz posiblemente retocada. «Cincuenta o cuarenta y muchos —pensé—, pero realmente bien cuidada. Tiene el aroma del dinero viejo.»

—Edilia van Ern —dijo ella entonces.

Van Ern. El apellido repicó en mi mente como una campana de alerta.

—Bert Amandale —dije tras besar sus suaves y perfumadas mejillas—. Un placer.

—Ah, no —dijo ella—, el placer es mío. ¡De veras! Aunque tengo que reconocer que he hecho trampas. Elena ya me dijo que usted vivía por aquí, claro. Estuvo cenando en su casa el viernes.

En ese momento vi a la señora Grubitz acercarse junto con Miriam y un hombre bastante alto, de cabello plateado pero joven, rostro moreno y una de esas sonrisas que arrugan las mejillas. Vestía un traje de chaqueta claro y una camisa rosada de brillos. Se presentó como Eric van Ern. El doctor Eric van Ern. Me estrechó la mano con fuerza y yo aguanté el apretón con una sonrisa.

—Encantado, señor Amandale. Tal y como le decía a Miriam, he estado esperando encontrar una buena excusa para aproximarme y pedirle disculpas. Siento muchísimo el episodio del bosque.

—¿El bosque?

—Sí... Vincent, el alguacil, me comentó que algunos de mis hombres debieron de asustarle ayer por la mañana, mientras paseaba por el pinar. Uno de nuestros mastines debió de írseles de las manos.

«Maldita sea», me dije para mis adentros, recordando a

Vincent guiñando su ojo: «Su secreto está a salvo conmigo.» Miriam, que estaba a mi lado en ese instante, me miró guardando silencio. Sabía que más tarde debería responder a unas cuantas preguntas.

—No fue nada. El perro era bien grande, solo eso.

—Pero no debería ir suelto. Se lo he dicho miles de veces. Me encargaré personalmente de que no vuelva a ocurrir. Por favor, acepte mis disculpas.

—No se preocupe, de verdad —respondí.

Vi entonces que Edilia le susurraba algo a su marido. Este asintió y entonces la mujer se dirigió a nosotros.

—Permítanme invitarles a una pequeña exposición que organizo el miércoles en Aix. Es de Richard Stark. ¿Le conocen?

—¿Stark? —dijo Miriam juntando las manos. Bueno, hasta yo le conocía. Era un pintor de moda en Francia. El nuevo *enfant terrible* de la pintura moderna. Un figurón.

—Tiene un pequeño estudio en Nelcotte y a veces le convencemos para que saque algo de su desván y lo cuelgue en el Gueuleton. Es una lista cerrada de asistentes, pero haré hueco para ustedes dos: una forma de compensarles por ese episodio con el perro.

—No hace falta, de verdad —dije, y noté los ojos de Miriam en mí: «Cállate.»

—Claro que hace falta —insistió Edilia—. Además, egoístamente, tenemos mucho interés en conocerles mejor. Elena Grubitz me ha dicho que a usted le interesa el arte, Miriam... Bueno, casada con un escritor no podía ser de otra forma. Y además creo que Elron y su hija se han hecho buenos amigos últimamente.

Entonces fuimos Miriam y yo los que nos miramos con sorpresa.

—¿Elron es su hijo?

—El mayor de nuestros dos cachorros —respondió Eric—. Y creo que está seriamente atrapado en las redes de su hija. No ha parado de hablar de ella desde que la vio cantando en el concierto de fin de curso en el instituto.

Prorrumpimos en una carcajada y en ese momento apareció una chiquilla de unos nueve años que resultó ser la otra hija de los Van Ern. Cogió a su padre de la mano y apoyó la cabeza en su pierna. Tenía un rostro inquietante. Pecosa, demasiado pálida y con el cabello rojizo. Me lanzó una mirada que no supe descifrar.

Esa tarde, después de echarme una pequeña siesta a la sombra de los manzanos, pensé que podríamos organizar una buena partida de Monopoly. Pizza casera, música en el tocadiscos y hacerte el dueño de las mejores calles de Londres: un plan perfecto para un domingo por la tarde en familia. Pero cuando se lo dije a Britney, ella respondió que «tenía planes».

—¿Irás a ensayar con los Todd? —le pregunté.

—Bueno, no... es que Elron me ha invitado a ver una peli en casa de unos amigos.

«Ah, Elron.»

Reconozco que aquello me sentó como un auténtico tiro. Una cuchillada amarga en el vientre. ¿Por qué estaba reaccionando así?

Admitir que te mueres de celos es algo humillante, así que no lo hice. En cambio, saqué el tema de la seguridad sexual porque necesitaba hablar con Miriam de alguna manera.

—Vamos. En Londres ya tuvo un novio —dijo Miriam.

Estaba regando algunas macetas en el jardín trasero. El sol de la tarde caía ya e iluminaba el polvo como si fuera oro. Yo me senté en el banco y comencé a liarme un cigarrillo.

—Sí, pero en Londres era todavía muy niña. Ahora ya está mayor. Y ese Elron tiene dieciocho...

—Sí, Gran-Papá. Tiene dieciocho y por esa misma razón Britney se pirra por él. Es un chico listo y educado, y Britney está a gusto con él y eso es todo lo que debería importarnos.

—Pero ¿van en serio? ¿Cuánto llevan?

—¡Nada! Britney me contó que ya le había echado el ojo en el instituto pero que Elron no le había hecho mucho caso. Y parece que ayer se vieron en una fiesta y él la invitó a salir por primera vez. Le dijo que «había estado pensando en ella desde el concierto del instituto». ¿No te parece romántico?

—¿Ayer?

—Creo que de pronto se le han quitado todas esas ideas de marcharse a Londres. Y además Eric y Edilia parecen muy interesantes, ¿no crees?

—Bueno, son educados y apestan a dinero. Esa clínica debe de darles una buena pasta.

—Son elegantes y no apestan a nada, Bert. Elena me habló un poco de ellos. Supongo que pensó que me interesaría saber algo sobre la familia de Elron.

—¿Y bien? ¿De qué te has enterado?

—Que llevan seis años en la zona, al parecer venían de vivir en el norte, en el Loira, donde Eric trabajaba en alguna universidad. Compraron los terrenos de la clínica, dos casas señoriales y unos establos a buen precio, pero sin negociar. Dicen que Edilia es hija de una familia importante, aunque se rumorea que tienen algún tipo de inversor adicional. Todo es muy secreto a su alrededor, incluida la lista de sus posibles huéspedes. Muchas estrellas de Hollywood, músicos y gente importante del mundo de las finanzas, ya sabes, *brokers* adictos a todo. Nadie pone un pie en Saint-Rémy, todos sus clientes llegan en helicóptero. El tratamiento cuesta una fortuna, pero al parecer tienen una lista de espera de años. Se hablan auténticas maravillas de Eric y sus métodos.

Edilia, por su parte, jugaba el papel de rica dama, participando en la vida social y artística de la comarca. Su invitación a la exposición de Stark le había hecho ganar unos cinco millones de puntos en la lista de «personas a conocer» de Miriam.

—Comparada con las demás, es como hablar con una auténtica dama —dijo antes de subirse a su despacho a investigar toda la obra de Stark.

IV

1

Ya había decidido ir a visitar a Chucks antes de recibir el mensaje de Ontam esa tarde: «¿Algo sobre Chucks? Me estoy empezando a poner nervioso.»

Eran las seis de la tarde cuando llegué a Villa Chucks, que dormía en una aparente calma, con todas las luces apagadas excepto un par de ventanucos a pie de fachada que daban a su bodega. Allí se veía un resplandor que me hizo colegir que Chucks estaba, tal y como había pensado, trabajando en sus grabaciones.

Llamé al timbre y esperé un buen rato. Después me acerqué a los ventanucos de cristal opaco, para gritarle que era yo. Entonces escuché las patitas de *Lola* correteando por el pasillo y unos segundos más tarde la puerta se abrió.

Chucks asomó la cabeza. Su cabello era como una bola canosa que me recordó a los nativos de alguna isla del Pacífico. Tenía una terrible cara de cansancio y emanaba un suave olor a rancio y falta de ducha. Miró a un lado y al otro y me hizo un gesto nervioso para que entrara en la casa.

—Hola, Bert. Rápido. Sígueme.

Me hizo pasar con urgencia. El recibidor era una pieza cuadrada, de suelo ajedrezado y con una bonita mesa redondeada en la que reposaba un tiesto de flores secas. Según entré, Chucks echó el cerrojo y la cadena y después pasó junto a mí. Tenía un aspecto deprimente. Cojeando, con una camiseta de los Stones, unos pantalones de boxeador y unas Crocs de color perla. Ese último detalle fue especialmente desalentador.

—Vamos al estudio —dijo susurrando.

Un poco sorprendido, le seguí por el pasillo hasta la puerta de la bodega. Entramos yo primero y Chucks después y oí cómo echaba el cerrojo en la puerta. Bajamos por aquellos estrechos escalones hasta el pequeño recibidor del estudio. El sofá estaba recubierto con una manta y había una almohada arrugada en un extremo. Tazas de té, latas de comida y un paquete de cereales destripado en un lado. Varias latas de cerveza apiladas en otro lado.

«Esto ha llegado a un límite insano —pensé viendo todo aquello—. Llamaré a Ontam en cuanto salga de aquí. Hay que sacar a Chucks de esta casa. Hay que darle un buen garbeo.»

Aunque, en el fondo, otra voz me decía que Chucks era joven, solo tenía cuarenta y cinco años —aunque eran cuarenta y cinco años que equivalían a doscientos años en la vida de un hombre que jamás hubiera hecho diez giras mundiales—. Y, de acuerdo, no se había cuidado como debiera, sabíamos que los excesos de su juventud le iban a pasar alguna factura, pero ¿en la cabeza?, ¿perder la cabeza? Dios. Ese sería un final terrible.

—Encantador —dije tratando de empezar con buen pie—.

Me gusta tu ambientación de cárcel tailandesa. ¿Cuánto llevas durmiendo aquí abajo? ¿Dos días?

—Desde el viernes.

Se dejó caer en el sofá. Rebuscó un pitillo entre las cajetillas que había esparcidas por allí.

—¿Quieres?

—No, gracias —dije sentándome a su lado.

Eché un segundo un vistazo alrededor. Ropa, cerveza, papeles con letras y acordes. Una Fender Stratocaster Relic del 65 tumbada en el suelo como si fuera un juguete y no un instrumento de casi seis mil libras. A través de una gran luna de cristal se podía ver la sala de mezclas y más allá, el estudio. Una gran batería DM blanca y de herrajes plateados, rodeada de micros. Una colección de guitarras, amplificadores y un piano eléctrico se adivinaban entre los biombos de insonorización.

—¿Volvió la policía? —dije, como para empezar a hablar de algo.

—Sí. Vino un agente el sábado por la mañana. Me hizo algunas preguntas y volvió a echar un vistazo al Rover. Nada, rasguños, eso es todo lo que encontró. Un detective debió de dedicarse a rastrear más hospitales, a hacer llamadas fuera de la comarca y ver si alguna otra comisaría había recibido algún tipo de denuncia por desaparición. No obstante, volvió a pedirme que no me marchara del pueblo. Y solo me he quedado por eso. De otra forma me hubiera largado ayer mismo.

—Pero ¿qué ocurre?

Entonces Chucks levantó el dedo y apuntó escaleras arriba. Y movió la mano dos veces en esa dirección, antes de decir lo siguiente en una preocupante voz baja:

—Hay alguien, Bert. Alguien ahí fuera.

—¿Qué?

—Alguien. Unas personas. Me vigilan.

Recuerdo lo que sentí en ese instante. Fue como si el mundo entero me cayese encima. «No, Chucks. No pierdas la cabeza, por favor.»

—Está bien, Chucks, está bien —dije tratando de suavizar la voz (como lo haría un celador de manicomio)—, empecemos por el principio. ¿Cómo sabes que hay alguien?

—No puedo probarlo. Pero les oí. Les oí hablar.

—¿Les oíste hablar?

—A través de mi ampli, Bert. Ven, te lo enseñaré.

Se puso en pie como un resorte y me guio hasta la sala de grabación. Allí había un gran Marshall JCM de cien vatios y una Gibson SG del 68 apoyada al lado. Bert se la colgó, subió el volumen del ampli y acercó la guitarra al altavoz causando un acople ensordecedor.

—Pero ¡qué coño! —dije tapándome los oídos.

El acorde resonó en el estudio durante un rato. Después Chucks puso la mano sobre las cuerdas y el sonido se cortó de raíz.

—Estaba tocando. El sábado por la noche. Grabando unas guitarras de fondo cuando en determinado momento el ampli empezó a hablar. Ya sabes, como cuando una guitarra pilla una frecuencia de radio.

Asentí. Todo el que toca una eléctrica ha pillado algún sonido de cables, un tranvía o una conversación de la sala de ensayo contigua.

—Estaban hablando de mí, Bert. Una voz dijo: «Está abajo, tocando en su estudio. Será mejor esperar.» Y la otra respondió: «No hay tiempo», o algo así, lo decían todo en francés, pero entendí algo como: «No podemos jugárnosla.» Lo bueno es que lo tengo grabado. Escucha.

Dejó la Gibson en su soporte y salió por la puerta del estudio hasta la cabina de grabación. Le seguí, cada vez más despacio. Cada vez más preocupado.

Había un par de butacones donde una semana antes habíamos estado sentados, con unas cervezas, escuchando las magníficas maquetas de *Beach Ride*. Chucks tecleó la contraseña en el iMac y abrió un fichero titulado «28/05/2015 – Noche». Había varias pistas con sonido. Eligió una, etiquetada como «guitarras *destroyer*». Movió el cursor hasta una hora y un minuto y la hizo sonar.

—Siempre dejo el grabador puesto, por si sale algo bueno. Mira, escucha.

Los altavoces de la cabina de mezcla emitieron un montón de ruido. Se escuchaba algo, cierto, una especie de voz enlatada de radio. Alguien que hablaba o por una emisora de radioaficionado o por un *talkie*. Pero no alcancé a distinguir nada.

—¿Puedes ponerlo otra vez?

Lo hizo. De nuevo, todo era pura nieve y en el fondo un eco de lo que (sí, lo admito) podría ser una voz diciendo algo.

—Yo no oigo nada, Bert. Hay voces, pero nada más. Podrían ser cualquier cosa.

—No quedaron bien grabadas porque el micro estaba un poco lejos, pero yo estaba al lado del ampli. Joder, Bert. Te lo juro. ¿No me crees?

—Te creo —dije con voz trémula—. Pero ¿por qué no me llamaste? ¿O a la policía?

—¿El mismo Chucks Basil que había confesado matar a una persona imaginaria el viernes? Ya se han cachondeado suficiente en la comisaría.

—Vale. ¿Y por qué no me llamaste a mí?

—Porque... bueno. Porque supongo que Miriam ya me odia bastante y... ¿Le contaste algo?

—Le dije que habías tenido una accidente con el coche, nada más.

—Uf. No importa, podías haberle dicho la verdad. Ella lo sabe mejor que nadie: soy un problema con patas.

—Cierra esa bocaza, ¿vale? Somos amigos. Los amigos están para lo bueno y para lo malo. Ahora quiero que te des una ducha, te pongas algo de ropa y salgamos a dar una vuelta. Iremos al Abeto, nos cenamos un filete y charlamos un poco, ¿vale?

—Mira, Bert. Pase lo que pase de aquí en adelante, quiero que me jures algo.

—Soy todo oídos.

—Si me pasara algo...

—¿De qué estás hablando? —le interrumpí.

—Joder, Bert. Por favor.

—Vale.

—Si me pasara algo. Un ataque al corazón, un accidente, lo que sea. Quiero que salves este disco, ¿vale? —señaló hacia la mesa de mezclas—. Es lo único decente que he hecho en estos últimos diez años de mi jodida vida. Salva *Beach Ride*, tío. Llama a Jack y que ponga a Ron Castellito a producirlo. Él es el único que podría terminarlo. ¿Me lo juras?

—Lo juro, Chucks. Pero, como suele decirse en las películas, terminarás el disco tú mismo. Y harás la maldita gira de presentación, a la cual espero ir a verte con un pase VIP. Y ahora dúchate, tío. Hueles a cárcel tailandesa. Y además tengo ganas de comerme un filete.

Tomé un camino alternativo a propósito para no volver sobre «la curva» del accidente. No quería pasar por allí porque no quería hablarle a Chucks de la clínica y de los hallazgos que había hecho esos dos días. Sabía que si le mencionaba ese edificio solo encendería su imaginación, y en aquellos momentos era lo que menos necesitaba la fantástica fábrica de enemigos que Chucks llevaba sobre los hombros.

Así que di un buen rodeo y traté de distraerle un poco con algo de conversación. Le hablé de Britney y de sus nuevos amigos del pueblo, y el chaval de los Van Ern, que me parecía un poco arrogante. Le dije que me recordaban un poco a los personajes de *Stepford Wives*, la novela de Ira Levin en la que una comunidad aparentemente perfecta escondía un terrible secreto. Chucks preguntó si Ira Levin era una mujer. «No, un tío. Un genio, pero un tío.» Trataba de ser afable, pero no dejaba de mirar por los espejos retrovisores.

Llegamos al Abeto Rojo media hora más tarde. Era un bar-cabaña de un estilo mucho más canadiense que provenzal, un lugar para pescadores y cazadores donde servían una carne exquisita. No sé si lo había elegido subconscientemente, como si quisiera dotar a toda la escena de normalidad. El Abeto Rojo era el sitio donde todo había empezado, una semana antes, precisamente un lunes. Y ahora volvíamos allí, nos comeríamos un filete y no pasaría nada.

A esas horas estaba medio vacío. Nos sentamos en el sitio más apartado que pudimos, junto a las ventanas, pedimos un par de cervezas y el plato de carne del día. Chucks no paraba de mirar a un lado y al otro. Estaba fuera de sí.

—Tío, Chucks, relájate, ¿vale? No hay nadie aquí. Nadie nos está siguiendo. Escucha, quiero decirte algo seriamente. Como amigo: quizás haya llegado el momento de pedir ayuda profesional.

—¿A qué te refieres, Bert? ¿Un detective?

—No, Chucks. Hablo de un terapeuta. —Aquella palabra me gustaba mucho más que psiquiatra—. Alguien a quien puedas contarle todo esto de forma ordenada. ¿Recuerdas aquel tipo que te ayudó en Los Ángeles? El doctor Calgari.

Sutilmente, quería sacar el tema de los perseguidores de Ámsterdam. Quizá Chucks entendió por dónde iba. Y se enfadó.

—¿De qué mierda estás hablando, Bert? Esto no tiene nada que ver con aquello. ¡Esto es real!

—Vale. Perdona, Chucks.

Dio un golpe sobre la mesa y noté algunas miradas sobre nosotros.

—Es real, Bert. ¡Me cargué a ese tipo! ¿De qué estás hablando?

—Baja la voz, ¿quieres? No hace falta que se entere todo el puto bar.

Entonces se llevó las manos a la cara. Buscó un cigarrillo en el bolsillo de su camisa y se lo llevó a los labios.

—Aquí no puedes fumar, Chucks.

—No me crees, joder —dijo encendiéndoselo—. Es increíble, Bert. Me has dado un disgusto de puta madre.

Un camarero, que ya nos había echado el ojo, nos gritó desde la barra con muy malas pulgas. Bert apagó el cigarrillo en un pequeño florero que había sobre la mesa, pero también le sacó un dedo.

—Perfecto —dije—, prepárate para saborear el escupitajo de ese tío sobre tu filete.

—Me da igual. Ya no tengo hambre. Me quiero ir de aquí.

—Espera —dije tomándole de la mano—. ¿Me dejas explicarlo? Creo en lo que te pasó, lo de la carretera. No he pensado ni por un minuto que mintieses. Pero lo de las psicofonías en tu ampli es más difícil de digerir.

—No eran psicofonías, eran radiofrecuencias, tío. Debían de estar muy cerca de la casa, con un par de *talkies*. ¿Por qué te cuesta creerlo? Una vez toqué en una base militar en Escocia y la mitad del concierto me la pasé oyendo a un controlador de helicópteros. Sé de lo que hablo.

—Vale. Lo siento —dije—, es factible. Pero me recuerda enormemente a tu historia de Ámsterdam, ¿qué quieres que te diga?

—Eso fue diferente. En esa época llevaba un puestón de hongos la mitad del día, y la otra mitad de Black Widow, coño. Ahora, en cambio, estoy sobrio, joder. Desde hace años.

—¿Y lo de Londres? ¿Qué pasó con tus vecinos y la wifi? Antes de que preguntes cómo lo sé: Jack Ontam me ha llamado. Está bastante preocupado por ti.

Chucks empezó a reírse.

—Qué hijo de puta. No me lo puedo creer. Eso fue un malentendido, joder.

Se calló. Un hombre acababa de entrar en el bar y vino a sentarse justo en la mesa de al lado. Me volví para mirarle. Era un señor de unos cincuenta, con barba, gafitas redondas. Le sonreí y él saludó con la cabeza. Después, sin decir nada más se sentó y se puso a leer su periódico. Cuando me volví hacia Chucks, este le miraba fijamente.

—Bueno —dije, recolocando mi silla entre Chucks y el tipo para evitar que le siguiera mirando—. ¿Me vas a contar lo de Londres? ¿Es por eso que viniste a Francia?

—Fue un factor. Sin más. Reconozco que la cagué con aquello, pero no fue la única razón. Pensé que estaría mejor fuera de Londres una temporada. Quería estar cerca de alguien en quien confiara, Bert. Y vosotros sois lo más parecido que tengo a una familia... Ridículo, ¿no? Por eso os he seguido hasta Francia como una maldita alma en pena, porque estoy solo, Bert. Estoy terriblemente solo.

—E hiciste bien. Somos tu familia, Chucks. Lo hemos sido siempre y siempre lo seremos. ¿Vale?

—Sí, aunque Miriam me odie.

—No digas eso. Miriam no te odia... De hecho, el otro día me sugirió que era hora de que vinieras a cenar algún día, ¿qué te parece?

Chucks sonrió, creo que por primera vez en todo el día.

—Pero ahora reconoce que tienes tendencia a sentirte un poco perseguido.

—Eso va con el sueldo, tío. Soy una estrella. Pero esto no tiene nada que ver con la paranoia. Esto es real, Bert.

—Vale, pero admite que podría ser, solo como posibilidad.

—Lo admito, vale. Admito que esas voces en el ampli podrían ser un efecto de mi superimaginación. Pero atropellé a ese chaval, Bert. De eso estoy seguro, joder.

En ese momento se acercó una guapa camarera con nuestros filetes con patatas. Yo asentí en silencio, como intentando que Chucks no siguiera hablando.

—Lo hice —dijo mientras colocaban los platos frente a nosotros—. Lo hice.

—Te creo —respondí, aunque en el fondo había empezado a dudar de todas y cada una de las cosas que Chucks me había contado en las últimas setenta y dos horas.

Teníamos hambre y quizá nos venía bien descansar un poco de aquel tema. Yo intenté no pensar en el camarero y el posible escupitajo sobre mi carne. Pedimos una jarra de cerveza y comimos en silencio durante un rato.

Después de tranquilizar nuestros estómagos, empecé a hablar sobre el último álbum de Bob Dylan y desviar el tema hacia la música, que siempre era un tema relajante entre Chucks y yo. También recordé algunas cosas divertidas de nuestra juventud y de nuestras primeras bandas. Logré arrancarle unas buenas carcajadas y ese era todo mi plan: relajarle para hacerle ver las cosas con un poco de perspectiva y no como un túnel sin salida, y al final de la cena, contraatacar con la idea de Ontam, el psicólogo o al menos el viaje fuera de la Provenza.

Después de un rato, me entraron ganas de ir al baño y me levanté un segundo. Estaba dentro del *toilette*, lavándome las manos, cuando escuché un fuerte alboroto en el bar. Salí apresuradamente, temiéndome que Chucks estuviera involucrado, y acerté de pleno.

Chucks estaba junto a las ventanas, de pie, y le rodeaban dos personas: el hombre que se nos había sentado detrás —el de la barba y las gafitas— y el camarero que antes le había abroncado por fumar. Chucks llevaba algo en las manos: un periódico, y mientras tanto parecía estar pidiendo paz y calma.

—¡Se creen que pueden venir aquí y hacer lo que les venga en gana! —gritaba el camarero.

—Solo le he pedido el maldito periódico un segundo —respondió Chucks.

—Y no se lo ha querido prestar. Pues cómprese uno.

Entonces me vio llegar y el rostro se le iluminó.

—¡Bert! —dijo mostrándome el periódico y poniendo un dedo en una fotografía que aparecía en la portada—. ¡Es él!

—Devuélvale el periódico al cliente —insistió el camarero intentando cogérselo, pero Chucks fue más rápido y me lo lanzó a través del aire.

—Maldito borracho inglés —gritó el tío.

—Eh, amigo, tranquilo con las palabras —dije yo.

El tipo me respondió algo con muy malas pulgas y me soltó un empujón en el hombro.

—La vamos a tener, franchute de mierda —dijo Chucks entonces.

El resto del bar nos miraba, y unas cinco o seis personas se habían levantado. Primero pensé que vendrían a mediar en la bronca, pero después me di cuenta de que la cuestión del patriotismo primaba y eso de «franchute de mierda» no había encajado muy bien entre el público presente. El camarero empezó a gritarnos que nos largáramos, dijo que «la semana anterior ya habíamos tenido otra bronca» y supuse que nos recordaba por el medio embrollo del vaso de vino en la camisa de Chucks.

Un tipo con cara de muy pocos amigos se acercó y nos dijo que dejásemos el periódico, pagásemos la cuenta y saliésemos cagando leches. Había tres garrulos detrás de él, dispuestos a saltarnos los dientes, así que alcé mis manos e hice el gesto internacional de la paz. Devolví el periódico, ya completamente arrugado, a aquel hombre de las gafitas. Después dejé cien euros por la cena y salimos mandando a los franceses a la mierda, y ellos mandándonos a nosotros al cuerno. Y supuse que nunca más volveríamos al Abeto Rojo, al menos en los próximos diez años, lo cual era una verdadera lástima, pensé, porque el filete era buenísimo.

—¡Era él! —dijo Chucks una vez que estuvimos a salvo en mi Spider.

—¿Quién, maldita sea?

—El hombre que atropellé. Estaba en el periódico.

—¿Estás seguro?

—Sí. Rápido. Vamos a Sainte Claire. Tiene que haber otro periódico en alguna parte.

—Pero ¿estás completamente seguro?

—Llevo toda la semana soñando con esa cara, Bert. Cuando te has levantado para ir al baño me he fijado en el periódico y allí estaba. Esa cara, en uno de los faldones de la portada. Joder, mírame —dijo elevando su mano en el aire—, estoy temblando.

Y era cierto, Chucks estaba blanco como si acabara de ver un fantasma.

Llegamos a Sainte Claire, aparcamos en una de las callejuelas que daban a la plaza y fuimos a uno de los *bistros* del centro, que era lo único que estaba abierto a esas horas. Encontramos un ejemplar de *La Provence* del domingo en el revistero. En su portada, en un recuadro del faldón inferior, se veía el rostro de un muchacho de unos treinta años, sonriente, con los ojos rasgados y el pelo rubio. El titular, encuadrado en la parte inferior derecha de la portada, decía lo siguiente:

EL ESCRITOR DANIEL SOMERES MUERE EN UN
ACCIDENTE DE TRÁFICO.

Su coche se precipitó al vacío en un punto de la ruta de las Corniches, la noche del pasado sábado. Al parecer, viajaba a Niza para visitar a un familiar y perdió el control en una curva.

Me había quedado callado. De pronto, todo aquello había tomado un rumbo inesperado, siniestro.

—Daniel Someres —dijo Chucks—. ¿Te suena?

De pronto tuve una escalofriante visión. Yo también estaba en ese sueño que Chucks me había relatado, en esa terraza del King's Road, en París. Tomando una pinta y oyendo a aquel chico hablar y hablar sin cansarse. Un chico inteligente, con ideas realmente brillantes, pero un poco cansino. Un muchacho que parecía necesitar comunicarse desesperadamente.

Pero no era un sueño, sino un recuerdo. Entonces me di cuenta.

—Lo conocíamos —dije.

—¿Qué?

—No es ningún sueño, tío. Conocíamos a ese chico. Tú y yo.

2

En ese momento pensé que había ocurrido en 2009, pero después Mark Bernabe, mi agente, me corrigió. Fue exactamente en el verano de 2010. Yo acababa de vender los derechos de *Amanecer en Testamento* a una editorial francesa (Actes Sud) y estaba de visita en París, con Bernabe y la agente local, una mujer muy guapa cuyo nombre también me recordó Bernabe en una postrera conversación: Anne-Fleur Kann. Bueno, habíamos hecho la clásica visita de promoción, con un par de entrevistas, y esa noche habíamos salido a tomar una copa al Barrio Latino. Y, justo entonces, Chucks me llamó diciendo que también estaba en París, y terminamos todos juntos en la terraza de un pub de estilo inglés tomando unas pintas. El King's Road.

Anne-Fleur, la agente francesa, se iba a encontrar con uno de sus representados esa noche, pero la convencimos para que se quedara un poco más (era bastante interesante y Chucks insistió en que cenáramos juntos), así que terminó llamándole para que viniera también al King's Road. Y ese muchacho era Daniel Someres.

Los recuerdos de él, que Chucks y yo nos esforzamos por rescatar en las horas siguientes al descubrimiento del periódico, sentados en el fondo del *bistro* de Sainte Claire, eran vagos, pero ambos coincidíamos en su personalidad ansiosa, un poco neurótica. Hablaba sin parar, casi atropellándose con sus propias palabras. Acababa de publicar un libro sobre el Club Bilderberg, los ataques de falsa bandera y todo ese rollo conspiranoico. Era una de esas bibliotecas andantes y parlantes que no descansan hasta saturar tu cabeza con todo lo que saben.

—No paraba de hablar —recordó Chucks—. Yo quería charlar un poco con aquella espectacular mujer francesa y él no me dejaba. Dale que te pego con sus historias sobre manos negras. ¡Es alucinante que aún guardara ese recuerdo en mi memoria!

—Es increíble, de veras —dije pensando en ello.

Hasta ese día, Daniel Someres había sido una de esas cientos de caras con las que te cruzas en la vida y crees que has olvidado. Un recuerdo enterrado bajo capas y más capas de recuerdos. Una charla casual, de no más de una hora, en una terraza de París, cuatro años atrás. ¿Y de pronto era el tipo que Chucks había atropellado?

—¿Cómo puedes estar seguro? —le pregunté en determinado momento—. Quiero decir: en aquella carretera, de noche... ¿cómo puedes estar cien por cien convencido de que era él?

—Es su cara, Bert, te lo juro por todos mis muertos. Lo vi

durante unos pocos minutos, iluminado por los faros de mi coche, pero era él. Daniel Someres.

—... cuyo coche se estrelló cuatro días más tarde, a decenas de kilómetros de donde tú dices que...

—Eso es un montaje, por supuesto.

Le hice un gesto a Chucks para que bajase la voz. Eran ya cerca de las once de la noche y, a excepción de un chico sentado en la barra (posiblemente el novio de la camarera), estábamos solos en el bar.

—Vaya, por fin sale la teoría.

—¿Es que no la compartes? Me cargué a un tío en mitad de la noche. Después su cuerpo desaparece y cuatro días más tarde lo despeñan por un acantilado, lejos, muy lejos de donde murió realmente. —Chucks soltó una carcajada—. ¡Es como en una película, tío! Y yo soy el único testigo.

Vi que el muchacho nos miraba y sonreía. Quizá no debía ni preocuparme: muy pocos entenderían nuestro inglés acelerado y nervioso. Pero aun así, toda aquella conversación estaba poniéndome los pelos de punta. Volví a hablar, muy bajito.

—De acuerdo. Pongamos que estás en lo cierto; ¿qué hacemos ahora?

—Investigar, claro. Está claro que ese tipo no murió en las Corniches. Hay que decírselo a la policía.

—¿Y crees que alguien te va a creer? Chucks, ¿por qué no volvemos al principio? ¿No te parece una absoluta casualidad que el tipo que atropellaste fuese alguien que ya conocías?

—¿Qué quieres decir?

—Pues que quizá, solo quizás, asociaste esa cara a una que se parecía, que conservabas en la memoria. Es lo que pasa con los sueños. A veces aparece gente desconocida, pero son solo caras que conservamos de nuestros paseos diarios. Quizás el tipo se le parecía.

—¿Por qué te empeñas en que estoy loco? Coño, Bert. ¿Qué te pasa?

—No me pasa nada, Chucks, pero todo esto es surrealista. Solo estoy intentando poner un poco de orden.

—¿Quieres poner orden? Llama a tu agente. Averigüemos qué hacía Someres en las Corniches, y cómo murió. Te aseguro que si rascamos un poco encontraremos cosas muy raras en su muerte.

—De acuerdo —dije—. Trato hecho. Pero si todo resulta ser absolutamente normal, ¿me prometes que irás a ver al doctor Calgari en Los Ángeles?

—Mira, colega. Estoy tan seguro de esto que acepto la propuesta. Si la historia de Someres encaja, yo me tomo unas vacaciones en la casa de la risa. Pero si encontramos algo raro en la historia, ¿me ayudarás a investigarlo?

Asentí con la cabeza, pero a Chucks no le pareció suficiente.

—Dilo, Bert: ¿lo prometes?

Se lo prometí. Y me arrepentiría. Pero se lo prometí.

La camarera empezó a levantar las sillas y a barrer y le dije a Chucks que era hora de largarse. Nos montamos en el coche y conduje hasta su casa. Solo entonces, cuando estábamos frente a la *maison*, en la oscuridad de la noche, se me ocurrió que debería invitarle a dormir en nuestra casa.

—No hace falta, Bert. No quiero ser un problema. Además, pienso largarme de aquí una temporada. Quizá le pida a Jack su casa de Capri por unos días. Bueno, ya veremos. Hay mucho que hacer.

—¿De veras no estarías más a gusto en nuestra casa?

Chucks volvió a negar con la cabeza. Después abrió la puerta del coche y antes de salir me dijo algo que jamás olvidaré:

—Vuelve con los tuyos, Bert. Yo me voy con mis fantasmas.

3

Esa noche tuve varias pesadillas. Supongo que era lo menos que podía esperar después de aquel día tan intenso. Primero soñé con Someres y con aquel pub inglés de París. No sé si Chucks me había contado algo parecido, pero en mi sueño Someres y yo estábamos solos bebiendo unas pintas y él tenía la cabeza cubierta de unas extrañas cicatrices. Como si alguien le hubiera colocado una corona de cuchillas de afeitar y esto le hubiera provocado una veintena de profundas heridas que alguien se había encargado de coserle con un hilo bastante grueso y basto.

No paraba de hablar, pero en mi sueño no era capaz de entender nada y comenzaba a desviar la vista hacia otra parte. Como suele pasar en los sueños, esa «otra parte» era la plaza de Aix-en-Provence. Y allí, sentado sobre la fuente, estaba Chucks hablando animadamente con Miriam, ambos riéndose como en los viejos tiempos. Y yo pensaba: «Qué bien que por fin se han vuelto a hacer amigos. ¿Cuánto tiempo ha hecho falta para que le perdones lo de Linda?»

Entonces, de pronto, alguien me cogía de la barbilla con la mano y me obligaba a girar la cara. Era Someres. Tenía los ojos vacíos, como si fuera un fantasma, y la sangre había comenzado a derramarse por entre las costuras de su cabeza.

—Escúcheme, Amandale. Escúcheme con atención. La

ermita. Tiene que encontrarla. Ahora lo tienen ustedes en sus manos. Y están en peligro.

Yo me reía nerviosamente en mi sueño. Miraba hacia la fuente de Aix-en-Provence, y Miriam y Chucks habían desaparecido. Había un hombre con unas gafas negras y el pelo peinado a un lado.

—¿Quién es?

—Ese es el padre —respondía Someres—. Aléjese de él. ¿Entiende? Le comerá el alma. Le masticará el cerebro.

—¿Ese viejo?

Pero cuando me volvía a mirar a Someres, este ya no era el chico parlanchín que recordaba. De hecho, estaba callado, lo cual es lógico en un muerto. Alguien, por medio de alguna terrible cirugía, le había extirpado la mitad superior del cráneo. Un palpitante cerebro se asomaba por allí. Una masa gris, gelatinosa, por cuya superficie la sangre aún estaba fresca. Le habían clavado varias agujas metálicas en aquella esponja sangrienta. Sus ojos estaban horriblemente girados hacia arriba. Su lengua terriblemente hinchada, desplegada sobre la barbilla...

Me desperté. En mis sueños gritaba, pero todo estaba en silencio.

Fuera estaba lloviendo, una de esas trombas primaverales que refrescaban el aire cada tres o cuatro noches. Miriam dormía a mi lado, en silencio, y mi corazón palpitaba a cien por hora.

Me levanté con cuidado de no despertarla y fui a beber agua al lavabo. Y allí, frente al espejo, intenté apartar la pesadilla de mi mente. La terrible imagen del cerebro de Someres se resistía a marcharse. Me lavé la cara dos o tres veces, como si intentase limpiar aquel recuerdo de mi cabeza.

Lo fui olvidando, pero eso disparó otros pensamientos: Chucks. La noticia del periódico y esa casa en el campo de flores. Los Van Ern. Los soldados y su perro asesino. Al filo de la madrugada es cuando las ideas se presentan sin trucos, tal y como son. Nuestro consciente está desactivado y todas las protecciones mentales, dormidas. No hay posibilidad de engañarnos. De contarnos esas mentiras que necesitamos, por la mañana, para seguir viviendo. Por eso soñamos; porque la realidad sería demasiado terrible para ser presentada *per se* a nuestros ojos. Y, de pronto, aquella teoría cobró una siniestra vida ante mis ojos. Y por primera vez pensé que quizá Chucks estaba en peligro. Y por qué no: yo también.

No le había mencionado la clínica en toda la tarde y lo había hecho con una buena intención: para no alertarlo más. Pero ¿estaba siendo justo con mi amigo? ¿No estaba acaso juzgándolo antes de tiempo? Y, mientras tanto, tampoco podía hablar con Miriam de todo ese asunto porque no quería destapar el feo lío de Chucks y el coche ante sus ojos. Aunque, ¿cuánto tardaría en enterarse (sobre todo viendo lo discreto que V.J. podía llegar a ser)? Estaba atrapado en una doble mentira.

Volví a la cama e intenté dormir. Me distraje un poco navegando por Internet en mi *smartphone*, consulté el e-mail y leí la página deportiva del *Herald*. Repasé la vida de todos mis amigos en Facebook. Me enteré del filete que David Brown se había comido esa noche en Londres. De las maravillosas vacaciones en Bali de Sarah y su nuevo novio keniata, y del aparentemente aburrido viaje a Oslo de nuestros amigos Frank y Brenda. Pero al cabo de una hora seguía sin ser capaz de conciliar el sueño.

Conozco mi insomnio a la perfección y aquel era de los buenos, así que decidí que tendría que hacer algo al respecto, si no me vería mirando al techo por el resto de la noche. Me levanté otra vez y, en esta ocasión, Miriam se desveló ligeramente.

—Cariño —dijo con su dulce voz de bella durmiente, con los ojos cerrados, acariciando el calor que mi cuerpo acababa de dejar en el colchón—. ¿Estás bien? ¿No puedes dormirte?

—Tranquila. Ya está. Ahora me duermo —respondí.

Teníamos un pequeño vestidor entre la habitación y el lavabo. Fui allí y abrí uno de los armarios. Había un botiquín con básicos de farmacia y unas pastillas de valeriana que Miriam había comprado en una herboristería de Marsella. Hubieran sido una buena opción para un insomnio normal (nivel preocupación mundana), pero no para aquella dosis de terror que todavía fluía por mis venas después de la pesadilla.

Un poco más arriba, escondida detrás de algunos viejos papeles, estaba mi «caja de los trucos». La saqué y volví a echar un vistazo al dormitorio. Miriam seguía dormida. «Bien, veamos qué hay en el menú.» Nitrazepam, Dormidina, Oxifin, Valium. Saqué una de las pastillas, algo no demasiado fuerte que no fuera a freírme el cerebro y dejarme como un zombi al día siguiente, y me la puse sobre la lengua. Después volví a esconder la caja y fui al lavabo a beber agua.

La pastilla hizo su efecto y al cabo de un rato caí en un profundo sueño. En mi siguiente pesadilla, la cual jamás logré recordar demasiado bien, yo hacía el amor con Edilia van Ern. Nada del otro jueves; era como estar haciéndolo con una almohada. Al terminar me levantaba y caminaba desnudo por una especie de largo pasillo de hospital. El pasillo estaba a oscuras pero fuera, por las ventanas, se podía adivinar el color amarillo de un gran prado de canola, y a lo lejos, entre los árboles, se veían las luces de algún coche rugir en medio de la noche.

Entonces oía algo a mis espaldas. Me volvía y veía a la pequeña de los Van Ern, esa niña con cara de demonio, sujetando el perro monstruoso. El mastín tiraba de la correa, babeando por morderme, y la niña lo sujetaba sin demasiada convicción. Y me miraba con una sonrisa maléfica.

—¡No! —le gritaba—. No lo sueltes.

Entonces la niña abría su mano y lo dejaba escapar en mi dirección. Yo estaba en el fondo del pasillo y no había por dónde escaparse. Entonces el perro se abalanzaba sobre mí y me mordía en la cara. Y notaba cómo comenzaba a arrancármela, trozo a trozo. La boca, las mejillas, las orejas. Finalmente, de un mordisco me sacó un ojo y entonces, justo antes de que cerrase sus dientes sobre él, pude ver mi rostro destrozado desde la perspectiva de sus fauces.

¿Me desperté? Jamás lo sabré con seguridad. Después pensé que era otra pesadilla, porque todo se sentía como dentro de un sueño. La pastilla me hacía volar entre nubes de algodón.

Me desperté en mi habitación y seguía lloviendo fuera. Miriam, profundamente dormida a mi lado. Me levanté y caminé como un fantasma hasta la ventana. Aparté las cortinas y miré el jardín a través del cristal. El césped, la piscina y los manzanos. Al fondo, mi cobertizo de escritor y, más allá, la oscura línea de los setos. Y allí fue donde los vi. Primero pensé que serían luciérnagas, pero las luciérnagas vuelan, se mueven, y aquellas luces verdes permanecían quietas.

Eran ojos. Tres o cuatro pares de ojos mirando hacia mi casa.

Y como un niño asustado, todo lo que hice fue cerrar las cortinas y volver a la cama. Al calor de Miriam. Y allí volví a dormirme y ya no soñé nada más.

V

1

El lunes tenía un viaje programado a Ámsterdam, para la promoción de *El regreso de Bill*. Amanecí a las seis de la mañana y conduje bien temprano hasta el aeropuerto de Marsella. Después de un sueñecito en el avión y un café bastante decente cortesía de Air France, aterricé en Schiphol y me entregué a la estricta agenda que Geertje van Gulik, mi editora holandesa, había preparado para mí. Una radio, dos televisiones y una ronda de fotos por la ciudad. Menos mal que no se olvidaron de mi restaurante thai favorito en Zeedijk, donde comimos acompañados por el director de la casa y un agente de prensa. A la tarde me reuní con el escritor Herman Grok en el DeBalie para grabar una entrevista para la televisión. Charlamos durante tres horas sobre *Amanecer en Testamento* y *Bill Nooran*, que a Herman le había encantado. Más fotos y finalmente una cena por los canales a bordo de un pequeño barquito. Cuando llegué al hotel Amstel esa noche ya no me tenía en pie. El insomnio de la noche pasada sumado a la acción del día apenas me dejaron opciones. El tiempo justo para escribir un WhatsApp a Miriam y decirle que el día agotador ya había pasado y que estaba en el hotel. Nada de fiestas ni de cachondeo, que era lunes. También leí un mensaje de Chucks en el que me daba las gracias por todo el día anterior. «He empezado a investigar por mi cuenta —decía— y estoy encontrando cosas muy fuertes.»

Eso me recordó que tenía que llamar a Bernabe para hacerle aquellas preguntas acerca de Daniel Someres, pero realmente me daba pereza hacerlo a esas horas (y a cualquier otra si somos honestos, pero «una promesa es una promesa»). Empecé a escribir un mensaje pero no lo terminé, así que me emplacé para el día siguiente. Encendí la televisión y estaban dando *La roca* con Sean Connery, pero ni siquiera llegué a ver más de diez minutos. Me dormí como un tronco y no me desperté en toda la noche.

Al día siguiente tenía un desayuno en el hotel con otros dos medios y después salí para Schiphol. Miriam me confirmó que esa noche nos esperaban a las seis en la exposición de Stark en Aix. Le dije que mi avión aterrizaba en Marseille-Provence a las 16:40 y que seguramente me sobraría tiempo, pero hubo un retraso y llegué a las 17:10. Le metí un poco de alegría al Spider y llegué a casa a tiempo para cambiarme de camisa y salir pitando para encontrarme con Miriam.

La exposición tenía lugar en un *atelier* del centro llamado Gueuleton. Todo el club de arte de Saint-Rémy estaba presente en la exposición, incluyendo al señor Merme, los matrimonios Grubitz y Mattieu y, por supuesto, la elegante Edilia van Ern, que esa noche desplegaba todo su encanto con un vestido de terciopelo rojo. Vino provenzal, ricos canapés y muchas conversaciones elevadas sobre la pintura del jovencísimo Stark, que llevaba ese aire de «artista maldito pero no tanto», con ropas negras, mostacho y hombros cargados propios de las víctimas de sus obsesiones. Nada más entrar por la puerta y hacerme con una copa de vino, lo encontré flanqueado por Miriam y Edilia van Ern. Me lo presentaron y entrecrucé un par de frases educadas con él. Hay cierta química entre los artistas plásticos y los escritores, pero esa noche brilló por su ausencia. Stark me pareció un niño mimado y repelente, y enseguida me las apañé para salirme del grupo. Bueno, en una galería es fácil: te pones a ver cuadros y listo.

Miriam, como siempre, estaba ocupada saludando y charlando con todo el mundo, así que disfruté de la soledad y el vino, mirando los cuadros sin mirarlos realmente. Después de dar un par de vueltas, cogí un vaso de vino y salí a la calle con la útil excusa del cigarrillo. Estábamos en la plaza principal de esa preciosa villa, cuna de Cézanne y de Émile Zola, y una fuente reflejaba las primeras estrellas del anochecer. Me senté al borde, encendí un pitillo y entonces recordé que todavía no había hablado con Bernabe. Me pareció una excusa genial para pasar un rato al fresco.

Bernabe cogió la llamada disculpándose y diciendo que estaba en una cena. Me preguntó si había recibido los libros de Amanda y si podía llamarle en una hora, pero le insistí un poco. «Coge un vaso, un cigarrillo y sal a la calle. Necesito hablar contigo.»

—¿Someres? —preguntó cuando se lo expliqué todo—. Sí, claro. Creo que todavía lo llevaba Anne-Fleur. ¿Cuándo dices que ha muerto?

—El sábado pasado.

—Vaya. No sabía nada. Era un chico bien joven, qué lástima.

—Oye, Mark, necesito que me hagas un favor. ¿Puedes llamar a Anne-Fleur y preguntarle en qué andaba metido el chico en estos momentos? Si estaba investigando para algún libro o, vamos, algo...

—¿Algo? ¿Qué estás tramando, Bert?

—Nada, tío. Pero a un amigo le ha dado por trazar teorías conspirativas y como Someres se dedicaba a estas cosas tan raras... Vamos, que nos gustaría saber cómo era la vida de Someres justo antes de morir. Qué estaba haciendo y tal... Todo lo que puedas sacar es buen material.

—Vale, lo haré. Tenía que llamar a Anne-Fleur este mes de cualquier forma. Aprovecharé para darle el pésame. No es que fuera un autor con el que ganase mucho dinero, pero a ella le encantaban sus libros y me consta que les unía una pequeña amistad. Haré esas preguntas por ti, Bert.

—Vale, tío. Llámame en cuanto tengas algo.

—Por cierto —dijo soltando una risilla—. ¿Has empezado ya los libros de Amanda?

—Vete a cenar, Mark —dije, antes de colgarle.

Aún quedaba algo de mi cigarrillo, pero lo aplasté contra el suelo y me dispuse a volver dentro. En ese momento, al levantarme, vi que había alguien sentado al otro lado de la fuente. Para mi sorpresa se trataba de Edilia van Ern.

Si no fuera algo de bastante mala educación para una mujer de su clase, diría que había estado escuchando mi conversación con Mark en silencio.

—Vaya, señor Amandale, era usted... —dijo al verme—. Una bonita noche, ¿verdad?

—Sí —respondí un poco azorado—. Vaya, ni siquiera me di cuenta de que usted estaba aquí.

—Salí a descansar. El arte es como el vino. Para degustarlo bien se ha de tener el paladar en blanco. ¿Tiene un cigarrillo? No suelo fumar pero ahora me apetece.

Le di uno y se lo encendí. Lanzó un par de flechas de humo por la nariz. Nada de dar las gracias.

—¿No me acompaña?

—Acabo de terminar uno —dije—. Beberé mientras usted se deleita con el humo.

—Qué amable. ¿Le gusta la exposición? ¿Hay algo que le atraiga?

—El saxofonista —dije, refiriéndome a un precioso lienzo de dos metros que, supongo, era la estrella de la exposición—. Y alguna otra cosa pequeña. Esa colección de minirretratos de México, por ejemplo.

—A mí también me gustó el saxo, pero el precio es exagerado. ¿No le parece? Incluso para un fenómeno como Stark. Pero es un fenómeno joven.

—Supongo que es un precio de salida, para los incautos —dije—. Dentro de un mes estará por los suelos, si es que ningún millonario amante de la música lo compra antes.

Debo reconocer que mi mirada se había desviado ligeramente hacia la gargantilla de perlas que la señora Van Ern lucía en su bonito cuello esa noche, después al escote perfectamente misterioso de su vestido, donde se leía el comienzo de dos vibrantes senos. Ella lo notó y sonrió sin el mínimo rubor, como si estuviera acostumbrada a provocar esa reacción en los hombres.

—Claro, usted y la música, señor Amandale. En todas sus novelas hay un músico. Es porque usted también lo fue, ¿verdad? Miriam nos habló de ello...

—Sí. Bueno, solo durante algunos años de mi juventud. Toqué en algunas bandas, me desmelené. Digamos que taché la casilla de la imprudencia.

Sus ojos felinos, de oro azul, no se apartaban de mí y comenzaba a sentirme nervioso y excitado al mismo tiempo. «Vuelve adentro ya, Bert.»

—Un viejo rockero. Qué *sexy*. Algún día me gustaría verle tocar —dijo.

—Ah, no, ya no estoy para batallas. Pero mi hija Britney es un verdadero talento.

—Britney, claro. Es una verdadera muñeca. ¡Qué niña tan preciosa! Elron no para de hablar de ella y no me extraña. Tiene sus ojos, ¿sabe? Unos ojos tan melancólicos, como si estuvieran tristes muy adentro.

—Ojos irlandeses —respondí ahora que ya era evidente que estábamos mirándonos el uno al otro sin ningún reparo—. Mi abuelo era de Cork. Y usted, ¿de dónde ha sacado los suyos? ¿Holanda?

—Dinamarca —respondió ella.

—Muy bonitos —dije.

Se rio, como si hubiera esperado a que cayese en la trampa de enviarle ese piropo.

—Es usted un zalamero, Mister Amandale. Como todos los escritores. ¿Cumple con algún otro estereotipo?

—¿Estereotipo? ¿Como por ejemplo...?

Con su dedo índice golpeó el vaso de vino (casi vacío) que llevaba en la mano. El sonido del cristal golpeado por el esmalte de su uña resonó como una campanilla en la noche. La miré con una firme sonrisa. ¿Qué sabría la señora Van Ern de mis años nebulosos? ¿De mis largas noches de cerveza, whisky y pastillas?

—¡Ah! Ya no bebo tanto. No lo necesito. Hace mucho tiempo que solo uso café para escribir.

—Ya veo. Esos años locos quedaron atrás. Ahora es usted

un tranquilo padre de familia de cuarenta años. Un hombre felizmente casado y un afamado escritor.

Volvió a poner el dedo sobre mi copa, esta vez para pellizcarla y sacar un chispeante sonido. Después meneó la cabeza haciendo que su melena emanara aromas de mil cosas.

«Joder —pensé—. Me estoy excitando.»

—Más o menos tranquilo y afamado, sí. Y felizmente casado también.

—Eso está claro. Más que claro. Miriam es una mujer preciosa. Los dos tienen mucha suerte de estar juntos.

Terminó su cigarrillo y lo aplastó con el pie. Se puso en pie. Era unos dos centímetros más alta que yo. Un portento de la naturaleza *made in Copenhagen*. No oculté mi aplauso visual.

—Supongo que Miriam ya le ha hablado de nuestra pequeña fiesta, ¿verdad?

—Pues... ¿Qué?

—Organizamos una pequeña fiesta el próximo sábado en nuestra casa. Espero que su intensa agenda de escritor le permita asistir. Pensábamos que sería acertado conocernos, ahora que Britney y Elron... ya sabe, son tan amigos.

—Pues... ¿dice que habló con Miriam? Ella conoce mi agenda mejor que yo.

—En ese caso, nos veremos otra vez el sábado.

Caminamos de vuelta a la galería y no volvimos a hablar. Yo incluso intenté no volver a mirarla, porque algo me decía que nuestras miradas se encontrarían.

La galería se empezó a llenar de gente y la fiesta se animaba. En determinado momento me encontré con Eric van Ern en persona, que también acababa de llegar. Se mostró muy educado conmigo y me alcanzó una tercera copa de vino. Parece que tampoco estaba muy interesado en los cuadros, pero sí tenía ganas de hablar sobre mis artes.

—Los escritores. ¡Tienen ustedes una mente tan interesante!

—¿A usted le parece?

—Son capaces de recrear el estado del sueño, de provocarlo. Para un psiquiatra su cerebro es oro. Algo para meter en formol.

—Espere a que me muera primero —bromeé.

Eric se rio y me palmeó el hombro, quizá con demasiada confianza.

—Oiga, ¿qué le parece si algún día se pasa por la clínica? Como escritor seguro que le interesará. Y además podemos tomar un café y charlar un poco más distendidamente. Desde que mi perro estuvo a punto de devorarlo, me siento en deuda con usted.

Le miré fijamente. Por un instante, todo aquello me pareció «poco casual». ¿Quizá V.J. le había mencionado mi teoría sobre el atropello de Chucks? En cualquier caso, la idea me resultaba atractiva. Quizá, pensé, podría llevarme a Chucks conmigo.

—No querría molestar a sus huéspedes —dije—. Pero sí, por supuesto que me interesaría visitarle. Quizá saque ideas para un libro.

—De acuerdo, entonces. Buscaré un hueco en la agenda y se la enseñaré. ¡Pero avíseme si piensa matar a alguien!

Me reí y mi risa sonó como una lata vacía cayendo por una cuesta empedrada. Eric se topó con otros amigos y desapareció al cabo de un rato. Yo me sumergí en una aburrida conversación con la señora Mattieu (que seguía empeñada en contar conmigo para presentar la proyección de *Amanecer en Testamento* en la filmoteca de Saint-Rémy) y después de un rato bostecé lo suficiente como para que Miriam accediera a que nos marchásemos.

2

Cuando llegamos a casa, la motocicleta de Britney no estaba, así que supusimos que habría salido con los Todd o con su nuevo amigo especial, Elron. Ni Miriam ni yo teníamos hambre después del *brie*, los pastelitos de cangrejo y el caviar, así que subimos a la habitación sin encender las luces. Me tumbé en la cama y la observé mientras se desnudaba. Ese día llevaba una lencería deliciosa. De satén, y el satén me vuelve loco. Me hace sentirme como un buscador de ostras. Se metió en la ducha y yo fui detrás, desnudo ya como el hombre de las cavernas. La sorprendí por la retaguardia. Ella me notó y no dijo nada, tan solo me dejó entrar. Fui rápido. Más de una semana de espera es lo que tiene. Después le ofrecí hacerme cargo de ella, pero Miriam rehusó. Y lo cierto es que llevaba una temporada sin provocarle un buen orgasmo.

Apagamos la luz y dejamos las ventanas abiertas. Una brisa muy suave mecía los árboles junto a la casa. Me quedé mirándola mientras se dormía. Y entretanto pensé en Edilia van Ern y en el flirteo un poco descarado que había tenido en la fuente. ¿Habría sido un tanteo? ¿Una broma? ¿Una trampa? En cualquier caso, poco importaba lo que «ella» viniera buscando. Lo importante era el pequeño terremoto que había provocado en mí. ¿Volvíamos a las andadas?

A muchos amigos de Londres les decíamos que la idea de viajar a Francia un año o dos se nos ocurrió viendo *Un buen año*, la película de Ridley Scott en la que un agresivo *trader* de bolsa termina abandonando su vida londinense por la apacible y romántica vida provenzal. Bueno, esto era casi cierto. Era verdad que una vez vimos *Un buen año* y comentamos lo bueno que sería mudarnos un año a Francia. Al fin y al cabo, teníamos dinero, Miriam tenía ganas de viajar, y a Britney no le vendría mal otro año fuera de casa (había hecho un curso en Estados Unidos cuando tenía trece) antes de llegar a la edad crítica en la que tomar decisiones importantes.

La auténtica razón, sin embargo, era algo diferente. Y tenía mucho que ver con lo que había pasado esa tarde en la fuente de Aix-en-Provence. O al menos un buen pedazo de ello.

Miriam y yo habíamos sido una pareja perfecta durante mucho tiempo. En serio, aunque suene un poco arrogante, la gente solía adorarnos. No solo éramos los más interesantes, chispeantes y simpáticos invitados de todas las fiestas. Después, en nuestro *petit comité*, echábamos unos polvos bestiales y teníamos una vida romántica. Champán en París, chocolate en Roma, candilejas en Nueva York. Mis libros, su arte, Britney. Todo iba como la seda. Nuestra vida era un camino de oro.

No sé cuándo apareció la primera grieta. Cuándo empecé a mirar a otra mujer más de la cuenta. Cuándo empecé a ser «quizá demasiado simpático» con alguna camarera. Una noche, al salir de una fiesta, llevaba una mujer del brazo. Casi por accidente. Tan solo había hablado con ella durante una hora, incapaz de despegar mis ojos de sus rizos negros. Se llamaba Louise y fue mi primera infidelidad en quince años de matrimonio. Una escena rápida en un coche, ni siquiera demasiado buena, pero lo suficiente para restaurar esa necesidad, esa sed de aventuras que me perseguía como un fantasma.

Al día siguiente me desperté solo en casa, Miriam estaba de viaje, en uno de sus muchos viajes, y Britney, en Cambridge pasando el fin de semana con unas primas. Me miré al espejo y me dije: «Jódete. No volverá a pasar y no hace falta decirle nada a Miriam.» Y así fue. Solo que al cabo de un mes ella volvió de uno de sus viajes y me dijo que tenía que confesarme algo. Se llamaba Michael y era uno de los ayudantes de la galería. «Necesito que me perdones, Bert. Fue una tontería. Lo siento.»

Me fui a dormir a un hotel durante todo el mes siguiente. El divorcio era lo más lógico, ¿no? Se lo pedí. ¿Para qué intentarlo? Yo me había tirado a Louise, ella se había tirado a Michael y solo con dos semanas de margen. ¿Qué otra cosa podía significar aquello? Nos habíamos alejado y los dos queríamos nuevas aventuras. Los dos deseábamos explorar el mundo. «Rompamos —le dije, y estuvo de acuerdo—. Nos daremos un tiempo.»

Pero lo cierto es que la vida durante ese mes fue una auténtica miseria. Pensar en un mundo sin Miriam, o en el que Miriam termina encontrando a otro, fue como sufrir un incendio en mis tripas. Un incendio permanente que no se apagaba con nada. Daba vueltas en mi cama pensando en ella. Imaginándola con otro, revolcándose entre nuestras sábanas. Al final, una noche después de siete días la llamé. Eran las dos de la madrugada y ella también estaba despierta. Le dije que necesitaba verla y le pregunté, entrecortadamente, si estaba sola. «Sí, y yo también quiero verte.» Tomé un taxi desde el hotel a nuestra casa de Kensington y la encontré sentada en el portal, fumando en la noche de Londres. Britney no estaba en casa, así que primero lo hicimos en el recibidor, contra la misma puerta. Después en la mesa de la cocina. Y, finalmente, en el pasillo de las habitaciones de arriba. Y esa noche decidimos que teníamos que volver juntos. El fuego en mis tripas se había acabado. Era feliz. O al menos lo fui por un tiempo.

Pero no podía ser igual. O, al menos, no todavía. La confianza es como un cristal. Una vez roto, jamás vuelve a ser el mismo. Y comenzamos a volvernos locos de celos. Ella seguía trabajando con Michael y yo me controlaba para no aparecer por la galería. Tenía miedo de verlo y querer romperle la cara. Mientras tanto, yo terminé *Amanecer en Testamento* y tenía que comenzar una gira de promoción que me llevaría por Europa y Estados Unidos. Joder, era un mal momento para intentar sanar una pierna rota, y la cosa volvió a fallar. Un día la llamé al teléfono desde Madrid y me cogió un tipo. Michael. Y el estómago comenzó a arderme otra vez. Ella dijo que estaban trabajando hasta tarde y que él había cogido el teléfono por error. Dije que no me lo creía y ella me acusó de maniático. Colgamos. Yo estaba en Malasaña, sentado en una terraza con algunas personas. Una de ellas era una preciosa chica española que había organizado el evento esa noche, y que ya me había echado un par de miradas furtivas.

Me desperté en el hotel, con la chica a un lado, y mi teléfono sonando. Era Miriam. Estaba llorando. Dijo que me llamaba desde el hospital.

Britney.

3

Algo me despertó un par de horas después, en medio de la noche. Las ventanas seguían abiertas; las cortinas ondulaban al viento. Escuché como un ruido de conversaciones muy cerca de nuestra ventana. Después, el sonido de un coche al ralentí.

«¿Qué?»

Había un trozo de jardín de unos quince metros entre la puerta principal y el pequeño murete, y sonaba como un coche que se hubiera parado junto a la puerta.

«Britney...»

Eso era lo más lógico, ¿no? Pensé en Elron, que ya tenía dieciocho años y posiblemente un coche. Miré el radiodespertador de mi mesilla y vi que indicaba las 0:01. La siguiente sucesión de ideas era imaginarme de dónde podrían venir Britney y Elron en un coche a esas horas... «¿De dónde crees que pueden venir dos adolescentes a esas horas de la noche?» Bueno, dieciséis no es tan mala edad para... pero habría que darle una vuelta de tuerca a su educación sexual; por si se le había olvidado algún detalle. De hecho, yo mismo le compraría unos condones. Dave, un amigo de Londres, me dijo que él se los compraba a sus hijas desde los catorce. Los dejaba en un cajón y permitía que ellas se sirvieran libremente sin decir nada. «Van a hacerlo de cualquier forma, tío. Y es mejor que salgan armadas desde casa.»

Y ahí estaba yo, pensando en esas cosas cuando oí un sonido que lo cambió todo, que me hizo abrir los ojos de par en par. Que puso a mi corazón a bailar el «Saturday Night Fever».

Un bip.

Sí, un bip. El clásico pitido electrónico de un *talkie*. Y eso había sonado realmente cerca, por no decir que estaba bajo nuestra ventana.

Casi a la velocidad de una lagartija me senté en la cama y me quedé quieto, escuchando. El motor del coche seguía allí, ronroneando. Entonces alguien habló en francés y su voz se escuchó sucia y enlatada a través de un dispositivo. Todo eso me recordó inmediatamente a Chucks y a su improbable historia de las conversaciones captadas por su Gibson SG del 68; pero antes de poder desarrollar más esa sospecha, me puse en pie de un salto y me acerqué a la ventana con cuidado. Ni siquiera tuve que correr la cortina para detectar el resplandor azul de unas sirenas policiales.

Se me cortó la respiración.

Era un coche de policía aparcado frente a mi casa. Y en ese momento sonó el timbre de la puerta de abajo.

—¡Miriam! —exclamé mientras corría a ponerme los pantalones y la camisa que había dejado sobre el sofá.

Miriam emitió un «¿MMNNFFQUE?» mientras se movía bajo las sábanas. Le dije que se levantara. «Arriba. Es la policía. Ha pasado algo.»

Entonces botó sobre la cama. «¡Qué!», pero yo ya estaba saliendo por la puerta.

Una sola línea para hablar de esa visión túnel que nos envuelve cuando el terror emerge en nuestra tranquila existencia. Como la de una cebra que está bebiendo en un estanque cuando de pronto aparece el depredador. Todo nuestro cuerpo activa el modo «estampida idiota» y no vemos más que una dirección: adelante. Y debido a eso, supongo, me caí por las escaleras. Bajaba tan rápido y tan atontado que tropecé en el antepenúltimo escalón y aterricé con el pecho en el suelo del recibidor. Miriam gritó al verme en el suelo. El timbre sonó otra vez.

—¡Estoy bien! —grité—. ¡Abre! ¡Abre! —Y según me levantaba vi a los dos gendarmes al otro lado de la puerta. Cabizbajos, con las caras largas y los labios pegados. Y automáticamente pensé que habíamos perdido a Britney. Sí, lo pensé de veras. Que ese idiota de Elron se había estrellado con el coche o algo peor. Algo mucho peor, y que ahora nos dirían que les acompañásemos al hospital a identificar su cadáver, probablemente desfigurado o quemado por la mitad. Y quise volver a tirarme al suelo, quise atravesar las maderas de mi recibidor y viajar al centro de la Tierra y convertirme en ceniza ahí abajo.

Los gendarmes hablaron en francés.

—¿Son los padres de Britney Amandale? —preguntó uno de ellos.

—Sí —dijo Miriam, y dejó escapar un sollozo.

—Ella está bien —se apresuró a decir el policía—. Está bien, no se preocupen.

—¿Dónde está? —respondió Miriam—. ¿Qué le ha pasado?

—Está bien —repitió el policía—. No le ha pasado nada. A ella.

Todavía éramos incapaces de entender nada. Si Britney estaba bien, entonces ¿por qué no estaba allí? ¿Y por qué habían venido dos policías a nuestra casa?

—¿Ha hecho algo? —preguntó Miriam entonces—. ¿Ha cometido algún crimen?

Aquella frase sonó ridícula en su francés, que era mucho mejor que el mío. Pero allí nadie se rio.

—No. No... nada de eso. Pero tienen que venir con nosotros en el coche. Vístanse.

—Ya estoy vestido —dije—, vamos.

Entonces el policía me miró los pies y carraspeó.

Claro, estaba descalzo.

Miriam subió a nuestra habitación a coger un par de gabardinas y unas deportivas. Los policías estaban en el jardín hablando entre ellos. Solo se me ocurrió sacar el cuaderno de tarjetas de la cómoda de la entrada, donde estaba el número de Fisher & Noon, mis abogados de Londres.

Montamos en el coche, en silencio, en el asiento de los «detenidos». Nuestra hija estaba bien y eso era todo cuanto necesitábamos saber, pero el susto nos impedía cruzar una palabra entre nosotros o con los agentes. Si estaba tan bien, ¿por qué no había venido a casa a decírnoslo ella? Quizás es que no queríamos saberlo. Cogí a Miriam de la mano mientras el coche arrancaba. La miré en silencio, y ella a mí.

Ese mes en el que yo dormí en un hotel, Britney empezó a amigarse con los peores del colegio. Uno de ellos se hacía llamar Rata a sí mismo, imaginaos. Bueno, supongo que tenía derecho a hacerlo. Nosotros habíamos jodido la vida familiar, ¿por qué no podría participar ella en el mismo grado? Después, cuando volví a casa y nos reconciliamos, pensamos que ella volvería a su cauce, pero no fue así. Por alguna razón, todo empezó ir cuesta abajo para ella.

Una noche fue a una fiesta con sus nuevos amigos y alguien, en una oscura habitación de una casa de estudiantes en Brixton, le había invitado a fumar caballo. Supongo que a esas alturas ya iba bastante borracha también, aunque sabíamos —por un control que le hicieron en el hospital— que al menos no tuvo ninguna relación sexual. Vamos, que nadie se la trincó mientras volaba por los mundos de Yupi, lo cual era todo un alivio. Después una amiga suya la encontró, pálida, sobre aquel colchón y llamó a la ambulancia. Pero esa amiga suya no sabía mucho más sobre ella, así que los ATS tuvieron que investigar quién coño era. Dieron con Miriam, Miriam dio conmigo y un trabajador social del King Edward nos reunió para explicarnos el resto. Y de paso hacer unas cuantas preguntas. ¿Va todo bien por casa? ¿Tienen ustedes problemas? «Eh, jefe, tranquilo, ¿de acuerdo? Soy Albert Amandale, el escritor. Y esta preciosidad es mi mujer. Vivimos en Kensington y tenemos una nevera de dos puertas, dos coches y cuatro tarjetas de crédito. ¿Con quién se cree que está hablando?» Y entonces nos explicó que Britney había insistido en no vernos. A ninguno. No quería saber nada de nosotros.

El tobillo me dolía. La caída por las escaleras no había sido trivial, pero decidí callarme. El coche patrulla salió de Saint-Rémy y cogió la R-81 dirección a Sainte Claire. Pasamos por el Abeto, donde un grupo de moteros se divertía acelerando sus Chopper y bebiendo cerveza en lata. Los gendarmes o no lo vieron o decidieron no verlo. Después subimos a las colinas. Pasamos por la curva del «incidente» y llegamos a Sainte Claire. Pensé que iríamos a la *gendarmerie*, pero el coche se desvió por una pequeña calle lateral y terminó cruzando el puentecito que salía del pueblo hacia el oeste, por el mismo camino de tierra que había que tomar para ir a...

—Oiga...

... la casa de Chucks.

—Pero ¿adónde nos llevan?

Había un par de coches patrulla aparcados frente a la casa de Chucks. Las luces de una ambulancia recién llegada destellaban en la noche. Gente, vecinos, algunos de ellos en albornoz, se congregaban ordenadamente a unos metros de la puerta principal. También había un par de fotógrafos por allí. Y la motocicleta de Britney estaba aparcada contra el muro. Miriam y yo nos miramos con sorpresa.

—¿Qué significa esto?

El coche se detuvo frente a la entrada y un hombre abrió la puerta derecha del coche. Era el gendarme de la cara cuadrada que unos días antes nos había atendido a mí y a Chucks en la comisaría de Sainte Claire. Jean-Luc Riffle. Sin decir una palabra nos hizo un gesto para que lo siguiéramos más allá del muro del jardín. Una vez allí, lejos del gentío, se puso las manos en la cintura, miró al suelo y habló:

—Señor y señora Amandale, su hija Britney está bien. Está dentro, respondiendo a unas preguntas.

—Pero ¿por qué aquí? —dije yo.

El gendarme resopló, tragó saliva y dijo lo que ya comenzaba a temerme de alguna forma:

—Lamento mucho tener que darle esta noticia, señor. Se trata de su amigo Chucks Basil. Ha fallecido esta noche.

VI

1

La noticia fue como un golpe en la nuca. Un dolor blanco, como una explosión silenciosa en la parte trasera de tu cabeza. Un velo cayó sobre mi entendimiento. Un barranco eterno al que no quería asomarme. Miriam se me aferró a un brazo. Empezó a llorar pero yo era incapaz de soltar una lágrima. Todo lo que hice fue buscar un cigarrillo. No llevaba ninguno encima, así que le pedí uno al policía, que tampoco fumaba. Pero alguien me consiguió uno antes de que Riffle nos acompañara hasta la entrada de la casa.

Britney estaba sentada en el sofá de la «sala de ver», rodeada por dos agentes. Tenía las manos en la cara cuando entramos por la puerta e iba cubierta con una manta. Medio desnuda. Eso fue lo primero que vi. Las piernas desnudas al aire. Miriam gritó al verla y se lanzó a por ella, algo tan irracional y primitivo como eso. Primero gritó: «¡Qué ha pasado! ¡Qué te han hecho!», pero Britney negó con la cabeza. Después se abrazaron y comenzaron a llorar juntas.

Y yo seguía fumando, mirando a mi hija medio desnuda bajo esas mantas. No sé en qué pensaba: ¿qué hacía Britney allí? ¿Había matado ella a Chucks? Cogí un cenicero de una estantería, aún había colillas de Chucks. De hecho, yo me sentía como si Chucks fuera a aparecer por allí en cualquier instante.

—¿Qué ha pasado? —le pregunté al gendarme—. ¿Por qué está desnuda mi hija?

—Ella fue quien le encontró, hace una hora y media. Se lanzó a la piscina.

—¿A la piscina? ¿Ella? Eso... no tiene sentido.

Riffle me puso la mano en el hombro.

—Es lo que ha contado, señor: que vino con la motocicleta hasta aquí. Debía de tener una llave de la casa. Entró y le buscó por todas partes, después oyó al perro gimiendo en el jardín. Salió y lo encontró en la piscina.

—¿Mi hija...? ¿Una llave...? Quiero verlo. Quiero verlo con mis propios ojos.

—Señor. No creo que sea adecuado...

—Ellas se quedan aquí, ¿de acuerdo? Pero él era mi amigo. Quiero verlo ahora.

El gendarme carraspeó como si aquello no le hiciera demasiada gracia. Después me indicó que lo acompañara. Miriam y Britney seguían fundidas en un abrazo, no les dije nada. Sencillamente me fui.

Salimos a la terraza trasera y ya desde arriba detecté el resplandor de unos potentes focos. Había un grupo de policías allí, haciendo sus investigaciones. Guantes y capuchas blancas. Y a un lado de la piscina había una bolsa alargada. Los tipos de la ambulancia, cuyos chalecos reflectantes relumbraban bajo los focos, acababan de aparcar una camilla a su lado.

Bajamos las escaleras de piedra y el gendarme les dijo algo en francés a los hombres de la ambulancia. Se apartaron. Todo el mundo guardó un respetuoso silencio al verme entrar en escena. El gendarme se arrodilló junto a la bolsa y me pidió que hiciera lo mismo. Alguien, un enfermero, se colocó a mi espalda, supongo que por si me desmayaba o algo. Entonces Jean-Luc descorrió la cremallera lentamente y allí apareció el rostro de Chucks. Blanco, dormido. Él ya no estaba allí. Su pelo estaba empapado, aún pegado a la frente, y dormía. Tan solo eso. Su cuerpo dormía en paz.

—Es él —dije, como si hiciera falta confirmarlo—, es Chucks Basil.

—Parece que fue algo rápido —dijo el gendarme—. Debió de darle un ataque en el agua. Algo así. ¿Sufría del corazón?

—No que yo supiera —respondí—, pero tenía asma. Quizá fuera eso. Dios...

En ese instante nos interrumpieron unos gemidos terribles que venían desde más abajo. A unos cuantos metros de allí, *Lola* estaba atada a uno de los postes de piedra de la terraza.

—Tuvimos que atarla. No dejaba acercarse a nadie. Estuvo a punto de morder a uno de los agentes.

Me levanté, fui hasta allí y me agaché frente a *Lola*. La perra me metió el hocico bajo el sobaco, lo que supongo que es la forma de un perro de llorar desesperadamente con un amigo.

—*Lola* —le dije—, ¿qué ha pasado, *Lola*? —Y me quedé mirándola como si fuera a ponerse a hablar y explicarme lo que había sucedido allí.

Me senté en el suelo de piedra junto a *Lola*, y vimos cómo

los hombres de la ambulancia colocaban a Chucks sobre una camilla. Y entonces, solo entonces, me di cuenta de que mi viejo amigo Chucks se había ido para siempre. El chico raro de mi barrio de Dublín, cuyo padre era un borrachín que siempre debía dinero a todo el mundo, y del que un día me hice amigo. Con el que empecé a tocar en una banda a los doce años. A quien le confesé mis primeros amores, y con quien reí y lloré mis primeros corazones rotos. El tío con el que emprendí la aventura de coger la mochila de irme a vivir a Londres con dieciséis años. Con el que malviví en una ratonera y con quien trabajé en un 7-Eleven hasta que la vida empezó a sonreírnos un poco. El hermano que nunca tuve y que se había ido al cielo de las estrellas del rock. Nunca más volvería a verle. Por extraño y profundamente doloroso que aquello fuera. Jamás volvería a hablar con él de nuestras cosas. Y recordé aquella última frase que me dijo. «Vuelve con los tuyos. Yo me vuelvo con mis fantasmas», y me sentí tremendamente culpable por no haber insistido, aquella noche, en que viniera a dormir a nuestra casa. Me sentí tremendamente cabrón por haber puesto la tranquilidad de mi hogar por encima de su soledad, que esa misma tarde, en el Abeto, me había confesado.

Y entonces, solo entonces, en la oscuridad de aquel rincón, y abrazado a *Lola*, rompí a llorar desconsoladamente.

2

Al cabo de una hora apareció una jueza, Annete Bovair, que parecía no llegar ni a los treinta. Con ella presente se procedió al levantamiento del cadáver y la firma de la declaración de Britney, asistida por un abogado de oficio también llegado de Marsella.

Miriam y yo escuchamos en silencio a Britney repitiendo su historia: había llegado allí sobre las diez y media, después de pasar un par de horas ensayando en el garaje de los hermanos Todd (que más tarde lo confirmarían) en su casa cerca de Sainte Claire. Después, antes de regresar a casa, había decidido pasarse a visitar a Chucks, cuya casa quedaba de camino a Saint-Rémy.

Aparcó la motocicleta en la calle y entró hasta la casa, ya que contaba con una llave.

—Me la dio él mismo hace un par de meses —aclaró ante la pregunta de la jueza. Y Miriam y yo lo escuchamos todo sin hacer una sola pregunta. Nos las reservábamos todas hasta llegar a casa.

Llamó al timbre de la puerta principal, pero al ver que Chucks no contestaba, abrió y entró. Entonces fue cuando escuchó a *Lola* gimiendo desde alguna parte en el jardín trasero. Salió afuera, pensando que quizá Chucks estaba allí tomando un vaso de vino al fresco, y entonces vio que *Lola* ladraba en la zona de la piscina. Y al acercarse, detectó aquella sombra flotando entre dos aguas.

—Por un instante pensé que estaría buceando, que saldría en cualquier momento, pero entonces me di cuenta de que estaba muerto.

Se lanzó a la piscina en su ayuda, pero solo consiguió sacar su cabeza y hombros y apoyarlo en las escaleras. Después, asustada y desesperada, intentó llamarnos a casa, pero su teléfono se había estropeado con el agua. Buscó un teléfono en la casa de Chucks, pero no encontró ninguno (Chucks solo tenía móvil y lo habían encontrado en su bodega). Entonces salió en busca de ayuda. Llamó a la primera puerta que encontró, la casa de los siguientes vecinos (los Dodeur, a quienes agradecimos su ayuda más tarde), y fueron ellos los que llamaron al número de emergencias.

Después de una corta deliberación en la biblioteca, la jueza Bovair nos informó de que la policía técnica no había encontrado ningún indicio «superficial» de delito. Las primeras investigaciones parecían apuntar a una «muerte accidental», aunque se haría un análisis forense en profundidad. Podíamos marcharnos a casa, pero no debíamos abandonar el país mientras se esclarecían los hechos y los forenses emitían un informe definitivo. Mientras tanto, decretó el sello policial sobre el lugar y se nos ordenó a todos salir de allí.

Según salíamos por la puerta, vimos a los hombres de la ambulancia empujando la camilla con el cuerpo de Chucks. La habían subido por uno de los laterales de la casa, quizá con la intención de que no lo viéramos, pues aquella bolsa era una imagen escalofriante. Nos quedamos los tres, Miriam, Britney y yo, mudos. Yo necesité apoyarme en Miriam para no irme de bruces contra el suelo.

Los gendarmes iban a llevar a *Lola* a la perrera municipal, pero insistí en quedárnosla nosotros. Era lo menos que podía hacer después de todo. La metí en uno de los coches patrulla. En el otro se montaron Britney y Miriam. La ambulancia encabezó la comitiva y salimos de allí bajo la mirada de vecinos, curiosos insomnes y algún periodista local.

Llegamos a casa sobre las dos de la mañana, destrozados, pero nadie tenía sueño. Miriam hizo té, yo saqué una botella de Tullamore Dew del armario y Britney se limitó a obedecer a su madre y beberse un vaso de agua con una pastilla de valeriana. Salimos a la mesa del jardín porque yo quería fumar. *Lola* se arrulló bajo la mesa, a nuestros pies, y entonces le pedimos a nuestra hija de dieciséis años las explicaciones que nos faltaban para entender aquello.

—Explícanos qué hacías en casa de Chucks esta noche.

3

Britney nos contó que ella y Chucks se veían «en secreto» desde hacía meses. Bueno, eso ya nos lo habíamos imaginado. Se habían topado de casualidad en marzo de ese año, un día que había ido con los hermanos Todd a ver una banda tocar en el Abeto. Ese día Chucks estaba por allí tomando una copa y la reconoció en el acto. Chucks había sido siempre un personaje maldito en casa (gracias a todas las veces que Miriam había soltado pestes sobre él) y desde que vivíamos en Francia, Britney no había estado con él ni una sola vez, aunque por supuesto sabía de su existencia. Miriam insistía en que un ex yonqui no era la mejor influencia para Britney en aquellos momentos en los que tratábamos de crear una imagen saludable de la vida. Y supongo que eso despertó una especie de oscuro magnetismo en Britney.

Después del concierto, cuando los Todd se hubieron marchado, Chucks la invitó a cenar y se pasaron un par de horas hablando. Eran esos días en los que Britney estaba que trinaba con Francia, y encontró en Chucks un canal donde soltar todas sus frustraciones (ya que había aprendido que Miriam y yo solo le decíamos «aguanta»). Se cayeron bien, así que Chucks y ella intercambiaron sus números y quedaron en verse otro día. Además, estaba el tema de la música. ¿Qué cosa mejor puede soñar una banda de adolescentes que contar con el consejo de una vieja estrella? Chucks se ofreció a ir al garaje de los Todd y verles actuar.

—Él me dijo que no le parecía bien hacerlo a vuestras espaldas, pero yo le hice prometer que no os diría nada. Os lo juro. Fui yo quien le hizo prometer que guardaría el secreto.

Después de sorprender a los Todd el día que apareció con Chucks Basil (y que este firmara los 4 LP que tenían de sus bandas), Chucks y Britney mantuvieron esa amistad encubierta. Ella nos decía que iba a ensayar, o a dar una vuelta con la motocicleta, y se acercaba en secreto a la casa de Sainte Claire, donde Chucks le había comenzado a grabar algunas demos.

—No hacíamos nada. Ni siquiera me dejaba probar un vaso de vino, o fumar. Me trataba como a una niña. Como si siempre hubiera querido tener una hija. Un día incluso cocinó para mí. Después empezó a grabarme. Me dijo que tenía una buena voz, pero que debía educarla. ¡Me enseñó un montón de cosas!

Britney no mentía y yo lo sabía. De alguna manera, nada de aquello me sorprendía demasiado. Pero de cualquier forma me reconfortó oír que no había nada más que esa especie de relación de tíos y sobrinos. Por un instante, cuando la vi medio desnuda en el sofá de Chucks, pensé que le mataría a golpes si eso había llegado a pasar. Pero no, demonios, estábamos hablando de Chucks, del bueno de Chucks Basil. No era ningún ejemplo de comportamiento, pero tenía un corazón debajo de aquella piel tan dura.

Era noche cerrada cuando Britney dio por terminado su relato. Los grillos eran el único sonido en el jardín. Miriam, que había dejado de fumar en el año 2003, cogió un cigarrillo y se lo encendió. Yo iba ya por mi tercer vaso de Tullamore.

—¿Tú sabías algo de esto, Bert? Júramelo.

Negué con la cabeza.

—Te lo juro. Nada. Y créeme que me gustaría que Chucks estuviera aquí para poder retorcerle los cuernos por esto. Cuánto me gustaría.

Miriam lanzó una flecha de humo por la nariz.

—Britney, sube a la cama. Hoy no vamos a hablar más.

—No quiero dormir —dijo Britney—, no puedo dormir.

—Sube a la cama —repitió Miriam.

—Déjala, joder —dije con rudeza—. Yo tampoco puedo dormir.

Miriam se levantó en silencio y se fue adentro. Le pedí perdón pero continuó escaleras arriba. Teníamos los nervios deshechos.

Britney volvió a llorar. Yo me rellené el vaso de whisky y lloré también. De otra manera, pero lloré. *Lola*, a mis pies, dejó escapar un largo suspiro.

VII

1

Pasaron otras cosas durante aquellas dos semanas tras la muerte de Chucks. Fue como un carrusel girando a cien kilómetros por hora y nuestra cordura viajando dentro. Tuvimos que agarrarnos bien fuerte para no perder la cabeza. Y mi «caja de los trucos» volvió a la primera línea de mi vida. Empecé a no poder dormir sin calmantes o alcohol.

Empecé a estar en racha.

De entrada, el atestado forense sobre la muerte de Chucks determinó «muerte accidental» como causa del fallecimiento. Chucks había ingerido whisky y un par de Valiums antes de meterse en el agua de la piscina. Le encontraron restos de fibras químicas en los dedos y también huellas dactilares en el bote de Valium hallado en su habitación, cuyo envase adquirió él mismo unas semanas atrás en una farmacia de Sainte Claire. La muerte había acaecido sobre las nueve y media. No había ningún indicio de violencia, pero teniendo en cuenta su historial psiquiátrico y el pequeño desvarío que había protagonizado unas semanas antes en la *gendarmerie* de Sainte Claire, se consideró la posibilidad del suicidio.

Fui interrogado al respecto por uno de los gendarmes de Sainte Claire al día siguiente de la muerte. Recordaban el asunto de la confesión de Chucks un par de semanas atrás (algo que no pasa muy a menudo) y quisieron conocer mi opinión sobre el tema. Les dije lo que pensaba: que Chucks estuvo seguro, hasta el último día de su vida, de que aquel accidente había sido real. Aunque también admití (porque de cualquier manera se sabría más tarde) que no era la primera vez que Chucks se obsesionaba con la idea de que le perseguían. Y que los días previos a su muerte había comenzado a tener ideas de ese estilo.

—¿Le habló de la idea de quitarse la vida en los últimos días?

—No. Ni la mencionó.

—¿Lo había intentado antes?

—Nunca —respondí—. Ni siquiera en el peor trago de su vida, cuando su primera esposa murió en un coche que él conducía. Pero no lo hizo. Y créame: si hubo algún momento en su vida en que necesitó hacerlo, fue entonces.

Además, Chucks no tenía ninguna razón para suicidarse. Estaba terminando un gran disco con el que iba a regresar al mundo de la música. Había sido, según aquellos policías, un «accidente desgraciado».

—Lamentablemente, no es la primera vez que ocurre, señor Amandale.

Jack Ontam, a quien avisé esa misma madrugada con un SMS, apareció por allí a media mañana rodeado de un séquito de periodistas llegados de Londres. Debía haberme imaginado que el desquiciado de Ontam aprovecharía el *momentum* para hacer dinero y le odié profundamente por ello. No mucho después me enteré de que la noticia de la muerte de Chucks se había filtrado una hora después de mi SMS a Ontam, a través de *TMZ*, la revista *online* especializada en celebridades, que publicó un bonito reportaje sobre la salud mental de Chucks.

«El músico, cuya carrera se vio interrumpida por la muerte de su primera esposa en un trágico accidente de carretera, estaba trabajando en un nuevo disco. [...] En los últimos años había protagonizado algunos episodios de delirante fantasía. En Londres creyó estar siendo espiado por un grupo de adolescentes en un cibercafé de Kensington (donde fue arrestado por agresión y destrozos) y, más tarde, en su residencia francesa, acudió a la policía confesando haber atropellado a un hombre que jamás pudo ser localizado.

»[...] su muerte "accidental", según fuentes policiales, recuerda mucho la de otra leyenda del rock: Brian Jones, el líder espiritual de los Rolling Stones. Gente cercana a Chucks no descarta el suicidio.»

Bueno, no es que Chucks fuera tan famoso como Michael Jackson ni mucho menos, pero a principios de aquel verano de 2015 el mundo de las celebridades llevaba un tiempo sin entregar ningún carnero sacrificial al vulgo, siempre tan sediento de sangre famosa, y la noticia alcanzó las portadas y los telediarios del día. Universal se puso a preparar un gran disco de recopilación y la web se llenó de biografías, recopilaciones de fotos y todas las leyendas disponibles sobre la loca y desenfrenada vida de Mister Chucks Basil. «Y al final esto es lo que pasa —venía a decir el gran altavoz de la prensa— cuando uno roza el cielo con las manos. Como Ícaro, este es el resultado de acercarse demasiado al sol. La caída. La caída de Ícaro. ¡Eso es lo que todos los mediocres del mundo queremos presenciar!»

Los *paparazzi* revolotearon por Sainte Claire durante un par de días. También hubo algún que otro moscón a nuestro alrededor, sobre todo desde que algún medio muy mal intencionado estableció una posible relación entre Britney y Chucks.

«Britney Amandale, la hija del escritor Bert Amandale, amigo de Mister Basil y también residente en la zona, fue quien encontró el cadáver flotando en su piscina. La muchacha, de apenas dieciséis años, declaró tener una amistad "especial" con el músico.»

Hice un par denuncias y logré quitar una fotografía del *Daily Sun*, aunque no pude evitar que muchos blogs se recrearan en el asunto. Un tipo que decía escribir para el *Telegraph* me abordó en la puerta de casa preguntándome si era cierto que Britney mantenía una relación con Chucks y qué opinaba yo al respecto. Era un tío de gafitas, un poco gordo y con cara de pajero profesional. Salí del coche, le solté un empujón y le dije que le iba a meter el boli por el culo. Me costó una multa de tres mil euros y una orden de alejamiento, pero fue bastante poco lo que pasó para lo que podía haber sucedido en el estado en que tenía la cabeza. Me sentía a punto de reventar.

Mientras tanto, Ontam presionó para que hubiera más investigación policial, quizás intentando azuzar la madeja para conseguir más atención. Pero la policía francesa respondió que «la investigación científica no había arrojado dudas». Además, los medios enseguida se desviaron a otras cosas. Chucks valía para la portada de un día, pero poco más. Al fin y al cabo, llevaba años sin sacar un disco, sin hacer giras, sin salir al escenario de la fama. Y, algunos días después de su muerte, el mundo asumió su pérdida y el circo de la prensa nos dejó en paz.

El cuerpo de Chucks seguía en un tanatorio de Marsella y me preguntaron qué hacer con él. Sabía muy bien que Chucks quería ser incinerado y que sus cenizas debían reposar junto a las de Linda en España, pero pensé que quizá fuera apropiado organizar también un pequeño funeral en Londres con amigos y su pequeña familia (que se reducía a Carla Longharm —su segunda mujer— y una prima segunda de Dublín).

Así que organicé el funeral en Londres. Le dije a Jack Ontam que si veía un solo fotógrafo iría a aplastarle la nariz personalmente, y le pedí que llamase a todos los amigos «reales» de Chucks, y que evitase montar una fiesta de *networking* alrededor de la muerte de mi amigo. Suficiente espectáculo había organizado ya en Francia.

Incineramos a Chucks en Marsella, un martes por la tarde. Aquella semana llovió copiosamente sobre aquella parte del mundo. Miriam, Britney, Jack y yo fuimos a presenciar el momento. El tipo de la funeraria nos preguntó si deseábamos ver el ataúd con la tapa descubierta. Dije que sí y fue un error. Lo que apareció ante nuestros ojos, vestido con un traje que Miriam había seleccionado, no era más que un muñeco deforme, una copia barata del cuerpo de Chucks. Su cara, retocada con maquillaje, era ya una máscara sin vida que se derramaba hacia el suelo. Después, antes de que el tipo del tanatorio apretase el gran botón rojo que conduciría aquel cuerpo al horno de cremación, saqué un pequeño papel de mi bolsillo y leí una estrofa de una vieja canción de Chucks.

Miriam, Britney e incluso el duro de Jack Ontam rompieron a llorar. Y ese fue el final de Ebeth James Basil en este mundo.

2

En Londres, a pesar de pedirle «intimidad» a Jack Ontam, no pudimos bajar de cien personas y hubo algunos periodistas, pero se portaron bien. Estuvo Jimmy Page (con quien Chucks se amigó en el centro de rehabilitación de Dublín), Lana del Rey y Norah Jones. También casi todos los integrantes de sus bandas y se dice que Keith Richards se pasó a dejar una rosa roja que apareció junto a la foto ampliada de Chucks (una imagen de su gira de 2002) que colocamos en la entrada. Ron Castellito, el que fuera su ingeniero de sonido preferido, también estuvo por allí y aproveché el encuentro para hablarle de las últimas voluntades de Chucks respecto a su disco. Yo no sabía en qué estado habían quedado las pistas de *Beach Ride*, pero Ron dijo que contase con él. «Puedo ir a Francia en un par de meses y echarle un vistazo a todo. Llámame cuando estés listo.»

Hablé con Carla, la bella modelo portuguesa con la que había tenido un corto matrimonio de tres años. Apareció allí con su nuevo marido y dos niñas. También estuvo Laura Fitzwilliams, la madre de Linda, la primera esposa de Chucks y su auténtico amor. Me preguntó si pensaba llevar las cenizas a España y le dije que sí. Ellos habían derramado la mitad de las de Linda en su jardín de Beckinshire y la otra mitad estaba en Cádiz. Y lo único que yo tenía claro era que Linda y Chucks debían estar juntos.

En todo ese tiempo, Miriam se comportó. Estuvo a mi lado en todo momento. Me ayudó con la organización del funeral, recibió el pésame de todos los invitados e incluso sirvió el té y el café. Yo sabía que ardía por dentro, pero respetó la situación con la gravedad adecuada.

Los amigos que alquilaban nuestro piso de Kensington nos ofrecieron la casa, pero decidimos instalarnos en un hotel del centro. Al cabo de cuatro días, tras varias reuniones con abogados y notarios, la discográfica y Jack Ontam, yo tenía ganas de escapar de Londres y hacer lo que sabía que debía hacer. Pero entonces Miriam dijo que ella y Britney volverían a Saint-Rémy.

—Ve solo. Nosotras tenemos que intentar recobrar la normalidad. Volver a casa.

—Lo entiendo —le dije—. No tardaré.

3

Al día siguiente dejamos el hotel. Miriam y Britney con destino a Francia y yo a Jerez de la Frontera, en el sur de España. Mi equipaje se reducía a una bolsa con un recambio de ropa y la urna con las cenizas de Chucks. También, a través de la agencia que administraba su propiedad en Cádiz, conseguí las llaves de la casa de la playa de los Alemanes. «¿Piensa venderla? —me preguntó el encargado de la agencia—. Llevamos años recibiendo ofertas por esa casa.» Le dije que no. Era lo único que tenía claro respecto a las propiedades de Chucks: que su casa de Cádiz se quedaría donde estaba.

Estaba enclavada en una de las colinas que hay frente a la larga playa de los Alemanes (según la leyenda, Franco permitió a unos cuantos nazis asentarse por allí). Chucks casi nunca la visitaba, aunque tampoco quería venderla. Pagaba los costes de mantenimiento y a un jardinero que iba por allí cada dos meses. Jamás la había alquilado a nadie. Era su forma de honrar a Linda: darle aquel solitario y hermoso mausoleo frente al mar.

Tuve un problema con el coche de alquiler en Jerez y después de perderme un par de veces llegué a Zahara cerca de las ocho de la tarde, donde hice una parada para comprar vino, tabaco, algo de comida y un par de velas. Para cuando llegué a la casa el sol comenzaba a declinar sobre el Atlántico. Era un día claro de esos en los que se adivinaban las montañas de Marruecos al otro lado del mar.

Salí a la terraza y coloqué las sillas alrededor de la mesa. Tal y como habíamos hecho muchos años atrás, preparándonos para la cena. Limpié la arena que el viento había esparcido por todos lados y me senté. Coloqué la urna de Chucks sobre la mesa y descorché el vino.

—Por ti, Chucks —dije alzando mi copa hacia las primeras estrellas—. Y por ti, Linda.

Recordé las noches del verano que pasamos en aquella casa Miriam y yo, Chucks y Linda. Casi todas las noches cenábamos en aquella mesa, bajo la inmensa Vía Láctea, con el ruido del mar intercalándose en nuestros chistes. Era el verano en el que supimos que Miriam esperaba a Britney, el verano después de aquella Navidad en la que Chucks había salido del centro de rehabilitación y había conocido a Linda.

Después de aquella Nochevieja en Escocia, Chucks y Linda se enamoraron locamente. Fue la primera vez que vi a Chucks ponerse nervioso por una mujer. Recuerdo que una vez me confesó que era «tan feliz que tenía miedo de perderla», así que no me sorprendió nada cuando, al cabo de tan solo seis meses de relación, se hincó de rodillas y le pidió matrimonio.

Lo hizo una tarde en la que Miriam y yo habíamos ido a Tarifa. Al volver nos encontramos a los dos en el columpio, de la mano, bebiendo una botella de champán y tan felices que casi no pudieron darnos la noticia de las carcajadas que se echaban. Recuerdo aquella noche como una de las más felices de nuestra vida. Nosotros esperando un niño y Chucks y Linda hablando de que pronto ellos también harían un encargo a París. Parecía que, después de todo, la vida de Chucks se encaminaba en la buena dirección. Y brindamos por un futuro que esa noche parecía prometedor. Un futuro que, tan solo ocho meses más tarde, se iba a destrozar como una frágil porcelana contra el suelo.

El accidente nunca pudo aclararse del todo, ya que el conductor del otro coche desapareció sin dejar rastro. Lo que se sabía es que Linda y Chucks viajaban en un coche deportivo por las colinas de Cádiz una noche después de una fiesta... y que iban demasiado rápido. Un coche apareció frente a ellos en una curva y Chucks dio un volantazo. Se salieron de la carretera y el coche se estampó contra un árbol por el lado del copiloto. Linda murió en el acto y Chucks se salvó por los pelos. Más tarde dio positivo en el control de alcoholemia y fue acusado de homicidio involuntario.

En aquellos días Chucks estaba en lo alto de su carrera y Ontam contrató los mejores abogados y sobornó a todo el mundo que se dejaba sobornar para que el caso de Chucks no llegara a ningún lado. Afortunadamente, un testigo que conducía en el mismo sentido que Chucks aquella noche admitió haber visto otro coche cruzarse a toda velocidad, dándose a la fuga, y además había huellas de un frenazo fuera de su carril, pero ese conductor jamás tuvo la decencia de entregarse. Todo se quedó en una multa y una retirada de carné y una cojera que resultó ser permanente. Aunque Chucks preferiría haberse muerto, y, bueno, de hecho, una gran parte de él murió aquella noche.

Miriam jamás lo encajó. Linda era su mejor amiga y culpó a Chucks de su muerte. De hecho, jamás se creyó la historia del otro coche. Según ella, Ontam lo había orquestado todo (incluso el testigo) para exculpar a Chucks, quien seguramente había provocado el accidente con todas las copas que llevaba encima. Le retiró la palabra y a mí también por intentar defenderlo. Estuvimos a punto de romper nuestra relación, pero Britney estaba a punto de llegar y aquello nos mantuvo unidos. Y de alguna manera sobrevivimos a aquello.

Me había bebido la mitad de la botella, fumando un cigarrillo después de otro, y el sol se había escondido completamente a mi derecha. La playa estaba casi vacía, solo algunos pescadores en la orilla y una pareja haciéndose arrumacos a lo lejos.

Me levanté, tomé la urna entre las manos y caminé por aquel jardín de piedrilla y tierra arenisca, entre los cactus y las camelias, hasta un pino que marcaba el centro del jardín. Abrí la tapa de la urna y la volqué junto a la base del árbol, de la misma forma que Chucks hizo muchos años antes.

—Linda, Chucks —dije incapaz de contener las lágrimas—. Ahora por fin estáis juntos de nuevo.

Había planeado dormir en otra parte, coger una habitación en algún hotel de Zahara, pero la noche había caído, estaba cansado y borracho, así que me quité los zapatos y me tumbé en el sofá del salón con el resto de la botella. Encendí el teléfono y vi la lista de mensajes que esperaban ser leídos. Miriam, Ontam, mis abogados, los abogados de Chucks, Mary Jane, mi agente Mark Bernabe... casi ochenta correos electrónicos que no había podido ni siquiera ojear con la semana que había pasado.

Abrí el último, el de Miriam, y dejé el resto para el día siguiente, o quizá para nunca.

Ya hemos llegado y sienta bien estar en casa. Elron ha tenido el detalle de traernos un ramo de parte de su familia. Te mandan muchos recuerdos. Espero que todo haya ido bien en Cádiz. Fueron muy felices allí... Ojalá vuelvan a encontrarse otra vez en alguna parte.

Vuelve pronto. Te echo de menos,

MIRIAM

Se había levantado viento de poniente y la temperatura descendió unos cuantos grados. Encontré una manta junto al sofá y me la puse encima, pero era incapaz de dormir. Me recosté, agarré la botella y le metí unos cuantos tragos. La dejé apoyada en el suelo y me quedé mirando el jardín. Llevaba cuatro noches durmiendo dos o tres horas a lo sumo, pero me resistía a empezar una rutina de pastillas. Sabía muy bien cómo acababa todo eso. Aunque esa noche me arrepentí de no haber comprado al menos una caja de emergencia.

Encendí un cigarrillo y volví a beber.

—Te has ido, cabrón. ¡Qué bien sienta estar muerto! —le dije a las oscuras paredes—. Y me has dejado solo, solo con un agujero en el estómago que ya no se cerrará jamás. ¿Te acuerdas de las veces que hemos llorado juntos por Linda? ¿Te acuerdas? Éramos el hombro del otro. Desde Dublín, desde que ensayábamos juntos en aquellos locales del puerto. ¿Te acuerdas del frío? ¿Y de la vez que te quemaste el culo contra la estufa de butano? Y nuestras noches locas por Londres. Trabajando en aquella cocina con aquel chef adicto a la coca que nos enseñaba su descomunal rabo cada dos por tres.

Me eché a reír. Por un instante, sentí que el fantasma de Chucks estaba sentado conmigo en el sofá, riéndose también.

—Y saliendo a bailar al Pepe's hasta la madrugada. Sentados en el Enbankment con un último cigarro y viendo salir el sol. ¿Cuántas veces me he enfadado contigo? ¿Y cuántas me he vuelto a reconciliar? La rubia de Krakov, ¿la recuerdas? Llegamos incluso a las manos por esa tía. Te llamé enano, que era lo que más te jodía en el mundo, y tú arremetiste como un *bulldozer* y me tiraste al suelo de la cocina, y se rompieron los platos y nos echaron a la puta calle. Y después, bajo la lluvia, con las manos en los bolsillos, la nariz sangrando, te pedí un cigarrillo y nos echamos unas risas...

Me había terminado la botella y la borrachera hizo su efecto en algún momento. Caí rendido encima de una almohada.

Cuando más tarde abrí los ojos, había alguien sentado sobre mi pecho. No podía moverme y apenas respiraba bien. Pensé que estaba a punto de sufrir un ataque al corazón.

Pero era otra cosa.

Había alguien sentado sobre mis costillas. Era Chucks.

—¡Chucks! —grité, aunque en realidad mi voz era como un hilo.

Era él y tenía un aspecto inmejorable. No estaba muerto. ¡Todo había sido una gigantesca equivocación! No era él el hombre que apareció en la piscina de Sainte Claire. Ni el cadáver que incineramos en Marsella. De alguna manera, todo había sido un gran error y Chucks seguía vivo.

—¡Chucks!

No pareció oírme. Miraba al frente, hacia la mesa, y se acariciaba las sienes con las puntas de los dedos mientras se balanceaba suavemente sobre mi pecho. Estaba preocupado por algo.

—Mira hacia atrás, Bert —dijo—. No te olvides. Una promesa es una promesa.

—¿Qué quieres decir, tío? —Yo casi no podía articular palabra, ni respirar debido al peso de su cuerpo.

Entonces volvió su rostro hacia mí. Vi que alguien le había recortado el pelo en la mitad del cráneo. Lo habían rapado como a un mohicano, joder. Y esa parte calva de su cabeza estaba llena de cicatrices, gruesas suturas hechas en carne viva, como si alguien hubiera jugado a meter y sacar cosas en su cerebro, torpemente.

—Mira hacia atrás, Bert. Una promesa es...

... una promesa.

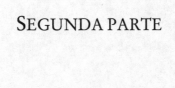

SEGUNDA PARTE

I

1

Mi avión tocó tierra en el aeropuerto de Marseille-Provence esa tarde sobre las cinco.

Miriam y Britney me esperaban en la puerta de llegadas. Nos abrazamos en silencio y fuimos al aparcamiento. Nada más llegar al coche, Miriam dijo que conduciría ella. Supuse que no se le había escapado el aroma a alcohol que emanaba por todos los poros del cuerpo. Una cerveza en el vuelo Jerez-Barcelona. Dos más en el aeropuerto del Prat mientras esperaba el avión. Y, finalmente, para coronar la jornada, un par de Jameson's con hielo en el vuelo Barcelona-Marsella. Me dije que aquello era un fin de fiesta, que me lo podía permitir, pero sabía que estaba empezando a caer en picado, y Miriam tuvo a bien recordármelo aquella tarde.

—Llevas una semana bebiendo sin parar. Y he encontrado esto.

La «caja de trucos» se deslizó por la mesa del salón hasta

tocar mi codo. Debí de haber bajado la guardia escondiéndola y Miriam la había encontrado.

—No voy a echarte una bronca, Bert. Pero sí que necesitamos hablarlo. Sé que es un momento muy duro para ti, pero esto no es la solución.

—No lo es —admití—. Y lo sé.

—¿Y qué vas a hacer al respecto? Tu hija también está afectada y te necesita. No ha parado de tener pesadillas desde esa noche. Menos mal que Elron ha estado con ella estos días. Ha sido una gran ayuda para ella. Pero tú debes mantenerte firme, Bert.

—¿Firme? Parece que no te das cuenta de que he perdido a un hermano. ¿Cómo puedes pedirme que esté firme?

—Al menos evita las pastillas. No vuelvas a eso. Recuerda cuánto te costó salir.

Sí, lo recordaba. Exactamente dos años de reuniones de adictos-a-los-tranquilizantes anónimos. Y unos cuantos miles de libras en psiquiatras y orientadores personales. Fue el precio a pagar por una fama desbordante que no me dejaba trabajar ni dormir ni concentrarme.

—Lo intentaré, Miriam. Eso es todo lo que puedo prometer. Pero me pesa mucho por dentro.

—¿Te pesa?

—La culpa, Miriam. La última vez que vi a Chucks, yendo solo a esa casa tan solitaria... Creo que esa noche debería haber hecho algo más por él.

—¿Por qué dices eso? ¿Crees que Chucks se suicidó?

—No lo sé...

Me levanté para buscar un cigarrillo en mi chaqueta, pero no lo encontré. Me hubiera bebido un sorbito de Tullamore para compensar, pero dadas las circunstancias, abrí la nevera y saqué una Coca-Cola *light*.

—Le dije a la policía que Chucks no tenía ninguna razón para ello, pero he empezado a dudar de todo. La última vez que hablé con él estaba fuera de sí. Había empezado a ver «cosas», gente que lo perseguía, que hablaba a través de su amplificador.

—Esa historia del atropello, ¿verdad? —Miriam debió de ver mi cara de asombro—. No te preocupes. A Jack Ontam se le escapó en Londres, pensó que ya me lo habías contado.

—Joder con Ontam. Es un transistor andante.

—Al menos me alegro de saber la verdadera razón por la que te levantaste de la mesa aquel viernes. Entiendo que no me la contaras. Entiendo tus razones y de alguna manera las agradezco. ¿Crees que hubo algo de verdad en ello?

Después de quince años de matrimonio, Miriam todavía me sorprendía con alguna que otra dosis de absoluta frialdad e inteligencia. Sonreí. De alguna manera fue todo un alivio poder hablar con mi esposa.

—Nadie ha encontrado ni una sola prueba de ello, pero Chucks estaba convencido de que ocurrió —dije—. Después empezó a decir que alguien le perseguía. Se montó una conspiración en la cabeza...

Miriam asintió.

—Leí lo del cibercafé de Kensington en *TMZ*. Jack cree que Chucks estaba entrando en otra crisis delirante como la de Ámsterdam... Al parecer lo había comentado contigo. Y la idea de enviar a Chucks a ver al doctor Calgari. ¿Llegaste a hablar con Chucks de todo esto?

—Sí... la última vez que estuvimos juntos. Había tenido una especie de revelación sobre el tipo al que se había llevado por delante. Aunque, como todo lo demás, sonaba demasiado improbable. Un periodista francés, un tal Someres. Pero en realidad lo conocía. Lo habíamos conocido juntos una vez hacía mil años, en París.

—Quizá no había otra cosa que hacer, Bert. Quizás estaba perdiendo la cabeza definitivamente... Quizá lo entendió y... quizá prefirió ahorrárselo.

Aquella idea resonó con un terrible eco de realidad en mi mente.

—Joder, Miriam, no digas eso, por favor. Ni lo insinúes. «Aunque podría ser cierto...»

—No quiero decirlo. Yo tampoco pienso que Chucks se quitara de en medio, Bert. Pero a fin de cuentas, tenía cuarenta y cinco años y un cuerpo machacado, asma y además había tomado un par de Valiums. Tiene todas las papeletas de que fuera un accidente.

—Puede ser...

—¿Puede ser? ¿Y qué otra cosa puede ser?

La miré y estuve a punto de decirle esa «otra cosa» que me rondaba la cabeza, que todavía no era más que una minúscula semilla negra. La semilla de una sospecha.

Pero no dije nada.

Lola empezó a ladrar fuera. Me acerqué a la ventana de la cocina y vi que estaba junto al cobertizo, ladrando a unos árboles.

—Verás... —siguió Miriam—. Hay otra cosa de la que quería hablarte: Britney.

—Adelante.

—Pensaba que quizá deberíamos hablar con un psicólogo o algo así. Ya sabes, por lo de Chucks. Fue un *shock* bastante fuerte para ella y sigue teniendo pesadillas. Eric van Ern me envió sus condolencias el otro día, y lo comentó.

—¿Que comentó qué?

—Pues que quizá deberíamos estar atentos a Britney. A fin de cuentas, se topó con el cadáver de un hombre. Es algo bastante fuerte.

—Desde luego —dije, un poco arrepentido de no haber caído en la cuenta yo mismo, y un poco resquemado de que fuese Van Ern quien lo hubiera hecho—. ¿Crees que un psicólogo es lo mejor? Ya sabes lo mal que le sienta.

En Londres, tras su aventurilla drogata, habíamos llevado a Britney a un psicólogo juvenil de doscientas libras la hora. La clase de especialista que se dedica a niños ricos con problemas extravagantes. Britney se pasó la hora diciendo que tenía doble personalidad y que oía voces que la animaban a matar a todo el mundo.

—Podríamos esperar un poco —seguí diciendo—. El curso está a punto de acabar y quizá podamos cambiar de aires. Coger el coche e irnos a la Toscana. Algo así.

Lola seguía ladrando a los árboles.

—¿Qué le pasa? —preguntó Miriam.

—Supongo que habrá algún gato por ahí —dije—. ¿Ha empezado a comer algo?

—Ha empezado —dijo Miriam—. Poco, pero come algo.

Lola seguía ladrando con un vigor que me resultó extraño. «Quizá signifique que está saliendo de la depresión. Al menos, uno de nosotros lo consigue.»

2

Dicen que el duelo por un ser querido es un proceso en etapas. La negación, la ira, la depresión.

Lloré mucho por Chucks durante aquella semana. Dan

Mattieu y Charlie Grubitz intentaron convencerme para ir al Raquet Club a tomar una copa un par de noches. Finalmente accedí y estuve allí, sentado frente a las pistas, recibiendo el inesperado calor y apoyo de muchos de aquellos «nuevos amigos». Incluso los Van Ern, que también aparecieron esos días por el pueblo, nos enviaron una bonita carta de condolencias diciendo cosas emotivas sobre la vida y la muerte.

El miércoles recibí una llamada de la prima segunda de Chucks, Mary Jane Douglas Basil, desde Dublín. Mary me contó que había asistido al funeral con Keith, su marido, pero que no me encontró. Lloró por teléfono un buen rato, lamentándose de la vida poco cristiana que su primo segundo había llevado, pero alegrándose de que al final estuviera cerca de algún amigo. Después pasamos a los temas prácticos y me preguntó si sabía algo sobre el testamento de Chucks. Mis ojos se pusieron como platos al escucharla hablar.

—No sé si lo hemos entendido bien del todo... pero el abogado de Chucks nos dijo que te habían convertido en una especie de testaferro.

Alucinado con aquello, llamé a Jack Ontam y localicé al abogado de Chucks en Londres, Leslie Lavender, que me indicó que, en efecto, había un testamento, registrado por Chucks cinco años atrás, inmediatamente después de divorciarse de Carla, su última esposa. Carla y los familiares irlandeses de Chucks habían pedido su lectura esa misma semana, y se habían encontrado aquella pequeña sorpresa: mediante una fórmula legal, Chucks había nombrado dos comisarios de toda sus pertenencias: Miriam y yo.

—Básicamente, Chucks os da el poder de repartir su herencia. O quedárosla, si así lo quieres.

Yo sabía que Chucks no era tan multimillonario como la

gente pensaba —sobre todo después de unos años de sequía creativa y algunos excesos y malas aventuras financieras—, pero que tenía dinero suficiente para vivir muy bien el resto de su vida. Unos meses más tarde sabría que su herencia se elevaba a tres propiedades (su villa provenzal, un apartamento en Londres y la casa de Cádiz), cuatro coches, una lista de valores y posiciones bancarias que sumaban unos cuantos millones de libras y los derechos de explotación de todos sus discos, DVD, letras, etcétera, a lo que había que sumar su seguro de vida, de otro millón de libras, que también quedaba incluido como parte de la herencia. Y además estaba su magnífica colección de instrumentos musicales, que sin haber tasado, seguro que superaba el medio millón. Vamos, que resultó tener más pasta de la que pensaba.

Recibí otro par de llamadas de Mary Jane y su marido, que atendí con la educación justa para comunicarles el estado de las cosas y decirles que todavía no estaba listo para pensar en la partición de la herencia, pero que les llamaría en cuanto hubiera tomado una decisión. Internamente no quería quedarme con nada excepto la casa de Cádiz, y solo para conservarla igual que hasta entonces, como Villa Soledad. El resto se lo hubiera dado a Carla, a la regordeta Mary Jane y a la caridad, pero Miriam, esa noche, me aconsejó que dejase pasar un tiempo, seis meses al menos, hasta que mi cabeza estuviera lista para pensar. «No te precipites, y de todas formas todo el mundo puede esperar seis meses o dos años.» Estuve de acuerdo. Hasta entonces, a efectos legales, me convertía en el administrador único de la pequeña fortuna de Chucks. Lavender me envió una copia certificada para poder hacerme con sus asuntos en Francia. Entre ellos, recoger las llaves de su casa del depósito de la comisaría de Sainte Claire.

Decidí ir una semana más tarde, el viernes por la mañana, día en que recibí una llamada de la *gendarmerie* de Sainte Claire informándome de que el sello policial había sido retirado esa misma mañana. De paso pensé en darme una vuelta por la casa de Chucks y empezar a poner cierto orden por allí. Lo primero y más importante era poner a salvo las grabaciones de *Beach Ride* y enviárselas a Ron Castellito, cumpliendo con las últimas voluntades de Chucks («Si me pasara algo, si algo llegara a pasarme», sus palabras estaban ahí abajo, repitiéndose en mi cabeza como un rosario). Además, pensé que debería localizar a Mabel para limpiar la casa y empezar a recoger la ropa y los efectos de Chucks. Hacer un par de maletas y quemarlas la noche de San Juan.

En Sainte Claire, unos vecinos que pasaban la mañana sentados en unas sillas de mimbre vendiendo mermelada casera me confiaron que Mabel se había puesto a trabajar para otra familia, pero que tenía una sobrina, llamada Manon, que quizás estuviera interesada en el trabajo. Les dejé mi número y les agradecí su ayuda (ahora todo el mundo sabía quién era yo). Después, en la *gendarmerie* me hicieron entrega de la copia de las llaves que se habían quedado y salí en dirección a la casa de Chucks.

Hacía un día desapacible y el cielo prometía una tarde de lluvias e incluso alguna que otra tormenta eléctrica. La casa de Chucks me recibió aterida, sombría y silenciosa. Al entrar y cerrar la puerta tras de mí, el ruido de los goznes reverberó por el amplio recibidor, subió las escaleras, se escapó por los salones vacíos, pero llenos aún de las cenizas de una vida recién extinguida.

¿Por qué nadie avisa a los carteros? Las cartas a un muerto son dolorosas para quien ha de recogerlas, abrirlas... Y las cartas para Chucks habían seguido llegando al número 17 de la Rue de la Lune, en Sainte Claire. Estaban esparcidas por el suelo ajedrezado, a la altura del pequeño tragadero de la puerta. Las recogí y las coloqué sobre la mesa. Una de ellas era del doctor Sauss, el dentista de Saint-Rémy al que nosotros también acudíamos. «Es hora de que se haga la revisión dental, señor Basil.»

«Ya no necesitará más revisiones», pensé estrujándola entre las manos.

La casa olía a cerrado y a rancio. Surqué el pasillo en dirección a la cocina. En la nevera, un trozo de carne había empezado a oler. En un frutero se apilaban las naranjas cubiertas de moho. Una caja de dónuts a medio terminar atraía una fiesta de moscas y hormigas sobre la mesa. Eso me hizo pensar que la muerte es así, que llega cuando le da la gana aunque todavía te queden un par de dónuts por comer, o un disco por grabar.

Encontré una bolsa de plástico y me hice cargo de todo aquello.

Después abrí las puertas de la terraza para que entrase el aire y limpiara aquel olor. Salí y me fumé un cigarrillo mientras contemplaba el jardín y los bosques del fondo. Había comenzado a llover y un viento silbaba desde el sur, como el mensajero de una guerra. Un poco más abajo, la piscina donde Chucks había dicho adiós a todo estaba cubierta por una lona azul, supuse que habría sido cosa de la policía científica.

Traté de imaginarme el momento. Su último momento de soledad bajo el agua. ¿En qué pensaba un hombre cuando estaba a punto de decir adiós? «¿Cómo fue tu último minuto, Chucks? ¿Miraste las estrellas y pensaste en Linda?»

Terminé el cigarrillo y cerré las puertas de la terraza por miedo a que el viento las cerrase y rompiera algún cristal.

Después bajé a la bodega, a cumplir la misión que Chucks me había asignado.

El espacio del estudio estaba dividido en tres habitaciones. Un recibidor de paredes de piedra con un sofá, una pequeña estufa de leña y una alfombra. Chucks había vivido casi más tiempo allí que en el resto de la casa. Había algunos víveres apilados a un lado, latas de cerveza, paquetes de cigarrillos y una docena de paquetes de salchichas polacas Druwel (el *snack* favorito de Chucks, que podía llegar a alimentarse de ellas durante días). Además, había un par de camisetas tiradas por el suelo, calcetines y una zapatilla deportiva cuya pareja parecía haberse escondido en alguna parte. La siguiente sala era la cabina de grabación. Un espacio pequeño panelado en madera clara, dominado por la gran mesa de mezclas, los *racks* de ecualizadores y compresores... y el Mac frente al cual estaban las dos cómodas butacas de cuero en las que Chucks y yo nos habíamos pasado tantas horas escuchando el progreso de *Beach Ride* aquel año. Frente a la cabina, a través de una gran ventana, se veía el estudio sumido en la penumbra. Una gran sala de casi treinta metros cuadrados que en sus tiempos albergó una buena bodega de vinos. Jean Pettite, el ingeniero que la construyó, había dejado parte de la bodega intacta para la grabación de percusiones. El resto era una habitación alta, de unos cuatro metros, dividida por paneles móviles, entre los cuales descansaban los amplificadores, las guitarras y los bajos de Chucks.

Me senté en el sofá de cuero más cercano al Mac. Acerqué uno de los ceniceros y le di candela a otro Marlboro. Mientras tanto, escuché el ventilador funcionando dentro de la caja del ordenador y me di cuenta de que se había quedado encendido todo ese tiempo. Apreté la barra espaciadora y apareció ante mí la pantalla de *log in*. Me sabía la contraseña del iMac porque muchas veces había ayudado a Chucks en alguna grabación y me tocaba desbloquear el ordenador mientras él estaba tocando algo. Chucks me la había hecho memorizar: «Lola-Kinks1978», y la introduje y el ordenador me mostró la desordenada pantalla principal de Chucks, donde había algunas ventanas abiertas. Una de ellas era el explorador de Internet y pude ver la mitad de una fotografía mirándome desde una página web. Una fotografía que reconocí de inmediato, al tiempo que notaba un escalofrío recorriéndome la espalda.

«Daniel Someres, el periodista polémico», rezaba el titular de la noticia.

Recordé aquel mensaje de Chucks que había leído en el hotel de Ámsterdam. «He estado investigando...», y me di cuenta de que aquellas habían sido realmente sus últimas palabras.

Permanecí en silencio, observando el retrato de aquel muchacho de cara pálida, sonrisa forzada, pelo rubio lacio y un cuello delgado que surgía de una camisa con chaqueta. En otra foto aparecía acompañado de dos policías que lo llevaban esposado a un coche.

El periodista de investigación marsellés es detenido mientras intentaba infiltrarse en una reunión privada del G-8 en Niza.

Conocido por sus métodos de investigación, criticado por unos y alabado por otros, Daniel Someres es un personaje que a nadie deja indiferente. En sus libros, cuyas ventas se mantienen gracias a una ferviente comunidad de fans, habla de un mundo de manos negras, conspiraciones, asesinos «legales» y proyectos de control mental.

Su catapulta para el éxito fue *Territorio esvástica*, donde narraba sus experiencias como infiltrado en un grupo nazi en Leipzig durante casi catorce meses, en el que llegó a presenciar el asesinato de un indigente de nacionalidad polaca y por cuyo testimonio fue llamado a declarar por la policía alemana en 2011. Más tarde, siguiendo una pista que aseguraba haber encontrado durante sus meses como «topo» en el grupo ultra Juggernauts, se obsesionó por «los ataques de falsa bandera», escribió y codirigió el cortometraje *Operación Gladio*, en el que insinuaba una participación activa de algunos gobiernos europeos en el «sabotaje sistemático de elementos subversivos» mediante acciones violentas en manifestaciones con el fin de provocar movilizaciones policiales masivas.

La noticia era de 2012 y había otras, hasta diez ventanas abiertas que Chucks debió de estar leyendo en los últimos días de su vida. Era todo basura conspiranoica, casi rozaba la ciencia ficción. Foros en los que se trataba de desmontar el 11-S, la muerte de Bin Laden y otras cosas por ese estilo. Uno de ellos hablaba de la muerte de Someres. Lo llamaban «limpieza de libro» y lo relacionaban con la muerte de Diana de Gales y unos miniexplosivos que provocan accidentes de tráfico sin dejar huella.

«Bufff.»

Otra página hablaba de un proyecto de control mental de la CIA llamado MK-Ultra y su probable relación con un hombre conocido como Padre Dave. Ese nombre me sonó de las noticias de hacía un par de años. Algo relacionado con unos asesinatos en la Guayana Francesa que había saltado en las noticias. Pero esta no parecía tener relación alguna con Someres.

Me dije que lo único que estaba claro era que Chucks había encontrado un filón para su personalidad compulsiva-obsesiva. Y pensé en las palabras de Miriam unos días atrás: «Quizá se dio cuenta de que estaba perdiendo la cabeza...» Fui cerrando las ventanas del explorador de Internet. Cada una que cerraba lograba liberar una tensión que me había hecho comenzar a apretar los dientes. Estaba a punto de terminar mi limpieza cuando la última de aquellas páginas web apareció ante mis ojos. Era la fotografía de un hombre negro. En realidad, la fotografía estaba centrada en su cabeza, rapada posiblemente con la intención de permitir distinguir una serie de cicatrices horribles que alguien, una torpe cirugía, le habían provocado por todo el cráneo. En el pie de la imagen se leía: «Este hombre haitiano sobrevivió a una de las terribles torturas practicadas por el Padre Dave en los años ochenta y noventa. Las cicatrices dejan adivinar los salvajes métodos de "limpieza mental" empleados en el llamado Hospital de la Jungla del Padre Dave.»

«Las cicatrices —pensé recordando mis sueños—. Las cicatrices.»

¿Fue Chucks el primero en mencionarlas? Era incapaz de recordarlo, pero estaba seguro de que las había visto en mis propios sueños. Al menos en el último, que tuve en Cádiz. En él Chucks tenía la mitad de la cabeza plagada de esas extrañas marcas... pero todo eso no eran más que pesadillas, pensamientos apestados que se contagiaban de cabeza en cabeza...

Di el último clic al ratón y acabé con aquello. Había logrado ponerme los pelos de punta.

Fuera sonaba la tormenta.

Recordé un pequeño escondite donde Chucks solía guardar hierba. Se la compraba a precio de oro a uno de esos moteros que solían parar por el Abeto Rojo y ni siquiera era muy buena, pero servía para aliviar alguna que otra tarde aburrida en la Provenza. Pensé que me vendría bien un poco de Paz Mental antes de comenzar a trabajar, así que entré en la sala de grabación y caminé en penumbra hasta la parte trasera de un amplificador Blues Fender Junior edición especial Cannabis Rex (el nombre no era coña, el altavoz estaba fabricado con cáñamo). Metí la mano por detrás hasta que palpé una bolsita de plástico. Allí había por lo menos cuatro o cinco preciosos cogollos. Dentro de la bolsa encontré también un *grinder* y algunos papeles. El Kit del Buda Feliz de Chucks Basil. Bueno, pues ahora haría feliz al señor Bert.

Después de prepararme la medicina, de encenderla y ahumar mis pulmones con aquella dulce sustancia, me puse manos a la obra. Durante las siguientes dos horas estuve escuchando las demos y mezclas finales de *Beach Ride*, y echando alguna lagrimita también. La única versión del tema «Time Waits for No One», de los Stones, me erizó la piel. Pero todavía no había visto nada.

Chucks hacía copias de seguridad de todo, y tenía una carpeta llamada «finales», donde iba colocando las mezclas que le gustaban. Esas eran las que enviaría a Castellito en el transcurso de la semana siguiente. Pero además tenía una carpeta de «Experimentos, noches largas y brujería» en la que guardaba ideas, bocetos o largas noches de experimentos con guitarras y pianos. Encontré una carpeta llamada «visitante X» y ya no me quedaba duda de quién era esa visitante. Dentro había tres canciones cantadas por Britney. Una de ellas era «Black Bird» de los Beatles. Chucks había grabado un par de instrumentos (la guitarra original de McCartney y una mandolina) y la voz de Britney en crudo. Y la grabación era inmensa. Dicho por el padre de la niña, que además llevaba medio canuto a cuestas, pero era inmensa.

Escuché «Black Bird» unas diez veces y me emocioné. Aquella canción tenía una historia que Chucks había recordado y yo no. Y no sé si se la habría explicado a Britney, pero mi hija le hacía honor al viejo tema de los Beatles. Y por primera vez pensé que quizá Britney tuviera razón queriendo dedicarse a la música.

Después de acabarme el canuto encontré otra cosa. Dentro de la carpeta de experimentos, había otra llamada «guitarras sábado noche»: era la grabación de guitarras en la que Chucks aseguraba haber «capturado» las voces de aquellos intrusos imaginarios. Volví a reproducirla y traté de recordar el minuto y el segundo en los que Chucks me había dicho que sucedía. Escucharlo todo sería demasiado largo (horas: para cada una de sus canciones probaba guitarras, amplis y configuraciones de efectos hasta la saciedad), así que fue más fácil dar con ello fijándome en las «gráficas» de sonido capturado del ordenador. Había, básicamente, un momento en que se producía un gran silencio. Moví el ratón hasta allí y di al botón de reproducir. Escuché un poco de música y de pronto una especie de interferencia, un zumbido. Chucks la oía también y dejaba de tocar. Y entonces, muy lejos, se oían aquellas voces hablando en francés, pero no se entendía ni papa.

Subí el volumen hasta casi el 10 y aquel ruido cobró una fuerza monstruosa a través de los altavoces Equator de la cabina de grabación. El ruido del acople y el zumbido eléctrico del altavoz casi me ensordecieron, y las voces de aquellos hombres se entrecruzaron en un par de rápidas frases que seguía sin poder distinguir. Después bajé el volumen y mientras lo hacía escuché algo más. Algo que Chucks pasó por alto la noche que me mostró la grabación: se le oía a él murmurar un «Jesús bendito» y dejar la guitarra en su *stand*.

Fuera lo que fuese lo que Chucks había escuchado, el pobre hombre se había asustado de veras.

Decidí incluir la grabación en el paquete que enviaría a Castellito. Le puse una nota indicando el minuto en el que sucedían aquellas interferencias y una frase: «Se escuchan unas voces saliendo por el ampli. ¿Puedes tratar de limpiarlas?»

Cuando todo estuvo listo, empecé a copiar los gigantescos archivos del ordenador de Chucks a un disco duro portátil que había traído. Pensaba llevarme el ordenador en el coche y quería estar seguro de tener una copia de seguridad de todo antes de moverlo.

Mientras esperaba, miré el reloj. Eran las seis y media y escaleras arriba se oía ruido de lluvia y viento. Pensé en liarme otro canuto pero decidí que ya había fumado bastante, así que me levanté a por un paquete de tabaco de los de la pila de Chucks («No creo que te importe, ¿no?, viejo granuja»). Me puse el filtro en la boca y me dejé caer sobre el sofá, y entonces algo se me clavó en las posaderas. Algo que había estado escondido entre los dos cojines. Era una caja de CD, de las que ya se veían bastante pocas. La puse frente a mis ojos y reconocí a Chucks en una foto de estudio de por lo menos 1995. Con aquellas pintazas que se llevaban en los noventa. Ojos perfilados con rímel, melena rubia y una camisa blanca desabrochada. Su vieja guitarra Guild en bandolera. Era su primer disco en solitario, *Love Harvest*, que contenía «Una promesa es una promesa», la balada, más bien ñoña, que lo aupó al éxito de masas. Que lo convirtió en el Chucks de las universitarias, las abuelas y las amas de casa.

«Una promesa es una promesa», parecía decirme Chucks a través de los tiempos, con su bonita sonrisa de gran divo del rock. «Y no la puedes dejar atrás.»

Y recordé de pronto aquel sueño que había tenido en la casa de Cádiz, en el que Chucks se me aparecía en sueños, tumbado sobre mi pecho, diciendo «una promesa es una promesa», pero había algo más...

«Mira hacia atrás, Bert.»

El momento, que casi había olvidado, volvió a mí. El sol había dado la vuelta por debajo del mar y volvía a asomarse por el este. La botella reposaba vacía junto al sofá y tenía la garganta seca como un desierto. Acababa de tener aquel sueño y me había despertado. Por un instante pensé que Chucks estaba allí, en algún sitio de la casa. Y dije en voz alta: «¿Qué me querías decir, Chucks?», pero después volví a dormirme.

«Mira hacia atrás.»

Di una calada al Gauloises y expulsé el humo lentamente mirando la portada del disco. «¿Te referías al disco? Ya está a salvo, Chucks. ¿Era eso? Pero qué querías decirme con "Mira hacia atrás"?»

«Una promesa...»

Chucks sentado sobre mí, con los ojos puestos en la mesa. «Mira hacia atrás», decía mientras se frotaba las sienes, como si estuviera concentrándose en algo. Miraba hacia delante, hacia la mesa. ¿Qué miraba? En la mesa no había nada.

«Espera...»

Nada excepto mi teléfono.

La idea me cruzó la mente como un rayo quebrando el silencio del cielo, uniendo un montón de pequeños pensamientos y conformando una idea sólida como una roca. No voy a negar que la marihuana tomó parte en aquel alarde creativo, pero ¿y si tuviera razón?

Me puse en pie y regresé a la cabina de grabación. Allí, la copia de los archivos seguía en curso. Mi teléfono estaba junto a la mesa de mezclas. Lo tomé y me dejé caer en la butaca. «Mira hacia atrás. Una promesa es una promesa.» Eso fue lo último que le prometí. No que salvaría el disco, sino que investigaría sobre Daniel Someres.

Miré hacia atrás, tal y como Chucks me había pedido. Atrás en el teléfono. Atrás en la lista de mensajes sin abrir. Chucks había muerto el día 5 de junio y desde esa noche los correos sin abrir se acumulaban uno detrás del otro. Fui hacia atrás hasta esa mañana en la que yo no me había despertado hasta las doce (gracias a mis queridas Dormidinas) y allí estaba, algo que posiblemente habría pasado desapercibido. Algo que habría olvidado de no haber sido por Chucks: un mensaje de Mark Bernabe titulado «Sobre Daniel Someres» que mi agente había enviado al día siguiente, tras nuestra conversación telefónica desde Aix.

Casi me reí de la mezcla de miedo y sorpresa que supuso encontrar aquello. («¿Era esto, Chucks? ¿A esto te referías?») Y con el corazón latiéndome a mil pulsaciones por minuto abrí el mensaje de Mark.

Querido Bert:

Acabo de colgarle el teléfono a Anne-Fleur, la agente de Daniel Someres. Parece que todo ha sido una pequeña tragedia. Debió de dormirse al volante, o perder el control, y se salió por una curva bastante mala de las Corniches. El coche quedó hecho una chatarra. Al parecer, iba a darle una sorpresa a su hermana, que vive cerca de Niza, o al menos esa es la teoría que se ha montado, porque llevaba un par de meses desaparecido. (???)

Anne-Fleur dice que tenía una respuesta automática activada en su e-mail que decía (copio y pego):

«Hola, gracias por tu correo. Estoy trabajando en una nueva investigación y no podré leerlo en unas semanas. Para asuntos relacionados con mis libros, ponte en contacto con mi agente Anne-Fleur...»

Ya ves, toda una muerte misteriosa para un autor de misterio. Aunque según Anne-Fleur, Daniel solía desaparecer a menudo. Debía de sufrir algunos problemas mentales y últimamente las ventas de sus libros no iban precisamente bien. Ella no descarta nada. (A buen entendedor...)

Oye, ¿de qué va todo esto? ¿Estás planeando una nueva novela? Si necesitas más información ponte en contacto con su hermana. Se llama Andrea Someres y vive en Cap-d'Ail, a unos kilómetros de Mónaco. Trabaja en una tienda de ropa llamada Look. Esto me lo ha dicho Anne-Fleur en plan colega, pero solo si no la nombras.

Y yo negaré haberte dicho nada, claro.

Bueno, aclárame cuanto antes este misterioso interés por Someres.

Un abrazo,

MARK

«Me vuelvo con mis fantasmas» fueron las últimas palabras que dijo Chucks. Y yo creía en los fantasmas. Claro que sí. Creía que Chucks había venido para decirme algo, para decirme que las cosas no habían terminado.

Que él no estaba en paz.

II

1

Estaba oscureciendo cuando llegué a casa esa noche. La lluvia había parado pero el cielo todavía estaba envuelto en nubes. Como mi cabeza. Envuelta en una pequeña tormenta. Ensombrecida por una duda. Todavía era pequeña, insignificante e irreal, pero había brotado en alguna parte.

Según llegué a casa vi que había un coche aparcado frente a la puerta, un Volkswagen Beetle que bloqueaba el paso. Murmuré alguna maldición y le solté un par de ráfagas de luz. Dentro del coche un par de siluetas se separaron repentinamente. El coche arrancó y avanzó unos metros para dejarme paso, y en ese mismo instante se abrió una puerta y apareció Britney riéndose.

—¡Papá!

El Beetle apagó las luces y por la otra puerta apareció aquel muchacho: Elron van Ern, vestido con una chaqueta de lino, muy de cita romántica. Saludó con la mano y yo, en un arranque bastante torpe, devolví el saludo y aceleré para meter mi Spider en casa. Era una mezcla de sensaciones: no quería molestar, pero tampoco quería que me lo presentara. Esa noche solo tenía ganas de olvidarme de todo.

Pero los muchachos entraron en el jardín y me siguieron hasta el garaje. Supongo que Britney le dijo a Elron que ya había llegado la hora de conocer a «papá». Se acercaron a la puerta del garaje mientras yo sacaba el ordenador de Chucks y lo colocaba en el suelo con cuidado.

—Papá, quiero presentarte a Elron.

El chico se aproximó sonriente. Solo lo había visto de lejos aquella mañana en el mercado de Saint-Rémy, pero, de cerca, me percaté de que era bastante guapo y alto. Un jabato que apuntaba maneras de macho alfa. No me extrañaba que Britney se hubiera colado por él.

—Elron —dijo Elron van Ern estrechándome la mano con igual furia que su progenitor—. Un placer, señor. Siento mucho lo de su amigo Chucks. Y le envío un saludo de mis padres, que lo sienten mucho también.

«Vaya, hasta es educado —pensé—. Además de sacarme por lo menos cinco centímetros, como su padre.»

—Muchas gracias, Elron. El placer es mío.

Se hizo un pequeño silencio. Yo tenía la intención de utilizarlo para largarme, pero Elron parecía tener ganas de charlar aquella noche.

—Mi madre es un gran fan suya, aunque yo no he leído nada de usted. A mí no me gusta el género del terror, pero creo que haré una excepción con sus libros. Britney me ha dicho que son buenísimos.

Noté un rubor subiéndome por las mejillas.

—¿Eso te ha dicho? —pregunté sonriendo, mientras el fuego de Smaug subía por mi garganta—. Es que mi hija es mi mejor fan.

Britney se rio y se ruborizó un poquito. Noté que se debatía entre comportarse como la niña de papá o la chica de Elron.

—Pues espero que te guste —le dije, tratando de disimular mi ataque de celos paternal—. Ya me contarás.

—Sí. Antes de la fiesta lo habré leído —respondió Elron—, y así lo comentamos.

—¿La fiesta?

—El sábado. ¿No se lo han dicho todavía? —dijo el chico sonriendo—. Es mi cumpleaños y organizo una barbacoa en casa. Britney va a tocar con su banda. Será su regalo de cumpleaños.

Y al decir aquello miró a Britney y Britney le devolvió una dulce mirada.

—Os lo iba a decir esta noche, papá.

Noté que se estaban tocando por los hombros y que les faltaba bastante poco para entrelazar los dedos. Me pregunté si ya se habrían besado, incluso me pregunté si aquel gandul al-que-no-le-gustaba-el-terror ya la habría visto desnuda o...

—No puede usted faltar —añadió el chico—. Ni Miriam.

—¿De verdad? —dije mirando a Britney—. No... lo sabía. Tenía pensado un viaje.

Sonó a disculpa barata pero era cierto. Había planeado coger el coche y plantarme en Cap-d'Ail ese mismo sábado. Buscar a la hermana de Daniel Someres y... encontrarla para empezar. Y después ya vería. Le preguntaría si sabía dónde había estado Daniel la noche del 21 de mayo y esperaba que me dijese: «Aquí en casa, jugando al Monopoly.»

—¡No, papá! —exclamó mi hija—. No puedes perdértelo por nada del mundo.

—Bueno... —dije al fin—, déjame que lo piense, ¿vale?

Me despedí de ellos y los dejé regresar al coche. No quise volverme para evitar verles darse un beso. De pronto el estómago me había comenzado a arder.

El Renault Space de Miriam estaba aparcado en el garaje, pero no había rastro de ella ni en la cocina ni en el salón. Supuse que estaría en su despacho del ático mirando Internet o trabajando en alguno de sus proyectos. Dije «Hola» bien alto y no recibí contestación. Dejé el ordenador de Chucks aparcado junto al sofá y me fui directamente al cobertizo. Mierda, sabía desde el minuto uno lo que iba a hacer allí.

«Sabes que siempre puedes volver por aquí. Este es el bar de Rosie y sus putas alegres. Aquí siempre tendrás una casa.»

Britney estaba con Elron, Miriam en el ático, pero de todas formas moví una segadora hasta que bloqueó la puerta. Después me dirigí a una de las estanterías y cogí un bote de barniz de madera que reposaba entre otros cuatro, perfectamente disimulado. Lo abrí y saqué una bolsita de plástico hermética del bote. Había varios blísteres de pastillas ahí dentro. Principalmente Anxicotines, pero también algunos Valiums y una caja caducada de Dormidina.

«Las fiestas aquí duran hasta la madrugada, *baby*.»

Déjame que te cuente una historia. Hace dos millones de años, cuando los dinosaurios dominaban la Tierra, yo era un escritor poderoso. Un escritor libre, fresco como una lechuga. Por aquel entonces vivía en Londres y escribía en un sótano de la calle Archer. Una vieja habitación llena de maletas polvorientas, cajas y una mesa de *ping-pong* que nadie había vuelto a utilizar jamás. En invierno hacía un frío de pelotas, pero tenía un radiador de propano que me ponía a veinte centímetros de las piernas. Con eso y un poco de música, conseguía producir tres mil palabras diarias sin coger una gripe. Mis cinco primeras novelas habían salido de aquel lugar.

En aquellos tiempos escribía por la noche. Era lo que mejor me iba. Se encendía aquella lucecita en mi cabeza y bum, no paraba hasta las dos o las tres de la madrugada, con un paquete de cigarrillos por sesión, y casi siempre unas cuatro cervezas o cinco, acumuladas sobre todo al principio. Nada de porros ni cocaína ni trucos por el estilo. Con mis birras y mi tabaco me las apañaba perfectamente para mantener el cerebro en su sitio. Y ese era el secreto: mantenerlo en su sitio.

Mis libros se colocaban bastante bien, a razón de miles en el Reino Unido y Estados Unidos y algunos cuantos repartidos por el resto del mundo. Pero aquello era el mismo dinero que un hombre ganaba trabajando en una oficina. No nos daba para demasiados caprichos. El cambio llegó con *Amanecer en Testamento* y la invención del asesino en serie Bill Nooran. Aquello fue lo que se llama un «bombazo» en términos comerciales, y todavía no tengo ni idea de por qué gustaba tanto. En realidad, era una historia de héroes bastante ñoños con un asesino exageradamente sangriento, pero alguna tecla debí de tocar en el corazón del público porque vendí casi veinte millones de libros en todo el mundo. Y eso con unas condiciones de contrato bastante bien negociadas, que me daban casi un quince por ciento de cada libro. Vamos, que me hice millonario en un año y medio.

Fue bastante bonito, de veras. Me encanta hacer feliz a la gente y eso era lo que hacía. El público era feliz, mi editorial era feliz, mi agente era feliz, Miriam y Britney... Nos fuimos de gira por Estados Unidos y Canadá. Después Australia y Nueva Zelanda, donde estábamos de vacaciones cuando se anunció la compra de los derechos de cine sobre el libro. Una llamada muy seria con algunos ejecutivos de Hollywood que se habían remangado las camisas y «ya estaban trabajando» en la adaptación del guion y la selección de un director. Dulce, muy dulce. Regresamos a Londres un día de febrero de 2011 y después de casi tres meses gastando dinero, seguía siendo más rico aún que el día anterior. Recuerdo que esa noche cenamos unos pollos fritos y nos bebimos una botella de vino, y Mark Bernabe me llamó por teléfono para preguntarme qué tal todo. «Tengo una secuela perfecta —le dije—. Tengo la idea perfecta para un segundo libro.»

Al día siguiente regresé a mi sótano. A mi viejo ordenador portátil que seguía criando polvo ahí abajo. Bajé con seis latas de cerveza de oferta que había comprado en el Tesco del barrio, un paquete de Dunhill y me puse a escribir. Pero entonces sucedió algo diferente. Escribía, sí, y tenía las ideas bien claras, pero algo había comenzado a pesarme. Como si cada frase que tecleaba en mi pantalla pasase inmediatamente a través de unos altavoces y fuera escuchada por millones de personas. Era la presión del éxito. La mejor de las suertes y la peor de las putadas. Escribía, borraba, escribía, borraba y mi cerebro se iba acelerando, atolondrando, recalentando.

Esa primera noche llegué a las dos mil palabras justas, pero realmente las borraría en el transcurso de los siguientes meses. Además, empezó a sucederme otra cosa más preocupante: no podía parar de pensar.

De pronto, después de una dura jornada de trabajo, no me quedaba satisfecho. Mi cabeza seguía dándole vueltas a todo. Pensaba y pensaba, los ojos no se me cerraban. Y empecé a no poder dormir.

Déjame que te cuente algo del insomnio: es solitario. Tu mujer duerme, tu hija también. Tus vecinos, tu ciudad entera.

Y tú eres como un búho con los ojos abiertos. Escuchas los sonidos de la noche. Los ronquidos de alguien. Una motocicleta rugiendo en la autopista. La sirena de una ambulancia. Te levantas a beber agua y ves, por la ventana, otra luz encendida en la casa de enfrente. Te preguntas si será otro enfermo como tú o quizá sea una familia con un bebé. O un estudiante apurando las últimas horas antes del examen. Y lo peor es que sabes que es erróneo. Que no debería ser así. Que al día siguiente tendrás el cerebro frito y no podrás hacer nada bien. No tendrás ganas ni de vestirte, ni de sonreír, no verás el mundo con ningún optimismo porque la privación del sueño es una de las torturas más intensas a las que puedes someter al cerebro humano.

Así que empecé a tomar pastillas. Sí, ya lo sé. Ahora vendrá el enteradillo de turno a contarme lo mal que lo hice. Que debería haber buscado la causa, enfrentádome a mis problemas. Pero ¡si ya sabía cuáles eran! Me pesaba el éxito. Me pesaba como una carga sobre los hombros y estaba consiguiendo romperme la espalda. Así que empecé a tomar pastillas para poder resistir. Con ellas dormía. Apagaba mi mente. Lograba aplacar la furia de mis nervios. Al día siguiente tenía esa ligera resaca de calmantes, esa especie de cerebro de zombi, pero era mucho mejor que pasar una noche en blanco mirando al techo de la habitación.

Y así, con los meses, Rosie y sus putas alegres se convirtieron en mis mejores amigas, mis aliadas. Con ellas podía poner el punto y final cuando yo quisiera, y no cuando mi desbocado cerebro opinase. Además, en esos días, nuestra agenda comenzó a llenarse. ¿Conoces esa canción de Bessie Smith que dice «Nadie te conoce cuando estás hundido»? Pues lo contrario pasa cuando «estás arriba». De pronto todo el mundo quiere conocerte. Esto lo cuento para resumir por qué empecé a beber un poco más allá de los límites del buen gusto. La vida social se hace con alcohol (y coca en muchos de los casos) y nosotros teníamos la agenda llena de lunes a domingo. Con lo que empecé a acercarme al Elvis *way of life*, de cerrar los ojos con pastillas y alcohol y necesitar un buen subidón para poder abrirlos por la mañana. Y, mientras tanto, no sé muy bien cómo, terminé de escribir la segunda parte de las aventuras del sanguinario Bill y volví a romper la pana. Y para ese entonces era ya un completo adicto a todo.

Cogí un par de Anxicotines, preciosas perlas de color rosado, y devolví la bolsa al bote de barniz vacío. Después me senté frente al ordenador y coloqué las pastillas sobre el teclado. Entre las letras W y E... y entre la O y la P, formando una especie de rostro de ojos rosados en la que la barra espaciadora jugaba el papel de una boca inerte, seria, que me juzgaba. ¿O quizá se reía de mí?

«No puedes controlarlo, Bert. ¿Lo ves? Es más fuerte que tú. Le prometiste a Miriam que se acabaría. Le mentiste y te mentiste a ti mismo diciendo que solo habías vuelto temporalmente, por lo de Chucks, pero lo cierto es que toda tu cabeza está dando vueltas y vueltas. Y no sabes qué hacer para detenerla. Bueno, corrijo: sí sabes qué hacer. Lo sabes perfectamente.»

Cogí la pastilla que reposaba entre la W y la E y me la acerqué a la boca. La toqué con la punta de la lengua. Su sabor dulzón se extendió hasta la parte baja de mi estómago. «Cómeme.»

«No eres fuerte. No lo pretendas. Estás otra vez en ese carrusel. Lo de Chucks te ha roto el eje, muchacho. Vas cuesta abajo y sin frenos y es mejor que pares tu cabeza. Échate un cable a ti mismo.»

Me vi a mí mismo fallando de esa manera tan estrepitosa. Esclavo de mi miedo y mi debilidad. Volví a sacar la lengua y lamí el borde de aquella maldita pastilla, como si fuera el veneno con el que pretendía decir adiós a todo. Tan asustado y tan humillado al mismo tiempo.

Alguien llamó a la puerta. La intentó abrir, pero se topó con la segadora.

—¿Papá?

Era Britney.

Aproveché para esconder a toda prisa las dos pastillas en el bolsillo de la camisa. Para secarme las lágrimas que me corrían generosamente por las mejillas. Después me levanté.

—¿Papá, estás bien?

—Espera, hija.

Aparté la segadora. Britney, mi preciosa damita, estaba al otro lado con un gesto de sorpresa y preocupación en el rostro.

—¿Estás bien?

Aspiré por la nariz, me limpié una lágrima que aún pendía de mi barbilla.

—Sí, preciosa.

—¿Puedo pasar? —preguntó entonces.

—Claro —dije.

Entró y tomó asiento en un baúl de mimbre que habíamos traído desde Londres. Iba vestida con unos pantalones negros y botines brillantes de tacón. Un jersey fino de rayas negras y amarillas, como una abejita. Me clavó sus ojos verdes y noté que me recorría de arriba a abajo.

—¿Vienes de la casa de Chucks? Vi el ordenador en el salón.

—Sí.

Tragó saliva. Era más dura que yo.

—Casi todas las noches sueño con él, ¿sabes? Es extraño. No le conocía mucho, pero le sentía como un buen amigo. Como un tío.

—A él le hubiera encantado oír eso.

Nos quedamos en silencio un instante.

—Hoy he estado copiando la música del ordenador de Chucks... —dije—, y encontré tus maquetas. ¿Fue Chucks quien te propuso grabar «Black Bird»?

—Sí —respondió Britney.

Me reí. Britney arqueó las cejas, interrogante.

—¿Por qué te ríes?

—La historia —empecé a contar— es que una noche, hace mil años, decidimos que tenías que tener una canción. Estábamos Chucks, Linda, mamá y yo en una playa de Cádiz. Chucks tocó «Black Bird» y nosotros te la cantamos. Y después, durante meses, incluso después de que nacieras, yo te cantaba esa canción por la noche. Me había olvidado, pero Chucks no.

Esta vez ninguno de los dos pudo reprimir las lágrimas.

—Linda fue su gran amor, ¿no? —preguntó Britney de pronto—. Me contó algo. No mucho. Me dijo que a mamá no le gustaría que yo lo supiera.

—¿Que supieras qué?

—Que siempre lo culpó a él del accidente. Me contó que iba un poco borracho y demasiado rápido. Pero que fue el otro coche el que tuvo la culpa de que perdiera el control. ¿Tú piensas lo mismo?

Un día tu niña tiene doce años y le muestras las constelaciones del cielo. Al otro tiene dieciséis y estás hablando de uno de los episodios más duros de tu vida.

—Nunca se sabrá —respondí—. Pero, de todas formas, a mamá nunca le gustó Chucks como novio de Linda. Le parecía un tío problemático y Linda era su mejor amiga. De hecho, una vez Chucks me confió que Miriam había intentado convencer a Linda de que lo dejaran... pero estaban demasiado enamorados... —Me reí—. Así es tu madre. Un poco manipuladora.

Britney se rio también.

—¿Y qué te parece Elron? —preguntó entonces.

—¿Elron? —carraspeé, y no pude evitar ponerme un poco rojo—. Me fío de tu gusto, Britney.

—¿Te ha molestado que te diga que no le gustan las novelas de terror?

—¡Qué va! —exclamé, quizás un poco demasiado alto—, es sincero. Prefiero eso a un peloteo descarado.

—Es un chico muy especial, papá. Es diferente a los demás. Tan arraigado a su familia, pero al mismo tiempo tiene sus propios sueños e ideas... Quiere cambiar el mundo con sus investigaciones.

—¿Qué es lo que quiere hacer? —le pregunté por disimular.

—Quiere ser psiquiatra, como su padre. Es la profesión de su familia desde hace muchos años. Pero nunca había oído a alguien hablar con tanta pasión sobre ser psiquiatra.

—Vaya, me alegro. En la vida es importante tener pasiones.

—Es que me recuerda a ti —continuó diciendo—. A lo que me cuentas de cuando eras joven. Que te fuiste de Irlanda a Londres. Que perseguiste tus sueños. Él también se quiere ir a Nueva York a estudiar. Y yo me quiero ir con él.

—Nueva York. Vaya, suena bien.

«Y lejos.»

—¿De verdad, papá?

—Tendrás que terminar el instituto primero. Y después...
En fin... solo acabáis de empezar, Brit. Daos un tiempo y...
No me dejó terminar. Se levantó y me rodeó el cuello con
las manos. Se sentó en mi pierna y me dio un beso en la mejilla.

—¡Gracias! Pero ¿tú crees que mamá accederá?

—Bueno, yo... En fin, supongo que la convenceremos, hija.

—¡Gracias, gracias, gracias! Quizá no sea buena idea lo de
la fiesta. Si quieres no vengas, papá. Ya sé que las fiestas no te
gustan demasiado.

—¿Que no me gustan las fiestas? No me gustan los «even-
tos sociales». Además, me muero por verte tocar.

—¿Seguro, papá?

—Seguro, preciosa.

Me volvió a besar y de pronto sentí que Rosie y sus putas
se iban a volver a la caja de pintura por esa noche.

2

Salió un día espléndido para la barbacoa de Elron van
Ern. La noche anterior había llovido un poco, pero para las
doce del mediodía del día siguiente, el sol relucía en lo alto y
la hierba se había secado por completo. Miriam se pasó la
mañana preparando un postre de frutas en una gran ponchera. Yo fui al pueblo a comprar unas buenas cervezas belgas y
dos botellas de vino. Y Britney tuvo una auténtica crisis frente al espejo. Cuando regresé de Saint-Rémy y subí a mi habitación a cambiarme, pasé por su cuarto y la escuché maldecir.
Me acerqué a la puerta y llamé un par de veces,

—NO SE PUEDE —respondió Britney.

—¿Va todo bien?

—¡No!

La puerta se entreabrió y descubrí aquella especie de batalla de Britney contra su propia ropa. Mi hija estaba en bragas, probándose el décimo o undécimo top de su armario, rodeada de pantalones, camisas y faldas, desperdigadas por el suelo como víctimas colaterales de su indecisión adolescente.

—¡Papá, que estoy desnuda! —dijo, al mismo tiempo que corría hacia la puerta y la empujaba con fuerza.

—¡Perdón! —dije, apartándome justo a tiempo de no ver destrozada mi nariz—. Mamá dice que se hace tarde.

Escuché a Britney refunfuñar y gritar otro par de veces. Después bajé a la cocina y me encontré con Miriam, que estaba terminando de poner una gran tapa de papel de aluminio sobre la ponchera.

—¿Qué le pasa? Creía que estaba encantada con su ropa.

—Le pasa Elron —dijo Miriam—. Bueno, subiré a ayudarla.

Al cabo de diez minutos yo había terminado de fregar en la cocina y estaba sentado en el salón, tocando mi Gretsch, cuando vi a Britney bajar las escaleras en unos vaqueros y con un precioso top negro. Miriam le había recogido el pelo en una coleta y la había maquillado sutilmente. Además, le había prestado unos pendientes de plata que yo le había regalado por su pasado cumpleaños.

Miriam, satisfecha, sonreía a sus espaldas con los brazos en jarras.

—Queda bien para tocar, ¿verdad, papá? —dijo Britney dándose una vuelta ante el espejo de la entrada.

Yo estaba patitieso.

Los Todd llegaron sobre las once en la furgoneta de su padre, una GMC color cereza cargada hasta los topes con todo el equipo de sonido, la batería y los amplis que guardaban en el garaje.

Le pregunté a papá Todd (Herman) si le importaba que fuéramos un poco más tarde. Era la segunda vez que hacía de chófer para Mongrel State (ese era el nombre de la banda) y me sentí un poco culpable. Pero el hombre parecía encantado de soltarse la melena con la banda de sus polluelos. Ese día se había puesto una camiseta de la E Street Band.

—¡No importa! ¡Iremos montando el espectáculo! ¡Lleguen cuando puedan, pero lleguen!

Los dos hermanos Todd, con su cuidada estética entre *grunge* y *hipster*, me sonrieron desde el asiento de atrás y me hicieron el gesto internacional de «coge tu ola»; después, con Britney y su bajo a bordo arrancaron y Herman subió el volumen de la música: un disco de Weezer a todo trapo.

Miriam y yo tuvimos una pequeña discusión porque yo no quería llevar aquella peligrosa ponchera en mi Spider, pero ella tampoco quería llegar en el Scenic. «Vayamos en el descapotable.» Bueno, al fin cedí y salimos con la capota bajada y la ponchera bien sujeta entre las piernas de Miriam.

Para llegar a la *maison* de los Van Ern había que tomar la R-81 (la que iba hacia el Abeto Rojo) y desviarse a la derecha cuatro kilómetros después del Raquet Club. Después se recorría un estrecho camino rural a través de lavandas, se atravesaba un bosque y se ascendía una suave colina sobre la que se alzaba la casa de los Van Ern.

No pude evitar ir componiéndome un pequeño mapa mental mientras conducía, tratando de situar la clínica y el campo de canola amarilla. Si mis cálculos eran correctos, la casa de los Van Ern estaría a unos tres o cuatro kilómetros de la clínica, «detrás» (o al sur para ser precisos) del gran edificio blanco y los adyacentes que conformaban el centro de rehabilitación. En suma, a unos cinco o seis kilómetros de la curva donde Chucks había atropellado a...

«Basta.»

Terminamos de ascender la colina y nos encontramos una docena de coches aparcados a los lados, invadiendo el césped. Me imaginé que era el aparcamiento de invitados, así que me aproximé al último hueco y aparqué el Spider entre dos árboles.

Miriam se comunicó con Edilia van Ern por WhatsApp mientras yo descargaba aquella ponchera con el postre de frutas. No sabía que se hubieran intercambiado los teléfonos, pero después recordé que Miriam me había mencionado el cursillo de pilates y yoga al que se había apuntado con Edilia y la Grubitz.

Para cuando hube cerrado la puerta trasera y conseguido no derramar ni una gota de aquel dulce almíbar, Edilia y su pequeña hija se aproximaban sonriendo desde la entrada de la casa. Se alcanzaron a medio camino y se repartieron besos. Yo, con aquel maldito postre en las manos, dije «hola» también. Mientras tanto, la pequeña Elvira me miraba en silencio, con esa forma de mirar que te hacía dudar si te habías subido la bragueta del pantalón, o si te habrías puesto zapatos de diferente color.

—Bert —dijo Edilia acercándose y dándome un simple pero largo beso en la mejilla—. Siento muchísimo lo de tu amigo. ¿Cómo te encuentras?

—Mejor, gracias.

—Vamos a intentar que te distraigas hoy.

Nos guiaron al interior de la casa, a través de un muro recubierto de hiedra. El camino continuaba cuesta arriba un poco más, a través de árboles y una preciosa fila de esculturas renacentistas que no pasaron desapercibidas para Miriam.

—La casa fue construida por un Rothschild a principios de siglo —explicó Edilia—, pero después fue principalmente habitada por Jim Walton.

—¿Jim Walton el compositor? —pregunté.

—Sí. Vivió aquí durante casi la mitad de su vida, hasta 1960. El jardín fue obra suya. Y nosotros, para ser sinceros, ni nos hemos atrevido a tocarlo.

La casa apareció frente a nosotros, rodeada de un césped perfecto. Era una casona de tres plantas, con una gran terraza en el primer nivel donde se veían varias sombrillas y hamacas, y grandes puertas de cristal abiertas a lo que probablemente era un salón. Olía a carne a la brasa y carbón y se escuchaba un murmullo de conversaciones al otro lado del edificio.

Allí habría una treintena de personas, repartidas en diferentes puntos de un precioso jardín. Una gran piscina presidía la parte trasera, con un tieso trampolín en la cabeza y hamacas repartidas a su alrededor. Una carpa, donde se reunía la mayor parte de la gente. Todo a rayas verdes y blancas: la carpa, las sombrillas y los cojines de las hamacas. Un par de cocineros se afanaba en la parrilla, despachando hamburguesas, salchichas y brochetas vegetales. Otra mesa estaba repleta de botellas de champán en cubetas de hielo y me fijé en que había un tipo sirviendo martinis. Al otro lado de la piscina, vi a Herman Todd terminando de preparar la batería de su hijo y a Britney y un grupo de adolescentes charlando junto a un ampli. Elron también estaba allí, vestido de chaqueta y fumando un cigarrillo.

Miriam fue directamente a por Elron a darle nuestro regalo: una edición de *En el camino* de Jack Kerouak que incluía un pequeño diario de viaje. El chico le dio tres besos a Miriam y se acercó a mí con los brazos abiertos. Traté de evitar el abrazo extendiendo la mano, pero el muchacho se cerró sobre mí y me dio un par de fuertes palmadas en los omoplatos. «Joder —pensé—, sí que es efusivo.»

Después, Edilia cogió a Miriam del brazo y le dijo que le «presentaría a todo el mundo».

—¿Vienes, Bert?

—Creo que me quedaré ayudando por aquí —dije apuntando a los amplis y cables que yacían desordenados por el suelo—. Voy en un rato.

Lo cierto es que determinado tipo de vida social me satura, me ha saturado siempre y la soporto lo justo para no convertirme en un psicópata. Esta es una de las cosas que Miriam no aguanta de mí: en todas esas fiestas elegantes donde ella se mueve como pez en el agua yo termino convirtiéndome en el «invitado ausente», el que sale al balcón a fumar, o el que termina charlando con el camarero sobre carreras de perros.

No sé en qué momento decidí convertirme en el invitado ausente ese día. Supongo que después de las dos primeras horas de rigor. Tras ayudar a Herman y los chicos con sus amplis, fui a por mi primer martini y me vi rodeado de presentaciones, sonrisas y preguntas. «Este es Bert Amandale, el escritor de misterio.» Dos martinis y algunos cigarrillos más tarde el sol se había elevado en el cielo y me hubiera dado un remojón en la piscina. Estaba charlando con la señora Mattieu sobre la proyección de *Amanecer en Testamento* que planeaba para finales de mayo. «¿Cree que podría traer a alguien de la producción?», me preguntó con los mofletes coloreados (creo que la señora Mattieu también era de las que le dan al frasco). Y yo le dije que lo intentaría, por no decirle que las amistades de un escritor en Hollywood duran lo mismo que el fuego de una cerilla. Volví a la barra, el tipo de la librea blanca ya me conocía. Lanzó dos hielos y una peladura de naranja al vaso. Y después lo llenó de martini, pero esta vez sin remilgos. Un buen camarero sabe reconocer a un tipo sediento en cuanto lo ve. Casi por accidente terminé hablando con otro pequeño grupo de personas. Eran todos amigos de los Van Ern, gente de buena clase que hablaba de sus casas en Niza, sus cruceros a velero por el Pacífico y sus amigos en Creta o Knossos, adonde irían muy pronto. Un hombre con gafas de pasta, que me recordaba al mecenas de los atracos a casinos de *Ocean's Eleven*, me contó que solía pasar medio año en Ischia, una isla junto a la Costa Amalfitana, y allí tenía unos amigos que vivían en la antigua propiedad de Truman Capote. «Ustedes los escritores pueden elegirlo todo. Su tiempo, su lugar, sus libros. Le envidio. Me gustaría tener un trabajo como el suyo.» Cuando le pregunté por su trabajo, me dijo que se dedicaba «a la inversión» y después cambió de tema rápidamente.

Después de ese rato había tenido suficiente ración de «Bert Amandale en sociedad» para llenar cuatro fiestas. Además, no había parado de beber al mismo tiempo que me olvidaba de comer lo suficiente. El sol pegaba con fuerza y comencé a estar un poco borracho y sentir el instinto de aventurarme en otras partes de aquel lugar. Porque, en realidad, ¿quién me necesitaba? Britney, Elron y otro grupo de estupendos muchachos y muchachas disfrutaban sentados en los grandes asientos acolchados que había junto a la piscina. El concierto, según había oído decir, sería a media tarde. Miriam a lo suyo, deslumbrando a su público y hablando de artistas, de Londres y cursos de cerámica y cocina *gourmet*. Y, mientras tanto, yo había caído en las garras de un tipo bajito que trabajaba para la OMS en Lyon y me contaba lo importante que era la vacunación contra la gripe. Así que recurrí a la vieja y nunca suficientemente ponderada excusa de ir al servicio. Me acerqué a la barbacoa y pregunté a uno de los cocineros por los lavabos. «Siga las señales», dijo en francés, y me señaló un cartelito pegado junto a las escaleras de la terraza que decía TOILET.

El interior de la casa estaba sumido en una fresca penumbra. Los ventanales del salón abiertos de par en par, dejando entrar la radiante luz del mediodía, y dentro, los muebles y las paredes descansando en la sombra. Un piano presidía la esquina noroeste de la pieza. Me imaginé a Jim Walton componiendo sobre él durante largas tardes de verano, mirando aquel paisaje de bosques y colinas que se extendía, como en un sueño, frente a la casa.

Y fue precisamente al fijarme en las vistas cuando capté con la mirada un resquicio de otro edificio, a unos kilómetros de allí: un tejado que sobresalía entre las copas de los árboles.

Al noroeste, pensé. Y eso me devolvió al mapa mental que me había hecho al llegar. La clínica, claro. El campo de canola amarilla. La curva del muerto. Los guardas y su perro mastodóntico.

Me acerqué al piano con la disculpa de observarlo y me aposté allí, junto al teclado, mirando a través de las ventanas. Era un día radiante y el cielo era azul, moteado con un par de nubes que parecían briznas de algodón. A unos ochocientos metros de la casa, después de un césped perfectamente segado, comenzaba un bosque. Había una serie de edificios que me parecieron establos y una larga valla de madera que cercaba el terreno.

El bosque detrás de la valla debía de extenderse por otros ochocientos o mil metros. Un denso pinar que aparecía como una auténtica pared desde esa distancia. Y al otro lado estaba aquel edificio, del cual no podía ver mucho más que un trozo de tejado.

«Pero —pensé— quizá si subiera una planta o dos...»

Alguien apareció por el salón. Un tipo con una colorista camisa de cuadros que antes ya me habían presentado en algún momento. Le pregunté por el lavabo y me indicó que siguiera las señales. «*Toilet* —dijo sonriendo— significa lavabo en inglés.»

Le di las gracias y caminé siguiendo los cartelitos de papel que decían TOILET hasta unas escaleras. El lavabo estaba a medio camino de estas, en un pequeño descansillo. Había un generoso despliegue pictórico en la pared que acompañaba la ascensión. Cuadros de diferentes estilos y tamaños. Retratos, bodegones y algún paisaje provenzal.

Me detuve junto a la puerta y observé uno de los cuadros, colgado en el descansillo de la entreplanta (a unos diez escalones del baño). Representaba una escena en la jungla. Nativos de piel oscura, alineados junto a la orilla de un río, saludando una barca que llegaba. Y en la barca, una especie de misionero vestido enteramente de blanco.

Todo aquello me hizo pensar en las cosas que había encontrado en el ordenador de Chucks, unos días antes.

—¿Va a entrar?

Me volví y vi que se trataba de uno de los amigos adolescentes de Elron.

—Sí, sí... perdón.

Entré y cerré la puerta detrás de mí. No tenía muchas ganas de mear, pero hice un esfuerzo y los martinis resonaron como música celestial. Después me lavé las manos y salí de allí, dejando sitio al chico. El muchacho entró detrás de mí y yo, en vez de regresar al salón, tomé las escaleras y comencé a subirlas. ¿Por qué? Podría decir que estaba borracho, pero en realidad era otra cosa. Una intuición negra. Un temblor en la base del estómago.

Subí con cuidado, haciéndome el disimulado, hasta la entreplanta. En realidad, podría decir que estaba mirando los cuadros. ¿Y qué demonios? Cuando alguien te invita a su casa tienes derecho a husmear un poco, ¿no? Llegué al descansillo y observé el cuadro con más atención. Además descubrí, junto a ese cuadro de corte africano, algunas máscaras con expresiones de temor, de risa o de amenaza. Miré hacia arriba. La escalera daba paso a un pequeño vestíbulo desde el cual partía un pasillo. Se veía algo de luz natural a la izquierda y pensé que quizás habría una ventana desde la que intentar observar la clínica con mejor perspectiva.

«Adelante», me dije.

Encontré un salón al final de ese pasillo. Una amplia estancia que ocupaba la esquina noroeste de la casa. Las paredes estaban cubiertas de anaqueles y más lienzos en los que no me fijé en un principio. La luz de la ventana y el grado alcohólico de mi sangre me cegaron. Fui directamente a la ventana. La fiesta tenía lugar en el lado opuesto de la casa, por lo que no debía preocuparme de ser descubierto en mi pequeña indiscreción.

«¿Por qué estás haciendo esto, Bert?»

Al fin podía ver casi al completo la última planta de la clínica. «Ahí esta», pensé. Las ventanas, pequeñas, permitían imaginar celdas casi monacales. Y desde esa altura podía avistar parte del campo de flores amarillas.

Entonces detecté otro edificio más pequeño, un poco separado del principal a través del bosque. Un edificio que quedaba oculto, al menos desde la carretera, pero bien visible desde la casa. La fachada era completamente blanca. Y cuando digo que era completamente blanca, me refiero a que las ventanas también lo eran. Estaban tapiadas y pintadas en blanco. Pero lo que realmente me heló la sangre fue percatarme de su forma, con tejados en punta y ventanas alargadas. Como si fuera una pequeña iglesia. O una...

«Joder... Una ermita.»

Una algarabía de voces en la planta baja me sacó de aquel momento de excitación. Pensé que ya llevaba demasiado rato jugando a los espías y decidí bajar a reunirme con los demás antes de que alguien me encontrara allí arriba.

Entonces, según me di la vuelta para salir de allí, observé un gran cuadro colgado en la pared sureste.

Y tuve que tragarme un grito.

Es difícil explicar lo que había allí, pero puedo empezar diciendo que me recordó inmediatamente a Francis Bacon y sus terroríficos estudios sobre el grito. En concreto uno: la interpretación del clásico de Velázquez *El papa Inocencio X* que habíamos visto en el Des Moines Art Center hacía unos años. Todo se debía a la postura del hombre que protagonizaba la pintura; sentado en una especie de silla eléctrica, con los brazos y las piernas sujetos a la madera y un gesto de auténtico terror en la cara. El terror era provocado por una cruz, que una mano sostenía ante sus ojos. La imagen representaba una especie de ritual de exorcismo.

Aquella mirada de ojos vacíos, aquella boca ridículamente abierta, como si aquel grito fuera a reventarle las mandíbulas, me revolvió el estómago. Joder, se me heló la sangre, ¿qué clase de degenerado tendría semejante cosa en el salón de su casa...?

Había otros cuadros por allí. Uno de ellos representaba una especie de danza a la luz de una hoguera. Hombres disfrazados de tigres y panteras y mujeres con los ojos blancos elevados hacia la luna. Era realmente estremecedor.

Entonces otro cuadro me llamó la atención desde la otra pared del salón. Este por motivos bien diferentes.

Se trataba del retrato de un hombre, y no dudé que debía de ser un antepasado de Eric van Ern, puesto que el parecido era incuestionable. Pero no era él, eso también estaba claro. Sus largas patillas, el corte de su barba y el traje blanco y el sombrero de ala ancha transportaban a otra época y otro lugar. Quizá solo cuarenta años atrás, pero lo suficiente. El hombre posaba rígidamente, con un bastón en las manos, y una mirada penetrante que te perseguía por la sala. A sus espaldas, con menor intensidad, se desplegaba un paisaje tropical, de palmeras y pequeños animales casi simbólicos a sus pies. Pero había otro elemento en el cuadro que inmediatamente llamaba la atención del espectador. Algo que casi se convertía en el centro del retrato al cabo de unos instantes. Algo que me hizo temblar y que diluyó mi pequeña borrachera de una vez por todas.

Una pequeña iglesia.

Elevada en una colina, a media distancia entre el hombre y el fondo de valles tropicales, y ligeramente oculta entre palmeras, era un edificio pequeño, de madera blanca y coronado por una cruz. Había gente a su alrededor. Hombres y mujeres de una raza indefinida pero oscura. Y todos ellos mostraban una sonrisa, que no lograba resultar natural, sino, de alguna manera, terrorífica.

—El abuelo —dijo una voz a mis espaldas. Y casi salgo de mis zapatos.

Me volví y vi a Edilia van Ern apoyada en el marco de la puerta, con una copa de prosecco en las manos, mirándome divertida, como un gato que acaba de arrinconar a su ratón preferido.

—¿Le he asustado?

—Un poco —dije tratando de recobrar el pulso.

—Lo siento. Aunque tiene suerte de que no haya llamado a Eric. Pensé que era usted un ladrón.

Me ruboricé un poco.

—Me perdí buscando el baño —dije.

Ella sonrió. Bebió en silencio y se despegó del vano de la puerta. Caminó en mi dirección envuelta en su vestido de color marfil, exuberante y felina, hasta ponerse muy cerca.

—Vamos, Bert, estaba curioseando. No pasa nada porque lo admita. No me esperaría menos de un escritor.

—En fin —carraspeé—, digamos que una vez perdido, no me ha importado echar un vistazo. Tienen una casa muy interesante.

—Claro —dijo ella, y se volvió dándome la espalda, que llevaba descubierta—. ¿Qué le parece nuestra colección de arte?

—¿Puedo ser sincero?

—Por favor.

—Una manera suave de describirla es «inquietante» —y al decirlo me volví hacia el cuadro del hombre que gritaba—, aunque si quiere una palabra más ajustada...

—No hace falta. Opino igual. Es siniestro. Pero, al parecer, es una verdadera obra de arte. ¿No le recuerda a Bacon? Era irlandés, como usted, y también vivió en Londres.

—Absolutamente. Un genio del terror.

—De todas maneras, son cosas del abuelo y Eric las conserva por razones emotivas. Él también creció en Surinam.

—¿Surinam?

—Es una antigua colonia holandesa entre las Guayanas. La familia de Eric procede de allí.

—Ah. Eso explica mucho.

—Y los cuadros. Las máscaras... Sí. La mayoría no es de mi gusto exactamente. Pero Eric es inamovible. Creo que en el fondo tiene cierta atracción por el dolor y el miedo. Supongo que tiene mucho que ver con su profesión. Se pasa el día mirando el interior del alma de las personas. Ya sabe.

—Pensaba que se dedicaba a la desintoxicación de lujo.

—Por supuesto, pero a su manera. Tiene un método muy concreto. Y efectivo.

—Espero que no sea como en el cuadro.

Edilia se rio. Estábamos casi hombro con hombro y esa mujer no parecía tener la intención de interrumpir el acercamiento. Yo busqué cualquier excusa para no quedarnos callados.

—¿Tienen muchos clientes?

—¿La clínica? En realidad, no admite demasiada gente. El máximo es diez personas, aunque raras veces llegamos a ocuparlo todo.

—¿Diez? El tratamiento debe de costar una fortuna.

—Digamos que se lo pueden permitir. La gente que nos visita es de la que aprieta un botón y arruina un país. —Se rio con frivolidad—. Aunque también está la fundación. Eric también «beca» a unos cuantos pacientes al año. Gente normal y corriente, pero con problemas de alcoholismo o droga-dicción. La clínica admite unos cuantos al año, de manera to-talmente gratuita.

—Vaya, eso es admirable.

—Pues sí. Una vieja condición que viene del abuelo Van Ern —dijo señalando el cuadro—. Fue pastor protestante en las colonias. Un hombre de fe.

—Ah, claro. Por eso aparece esa... ermita en el cuadro.

—¿Ermita? —repitió Edilia van Ern mirándome sin son-reír por primera vez—. Curiosa palabra. ¿De dónde la ha sa-cado?

—¿No es una ermita?

—Puede —dijo bebiendo y apurando la copa—; yo siem-pre la he llamado capilla.

—Cuestión de diccionario, supongo. ¿También es una ca-pilla ese edificio blanco que hay en el bosque?

Por un instante vi resplandecer la sorpresa en los ojos de gata de Edilia. Después, casi como un acto reflejo, sonrió.

—Ese edificio tiene una historia terrible, ¿sabe? Fue una pe-queña sinagoga que los Rothschild construyeron para la fami-lia. Después, al final de la guerra, cuando los nazis invadieron esta parte de Francia para proteger Marsella, la descubrieron y la saquearon. Destruyeron las policromías y quemaron el inte-rior, junto con unos cuantos judíos de Sainte Claire que habían logrado esconderse hasta entonces. Veinte personas concreta-mente. Y niños. Ahora la utilizamos como almacén.

—Vaya... su casa está ganando puntos para convertirse en un parque temático del miedo —dije riéndome. Pero Edilia no me siguió.

Nos quedamos en silencio, observados por aquella dura mirada del pastor Van Ern.

—Vámonos de aquí. El abuelo me pone nerviosa. Y, además —dijo tomándome por el brazo y palpando mi bíceps—, Eric y Miriam pensarán que estamos haciendo algo malo aquí arriba.

—¿Usted cree?

Edilia van Ern me miró fijamente y noté que alineaba su rostro y sus labios con los míos.

—Eric es muy celoso. ¿No cree que Miriam también podría tener celos?

—Ella confía en mí.

Edilia sonrió. Me soltó el brazo. Dio un paso atrás.

—Pues por esa misma razón no deberíamos tardar en volver. La imaginación es poderosa y usted debería saberlo, como escritor que es.

Mongrel State comenzó su concierto al cabo de un rato. Fue todo un alivio poder escapar de las conversaciones y dedicarme a escuchar al trío de Britney y los hermanos Todd. Además, Herman, que había desaparecido con su mujer durante un rato, volvió a la primera línea con unas latas de cerveza que había encontrado en un barril en alguna parte. Nos pusimos de pie, bajo un árbol, y escuchamos el concierto en silencio, bebiendo birra y haciendo algún que otro comentario entre canción y canción.

Delante de nosotros estaban Elron, sus amigos y algunos cuarentones animados, y un poco más allá, sola frente a su micro, estaba Britney, la estrella absoluta del momento. Rick Todd con su guitarra Firebird y Britney con su Fender Jazz Bass creaban estupendos telones de distorsión, respaldados por la eficaz batería de Chris. La voz de mi hija danzaba como una patinadora de hielo sobre aquellas marmóreas progresiones de acordes. Y la verdad es que eran un trío cojonudo.

Pero yo era incapaz de disfrutar del todo. La semilla de la duda había crecido dentro de mí como un tumor maligno que se expande groseramente. Un carrusel de diapositivas imparable.

Esa tarde, al regresar, Miriam me contó que Eric van Ern nos había invitado a un pequeño viaje a Ibiza, que incluía un paseo en velero.

—¿Un velero? Vamos, Miriam, si los acabamos de conocer.

Eran las ocho de la tarde. Britney, Elron y sus amigos se habían marchado a otra fiesta, así que íbamos Miriam y yo solos en el coche. Llevábamos la capota bajada, disfrutando del frescor y el aroma del aire del verano.

—Solo será un fin de semana, Bert. Lo aguantarás. Y deben de tener una villa alucinante en Ibiza... me lo dijo la Grubitz, a quienes, por cierto, nunca han invitado.

—Sí, pero... no sé. Meterse en un barco con esa gente. Ya sabes lo que pasa con los veleros. Todo parece muy idílico hasta que te hartas de la gente.

Tomé una curva quizá demasiado rápido y las ruedas del Spider chirriaron.

—¿Puedes ir más despacio?

—¡Perdón! —dije levantando el pie del acelerador.

—Parece que no te apetece nada. Les diré que no.

—No es eso, Miriam. Solo que me parece que quizá nos estamos acercando muy rápido a los Van Ern.

—¿Rápido?

—Pues... ¡sí! Un día ni les conocemos y de pronto nos invitan a su casa, a su velero.

—Joder, Bert. Es por Britney.

—Y ya sé que es por Britney, pero no sé... Imagínate que las cosas no fueran bien entre los dos chicos. Además, me parece que no los conocemos bien del todo.

—¿Qué quieres decir?

—Estuve viendo algunos cuadros que tienen en la primera planta. Algo absolutamente terrorífico. Un tipo atado en una silla, gritando de terror frente a una cruz. Joder, se me han puesto los pelos de punta. Y eso de vivir tan cerca de su clínica... no sé... Todo tiene un aire extraño en esa casa. ¿Sabías que procedían de Surinam?

—He oído que Eric creció en las colonias, pero no sabía cuáles.

—Coño, no sabía dónde estaba ese país hasta hoy. Pues ese cuadro era algo tipo Francis Bacon pero a lo bestia. Y tenían más. Cosas extrañas... no sé... Hay algo que no acaba de encajarme en ellos.

—Pues para no encajarte, bien que te llevas con Edilia. Hoy me ha parecido veros salir juntos de la casa.

Me reí.

—Estaba curioseando y ella apareció. No estarás celosa.

La miré. Estaba preciosa a la luz del atardecer. Llevaba gafas de sol, un pañuelo en la cabeza y los hombros al aire.

—¡Cuidado!

Reconozco que esta vez estuvimos cerca de salirnos de la calzada.

—¡Perdón!

—No estoy celosa —continuó diciendo Miriam—, pero noto cómo te pones en plan macho cuando hablas con ella, Bert Bogart.

—Vamos, Miriam —me reí—. Es un coqueteo tonto, sin más. Ya sabes lo que dicen las teorías...

Me refería a una cosa que había leído años atrás: que los hombres y las mujeres eran polígamos por naturaleza y que la sociedad lo censuraba para evitar conflictos y funcionar productivamente. Y, a cambio, nos había dado el coqueteo, el baile... para saciar las ansias de conquista. Aunque para muchos no era suficiente.

—No, no empieces otra vez con tus teorías. Son muy interesantes para un antropólogo, pero yo soy tu mujer.

Apareció un conejo de alguna parte y tuve que dar un frenazo, y eso acabó con la paciencia de Miriam.

—¡Y ve más despacio o algún día terminarás en la cuneta!

Intenté acercarme a Miriam aquella noche. La toqué por encima del camisón y le besé el cuello, pero ella se limitó a gruñir. Probablemente lo hubiera arreglado diciendo que aceptaba la idea del velero, que me encantaría ir con los Van Ern a Ibiza, y que podíamos volver a ser una pareja de esas que hacen el amor de vez en cuando. Pero no se lo dije. En vez de eso me puse a leer un libro con la idea de que me quedaría dormido en un rato, pero la que se quedó roque fue Miriam. Al cabo de una hora, yo seguía pasando página tras página pero sin leer realmente.

Me levanté con cuidado, me puse unas zapatillas y bajé las escaleras. Salí al jardín. Hacía una noche de estrellas con un pedacito de luna. *Lola* apareció por ahí, noctámbula, y me dediqué a acariciarla un rato.

Después me metí en mi cobertizo y me puse a hacer lo

que había pensado hacer desde que vi aquellos extraños cuadros en la casa Van Ern.

Google ofreció muy pocos resultados aquella noche. Sabía por Chucks que los centros de desintoxicación no aparecen en Google ni tienen demasiada publicidad; esos números de teléfono se mueven en unos círculos muy pequeños. Mánagers, estrellas, gente millonaria... En cualquier caso, la clínica Van Ern tenía una simplísima existencia en la red. Una página con una fotografía (el plano de la casa y el campo de canola amarilla), un número de teléfono y un e-mail de contacto.

En cuanto al apellido Van Ern, no logré dar con nada muy relevante. Elron tenía una cuenta de Facebook perfectamente capada para los visitantes anónimos, aunque pude reconocer su rostro, encaramado en lo alto de un mástil en un velero, posiblemente en ese que había sido objeto de discordia entre Miriam y yo. Nada aparecía por Eric o Edilia, ni siquiera al juntarlo con Surinam o Guayana.

Entonces recordé las páginas web que había visto abiertas en el ordenador de Chucks. Concretamente la del hombre lleno de cicatrices y un lugar llamado el Hospital de la Jungla.

Tras un par de intentos fallidos, di con lo que buscaba. El nombre aparecía asociado a un montón de noticias del año 2001. Medios franceses principalmente, pero algunos internacionales también (como *<www.CNN.com>* o *<www.BBC.com>*) se hacían eco de la detención de un ciudadano francés de nombre David Renanve, apodado Padre Dave, Padre Terror o el Mengele de la Guayana. La asociación con Josef Mengele, el médico de Auschwitz, famoso por sus experimentos acientíficos y mortales con reclusos, hizo que se me encogiera el estómago.

Pues bien, el Padre Dave había entrado por la puerta grande en el salón de la fama de los criminales sádicos y monstruosos. Nacido como David Sennoran Jackson en un barrio obrero de Portland, Oregón, creció en el culto baptista y se convirtió en predicador de barrio a la edad récord de diecisiete años, al mismo tiempo que mostraba un gran interés autodidacta por la psiquiatría. En los años setenta fue detenido dos veces por practicarla sin licencia y se le acusó de inducir un suicidio en una mujer inestable por medio de terapias pseudocientíficas. Fue condenado a tres años de cárcel, momento en que su biografía se diluía. Ciertas fuentes afirmaban que fue víctima de abusos sexuales constantes en la prisión. Otras, que fue allí donde desarrolló sus instintos y su primera red criminal, siendo sospechoso de varios asesinatos de internos. A su salida, se cambió el nombre por el de Dave Renanve y aceptó un puesto de voluntario en la Soul Battalion for Mental Health de Dublin, Nevada, un grupo que, según el sitio web <*www.KnowTheTruth.com*> (lo sé, basura conspiranoica), estaba subvencionado secretamente por el renacido proyecto MK-Ultra para el control mental de la CIA. Junto con un grupo creciente de colaboradores y acólitos atraídos por su mística entre religiosa y psiquiátrica, «el Padre» comenzó a amasar una reputación de «sanador» de enfermedades mentales y adicciones (como demostraba un panfleto fotografiado en Las Vegas, con el que se buscaban voluntarios para un nuevo tratamiento «científico» contra el alcoholismo). Se dice que incluso recibió formación del célebre Ernest Reno, creador de métodos que unían la cirugía craneal y terapias electroconvulsivas en combinación con drogas psicotrópicas para la erradicación (o generación) de alucinaciones y comportamientos esquizofrénicos. Pero eso son todo teorías.

Todo menos que el Padre Dave fue acusado de la violación de una de sus pacientes en 1985 y eso volvió a destapar que realizaba una práctica ilegal de la medicina. De nuevo forzado a huir, junto con un grupo de seguidores, se trasladó a la Guayana Francesa, en Sudamérica. Allí, con fondos de origen desconocido (de nuevo, algunas fuentes apuntaban a la CIA, aunque otros hablan del tráfico de drogas y fármacos ilegales), compró una gran extensión de terreno y fundó el Hospital de la Jungla del Padre Dave. Un lugar para el reposo y la sanación mental que funcionó en completo aislamiento durante casi quince años, sin que ninguna autoridad médica pudiese desvelar sus actividades. En 1998, un hombre acudió a la comisaría central de Kourou afirmando que en ese Hospital de la Jungla Feliz se escondía en realidad un auténtico infierno. Algunos de sus pacientes más pobres, atraídos por la casi gratuidad del servicio (solo se les pedía, a cambio, que trabajasen en los campos de arroz y maíz que rodeaban el complejo), eran convertidos en cobayas humanas, sometidos a extraños experimentos. Este testigo superviviente contaba que fue encerrado en una pequeña habitación, con agujas clavadas en la cabeza que cada cinco minutos le daban un impulso eléctrico. «Me sentaron en el trono del placer, lo llamaban así, un lugar pequeño, como una capilla, que había lejos del complejo. Allí te inyectaban drogas y te mantenían en un estado de semiinconsciencia mientras proyectaban cosas en tu cabeza. Hacían salir personas de las paredes. Un gato te devoraba las piernas y había cabezas apiladas en una estantería. Pero eran todo sueños. O eso te decían mientras no parabas de gritar.»

El gobierno regional, sacudido quizá por una orden de París, envió un equipo de investigadores que fueron asesinados a su llegada. Un batallón de la policía se presentó cinco horas después, pero por aquel entonces la mitad del complejo estaba en llamas y el Padre Dave y su equipo habían huido de allí.

Fueron detectados otra vez en Martinica, una semana más tarde, e incluso se llegó a detener al Padre durante un par de horas, pero sus seguidores o colaboradores asaltaron el hotel de Bellefontaine donde se encontraba retenido y mataron a tres policías e hirieron a otros dos. Y esa noche, según algunos testigos, el Padre Dave abandonó Martinica a bordo de un pesquero con destino desconocido. Diversos testigos aseguraron verle pasear por Buenos Aires, Río de Janeiro o incluso Madrid en los años posteriores, pero nadie logró encontrar el más mínimo rastro de él hasta la fecha. Según <*www. KnowTheTruth.com*>, el Padre Dave se instaló en Europa en algún momento entre 2001 y 2005. Se basan en el testimonio de un traficante de fármacos ilegales detenido en Ámsterdam a finales de 2008 que aseguró haber gestionado pedidos de drogas experimentales para él. Pero antes de que pudiera iniciarse una investigación, el traficante fue asesinado en la prisión. Alguien le atravesó el cuello con un trozo de cable afilado.

Otras páginas igual de fiables hablaban de su muerte e incineración en una isla del Pacífico en 2002. Un grupo de doce personas se suicidó y ardió entre los cimientos de un bungaló en Santa Clara, y se quiso relacionar este hecho con la secta del Padre Dave. Agentes de la policía francesa trasladados a la isla admitieron haber encontrado evidencias de que podían conectar al grupo de suicidas con algunos de los colaboradores del Padre Terror, pero en ningún caso se pudieron hacer análisis de ADN que confirmaran la identidad del criminal.

Los policías que entraron en el Hospital de la Jungla aquella mañana de 2001 encontraron veintiséis personas encerradas en habitaciones «del placer», sujetas a cables, con los cráneos medio descorchados y bajo el efecto de potentes drogas. De esos veintiséis supervivientes, nueve se suicidaron en los siguientes tres años. Otros ocho lo intentaron. El resto sigue internado en centros psiquiátricos, sufriendo trastornos esquizofrénicos, pesadillas y violentas alucinaciones sensoriales. Todos aseguran que el Padre sigue escondido dentro de sus cabezas, que puede entrar y salir cuando le place porque eso fue lo que les hizo: instalarles una puerta.

Una muchacha de dieciocho años que jamás ha vuelto a decir una palabra desde que fue rescatada hizo un dibujo de sus visiones. Un hombre de ojos grandes y vacíos, sonriendo con sus grandes dientes a punto de morder la pequeña cabeza de un niño.

Eran las cuatro de la mañana cuando terminé de leer todo aquello. La siguiente noticia de aquella página web era que Elvis acababa de diñarla a la edad de ochenta años en una cabaña de Heaton, Dakota del Norte, después de pasarse la vida cortando troncos y haciendo jarrones chinos.

Ese era mi único consuelo: pensar en que todo aquello era solo la creación de la mente fantástica de un periodista de tercera fila. Pero lo cierto es que la historia del Padre Dave era verdadera, al menos en lo referido a esa «clínica» de la jungla y su posterior huida.

La jungla, la jungla, la jungla. ¿No era todo demasiada casualidad? Haber encontrado esos cuadros en la casa de los Van Ern, las noticias sobre el Padre Dave... Traté de racionalizarlo todo, de volver atrás: ¿por qué había terminado leyendo acerca del Padre Dave? Porque Chucks lo había hecho antes que yo. Chucks había dedicado horas a rastrear a Daniel Someres porque él y solo él tenía la seguridad de que se trataba del tipo al que atropelló. Y entre todos aquellos artículos conspiranoicos había ido a dar con el Padre. Pero ¿cuál era la conexión de Someres con esta historia?

Cerré el ordenador y me encendí el último cigarrillo de mi paquete. Estaba estremecido, como si la temperatura hubiera bajado diez grados de repente.

Fui donde Rosie y sus putas a pedirles asilo mental.

Aquella noche no hubiera podido pegar ojo de otra manera.

III

1

Había preparado un par de disculpas para encubrir mi viaje a Mónaco de ese lunes, pero no hicieron falta. Miriam salió muy pronto por la mañana a sus clases de pilates y me dejó una nota muy corta: «Almorzaré fuera y llegaré tarde.»

Había estado enfadada desde que me opuse a aquel viaje a Ibiza con los Van Ern. Era su vieja estrategia. Ni sexo ni buenos días. Pero esta vez yo tenía que aclarar un par de cosas antes de hacerme demasiado amigo de aquella gente.

Solo un par de cosas.

Desayuné con Britney o, mejor dicho, con Britney y su iPad. Intenté preguntarle qué tal el fin de semana y me murmuró no sé qué mientras respondía a un tuit y hacía un par de *likes*. Salió con su motocicleta a las ocho y media y yo me terminé el café con *Lola* en el jardín. «¿Sabes, *Lola*? Eres la única mujer de esta casa que aún me hace caso.»

Después me puse una cazadora y me monté en el Spider. Activé el GPS de mi teléfono móvil y le dije que me llevara a

Cap-d'Ail, que era donde Mark me había dicho que vivía la hermana de Daniel Someres.

Joder, no sabía ni cómo iba a plantear aquello, pero, en fin, ya improvisaría algo. La cuestión es que, en el fondo de mi cabeza, tenía la sensación de que aquello era algo que debía hacer. Algo que Chucks me había dicho que debía hacer. Una promesa es una promesa: «Averigüemos qué hacía Someres en las Corniches, y cómo murió. Te aseguro que si rascamos un poco, encontraremos cosas muy raras en su muerte.»

Llevaba una temporada sin conducir una buena distancia. En Londres, muchos fines de semana me escapaba hasta Brighton o Escocia con un MG deportivo. Visitaba a algún amigo, o tomaba un par de fotos para mis novelas, y regresaba por la noche, tarde, cuando el intenso tráfico de la capital se relajaba un poco.

Comenzaba a hacer muy buen tiempo e iba sin capota. Me encanta la sensación del aire a mi alrededor. Además, me había quitado los zapatos y conducía descalzo, otro de mis pequeños caprichos. Cargué un CD de los Beach Boys: *Pet Sounds* y fui cantando los *falsettos* de Brian Wilson en la maravillosa «Sloop John B».

Hice una parada nada más dejar Brignoles. Eché una meada, tomé un café y charlé con las dos chicas alemanas que viajaban hacia Mónaco también. Encontré un par de libros míos en la tienda, debajo de un gigantesco expositor de Amanda Northörpe, con una foto suya a todo color, sonriendo con la típica pose de escritor: «¡Más de un millón de lectores en Francia!»

«Tengo que decirle a Mark que yo también puedo hacerme fotos de estas.»

Después llené el depósito y continué la ruta.

A la altura de Niza me desvié hacia los Alpes marítimos y tomé la zigzagueante Grande Corniche. Los pinares emanaban un aroma profundo que se mezclaba con la suave caricia de algunos olivos salteados a orillas de la carretera. Pasé junto a grandes calizas que se arrimaban a la carretera, amenazantes, como si fueran a caer sobre el coche y a aplastarme en cualquier instante. Y al otro lado, el Mediterráneo, perfectamente azul, resplandecía salpicado de veleros.

Solo había recorrido aquella insigne carretera —inmortalizada en muchas películas como *Atrapa a un ladrón* de Alfred Hitchcock— en una ocasión, pero iba con Miriam y Britney en el coche y seguramente estábamos teniendo una bronca. Esta vez, en cambio, pude deleitarme con las impresionantes vistas. Hice una parada en Turbie para admirar Mónaco y el puerto de Eze, que aparecían ante mis ojos como pueblos de juguete. Después, emprendí la bajada a la Basse Corniche, tirando de marchas cortas entre las vertiginosas curvas donde un día, hace muchos años, Grace Kelly perdió el control de su coche. Finalmente llegué a Cap-d'Ail sobre las tres de la tarde.

Decidí que lo mejor era aparcar el coche y buscar algún sitio para comer. Lo único que encontré abierto a esas horas fue un bar de comida indonesia, pero donde tenían una guía de servicios del pueblo y gracias a ella pude investigar la dirección de la tienda de ropa donde trabajaba la hermana de Someres. Después de comer un delicioso arroz especiado salí hacia la tienda. Era un pequeño negocio en el puerto. La clásica tiendita de pareos y ropa veraniega para turistas que vienen faltos de fondo. Encontré a una chica aburriéndose tras el mostrador, leyendo una revista mientras en la cadena musical sonaba un infumable cantante pop francés. Me acerqué donde la chica y con voz temblorosa me presenté y le pregunté si era Andrea Someres.

—No —dijo la chica levantando la vista rápidamente y frunciendo el ceño. Era guapa, con el pelo negro cortado a lo chico, un *piercing* y un cuello esbelto—. Andrea está de vacaciones.

Noté que se le subían los colores.

—¿Existe alguna forma de contactarla? —pregunté, intentando disimular el hecho de que le había pillado mintiendo.

La chica miró a un lado y a otro.

—¿Quién es usted?

—Mire, me llamo Bert Amandale —dije—. ¿Ha oído hablar de mí? En fin, eso no importa. Verá... soy escritor. Era... amigo de Daniel, el hermano de Andrea.

La chica puso cara de sorpresa. Después abrió los ojos de par en par y sonrió.

—Ah... perdone. ¿Cómo ha dicho que se llama?

Le repetí mi nombre.

—Me enteré de su accidente y... —continué diciendo—. Bueno, nunca he llegado a conocer a Andrea, pero vivo por la zona y... Anne-Fleur, la agente de Daniel, me dijo que tenía una hermana viviendo aquí. En fin, venía a darle las condolencias y a preguntarle si necesitaba cualquier cosa.

—Claro, claro —dijo la muchacha de pronto azorada—. Ella, verá, vive aquí en Cap-d'Ail. Si quiere le puedo dar su dirección. Ahora mismo está en casa.

Andrea vivía a las afueras del pueblo, en lo alto de una de las muchas colinas que amurallaban aquel viejo puerto. Tomé el coche y conduje por las vertiginosas cuestas hasta una pequeña casita junto a la carretera. Frente a un viejo granero donde unas gallinas picoteaban el suelo de un jardín bastante asilvestrado, decorado con esos «atrapasueños» tan horteras y unos enanitos cuya cabeza había servido para apagar más de un cigarrillo.

Toqué el aldabón de la puerta y oí el crujido de unas viejas escaleras. Apareció ante mí una chica bajita, de treinta años como mucho, de rostro muy bello y ojos pardos, grandes. Por su aspecto (lateral rapado y *piercing*) me aposté una cerveza a que ella y la chica de la tienda eran novias.

—Hola... ¿señor Amandale?

—El mismo.

—Berta me llamó desde la tienda diciendo que vendría. ¡Estoy muy agradecida, señor! ¿Quiere pasar? Lo menos que puedo hacer es ofrecerle un café.

Surcamos un oscuro pasillo y desembocamos en un saloncito donde Andrea me invitó a sentarme junto a un bonito mirador. Había un gran retrato de las dos muchachas sobre la mesa.

—Berta es mi pareja —dijo Andrea al darse cuenta de que lo miraba—; vivimos juntas. ¿Café o té?

—Café. Gracias.

Andrea se disculpó un segundo y regresó con una jarra de café, una botella de crema y una caja de pastas. Fuera las gallinas corrían a sus anchas por el jardín.

—No le vi en el funeral —dijo mientras sacaba unas tazas de una vieja alacena—, pero supongo que lo hicimos demasiado pronto. Hubo mucha gente que no vino.

—Verá, es que me enteré por el periódico —dije— de casualidad.

—Yo... no sabía lo que Daniel prefería —dijo colocando una taza y un platito frente a mí—. Lo inceneramos. Espero que fuera lo correcto.

—Por supuesto, seguro que estará bien —dije—. No se preocupe.

Me quedé en silencio mientras Andrea servía el café, pensando en Chucks momentos antes de arder. Su rostro caído. Muerto.

—¿Le conocía mucho?

—¿Cómo? —dije despertando de mis visiones.

—A Daniel.

—Ah, sí, habíamos coincidido varias veces en París. Compartimos agente, ¿sabe?, Anne-Fleur Kann, y tuvimos la oportunidad de charlar de libros en algunas ocasiones.

—Sí, de eso estoy segura. Daniel y su forma de hablar —se rio—; no paraba.

—Es cierto. Le recuerdo muy hablador.

—Era un chico muy inteligente, muy noble. Pero se obsesionaba con las cosas. Vivía para sus libros y sus investigaciones. Bueno, pero usted es escritor; qué le voy a contar.

—Yo escribo ficción —dije—, es otra cosa. Me invento personajes y escenarios y los pongo a jugar, como en un teatro de guiñol. Daniel estaba metido en otra línea más «seria»... la investigación.

—Sí. Eso era lo suyo.

Andrea se levantó y cogió una foto que descansaba en la alacena. La trajo. En ella se les veía a los dos, abrazados. Daniel, un poco más alto que su hermana. Ambos con la misma forma de cara y una buena barbilla. Rubios. Había un río a sus espaldas.

—¿Marsella?

—Toulouse —dijo ella—. Crecimos allí. Y vivimos... hasta que nuestros padres murieron. Después yo me marché a Berlín una época y Daniel empezó con sus libros. Todavía tenemos el apartamento familiar.

—Sus padres... ¿tuvieron algún accidente o...?

—Desaparecieron —dijo Andrea—. Iban a bordo de aquel avión, el París-Sídney que cayó en el Pacífico. ¿Le suena?

—Creo que sí. El que nunca se encontró.

—Exacto. Daniel tenía dieciséis años cuando pasó. Yo solo once. Quizá por eso no me impactó tanto. Pero él escuchó todas aquellas teorías en la televisión, en la radio. Creo que aquello no le hizo ningún bien... Después empezó a escribir y... ya sabe el resto de la historia, era un poco suicida.

Los ojos de Andrea se habían empañado en lágrimas.

—En su funeral no había mucha gente porque en realidad nunca tuvo demasiados amigos. Por eso me alegro tanto de haberle conocido, señor Amandale. ¡Pensaba que nadie le echaría de menos! Le llamaban el «problema con patas», siempre intentando colarse aquí y allá, en esas conferencias, ya sabe.

»Pero creía en lo que hacía. Eso es lo único que se puede decir de él. Creía firmemente que existían todos esos poderes ocultos y que su misión era destaparlos. Lo llamaron loco mil veces. Pobre Daniel...

La chica se echó a llorar e incluso a mí se me empañaron los ojos. Le ofrecí un pañuelo y respeté su dolor.

—¿Le importa si fumo?

—No... está bien. Yo también fumaré.

Rellenamos las tazas con más café. Andrea se recompuso un poco. Aceptó un cigarrillo y me pidió perdón por haber llorado. Le dije que debía llorar. Era bueno para superar el luto.

—¿Sabe en lo que andaba metido últimamente? Anne-Fleur me dijo que llevaba unos meses desaparecido.

—Es verdad. Hará unos tres meses me llamó por teléfono desde Toulouse. Fue... una conversación muy especial. Se lo dije a Berta el otro día, en cuanto me enteré del accidente. Lo primero que te pasa por la cabeza cuando alguien se muere es la última vez que hablaste con él.

Asentí. Yo recordaba muy bien las últimas palabras de Chucks: «Me vuelvo con mis fantasmas.»

—Aquella vez fue como si se estuviera despidiendo. De hecho, se lo pregunté, entre risas, si planeaba volver a las andadas. Todavía estaba a la espera de un juicio por haberse colado en una reunión en Ginebra, y además ese grupo neonazi le mandó varias amenazas de muerte. Pero me dijo que no era nada de eso. Me dijo que había dado con algo «grande», pero que debía asegurarse. Solo eso. Después la tierra se lo tragó durante meses, aunque eso era normal en él. Viajaba mucho y casi siempre intentando pasar desapercibido. Ya le digo que tenía bastantes enemigos.

—Los periódicos dicen que venía a visitarle esa noche. ¿Lo habían concertado de alguna manera?

—No.

—¿No la llamó para decirle que venía?

—Nada, aunque eso podría encajar con Daniel. Pero en cualquier caso me resulta extraño que fuera a plantarse en casa a las dos de la madrugada. Berta y él no se llevaban precisamente bien. Problemas tontos, pero lo cierto es que me pareció raro, después de casi tres meses sin hablar... Quizás iba a algún otro sitio. No lo sé... creo que nunca se sabrá.

—¿Se lo dijo a la policía?

—Sí, pero no me hicieron demasiado caso. Alguien debió de asustarse ahí arriba. Daniel era un tipo polémico y pensaron que la prensa caería sobre ellos. El caso es que el accidente fue algo limpio. Eso dicen. Iba demasiado rápido y resbaló con una mancha de aceite o algo. Perdió el control. Limpio. Eso me dijeron.

«Igual de limpio que la piscina de Chucks», pensé con un escalofrío.

—¿Usted lo cree?

—Quiero creerlo, señor Amandale. ¿Qué puedo hacer si no? Berta me dice que me volveré loca si empiezo a tejer teorías. Que la explicación más simple tiende a ser la correcta.

Asentí con la cabeza y dejé que el silencio nos rodease un buen rato antes de continuar.

—¿Y sabe dónde guardaba su... trabajo? Lo digo porque quizá le gustaría que alguien lo continuara.

Andrea se rio.

—Anne-Fleur me preguntó lo mismo el otro día, y le respondí igual: que bueno era Daniel para sus cosas. Si guardaba algo, apuéstese lo que quiera a que está debajo de una losa de mil kilos, o protegido por la contraseña más compleja que pueda imaginar. Su otra obsesión era que le perseguían. Estaba seguro de que esa «mano negra» contra la que luchaba estaba en todas partes, observándole.

—¿Le suena de algo el nombre «la ermita»? —dije.

Andrea frunció el ceño intentando recordar.

—No, no me suena. ¿Por qué?

—Sin más, es un nombre que Daniel mencionó la última vez que... estuve con él. Al parecer, tenía algo que ver con su investigación.

—¿Cuándo dice que estuvo con él?

—Yo... en fin, hace un año.

Tragué saliva y esperé a ver si detectaba mi mentira.

—No... no me suena de nada. Pero si le sirve de algo, sé que se entrevistó con un hombre en París un par de veces. En un hospital.

—¿Un hospital?

—Me lo contó la última vez que estuvo por aquí. Iba a un hospital en París a hablar con una persona. Un enfermo. Era para algo relacionado con su último libro; y fue muy al principio. Se hicieron buenos amigos, al parecer.

—¿Sabe cómo se llamaba o dónde puedo encontrarlo? Quizá pudiera darnos alguna pista...

—Ni idea. Pero si encuentro algo más, se lo diré.

Berta llegó a la casa sobre las seis. Andrea y ella me invitaron a quedarme a cenar con ellas, pero les dije que debía regresar a casa. El sol comenzaba a declinar sobre los Alpes marítimos cuando salí de allí.

Conduje en silencio durante otra media hora, hasta que llegué al punto que Andrea Someres me había descrito: «Es un punto en el que no hay muro de protección, tan solo unos tocones muy bajos. Fui a dejar un ramillete de flores allí la semana pasada.»

No tardé en encontrar la curva donde Daniel Someres supuestamente había tenido aquel accidente. Dos conos de carretera y una larga cinta de color rojo y blanco aún marcaban el lugar del accidente y avisaban del peligro. Y las flores de Andrea seguían allí, enfriando la sangre a los que conducíamos por allí.

En sentido a Niza, los miradores quedaban al otro lado de la carretera y tuve que esperar una fila de coches para poder aparcar. Después me encaminé por el estrecho arcén, fumando, con las manos en los bolsillos mientras otros coches pasaban a mi lado y sus ocupantes me enviaban miradas curiosas.

Me asomé a aquel precipicio que se abría a los pies de la carretera. El mar azul se batía contra una pared de caliza a unos treinta metros de altura.

Observé la curva y su recorrido en sentido a Niza, que era el que Someres habría tomado. No era especialmente cerrada, ni tampoco estaba muy mal peraltada, pero discurría cuesta abajo y terminaba en un ángulo quizá demasiado cerrado. Pensé que una persona que fuese muy rápido y hubiera desatendido la conducción por un instante podría haberse salido lateralmente. Parecía lo más lógico.

Aunque, claro, también pudo ocurrir de otra manera.

«Dos coches —pensé—. Uno con el cadáver metido en el maletero. Llegan de noche y aparcan en el mirador. Quizá disimulan sacando unas fotos o quizá no hace falta. Ponen a alguien a vigilar la curva anterior, con una visibilidad de medio kilómetro suficiente para avisar con tiempo. En determinado momento montan a Daniel en el asiento del conductor, le ponen el cinturón y bloquean el volante. El vigilante da el OK y ellos arrancan el coche, meten la tercera y lo empujan directo a la curva...»

Otro coche pasó rozándome. Esta vez el conductor hizo sonar la bocina, probablemente para alertarme de que aquel lugar no era precisamente seguro para un peatón. Lo cierto es que el sol se había ocultado ya detrás de las montañas y aquel lugar era quizá demasiado oscuro.

Conduje de vuelta a Les Suir dándole vueltas a todas esas ideas. Tan concentrado que apenas prestaba atención a la carretera. «Chucks atropella a Someres y se da a la fuga. Entonces ellos, la organización, van a por él. Pero ¿cómo supieron quién era Chucks? ¿Acaso le vieron atropellar a Daniel Someres? ¿Quizá tan solo alcanzaron a ver su matrícula? »No... —pensé en voz alta—. Fue mucho más sencillo. Chucks fue por su propio pie a decirlo en la comisaría de Sainte Claire. Y quizá si no hubiera confesado, el secreto hubiera quedado enterrado para siempre, pero Chucks confesó, joder, y lo hizo siguiendo mi consejo, y alguien debió de enterarse. Los pueblos pequeños. Los cotilleos que siempre corren como el polvo en el viento. Y entonces fueron a por él. Le espiaron. Posiblemente incluso le pincharon los teléfonos. Aquellas voces que Chucks escuchó a través de su amplificador eran reales: las voces de los conspiradores, ¡por supuesto! »Pero ¿por qué matarlo? Quizá decidieron que era más seguro quitarlo de en medio... Nadie podría conectar su muerte con la de Someres... y a fin de cuentas se trataba de un divo del rock, una personalidad extravagante, insegura, paranoica. Solo hacía falta observarle un poco para darse cuenta. Lo hicieron pasar por un accidente, igual que con Someres. Algo que no levantara sospechas. Algo "limpio"...

»Y si todo es cierto, entonces el ojo de la conspiración debe de haberse posado sobre nosotros en algún momento. En mí para empezar, puesto que era el mejor amigo de Chucks, y después en Britney y Miriam. ¡Qué curioso que los Van Ern hayan aparecido justo la semana siguiente del accidente de Chucks! Edilia con su amable invitación a ver a Richard Stark. Elron flirteando con Britney. ¡Ella misma dijo que no le había hecho caso durante todo el curso! Y de pronto... Todo había ocurrido en el momento exacto en que Chucks se delató.

»Y ahora eran como águilas sobrevolando nuestro hogar. ¿A qué estaban esperando para caer sobre nosotros?»

Tenía que actuar. Cuanto antes.

IV

1

—¿El Padre Dave? ¿Se refiere a ese hombre de la Guayana?

—¿Ha oído hablar de él?

V.J. me miró con una media sonrisa dibujaba en los labios.

—Bueno. —Se rio—. Es uno de los criminales más buscados del país. ¡Ahora no me diga que esa es su nueva idea!

—No... no... para nada, V.J. —Y entonces pensé que todavía no estaba preparado para abordar el tema.

El manuscrito de V.J. descansaba sobre una carpeta de cuero, flanqueado por dos cervezas Orval, en aquella mesita del reservado de La Boutique en Saint-Rémy donde nos habíamos citado el lunes por la tarde. Había sido la disculpa perfecta para citarme con él fuera de la *gendarmerie*: hablar de su novela, aunque en realidad yo había ido allí a por otra cosa bien concreta.

Pero, como digo, preferí no tocar «mis teorías» hasta que nos hubiéramos bebido —por lo menos— otras dos Orval cada uno. En vez de eso hablé de las notas que había realizado en los márgenes del manuscrito. Esa mañana había leído hasta la página ciento veinte casi de un tirón y la historia prometía, aunque el texto sufría de un obvio problema de ritmo. Era como escuchar una canción en la que el batería aceleraba y desaceleraba arbitrariamente, sin sentido. Traté de hacérselo ver con algunos ejemplos y simulaciones, y V.J. pareció comprenderlo. Después llegó el camarero con un platito de embutidos y quesos y otras dos Orval.

V.J. estaba entusiasmado con mis buenos comentarios sobre sus personajes.

—Pero cambiemos de tema. ¡Que no todo sea hablar de mi libro! ¿Qué era eso de lo que quería hablarme? Esa historia escalofriante del Padre Dave. Era una especie de Doctor Mengele, ¿no es cierto? Pero dicen que murió en una isla del Pacífico. Se suicidó con algunos de sus acólitos.

—Es una teoría —apunté—. Otras dicen que está vivo. Y en Europa.

—Ahora que lo dice, es cierto —admitió V.J.—; lo echaron en un programa de la tele el año pasado. Un hombre que aseguró haber mantenido contactos con él había muerto en una reyerta en la cárcel. Un tema escabroso. Pero ¿a qué viene este interés, señor Amandale?

Le di un largo trago a la Orval y volví a posarla sobre la mesa de madera. Miré a V.J. y por un instante pensé que estaba a punto de cometer una inmensa bobada. Pero al mismo tiempo necesitaba compartirlo con alguien. Tenía que decirlo y oír cómo sonaba.

—Voy a contarle algo, Vincent, y espero que quede entre nosotros dos.

El bueno de V.J. arqueó las cejas en un gesto de sorpresa.

—¡Claro! Cuente conmigo, Bert, seré como una tumba.

—De acuerdo, es solo una teoría, ¿sabe? Algo que se me ha metido en la cabeza y no deja de dar vueltas desde que Chucks... ya sabe. ¿Recuerda que una semana antes de morir había asegurado haber atropellado a un hombre en la R-81?

—Sí, claro que lo recuerdo —dijo V.J.—; vino usted por la comisaría con todo aquello.

—La historia completa es que habíamos tomado un par de copas en el Abeto Rojo. Nos despedimos. Yo cogí mi camino y él el suyo. Y cuando estaba arriba en la montaña, en una de esas curvas, apareció alguien de improviso. Un hombre que solo podía venir desde el bosque. ¿Entiende lo que le digo? A la altura de los terrenos de los Van Ern.

Noté un ligero cambio de expresión en el rostro de V.J. Quizás había esperado que le fuera a desvelar mi idea para una próxima novela. O que había detectado una enfermedad incurable en mi organismo. O incluso que me había dado cuenta de que me gustaban los hombres. Parecía haberse esperado cualquier cosa menos lo que le estaba contando en esos instantes.

—Pero estaba claro que eso fue una alucinación —dijo él—. Usted mismo me admitió que Chucks había tenido alucinaciones en el pasado. ¿No irá a pensar ahora que pudo haber pasado?

—Digamos que he empezado a dudarlo. Y dicho sea de paso: también que la muerte de Chucks fuera un accidente.

V.J. susurró un *«mon dieu»* y dio un trago a su Orval. En ese instante, una pareja se sentó al otro lado del reservado. Le pregunté a V.J. si le importaría acompañarme a fumar afuera. La Boutique tenía un pequeño patio trasero ajardinado que a esas horas estaba vacío. Salimos con las cervezas y elegí un banco bien alejado de todo junto a unas hiedras y una mesita de piedra decorada con ángeles. Una vez allí, encendí un cigarrillo y le conté a V.J. «mi teoría».

En su rostro comenzó a dibujarse la pura expresión de la sorpresa más absoluta mientras me oía hablarle de Daniel Someres, el hombre que Chucks aseguró haber atropellado y que dos días más tarde apareció muerto en circunstancias cuando menos «extrañas», a casi cien kilómetros de Saint-Rémy. Le expliqué que en realidad Chucks y yo habíamos conocido a Daniel Someres en una ocasión, años atrás, y que por eso no creí del todo a mi amigo cuando me lo contó. Le hablé de las investigaciones de Someres, y de cómo Chucks había dado con una posible conexión entre Daniel Someres y el Padre Dave a través de Internet.

A veces hace falta oír una historia en voz alta para darte cuenta de lo mal que suena. Esa fue la sensación que tuve durante mi discurso. Y cuando llegué al capítulo relativo a las pinturas que había encontrado en la casa de los Van Ern, me di cuenta de que mi historia crujía por todas partes.

—Espere un segundo —dijo V.J.—. ¿Dice que los Van Ern tienen un retrato del Padre Dave en su salón?

Creo que noté una risa en el fondo de su voz.

—No... no se trata de él, claro —respondí yo—. Pero son cuadros de las Guayanas. Ellos vivieron en Surinam, ¿lo sabía?

—Pero, señor Amandale, Surinam no es la Guayana Francesa. Es la holandesa.

—¡Lo sé! Pero ¿no le parece una tremenda casualidad?

V.J. carraspeó. Yo ya había encendido el tercer cigarrillo seguido y había vaciado mi Orval. Tenía la garganta seca y V.J. parecía no querer terminarse la suya.

—¿Le importa que beba de su vaso? Tengo la garganta seca.

—No, claro —dijo con una voz mas bien apagada—; tome. Bebí el resto de su cerveza de un solo trago y después me limpié con la manga de la camisa. Di una larga calada a mi cigarrillo y proseguí:

—Verá... lo que quiero decir es que si Chucks decía la verdad y aquel tipo que atropelló era Daniel Someres... entonces podría haber una conexión. Quizás estaba investigando algo en la clínica Van Ern y fue descubierto. Salió corriendo, perseguido por alguien, y eso provocó que saltase a la carretera a la desesperada. ¿No le parece?

—Lo que insinúa entonces es que fueron los Van Ern los que retiraron su cadáver de la carretera cuando Monsieur Basil huyó, ¿verdad?

—Exacto.

—Y que lo hicieron desaparecer en un accidente un par de días más tarde.

—Eso es.

—... Y todo porque dentro de esa clínica se esconde el Padre Dave.

—Correcto.

Mi voz había comenzado a temblar y me di cuenta de que en realidad me temblaba todo el cuerpo. V.J. se puso en pie y un haz de luna le iluminó el rostro. Estaba serio, muy serio.

—Es una historia fantástica, señor Amandale —terminó diciendo V.J.—. Una gran idea para una novela... pero ¿no creerá que esto puede tener algo que ver con la realidad?

—Pues, bueno... yo pensaba que quizás... ejem... ¿le apetece tomar otra? —le dije—. Creo que necesito beber otra.

—Yo creo que debería usted parar, señor Amandale. Con todos mis respetos, le veo a usted muy nervioso. Demos un paseo. Le acompañaré hasta casa y charlaremos un poco. A los dos nos sentará bien un poco de aire fresco.

Pagamos la cuenta y salimos a la noche estrellada de Saint-Rémy. A pesar de ser lunes había cierto ambiente en la Place Flavier. Gente bebiendo *pastis*, vino o cerveza en las terrazas, divirtiéndose y observando el trasiego de visitantes. Caminamos por Rue de La Fayette hasta llegar a las afueras del pueblo y V.J. me fue diciendo lo que opinaba.

—Piénselo, Bert —me interrumpió V.J.—. No tiene usted la más mínima evidencia de nada.

—¿Usted cree?

—Vamos a ver. Toda esa teoría se desmorona desde el comienzo con ese atropello improbable. Ni manchas de sangre, ni rastros en el coche de Chucks. Después está el hecho de que su amigo Chucks «de pronto» estuviera tan convencido de que se trataba de aquel muchacho: Someres, que ya conocía de antes. Vamos, Bert, racionalice: eso solo fue una conexión más dentro de su fantasía. Usted mismo ha admitido que le pareció un *déjà vu* delirante.

Estuve a punto de decir algo, pero V.J. parecía haber cogido carrerilla.

—Sigamos. El asunto del Padre Dave es algo que cualquier investigador, escritor o amante del misterio ha seguido en las noticias; con lo cual es muy posible que Someres ciertamente lo conociera. Pero ¿y qué? ¿Cómo habría llegado a establecer la conexión con los Van Ern?

—Eso es lo que debería investigarse, V.J. —Entonces recordé que Chucks mencionó aquella especie de «cicatrices» en la cabeza de Someres. Pero, por alguna razón (quizá miedo a seguir haciendo el ridículo), no lo mencioné.

—De acuerdo —siguió V.J.—, eso se podría investigar,

pero en cualquier caso, la conexión que usted estableció es una pura coincidencia. ¿Unas pinturas recuerdo de su vida en las colonias les convierte en sospechosos? Coincidencias, Bert. Eso es todo.

—Es cierto que todo son coincidencias —respondí—, pero ¿no son demasiadas al mismo tiempo? Muere Daniel Someres. Muere Chucks... casi con una semana de diferencia.

Un perro ladró desde alguna parte y un coche apareció al fondo de la carretera con las luces largas. Ambos bajamos la mirada hasta que pasó de largo.

—Ignoro lo que pasó con el escritor, pero le puedo decir algo sobre Chucks: fue una muerte natural. Yo mismo leí los informes, Bert. Y el de Marsella es uno de los mejores departamentos de la policía científica en Francia. En lo que a mí respecta, no tengo ninguna duda de que Ebeth Basil sufrió un accidente. Pero... hagamos un ejercicio de fantasía. En caso de que su teoría fuese cierta, ¿por qué matarían esos hombres a Chucks? ¿Qué pueden sacar de su muerte?

—No lo sé, V.J. Quizá pensaban que Daniel le dijo algo a Chucks. Que le pasó algún tipo de información.

—¿Le habló Chucks de esto?

—No... bueno, sí. En su relato, Daniel Someres le dijo algo unos segundos antes de fallecer. Una palabra: «*ermitage*». Llevo semanas dándole vueltas. ¿Qué puede significar? Pero entonces, por casualidad, descubrí que los Van Ern tenían una pequeña capilla a unos cientos de metros de su casa. Resultó ser una sinagoga.

V.J. rompió a reír.

—Es usted fantástico, Bert. Pero una *ermitage* —dijo en francés— no es lo mismo que una sinagoga, claro. En fin, todo esto es realmente escalofriante.

Habíamos llegado ya a la puerta de mi casa, al final del camino.

—Es muy difícil encajar la muerte de un amigo, Bert —dijo V.J.—. Pero debe tener cuidado con hacer acusaciones de ese estilo. Los Van Ern podrían reaccionar lanzándose sobre usted por difamación. Por no hablar de las consecuencias «sociales» de semejantes ideas, si es que llegaran a extenderse. Y ya sabe cómo son los pueblos.

—Lo sé, Vincent. Lo sé...

V.J. miró el cielo estrellado y suspiró. Después me miró y pude ver un destello de lástima en sus ojos.

—Está bien. Déjeme que eche un vistazo al ordenador. Haré algunas preguntas y trataré de arrojar algo de luz en esa oscuridad que le nubla, sobre todo en el caso del escritor. Pero estoy seguro de que no encontraremos nada. Porque no hay nada... ¡El Padre Dave! —Se rio—. Ahora tendré que volver a casa por ese camino tan oscuro y con escalofríos en el cuerpo.

V.J. me palmeó el hombro entre risas, queriendo animarme, y yo hice por sonreír.

2

Cuando enfilé el pequeño sendero del jardín me sentía como un auténtico gilipollas. No había ningún alivio en mi interior. No me alegraba por haber descargado mi confesión con V.J., sino todo lo contrario: era como si hubiera evidenciado mi locura ante él. Lo había leído en su mirada. En su forma de hablarme en nuestro paseo desde Saint-Rémy. En ese intento por arrancarme una sonrisa al final. Claramente, Vincent pensaba que se me había ido la chaveta.

Y la siguiente pregunta era: ¿se me había ido la chaveta realmente?

Según me acercaba a la puerta escuché a *Lola* ladrando entre los árboles frutales. Pensé en ir a sentarme con ella un rato, echar un cigarro y hacerle algunas caricias. Sabía a ciencia cierta que yo era el único que se acercaba a la perra; Miriam decía que le quedaba mal olor en las manos; así que los dos estábamos más o menos en la misma situación, porque Miriam tampoco me tocaba desde hacía una temporada.

Lola ladraba en el mismo punto del jardín que la otra vez, frente a un frondoso grupo de arbustos detrás del cobertizo. Ladraba y gruñía como si hubiera algo ahí dentro, en esa oscuridad, que le diera miedo. En cuanto la silbé se me acercó corriendo. Hundí los dedos entre su dorada piel y le di una buena ración de mimos detrás de las orejas, en los lomos y en la barriga.

—¿Qué te pasa, *Lola*? ¿Ese gato sigue vacilándote?

Me acerqué a ese punto en el que el perro había estado ladrando y me quedé observando los árboles en silencio. Era un punto de nuestro jardín en el que no solía reparar muy a menudo. Una esquina de coníferas muy frondosas donde jamás llegaba a meter la segadora.

Noté que *Lola* se ponía detrás de mí y que emitía un pequeño sollozo perruno.

—¿Qué has visto ahí dentro, *Lola*? ¿Una rata? ¿Algo peor?

Entré en la casa. No había luces encendidas en el salón o la cocina, así que pensé que Miriam y Britney se habrían recogido pronto, pero cuando llegué a mi habitación me encontré una nota de Miriam que decía: «Estoy cenando con Luva en Aviñón.» Me alegré de que dejase una nota para avisar, pero me jodió un poco que no me hubiera tenido en cuenta para sus planes. No es que Luva Grantis, con su pelo teñido de blanco y sus ponchos de superdiva me cayese extraordinariamente bien, pero era una de esas amigas que habíamos conocido a la vez y me sentí un poco desplazado.

Britney tampoco estaba. Llamé a su puerta y detrás de ella apareció su habitación en penumbra. La ropa esparcida sobre la cama, los botes de maquillaje apilados frente a su espejito. Su motocicleta no estaba, pero sí su Fender Jazz Bass, con lo cual supuse que no habría ido de ensayo. Estaría con Elron van Ern, el conspirador, pensé riéndome.

Todavía estaba un poco alegre de las tres Orval y media y tenía la boca seca. Bajé a la cocina y me serví un vaso de agua. Estando allí comencé a pensar en Rosie. La charla con V.J. me había dejado peor, más nervioso, y la casa vacía me había rematado. Miriam estaba en Aviñón con Luva, Britney había salido con su querido Elron. ¡Enhorabuena por vuestra maravillosa vida! Yo solía tener a Chucks, pero ahora, sin él, se evidenciaba que también estaba más solo que un hijo puta en el día del padre.

Bueno, me dije, probemos con el Tullamore primero y veamos cómo progresa. Me quité los zapatos, me acomodé en el sofá y de pronto pensé en hacerme una manualidad. Ya sabéis: artesanía casera. Miriam llevaba una buena temporada sin dejarme ser su huésped, sin ni siquiera regalarme uno de esos desahogos que tan frecuentemente recibía antes («Trae aquí a Johnny el Largo, que quiero contarle un cuento con la letra O») y yo seguía produciendo «Albertitos» al ritmo de una fábrica de tanques rusos en 1943.

En vez de eso (creo que me entró la pereza) enchufé mi Gretsch y me puse a tocar un rato. Poner acordes y rasgarlos sigue siendo una de las actividades más relajantes que conozco. Hacía mucho tiempo que no probaba «Black Bird»; esa sucesión desde el sol hasta el do pasando por el do bemol mayor, en la que el *fingerpicking* lo es todo si quieres tocarla como Paul McCartney.

«Black Bird Singing in a dead old treeee.»

Mi voz sonó un poco desafinada. Era un tono demasiado alto o demasiado bajo. Pero quizá si la ensayaba bien, Britney y yo podríamos cantarla juntos. ¿Cuánto tiempo hacía que no nos sentábamos con la guitarra y cantábamos juntos? ¿Qué nos había pasado? Cuando tenía diez años no se me descolgaba del cuello ni un instante. A veces se sentaba en una esquina de mi habitación de escritor y se quedaba allí, quieta durante horas, mirándome golpear las teclas mientras le hacía un vestidito a su muñeca. Y por las noches, casi todas las noches, me pedía que le tocase una canción.

Estuve un rato dando vueltas a esa progresión de acordes. Había una serie de posiciones un poco complejas y muy rápidas, y además había que espabilar la mano derecha para que aquello obtuviera el efecto de *picking* y sonase como un arpa y no como una lata con dos cuerdas atadas con clavos, que era como me sonaba a mí.

El algún momento debí de quedarme dormido con la guitarra sobre el vientre. Cuando me desperté, seguía siendo de noche. No parecía que Miriam ni Britney hubieran llegado aún. «Quizá —pensé—, es que solo he dormido media hora.»

Fue entonces cuando escuché algo saliendo del ampli, que había quedado encendido. Una especie de brisa eléctrica, como una inflamación de la onda.

Escuché aquella especie de silbido ondulante abriéndose paso en mi Blues Fender Junior. Y, al fondo, muy al fondo, me pareció escuchar una voz. Alguien que hablaba.

—... tar... ba... ma...

Dejé la Gretsch apoyada de pie contra el sofá y me deslicé hasta la otra esquina, donde el ampli estaba aparcado, escondido tras una pequeña mesita color caoba miel que Miriam había comprado en un mercado de Nimes. Puse el oído bien cerca y, mientras sentía que el corazón se me iba acelerando, logré captar nuevos sonidos detrás de esa onda.

—Ma... tar... man... dal...

Lola había comenzado a ladrar otra vez ahí fuera. Esta vez sus ladridos sonaban más fuertes que antes, casi como si estuviera sonando ella también a través del amplificador. Ladridos distorsionados a válvulas, con un ligero toque de la mítica y cristalina reverberación *made by Fender*.

—Mierda puta —dije—; esto tiene que ser un sueño.

Me levanté y caminé a la cocina. A través de la ventana pude distinguir a *Lola* frente a los oscuros pinos donde antes no me había atrevido a indagar demasiado.

Recordé a Chucks y su historia de las voces en el ampli. Gente con *talkies*, hablando desde su escondite. Hablando de «ma... tar» y *Lola* los había detectado. ¡Bravo, *Lola*!

En la encimera, junto a un hermoso frutero de madera, teníamos uno de esos organizadores de cuchillos japoneses que anuncian en los programas de madrugada. (Solo que este costaba diez veces más porque Miriam los compró en La Table, nada de ir a IKEA, no sea que te cruces con alguna de tus otras amigas ricas.)

Fui levantando los mangos uno a uno hasta sacar el perfecto modelo *psycho killer* no muy grueso ni muy estrecho. El tamaño justo para hundirse en las entrañas de alguien haciéndole un buen destrozo en los órganos vitales.

Abrí la puerta del jardín y *Lola* vino corriendo a ponerse

a mi lado, pero esta vez no le iban a caer muchas caricias. «¿A quién estás ladrando, *Lola*?», le pregunté, y *Lola* me respondió con la lengua fuera. «A un par de conspiradores asesinos, Bert. Han venido desde la Guayana a colocarte una corona de espinas en la cabeza.»

Era una noche clara y silenciosa. Los grillos y las cigarras se iban callando según pisaba la hierba. Avancé con el corazón en un puño hasta esa esquina de coníferas y me puse a la suficiente distancia como para hacerme oír sin necesidad de gritar.

—Escucha, hijo de la gran puta. Tengo un arma y te juro que la voy a usar. Así que si estás ahí, es mejor que salgas cagando leches.

Mi voz sonó alterada, casi fuera de sí, pero nada se movió ni respondió en la oscuridad de las coníferas. Me agaché y vi, al fondo, entre los troncos de los pinos, una sección de la verja que delimitaba nuestra propiedad. Allí no parecía haber nadie, pero decidí que era mi deber quedarme completamente seguro.

Avancé a gatas por entre los troncos, con el cuchillo en una mano, manchándome los pantalones de tierra y espinas secas. Creo que jamás había puesto un pie allí desde que vivíamos en la casa, ni siquiera para limpiar la cantidad de raíces secas y ramas que se acumulaban. Finalmente me topé con la verja. Estaba hecha de alambres trenzados y había una gran sección de ella medio rota, como si algo, un perro, la hubiera arrancado a mordiscos.

Al otro lado se abría un pequeño prado. La luz de una franja de luna iluminaba las altas hierbas que algún granjero debía de estar a punto de segar (o dar de pasto a algún caballo) y, un poco más allá, en una carretera que discurría junto a un bosque, vi un coche aparcado.

Al principio lo miré de pasada, pero entonces, en un segundo vistazo, me pareció reconocer el modelo.

Era el Beetle de Elron van Ern.

La rotura de la verja era lo suficientemente grande para un perro, con lo que solo tuve que empujar un poco para pasar a través de ella. Luego me puse en pie entre las altas hierbas y comencé a avanzar hacia el coche, tratando de distinguir a sus ocupantes, cosa que resultaba imposible ya que las ventanas estaban ahumadas por el vaho. El aliento de dos adolescentes escondidos ahí dentro. ¿Haciendo qué? Joder, pon un poco de tu parte, querida imaginación.

«Pero ¿qué hacen ahí parados?»

El coche no se movía ni se agitaba. Quizás hubieran terminado de hacerlo y estarían abrazados, desnudos, fumándose un cigarrillo. Pero entonces me pareció distinguir algo en la ventanilla del copiloto. Iluminada por un haz de luna, me pareció ver la huella de una mano en el cristal. Y era una huella oscura. Como si fuera sangre.

Aceleré mi paso a través de aquellas altas hierbas, donde alguien me había dicho que podías tener la mala suerte de pisar una víbora. Pero no me importó. Crucé el pequeño prado a toda prisa y llegué al coche.

—Britney —grité—; soy papá. ¿Estás bien?

Nadie respondió, así que abrí la puerta del copiloto. En efecto el coche estaba vacío, pero dentro, impresas en los cristales, había huellas de manos. Huellas empapadas en sangre. En el asiento trasero recogí unas pequeñas bragas de flores que solo podían ser Britney. Unas medias rasgadas, una falda.

—Dios mío —dije—. ¡Dios mío!

—¿Dónde está tu hija, Bert? ¿Sabes dónde está?

La voz estaba inmediatamente detrás de mí.

Me volví y me caí en la carretera. Estaba tan asustado que no hubiera podido ponerme de pie.

Chucks a unos tres metros de mí, en el mismo borde de aquel bosque. Su cabeza horriblemente seccionada y vestido con una especie de camisón hospitalario.

—No deberías perderla de vista, Bert —me susurraba con un dedo cerca de los labios, como si no debiéramos hacer ningún ruido—. No en este lugar. Es el lugar erróneo, fue muy mala suerte que llegarais aquí. Debéis iros, pronto.

—¿Dónde está ella?

—Allí —dijo señalando con el dedo hacia el interior del bosquecillo de coníferas. Había un pequeño sendero entre los pinos al fondo del cual se adivinaba una suerte de resplandor.

Me acerqué a Chucks con lágrimas en los ojos. Su cabeza presentaba las secuelas de una terrible cirugía. Tenía torpes suturas recorriéndole el cráneo, entrando y saliendo por decenas de agujeros infectados, casi purulentos. Pero era él, Ebeth James Basil en persona.

—¿Quién te hizo eso, Chucks?

No dijo nada. Tan solo siguió señalando al interior del bosque.

—Vamos. Ve a buscarla —me susurró—. Busca a Britney.

Le hice caso y me adentré en ese oscuro pinar. Caminé en dirección a la luz. Se trataba de una casa. No, no era una casa. Era una especie de iglesia, la que había visto desde la mansión de los Van Ern. La iglesia escondida en el bosque. Pero en vez de tener todas las ventanas veladas en blanco, la pequeña iglesia emitía luz como una casa de muñecas llena de velas.

Caminé entre los árboles en dirección al portón, que me esperaba entreabierto. No había nadie ahí fuera, pero supuse que todos estarían dentro. «¿Todos?» ¿Cómo podía saberlo? Quizá porque estaba en un sueño, aunque, por supuesto, yo no lo sabía.

Empujé una de las grandes puertas de madera y entré. Estaba en una ermita, una iglesia de pequeño tamaño, y había gente. Eran todos aquellos simpáticos invitados de la barbacoa, solo que todos iban desnudos. Hombres de cierta edad, pero que se mantenían vigorosos gracias a sus horas de gimnasio. Mujeres con senos firmes gracias a costosas operaciones de cirugía estética. Y todos, todos ellos tenían algo más en común. Tenían la cabeza llena de pequeñas heridas.

Al verme entrar sonrieron, como si de alguna manera ya me estuvieran esperando. Los Mattieu, los Grubitz. Elena Grubitz se acercó desnuda. Sus pechos parecían gorros de Papá Noel colgando de una chimenea.

—Bienvenido a nuestra casa, vecino. ¡Mira a Edilia!

Era Edilia van Ern. Se acercó a mí y me besó en los labios. De pronto, yo también iba desnudo.

—Bienvenido, Bert. No podía faltar el padre de la novia.

—¿Novia? —preguntaba yo—. ¿De qué hablan? ¿Dónde está mi hija?

Entonces se apartaba y me dejaba ver el ábside de la iglesia. En el altar, o lo que en otros tiempos debió de ser un altar, había un grupo de hombres de color tocando y bailando música africana. Y allí se encontraba Britney. Mi querida niña, desnuda, sentada en una especie de trono de madera. Habían colocado algo sobre su cabeza, una especie de corona a través de la cual discurrían una docena de cables terminados en agujas, agujas que iban a clavarse en su cráneo.

Tres hombres la rodeaban. Uno de ellos, que en aquellos instantes se dedicaba a cerrar una de las muñequeras de cuero que la sujetaban a la silla, era Elron. El otro, cuyo cuerpo desnudo aparecía más prominente y grande de como yo lo recordaba, era Eric van Ern.

El tercero era alguien nuevo. Alguien a quien nunca había visto, pero que ya conocía de alguna manera. Un hombre mayor. Un viejo con la piel arrugada por completo y el cabello perfectamente peinado. Llevaba unas gafas de sol y sonreía mientras acariciaba la melena de mi hija.

—¡Apártese de ella! —dije acercándome a toda prisa, repartiendo empujones y golpes entre aquella comunidad de locos.

Pero alguien me sujetaba antes de poder llegar a Britney. Me cogían de los brazos y no me dejaban moverme. Entonces el Padre Dave se acercaba a mí con otra de aquellas coronas. Tenía una sonrisa terrible, llena de grandes dientes amarillentos.

—No creerá que la íbamos a dejar sola —dijo mientas me colocaba aquella corona en la cabeza—. Esto es algo que debe hacerse en familia.

Noté las espinas apretándome el cerebro. Incapaz de moverme, miré a Britney, que lloraba, y a Elron, que se reía.

—¡Bienvenidos a nuestra gran familia! —dijo el Padre.

Y entonces recibí la primera de aquellas descargas y grité de dolor.

V

1

—¿Bert?

Miriam estaba en medio del salón, con una gabardina de color marrón, observándome.

—¡Miriam! ¡Britney!

—Bert, ¿estás bien?

Yo la miré en silencio, incapaz de articular palabra. El corazón todavía me iba a cien por hora y, a todos los efectos, seguía en aquella iglesia, con aquella corona de puntas en la cabeza.

—Bert, te he preguntado si estás bien. ¿Me oyes?

—¿Qué? —terminé diciendo. Me moví y sentí que algo muy pesado se me resbalaba sobre la tripa. Era mi guitarra Gretsch. Me había dormido con ella encima. Se cayó al suelo con gran estrépito, ya que el amplificador todavía estaba encendido.

—¡Dios!

Miriam corrió a recoger la guitarra, o eso pensé. En realidad se había lanzado a enderezar la botella de Tullamore que también se había caído y se derramaba sobre la alfombra de motivos persas que habíamos comprado en una tienda árabe de Milán.

—¡La alfombra! Pero ¿qué demonios te pasa?

—No lo sé... creo que he tenido una pesadilla. Dios...

—Es una alfombra de tres mil euros, Bert. Y tendremos que mover todo el salón para llevarla al tinte.

—¿Dónde está Britney?

—¿Y a qué viene eso ahora?

—¿No sabes dónde está?

—Ha salido. Me dijo que iría a una fiesta de cumpleaños de una amiga.

Apoyé la Gretsch en el sofá. Dentro del pecho, mi corazón tocaba la *Marcha Radetzky*. Las imágenes de ese sueño tan terrible aún me dolían en la recámara de los ojos. Estaba desorientado, como si sufriera una resaca monumental, pero en realidad solo había dado dos tragos cortos a la botella. ¿Qué me ocurría?

Miriam se había quitado la gabardina y había ido a la cocina a por un trapo. Yo me levanté, todavía un poco aturdido, y fui a coger mi teléfono móvil, que estaba en el interior de mi chaqueta. Eran las doce y media de la noche... ¡de un lunes!

Volví a ver ese coche, ese Beetle con las ventanillas empañadas de sangre. Busqué en la agenda y apreté el botón de llamada. Tras unos segundos escuché su voz.

«Hola, soy Brit. Intenta ser original después del pip.»

Colgué sin dejar mensaje. Miriam acababa de volver de la cocina y estaba limpiando la mancha de whisky.

—¿Sabes quién era esa amiga? ¿Te dejó algún teléfono?

—¿Se puede saber qué te pasa?

—Tengo un mal pálpito sobre Britney, Miriam. Un horrible pálpito. Creo que le ha pasado algo. O que está a punto de pasarle.

Noté una expresión de temor formándose en su rostro. Dejó de limpiar. Se puso en pie.

—¿De qué hablas?

Notaba mi corazón tan rápido que empecé a asustarme. De pronto sentía que podía sufrir un ataque al corazón allí mismo. Respiré. Una, dos, tres veces.

—He tenido... un sueño terrible. Como una premonición. Chucks me decía que cuidase de Brit... y la he visto... le estaban haciendo algo.

—Joder, Bert —dijo Miriam elevando la voz—. ¿De qué coño hablas?

Había conseguido asustarla.

—Solo era un sueño, Miriam —dije con la voz temblorosa—, pero era jodidamente fuerte. La... violaban o algo parecido.

Miriam era la parte calculadora de la pareja. La parte cerebral, analítica, la que no se dejaba llevar por las emociones ni los impulsos. Pero cuando se trataba de su hija, era como tocarle una tecla ancestral, como rasgar en una cuerda en el centro de su alma que la convertía en un animal. Le vi poner los mismo ojos que el día del parto de Britney, y eso me asustó. Cuando el dolor de las contracciones ya le había hecho perder la cabeza y la había convertido en una hembra mamífera salvaje, me agarró del brazo con tanta fuerza que me dejó marcas durante un mes.

—Dame eso —dijo arrancándome el teléfono de las manos.

Volvió a marcar el número de Britney con los mismos resultados.

—¿Tienes el de Herman? —dijo después—. Creo que me dijo que los Todd también iban.

—Sí —dije—, en la «T» de Todd.

Miriam lo buscó y apretó el botón de llamada.

—Joder —dijo Miriam pegándose el teléfono a la oreja—, son las doce y media. Se van a cagar en nosotros.

Supe el momento exacto en el que Herman Todd cogía la llamada, porque Miriam cambió de expresión (hasta ese momento de color gris) y le puso una bonita sonrisa.

—¿Herman? Perdona esta llamada tan a deshoras, sí... sí... va todo bien, pero estamos algo preocupados por Brit. Nos dijo que volvería antes de medianoche y todavía... ¿ah, sí? En la fiesta, sí... Va... ya.

Ese último «va...ya» lo pronunció Miriam con una voz diferente. Oscura.

—De acuerdo. Si me haces el grandísimo favor... que llame a casa. Sí, a cualquier teléfono. Gracias, Herman.

Colgó y se quedó en silencio un par de segundos. Después me miró.

—Los Todd ya están en casa desde hace una hora. Va a despertarles y preguntarles si la fiesta seguía o si había terminado. También deben de tener el teléfono de Elron.

—¿Es verdad que te dijo que volvería antes de medianoche?

—No... pero bueno. Es lunes y... —De pronto vi que Miriam se mordía una uña y eso significaba que tenía un volcán dentro—. ¿Qué pasaba en ese sueño? Era solo un sueño, ¿no?

—Sí... Joder, siento haberte asustado. Pero es que no he tenido un sueño así en mi vida. Era como una película.

Las imágenes de la pesadilla seguían ahí. Si cerraba los ojos, incluso podía oler el bosque. Me dirigí a la cocina.

—¿Adónde vas? —preguntó Miriam—. ¡Joder, Bert! ¿Adónde vas?

—Espera —dije—, tengo que mirar una cosa.

Primero fui al garaje a comprobar que el ciclomotor de Britney no estaba allí. Después fui al jardín y caminé por el sendero de piedras hasta la zona del seto donde había visto ladrar a *Lola* antes. Me agaché y avancé como pude a través de él. Miriam había salido detrás de mí. Estaba realmente asustada. Me gritó un par de veces pero no le hice caso. Llegué a la verja. Joder. Había una rotura.

Entonces sonó el teléfono y Miriam lo cogió en el acto. Yo regresé por la hierba y salí.

Miriam hablaba: «Sí, Herman, sí... vale. Bueno. Sí... vaya. No será nada. No. Seguro.» Después de un largo medio minuto apuntó algo en un papel y volvió a colgar.

—Los Todd dicen que todavía quedaba gente. Era en la casa de Malu, en las afueras de Saint-Rémy. Herman me ha dado la dirección. Han tratado de llamar a Malu y Elron, pero una tiene el teléfono apagado y el otro parece estar fuera de cobertura. Intenta llamar a Brit otra vez.

La llamé, pero no contestó. Después Miriam fue hasta su bolso, que había quedado apoyado en la mesilla del recibidor, y sacó su teléfono móvil.

—¿A quién vas a llamar?

—A Edilia van Ern.

Me quedé callado, con un siniestro pensamiento recorriéndome el cerebro. «No te va a coger. Está en pelotas, en su ermita del dolor, celebrando un aquelarre de pseudopsiquiatría y clavándole agujas a sus amigos.»

—¿Edilia? —dijo Miriam—. Por favor, perdóname por la...

Se quedó callada un instante. Después dijo lo siguiente:

—Soy Miriam Amandale. Estamos un poco preocupados por Britney; cuando puedas, llámame.

»Era el contestador —dijo después—. ¿Qué hacemos? ¿Esperamos?

Volví a mirar el seto. La rotura. El sueño todavía me rondaba por la cabeza y había empezado a sufrir una especie de asma histérica.

—Yo no puedo quedarme de brazos cruzados esperando —dije—. Vamos a dar una vuelta por casa de Malu. Si vemos su moto aparcada allí, saldremos de dudas.

—Si Britney está ahí, nos va a odiar como pocas veces en su vida. Ya sabes por qué lo digo.

Ni siquiera respondí. Ya caminaba hacia mi coche, como un fantasma.

La casa de Malu estaba cerca de la salida sur de Saint-Rémy. En el número 12 de una calle llamada Picouline. En realidad, era una avenida de árboles medio vacía con un hilera de casas adosadas, no demasiado bonitas, a un lado.

Cuando llegamos, como dos espías en medio de la noche (unidos por el sueño, el mar humor y un grave silencio), la casa tenía un par de luces encendidas en la planta baja. Había algunos coches y motos aparcadas por los alrededores, pero no vimos la Vespa de Britney por ningún lado.

—Llámala otra vez, igual contesta.

—Lo he intentado hace nada. Sigue sin contestar. Además, aquí no hay apenas cobertura.

—Dios. ¿Y qué hacemos?

—Saldré a ver si encuentro su moto.

—Bert, ¿estás seguro?

Pero yo estaba literalmente fuera de mí. Salí del coche y me acerqué a la fila de motocicletas aparcadas frente a la casa. Las revisé una a una, pero no había ninguna que se pareciera a la de Britney. Mientras tanto escuché la música que llegaba desde la casa y algunas voces riendo. Había empezado a darme cuenta de la gigantesca cagada que supondría si Britney me pillaba allí, invadiendo su sacrosanta libertad adolescente, pero al mismo tiempo no podía quitarme las imágenes de mi sueño de la cabeza. Tenía que saberlo. Y si su motocicleta no estaba allí, entonces ¿dónde estaba?

Había un par de ventanas iluminadas con las cortinas corridas. Miré al coche y Miriam hizo un gesto con la cabeza preguntándome si había encontrado la moto. Lo negué. Y al mismo tiempo hice un gesto con el dedo, mientras empezaba a andar sobre la hierba.

Crucé el jardín como un espía y me acerqué a la ventana. Allí, a través de las cortinas, se veía un salón de paredes amarillas, un par de sofás y un póster pegado sobre una chimenea falsa. Pero no había nadie.

Alguien había atado un trapo a la manilla dejando la puerta abierta permanentemente. La empujé y entré en aquella casa extraña. Empecé a pensar en qué disculpa podría poner cuando me encontrase con alguien. Coño, pues les diría la verdad: «Soy el padre de Britney. ¿Está por aquí? ¿Se ha ido? ¿Sabéis adónde? ¿Con quién?»

Seguí la música, que provenía de la parte trasera de la casa. Escaleras arriba se cayó un vaso, y un chico dijo «mierda» en francés, mientras otra chica respondía riéndose. No me pareció que se tratase de Britney, pero me apunté el dato en la cabeza.

La cabeza, que en esos momentos iba a mil por hora.

A decir por los pósters en las paredes y el aspecto de la cocina, aquello parecía una casa de estudiantes. Fuera, en el jardín trasero, sonaba «Buffalo Soldier» de Bob Marley. Había cinco muchachos sentados al borde de una piscina. El aire olía a marihuana y había una buena colección de botellas y cervezas distribuidas por todos lados. Los jóvenes charlaban en francés y se partían de risa con alguna cosa. Los miré. Había tres chicas y ninguna podía ser Britney. Y de los chicos tampoco había ninguno parecido a Elron.

Entonces alguien me tocó por el hombro. Me volví y era un chaval de cierta altura, buenos hombros, que me hablaba en francés. No le entendí ni una palabra, pero por su tono diría que estaba un poco borracho y que no me estaba dando la bienvenida precisamente. Pelo rapado casi al cero, un par de tatuajes en el cuello y una camiseta negra ajustada.

—Busco a Britney Amandale —dije como pude—; soy su padre.

No sé si no me entendió o no podía procesar mi mensaje. Me cogió del brazo sin dejar de sonreír y tiró de él con fuerza como para llevarme en dirección al pasillo.

—¿Qué coño haces? —grité, esta vez en mi idioma—. Estoy buscando a mi hija.

El tío tiró con fuerza pero yo también di un tirón y me deshice de la tenaza. Vi entonces que los ojos de aquel jugador de rugby se abrían como los de un toro bravo. Me gritó algo que entendí perfectamente:

—¡A la calle!

—Te he dicho que estoy buscando a mi hija —intenté volver a decirle, pero en ese instante noté un empujón en los omoplatos.

—¡Fuera! —gritó.

Era uno de los capullitos de la piscina que había venido alertado por los gritos. Ese golpe a traición logró por fin tocarme los cojones. Extendí el brazo como un látigo y me volví con toda la mala baba que pude para soltarle un soplamocos. Le di con mi reloj Jaeger en plena cara y el chaval se asustó llevándose las manos a la cara y gritando como una barbie histérica. Y en esos dos segundos que transcurrieron hasta que volví a girarme, el jugador de rugby ya estaba encima de mí. Me rodeó el cuello con el brazo y me hizo una zancadilla para hacerme caer al suelo, pero me resistí. Mientras tanto, vi que tenía hueco para encajarle algunos codazos en las costillas y me puse a ello mientras el mastodonte me asfixiaba.

—¡Papá! —gritó una voz—. ¡Soltadle!

Cuando Britney apareció por el pasillo yo ya estaba casi mordiendo el polvo. El otro niñato había aprovechado para lanzarme una patada a la entrepierna, pero había fallado y solo me había dado en el muslo. Britney le soltó un empujón y después metió las manos en el brazo del jugador de rugby.

—¡Te he dicho que le sueltes, joder!

Otra voz, en francés, gritó desde alguna parte y finalmente me vi liberado de aquel brazo y caí al suelo. Cuando alcé la vista, vi a Britney mirándome con los ojos encendidos de ira. Quise decir algo pero no podía articular palabra todavía.

—¿Es tu padre? —preguntó el tío de los bracitos de He-Man.

—Sí.

—¿Y qué coño hace aquí?

—No lo sé.

Eran las dos y media de la madrugada cuando oímos la motocicleta de Britney llegando por la carretera. Yo estaba abajo, en el salón, tumbado en el sofá y mirando el techo. Miriam arriba, en su habitación, supongo que igual de insomne que yo. Los dos muertos de la vergüenza, culpables e idiotas. Así nos sentíamos desde que salimos de la casa de Malu, en silencio, tras recibir una lluvia de disculpas de los amigos de Britney. «Perdone, señor, pero pensé que era usted un ladrón... o un mirón.» «Bueno, no estabas tan lejos de acertar, chaval.» Nos metimos en el coche, avergonzados, y condujimos en silencio hasta casa y llegué a pensar que Britney quizá no volvería esa noche. A decir por su cara cuando vio a Miriam metida en el coche, llegué a pensar que cogería una mochila y se largaría a Tailandia al día siguiente. Así que al escuchar el ruido, respiré aliviado, pese a que sabía que la batalla no había hecho más que empezar.

El ruido de las llaves en la cerradura. Entró. Ni siquiera dio la luz, pero yo la esperaba ya de pie, en el centro del salón.

—Britney, por favor, déjame que te lo explique —le dije.

Ella subió las escaleras hasta la mitad y después se volvió.

—Tú, papá. ¿Cómo has podido hacerlo tú? Creía que confiabas en mí.

—Hija mía, por favor, déjame que...

Tenía los ojos negros, como los de una calavera.

—Habéis llamado a medio pueblo. A los Todd, a Edilia. Mañana lo sabrá todo el instituto, todo el pueblo. Soy la idiota oficial de Saint-Rémy.

—Pero no tiene nada que ver...

—¡Te odio! —gritó antes de echarse a llorar—. ¡Os odio a los dos!

Salió corriendo, pero Miriam apareció escaleras arriba y la interceptó.

—Espera, Britney. Tenemos que hablar.

—¿Hablar? ¿De qué?

—Tu padre y yo estábamos preocupados.

—¿Preocupados? ¿Por qué? ¿Temíais que quizás estaba fumando heroína otra vez?

—No, no tiene nada que ver con eso. Escucha...

Pero Britney no quería escuchar, sino hablar. Supongo que estaba en su derecho.

—¿Sabéis en qué pensaba la noche en que fumé aquello en Londres? En morirme. En eso pensaba. ¿Creíais que no me iba a enterar de lo que habíais hecho? ¿Que no se os oye a través de las paredes?

—¡Britney! —gritó Miriam.

—¡Os engañasteis el uno al otro y todavía tenéis la cara dura de echarme una bronca a mí! ¡De desconfiar de mí! ¡Cabrones!

Bum. El tortazo resonó como una plancha de metal de dos toneladas cayendo al suelo. Pero Britney sabía contenerse a pesar de todo.

—Puedes pegarme todo lo que quieras. En cuanto cumpla los dieciocho, no volverás a verme el pelo. Te lo juro por mi vida.

Y dicho esto salió corriendo y llorando y se metió en su habitación.

—Déjala —le dije a Miriam antes de que pudiera salir en su busca—, es verdad. Todo lo que ha dicho es verdad.

VI

1

El sol me despertó al día siguiente. Estaba en la habitación de invitados de la planta superior de la casa y por la ventana se colaba un bonito día de principios del verano. Me quedé observando las ramas de un olmo que se acercaban a la ventana, y un pajarito que se había posado sobre ella y trinaba su melodía matutina. Y pensé que quizá todo hubiera sido un sueño.

Pero entonces noté las costuras de mis pantalones vaqueros, levanté la manta con la que me tapaba y vi que seguía vestido. Y, además, un ligero dolor en el cuello se despertó casi unos segundos después de que yo lo hiciera. El brazo de aquel musculitos aún me dolía en la nuez.

Los recuerdos cayeron sobre mí como una jauría de lobos hambrientos. «Joder, no ha sido ningún sueño. Tierra, trágame.»

Me levanté. Pasé por la habitación de Britney, que seguía cerrada a cal y canto. Rocé la puerta con los dedos, pero no me atreví a llamar. Miriam estaba abajo, en la cocina, hablando por teléfono. Escuché un poco la conversación y me pareció que hablaba con Edilia. Sonó mi nombre un par de veces. Supongo que era justo que me echasen la soga al cuello. A fin de cuentas, era yo el que se había despertado histérico, diciendo que Britney estaba en peligro.

«Buf.»

Entré al cuarto de baño y me miré a los ojos en el espejo.

«La has cagado y bien cagada, señor escritor: dieciséis años. ¿Te acuerdas de tus dieciséis años? Pero ¿qué te pasó anoche? ¿Cómo pudiste perder el control de esa forma?»

La ducha me espabiló un poco, pero la casa seguía igual cuando salí. En silencio. En modo funeral.

Abajo, en la cocina, Miriam estaba entretenida con una receta. Noté que me veía avanzar por el reflejo de la ventana, pero ni siquiera se volvió.

Joder, no le apetecía ni verme. Genial.

—Buenos días —dije pasando a su lado.

—Buenos días —respondió ella.

Preparé un café, en silencio, esperando a que Miriam reventara por alguna parte, pero no se inmutó. Estaba aplanando una masa de empanada con un rodillo. En el mismo instante en que el café comenzaba a subir, dijo:

—Bert, creo que voy a empezar un pequeño negocio con Luva.

—¿Eh?

—Con Luva Grantis. Tiene un local en Arlés y lleva tiempo pensando en empezar una galería. Pero le falta una socia. Me lo ha propuesto a mí... ayer, durante la cena, y he dicho que sí.

—¿Le has dicho que qué?

—Que sí.

—Pero, joder, Miriam. ¿Sin ni siquiera preguntármelo?

—¿Para qué? Sé la respuesta.

—¿Cuál es la respuesta?

—Vamos, Bert... —sonrió mientras volvía a aplanar la masa sobre la gran mesa de madera.

—¿Eso significa que has decidido quedarte en Francia indefinidamente?

Miriam no dijo nada.

—Y que, además, te da absolutamente igual mi opinión.

—Respeto tu opinión —respondió—, pero creo que nuestras opiniones nos hacen infelices el uno al otro. Creo que tenemos puntos de vista demasiado diferentes.

El café seguía regurgitando sobre la placa vitrocerámica, pero yo me había quedado literalmente frío. Miriam lo apartó y apagó el fuego.

—¿Qué me estás diciendo, Miriam? ¿Qué estás queriendo decirme?

—Que hay que pensarlo bien, Bert. Hay que pensar si todo esto compensa.

—¿Todo esto? ¿El matrimonio? ¿Puedes dejar el jodido rodillo quieto por un segundo?

Miriam me obedeció. Se limpió las manos contra el delantal y después colocó una en la encimera, suavemente.

—No quiero volver a Londres, Bert —dijo.

—Vaya... Noticias frescas. Gracias por informarme.

—Lo siento. Lo he pensado durante este tiempo. Es una decisión difícil.

—Bueno, venga, adelante. Cuéntame lo que has decidido.

—Quedarme. Me gusta esta gente y este lugar. El sol. La vida fácil, Bert, sin complicaciones. Me he dado cuenta de que nuestro Londres era un mundo insano y retorcido, y no quiero volver. Pero tú no encajas en todo este dibujo, Bert. No te culpo, pero las cosas son como son. Esto no te gusta. Odias a la gente convencional y sus vidas convencionales, pero felices.

—¡Vaya! —dije soltando una seca carcajada—. ¡Vaya, por fin sale! Menudo discurso.

—No te rías de mí.

—¿Cómo has podido cambiar tanto? Tú no eras así, Miriam.

—¿Así, cómo? ¿Feliz? Quizá nunca había encontrado lo que quería de verdad.

—¿Amigos con camiseros de Lacoste y casas con jardín?

—Muy bien, Bert. Sigue faltándoles al respeto. Es lo que sabes hacer.

Yo había empezado a mover el dedo arriba y abajo. De pronto decidí que no podía esperar más.

—Esa gente, Miriam... esa gente que tanto te gusta... oculta algo. No son lo que tú crees. Edilia, Eric... Tengo mis sospechas sobre ellos, ¿entiendes?

—¿Sospechas?

—He intentado no hablarte de ello, pero esto lo cambia todo. No creo que sean trigo limpio, ¿entiendes? —No podía parar de hablar, pero la voz me temblaba como trémolo—. El hombre que Chucks atropelló, ¿te acuerdas?, salía de sus terrenos. De la clínica. Y desapareció, Miriam. ¿Qué crees que pudo pasar allí? En esa clínica tan secreta. Fui a visitar a la hermana de Someres a Mónaco. Ella también tenía sus dudas sobre cómo murió David.

Miriam se había quedado literalmente boquiabierta. Cruzó los brazos. Luego los descruzó y se llevó una mano a la boca.

—Bert... estás diciendo que... ¿Te estás escuchando? ¿Fuiste a Mónaco de verdad? ¿Cuándo?

—Hace cuatro días. Y no me extraña que no te enterases. Llevamos días sin cruzar una palabra.

—Dios, Bert. Te estás comportando como... Chucks.

—Quizá porque tenía razón —dije—. Quizá debimos hacerle caso... y quizás ahora seguiría vivo.

—¿Qué estás diciendo?

—Estoy diciendo que tengo razones para dudar de toda esa gente, Miriam. Dudar de si Chucks no estaba en lo cierto. Y necesito que confíes en mí.

La conversación se vio interrumpida en ese momento porque escuchamos la motocicleta de Britney arrancando fuera de la casa. Me volví, entré de nuevo al salón y me asomé a la ventana. Nuestra querida hija había aprovechado para salir sigilosamente y largarse con viento fresco. Alcancé a ver su espalda y la motocicleta saliendo a toda velocidad entre las jambas de la puerta de entrada. Llevaba una bolsa de playa. Y eso que era martes y día de instituto.

«Se ha marchado sin desayunar», pensé.

Regresé a la cocina. Miriam miraba por la ventana, pensativa.

—Ven —le dije señalando la puerta del jardín—, quiero enseñarte algo en el ordenador.

—No —respondió Miriam—, no quiero verlo. No necesito verlo. Sé exactamente lo que está ocurriendo, Bert.

—¿Qué es lo que sabes?

Abrió uno de los armarios de la cocina. La botella de Tullamore Dew que había derramado la noche anterior estaba allí, como el arma de un delito.

—Esto es lo que pasa. Y las pastillas. Y todo... todo vuelve a empezar, Bert, ¿no lo ves? Estás teniendo fantasías, como las de Chucks.

—No son...

—Lo echas de menos —me interrumpió ella—, lo comprendo, pero ¿qué hay de nosotras? Estás entrando en barrena y nos arrastras.

—Te estoy hablando muy en serio, Miriam. No tiene nada que ver con el whisky ni las pastillas. Hay evidencias que...

—¿Como las de anoche, Bert? ¿Evidencias como las de anoche? Estabas fuera de ti. Respirabas mal. Te peleaste con uno de los amigos de tu hija. ¡Te peleaste con un muchacho de diecisiete años, Bert!

Miriam había gritado y por fin se echó a llorar.

No dije nada más. Ni intenté luchar. Me habían entrado ganas de largarme a mí también. Cogí la puerta y desaparecí.

2

Salí andando de casa, triste y desesperado. Britney me odiaba y tenía una buena razón para ello. Miriam parecía haberme sugerido el divorcio... ¡Qué cojones, pues claro que me lo había sugerido! Quería quedarse en Francia y ni siquiera me lo había consultado. ¿Qué otra cosa podía significar eso? Contemplé la idea de que tuviera un amante. ¿Por qué no? Alguno de todos esos nuevos amigos que la rodeaban últimamente. Uno de aquellos refinados, sonrientes y deportistas cuarentones que rondaban por el Raquet Club, con sus jerséis amarillos en los hombros. No habíamos hecho el amor ¿en cuánto tiempo? Quizás ella tuviera otro que la saciara.

Pensé que un buen paseo me aclararía la mente, pero

cuando llegué al centro de Saint-Rémy la herida todavía sangraba a chorros. Tomé asiento en una terraza medio desocupada de *La Boutique*. Pedí café, un *croissant* y un periódico. En inglés, sin afeitar y detrás de mis Ray-Ban. El camarero torció el gesto pero me atendió.

Comí el *croissant* sin mantequilla ni mermelada. Bebí el café y pedí otro. Saint-Rémy se despertaba perezosamente bajo el sol. Las tiendas abrían. Una dependienta morena mostraba su bonito ombligo al estirarse para levantar la persiana. Después fumaba y le hablaba en francés a su gato. Pensé en esa vida medio salvaje y bella. Solo eso, y la cafeína, logró animarme un poco.

Me sumergí en el periódico durante media hora, intentando leer para distraerme de todas las ideas, hasta que noté mi teléfono vibrando en el bolsillo. Era Jack Ontam, y joder, me sentó hasta bien poder hablar con alguien en mi idioma.

—¿Cómo va todo, Bert?

—He tenido mañanas mucho mejores, Jack. ¿Qué te cuentas?

—Bien, bien... Estoy en Londres. Ayer tuve una reunión con Universal. Están planeando un grandes éxitos conmemorativo de Chucks y además está el asunto de *Beach Ride*. Ron Castellito dice que está casi listo para masterizar.

—Genial.

—Mira, tío, iré al grano. Sé que el testamento de Chucks te convierte en el heredero de sus derechos de autor. Y, al mismo tiempo, mi contrato de representación para Chucks también necesitaría que lo rubricases... Te lo he enviado por correo esta mañana. Solo quería saber si lo ves todo OK.

—Entiendo. ¿Te importa que lo hablemos en otro momento, Jack? Tengo una mañana terrible.

—¿Hay algún problema? ¿Puedo ayudarte? —De pronto Jack me hablaba muy amablemente. De pronto sonaba casi como mi agente.

—No hay ningún problema. No he tenido tiempo para mover todo esto... es que... quizá vuelva a Londres muy pronto.

«Más pronto de lo que piensas. Y solo.»

—¿Va todo bien? Te noto cansado. Triste.

—Estoy triste, Jack. Miriam acaba de decirme, en pocas palabras, que quiere romper conmigo.

—Hostias. Cuánto lo siento, Bert. Miriam está muy buena, pero siempre ha sido un poco bruja.

—No te pases, tío; todavía estamos juntos.

—Bueno, vale, pero si finalmente ocurre, cuenta con mi yate y mis amigas, Bert.

Decididamente, Jack Ontam y yo no jugábamos en la misma liga emocional. Pero estaba claro que había comenzado a necesitarme.

—¡Ah! Otra cosa. Ron me dijo que había una pista con voces. Que le mandaste limpiarla, ¿es cierto? Al parecer sí que se oían algunas cosas raras. Dice que te lo mandó al correo.

Aquello hizo que me removiera en mi silla, que dejase *La Provence* sobre la mesa.

—¿Te ha dicho algo más?

—No... solo que había voces en francés. Pero él no sabe francés y yo tampoco. Debe de habértelo enviado ayer... u hoy.

Colgué y me quedé mirando al vacío. Pensé que debía volver a casa a revisar el e-mail, especialmente el de Ron Castellito... Quizás esa fuera la evidencia que necesitaba para convencer a Miriam. Al menos era mucho mejor que hablarle del Padre Dave, tal y como había pensado hacer al principio. Le explicaría las cosas. Necesitábamos retomar la perspectiva, alejarnos. Podríamos hacer una última intentona juntos. Coger el coche e ir a Italia. Positano le encantaba y allí conocíamos una buena pensión. Nunca habíamos ido con Britney. Los tres, solo los tres. Sin esos intoxicantes Van Ern, Grubitz y Mattieus a nuestro alrededor.

Me levanté, dejé veinte euros sobre la mesa y salí en dirección a casa. No había caminado ni cien metros más allá de la plazuela cuando noté que un coche se me colocaba a la par, en una estrecha calle que salía del pueblo. Pensé que estaría buscando sitio para aparcar, pero entonces hizo sonar su claxon ligeramente.

Era un bonito Mercedes blanco descapotable. Un modelo de por lo menos 1970. Sus asientos de cuero rojo acogían a un solo ocupante que tardé un poco en reconocer: era Eric van Ern.

3

—Hola, Bert —saludó tras unas gafas de sol—. ¿Le llevo a alguna parte?

—¡Ah! —dije sintiendo que la sangre se me caía hasta los talones.

Eric se inclinó sobre el asiento del copiloto y abrió la puerta.

—Suba —dijo.

Hubiera dicho que «no, gracias», pero supongo que en el fondo deseaba enfrentarme a él de una vez por todas.

—¿Adónde iba? —preguntó Van Ern una vez que me hube montado—. ¿Hacia su casa?

—En realidad daba un paseo —respondí palpando la piel del salpicadero—. ¿Es un Mercedes Pagoda? ¿1975?

—Del 81, lo compré en una feria de automóviles usados en Ginebra. Lo vi y me enamoré en el acto de él. ¿Conoce la sensación?

—Muy bien —respondí—. Tuve un MG «CC» del 77 en Inglaterra. Ahora llevo un Spider del 88.

—Vaya, veo que compartimos el gusto por lo clásico, señor Amandale. ¿Quiere conducirlo un poco?

—Sí —dije al cabo de unos segundos—, ¿por qué no?

Eric frenó el coche al final de la calle. Abrimos las puertas y nos intercambiamos los asientos. Cogí el volante del Mercedes, palpé los pedales. Un poco más duros que los de mi Spider, pero el motor rugía como un auténtico león babilonio.

—Oiga —dijo Eric de pronto—, ¿tiene algo que hacer ahora? Hace tiempo que le debo esa visita a la clínica. Déjeme que le invite a un café.

—¿A su clínica?

—¡Sí! Tenemos un carretera privada por donde podrá acelerarlo a gusto.

Había algo en todo aquello que me sonaba a montaje, pero la idea de visitar la clínica Van Ern era demasiado morbosa para decir que no. Metí primera, aceleré y vi el indicador de revoluciones volar ante mis ojos.

—¿Por dónde se va?

Salimos del pueblo, por la R-81 en dirección a Mount Rouge. La vida tiene esas cosas, pensé mientras aceleraba el SL Pagoda por las primeras curvas de la colina; un día elaboras la teoría más malvada sobre tu vecino y al día siguiente vas conduciendo su coche y recibiendo la brisa de la Provenza en el rostro.

—¿Todo bien anoche? —dijo él al final—. Elron me ha contado lo de su pequeño traspié. Lo siento.

—Vaya —respondí carraspeando—, parece que se ha enterado hasta el apuntador.

—No se preocupe. Yo le comprendo, ¿sabe? Por Elvira. Es todavía pequeña, pero me imagino lo que es tener una hija adolescente hoy en día. Con las cosas que se oyen por ahí...

—Sí... no es un mundo precisamente fácil para una chica.

Llegamos a una intersección. Eric me indicó que tomara el camino hacia la derecha.

—Pero no debe preocuparse —prosiguió diciendo—, por lo menos de Elron. Es un muchacho noble, fiel a su familia, se lo garantizo. La fidelidad es el valor más importante en un Van Ern, y se la hemos inculcado bien. Cuidará de Britney siempre que esté con ella.

—Oiga, Eric —le interrumpí—, lo de anoche fue un malentendido. Britney había dicho que volvería antes de la medianoche y me preocupé. Y preocupé a mi mujer tontamente. Pero yo confío en Britney. No necesito estar detrás de ella como un perro guardián.

Eric no respondió. Estábamos cerca del comienzo de Mount Rouge, y me dijo que tomara el primer camino a la derecha, por un estrecho senderillo que surcaba un prado. Sin señalización. Sin nada que indicase hacia dónde se dirigía.

—¿Por aquí? —pregunté.

—Sí —respondió riéndose—. No se preocupe. No le estoy secuestrando. Es solo que nos gusta mantener la discreción.

Nos adentramos entre extensos campos de canola y lavanda en cuyos horizontes brotaban frondosos bosques y colinas. Sobre una de ellas, presumida y vigilante, distinguí la casa Van Ern a lo lejos.

Del pequeño sendero pasamos a una carretera de tierra, unos ochocientos metros de línea absolutamente recta.

—Tiene casi un kilómetro —dijo Eric.

Apreté el acelerador y revolucioné el motor en tercera, casi hasta cinco mil vueltas. Entonces solté la marcha y el coche salió proyectado hacia delante, con tanta fuerza que se tambaleó un poco a los lados y noté que Eric se agarraba de la puerta. No sé lo que pensaba demostrar. Quizá quería dejarle claro a aquel brillante doctor que yo no era tan solo un pobre dublinés con el que podía jugar a las marionetas. Una marcha más y el motor rugía con fuerza. Había alcanzado los cien kilómetros por hora y empecé a ver la gran mansión blanca a lo lejos.

—Ya casi estamos —gritó Van Ern—, puede frenar.

—Aún hay tiempo —le respondí—, quiero ver hasta dónde llega.

Apreté el acelerador y Eric van Ern se pegó a su asiento. El motor rugió de pura felicidad, tras años de esclavitud como coche de desfile. Por el espejo retrovisor podía ver la nube de polvo que levantaba a nuestras espaldas, como si fuéramos un jodido cohete.

—¡Frene ya, hombre! —dijo Eric perdiendo un poco la compostura.

El campo de canola surgió a nuestra izquierda cuando iba a ciento cuarenta y entonces pisé el freno. El coche enfiló el último tramo del camino, que terminaba en aquella gran casa blanca. La clínica Van Ern. La mansión detrás del campo de flores amarillas que había visto aquella vez hacía casi dos meses, cuando Chucks aún vivía, cuando todo aquello parecía ser solo un juego de teorías y especulaciones, un juego para dos niños ansiosos por divertirse.

Nos aproximábamos a la clínica cuando detecté otra vez aquel edificio entre los árboles. La ermita, la capilla, la sinagoga. Había un camión aparcado cerca, sobre el césped, sin ninguna señal. Unos hombres entraban y sacaban cajas de él y recordé lo que Edilia me había dicho: «Lo utilizamos de almacén.» Enseguida desapareció tras la fachada de la mansión. Frené delante de la entrada, junto a una escalera de piedra blanca adornada con tiestos de lilas y verónicas. En lo alto, en el dintel, se leían en letras doradas las palabras CLÍNICA VAN ERN.

4

Entramos por una recepción, donde una sonriente enfermera nos dio los buenos días. Intercambió un par de palabras con Eric mientras yo escrutaba el lugar con disimulo. Largas escaleras de mármol, salones, despachos. Un gran cartel labrado sobre madera que decía: BIENVENIDO A SU NUEVA VIDA. AQUÍ ACABA SU ADICCIÓN.

Eric recogió algo de correo y me invitó a seguirle por un pasillo acristalado. Sacó una pequeña tarjeta de plástico de su americana y la pasó por un lector que yacía junto al marco de la siguiente puerta. Se escuchó el chasquido de un cerradura electrónica. Entramos en otra área de la casa y terminamos frente a un portón, también protegido por aquel lector de tarjetas.

—Cuánta seguridad —comenté.

—Nos vemos obligados a ello —dijo Eric pasando la tarjeta y abriendo la puerta—. Aunque todos los archivos son anónimos, la ley nos obliga a protegerlos. Y a nuestros huéspedes, claro...

Entramos en un despacho orientado hacia la parte este de los terrenos. Una gran ventana mostraba la «cara oculta» de la mansión: un amplio patio de viviendas de piedra gris con un bonito jardín en el centro. Una fuente, sillas y hamacas. Había gente por allí. Me pareció que eran jardineros pero quizás eran pacientes segando la hierba con un cortaúñas.

Eric apretó un botón en su escritorio y al otro lado surgió una bonita voz femenina.

—¿Té o café, Bert?

—Tomaré un café, gracias.

Eric pidió dos cafés solos y tomó asiento en otro sillón frente al mío. Yo estaba mirando por la ventana. Me había parecido detectar algo entre los árboles.

—Es un centro de escalada y actividades de altura —explicó Eric—. La adrenalina ayuda mucho más que cualquier fármaco durante la rehabilitación. Además, utilizamos la acupuntura y la meditación para apoyar en los momentos más difíciles del tratamiento.

—Parece un campamento de verano —bromeé.

Eric sonrió.

—Es algo parecido. Un sitio donde volver a empezar, Bert. A veces la vida nos lleva en direcciones erróneas, ¿sabe? Aquí llegan hombres y mujeres de todo tipo, pero todos son buena gente que ha intentado hacerlo bien, solo que no ha encontrado la forma correcta.

Alguien llamó a la puerta entonces y Eric dijo «adelante». Se oyó el zumbido de la cerradura y entró una mujer alta y elegante con una bandeja de café. La apoyó en el escritorio.

—Gracias, Emma —dijo Eric.

La mujer sonrió y salió por la puerta. Eric me sirvió una tacita de café. Después volvió a sentarse en su sillón. Nos quedamos en silencio.

—Dígame una cosa, Eric —dije—. ¿Por qué tengo la sensación de que no ha sido una casualidad encontrarnos esta mañana?

Van Ern se rio.

—No le voy a engañar —dijo—. Y ya veo que usted es suficientemente listo. Es cierto, le intercepté. Quería enseñarle la clínica por muchas razones.

—Le escucho —dije sorbiendo el café.

—No se enfade, Bert, por favor —dijo Eric—. Y no lo tome por el lado incorrecto. Miriam y Edilia son buenas amigas y después de lo de anoche su mujer está muy preocupada. Le confió a Edilia sus problemas del pasado. La adicción química es tan peligrosa como cualquier otra. Puede generar comportamientos esquizofrénicos. Paranoia.

Aquello era lo que me faltaba esa mañana. Dejé la taza sobre una mesa y me levanté. Estaba furioso.

—Me gustaría decirle que ha sido un placer, pero no es así.

—Bert, por favor, siéntese. ¿Podemos charlar de hombre a hombre?

—¿Es lo que quiere? Empiece por no insultarme —respondí.

—Me parece usted una bellísima persona, Bert, pero la gente que le quiere está realmente preocupada por usted. Sabemos que la muerte de su amigo ha sido un varapalo importante. Y los problemas con su novela...

—¿Qué sabe usted de todo eso? ¿Qué sabe nadie?

—Relájese, Bert.

Pero era tarde para eso, yo echaba fuego por la garganta, como un dragón.

—Yo también estoy muy preocupado, ¿sabe? Me preocupa lo que hacen ustedes en esta clínica, en esa ermita del bosque. Me preocupa lo que hacía Daniel Someres aquí...

—Daniel ¿qué?

—Sabe perfectamente de lo que hablo. El hombre que escapó de su clínica hace un mes. El hombre que mi amigo Chucks atropelló.

—De acuerdo, Bert, de acuerdo —dijo Van Ern levantando las manos—. Hablemos de ello. Tranquilamente. ¿Dice que un hombre se escapó de aquí? ¿Cuándo?

—Hace un mes exactamente. El lunes 21 de mayo para ser precisos.

Eric frunció el ceño.

—No me consta. ¿Qué dice que le ocurrió? ¿Alguien lo atropelló?

—En la carretera de Mount Rouge, mi amigo Chucks Basil atropelló a un hombre que apareció de improviso en la carretera, junto a sus terrenos. Chucks entró en pánico y lo dejó abandonado, pero más tarde regresó y el cadáver había desaparecido. Era exactamente al otro lado de ese campo de canola. Yo mismo bajé a explorar unos días más tarde, y fue entonces cuando su perro me atacó.

Eric puso cara de verdadera sorpresa.

—Espere un momento.

Se levantó, fue a la mesa de su despacho y apretó otro botón. Habló en francés a través del intercomunicador, pero pude entender perfectamente que se dirigía a una persona llamada François. Le ordenó que viniera.

—Aguarde un segundo, señor Amandale.

Esperamos al menos un minuto en silencio, sin decir palabra. Yo no sabía qué era lo que Eric trataba de demostrar, pero su rostro expresaba algo de preocupación. Empecé a pensar que quizá fuera una sensación genuina. ¿Y si ni siquiera él estaba al tanto de lo sucedido? Empecé a dudar...

Escuché el zumbido de la cerradura electrónica y vi entrar a aquel tipo alto y fornido que me había topado en el bosque casi un mes antes. Llevaba otra tarjeta magnética en la mano y vestía, como la vez anterior, como una suerte de cazador.

—Supongo que ya se conocían. François, este es el señor Bert Amandale. François es nuestro jefe de seguridad.

El cazador se acercó a mí y me estrechó la mano.

—Acepte mis disculpas por el asunto del perro —dijo—. Estaba usted en lo cierto y yo equivocado. No volverá a pasar.

Asentí con la cabeza, como para correr un velo sobre el tema. Eric se adelantó:

—El señor Amandale dice que un hombre pudo haberse escapado... o al menos recorrido nuestros terrenos a finales de mayo. El 21. ¿Le suena?

François arqueó las cejas sorprendido, pero trató de hacer memoria.

—No —respondió—. ¿Dónde dice que pasó?

—A la altura de la tienda de artesanía del señor Merme —respondí—, apareció en una curva. Venía del campo de canola. De la clínica.

François movió la cabeza en un gesto de negación.

—Podría venir de cualquier otra parte. Estos terrenos son bastante extensos, señor. Quizá recorría el bosque y decidió salir por ahí.

—Claro —añadió Eric—. ¿Cómo sabe que procedía de la clínica? ¿Acaso le contó algo a su amigo?

—No —respondí, súbitamente azorado—. No le dio tiempo a decir nada. O mejor dicho: sí. Le dijo una sola palabra: «*ermitage*».

Los dos hombres se miraron en silencio.

—¿Qué es lo que hay en esa capilla escondida entre los árboles? ¿O es una ermita?

—¿Ermita? ¿Se refiere a la vieja sinagoga? ¿Eso es todo lo que le preocupa? ¿Nuestro viejo almacén?

Eric se rio y François sonrió también. Entonces Eric le dijo algo a François. El cazador volvió a despedirse educadamente y salió de allí.

—Perdone la pregunta, Bert, pero su amigo Chucks... ¿es cierto que sufría algunos problemas? Creí leer que había tenido episodios psicóticos en el pasado.

—Sí. Pero ahora estaba bien. Yo...

—¿Encontró la policía alguna evidencia, por mínima que fuese, de que ese hombre murió? Debía de haber rastros de sangre. Pelo. Algo.

—No... —dije tragando saliva—, nada, pero...

De pronto había comenzado a ponerme muy nervioso. Estar allí, dentro de esa clínica, había dado un vuelco a todas las ideas. Aquello no era el templo del Padre Dave, sino un lujoso, sofisticado y aburrido centro de rehabilitación. Y era cierto que el hombre que Chucks atropelló podía haber salido de cualquier parte y no solo de allí.

Empecé a sentirme ridículo.

—Póngase en mi lugar, Bert —siguió diciendo Van Ern—. Me acusa de algo bastante serio, sin una sola prueba. Poniendo en peligro mi reputación, no solo comercial, sino en este pueblo.

Su mirada era firme y muy seria. Estaba realmente disgustado.

—Lo siento, Eric, pero todo es demasiado extraño. Sus cuadros.

—¡Los cuadros! —dijo casi riéndose—. Edilia me lo contó. Pero mi querido señor... ¿se está escuchando?

Volví a dejarme caer sobre el sillón. Apoyé los codos en las rodillas y me puse las palmas en los ojos.

—Realmente, es demencial —dije—, ayer tuve un sueño terrible. Algo que jamás había experimentado. Algo tan... fuerte... tan... real...

Noté que Eric se ponía en pie y venía hacia mí. Su mano se apoyó en mi hombro.

—Tranquilo, Bert. Tranquilo. Está usted con un amigo.

Yo estaba tan aturdido, tan aplastado por los acontecimientos de aquella mañana, por el error del día anterior, que me dejé vencer. Me rendí a aquella voz. A aquella templanza. A aquel atisbo de salvación.

—Quiero que sepa que estoy aquí cuando usted lo necesite. ¿De acuerdo? Usted no es un cliente, sino un amigo para mí.

—Gracias, Eric.

VII

1

Quizá por ahorrarse otro momento incómodo, Eric mandó llamar un coche para que me llevase de vuelta a Saint-Rémy. Dijo que había salido un «asunto urgente», pero comprendí que aquella violenta situación le había quitado las ganas de compartir un solo minuto más conmigo. El coche me dejó en la plaza de Saint-Rémy y regresé andando a casa. Entré y vi que la motocicleta de Britney no estaba en el garaje, y que Miriam tampoco se encontraba en casa. Fui directamente a mi cobertizo y encendí el MacBook. Allí estaba, tal y como Ontam me había anunciado, el e-mail de Ron Castellito.

Se titulaba «Voces».

Esto es todo lo que he podido hacer con la pista fantasma que me mandaste. Las voces empiezan en el minuto 1:13. Es mejor que lo escuches con auriculares. Un abrazo,

RON

P. S. ¿Cuándo vienes a Londres para oír las mezclas?

Mientras se descargaba el archivo, fui a casa y volví con unos auriculares de mi teléfono. Los enchufé en el Mac y reproduje el MP3. Fui directamente al minuto 1:10. El sonido era mucho más plano y seco, y Ron había intensificado las frecuencias de aquellas voces por encima de lo demás. No en vano era uno de los mejores magos de estudio de Londres. Escuché con atención aquello que se intuía como un diálogo entre dos partes, pero eso era todo. Una conversación entre dos voces que hablaban en un francés irreconocible. De nuevo, me fue del todo imposible distinguir lo que decían, aunque esta vez tuve una pequeña intuición: una de esas voces bien podría pertenecer a François, el jefe de seguridad de la clínica Van Ern.

Pero eso era todo, en realidad, me dije recostándome en el sillón: «Una intuición. Un mal pálpito.»

«¿Es posible que Miriam tenga razón, Bert? ¿Es posible que estés comportándote como Chucks? ¿Cuántas pastillas has tomado estos últimos días?»

Me levanté y cogí la lata de Rosie. La abrí sobre la mesa. El blíster estaba agujereado por más de diez sitios. Yo pensaba que no había tomado más de cuatro.

«¿Qué me pasa? ¿Me estoy volviendo loco, Chucks? ¿Me he infectado de tus paranoias? ¿Son estas malditas pastillas?

»¿O quizá no estoy escribiendo la novela que realmente me apetece escribir? ¿Por qué tendría que escribir sobre Bill Nooran teniendo una idea tan fantástica como esta?»

2

Esperé toda la tarde sentado en el jardín, con *Lola* a mis pies, mirando las nubes y fumando. Britney llegó la primera, al caer la tarde. Escuché su motocicleta y ni siquiera le di la oportunidad de escabullirse escaleras arriba.

—Sé que me odias pero tenemos que hablar y es muy importante —le dije.

Miriam llegó un rato más tarde. El cielo estaba rojo y los grillos habían comenzado a rasgar sus guitarras. Había estado en la playa, deduje por su bolso de mimbre y el olor de la crema bronceadora que emanaba su cuerpo. No pude evitar pensar que habría estado con otro hombre, pero espanté la idea de mi cabeza. Según entró nos encontró a mí y a Britney sentados en el salón. La invité a acompañarnos pero dijo que prefería ducharse primero.

—Será un minuto —dije, y di una patada a una maleta que yacía detrás del sofá—, después me marcharé.

—¿Qué dices? ¿Adónde te marchas?

—Quiero hablaros sinceramente a las dos.

Miriam se sentó en otro sofá distinto al de Britney. Las dos me miraban enmudecidas.

—Lo primero, Britney: siento mucho mi comportamiento de anoche. Fue el clímax de algo que lleva rondándome la cabeza durante días. Desde la muerte de Chucks. Hoy se lo he explicado a tu madre, Britney, y es justo que tú también lo sepas.

—¿De verdad vas a...? —comenzó a decir Miriam.

La interrumpí.

—No es lo que piensas... Creo que estoy enfermo, otra vez. Eso es todo. He dejado de controlar mi imaginación y ahora es ella la que me controla a mí. Me pasó antes y ahora ha vuelto a sucederme.

—¿De qué hablas, papá?

En realidad, no quería explicárselo a Britney. Me daba vergüenza.

—Britney, he creado una teoría alrededor de Eric, Edilia y Elron. He llegado a pensar que querían hacernos daño. A los tres. He llegado a pensar que mataron a Chucks porque sabía algo sobre ellos.

Britney dijo «¿Qué?» sin emitir ningún sonido.

—Anoche sufrí una especie de alucinación. Jamás en mi vida había sentido nada parecido, por eso me volví loco y salí a buscarte. Solo por eso, cariño. Siento mucho haberte humillado delante de tus amigos.

—Papá... pero...

—Bert —dijo Miriam entonces—. ¿Adónde vas?

—No muy lejos. A casa de Chucks, en Sainte Claire. Es lo primero que se me ocurre. Creo que necesito alejarme de todo un poco. Recobrar un poco de perspectiva.

—¿Solo? —preguntó Miriam—. ¿Crees que es lo que más te conviene?

—No lo sé. Hoy he estado hablando con Eric... —Percibí la sorpresa en el rostro de Miriam—. Sí, cariño. Les hablaste de mis pequeños problemas, y bueno, yo mismo me he encargado de hacerme bastante publicidad. El caso es que Eric me ha invitado a pasar unos días allí, en su clínica. Me lo he planteado seriamente.

—Lo siento mucho, Bert.

—No —dije—, está bien. En el fondo es cierto. Había empezado... ya sabes. Otra vez.

Britney se levantó y vino a abrazarme.

—No te vayas, papá. Ya no estoy enfadada.

Miriam y yo nos miramos a sus espaldas. Fue una mirada tensa. En el fondo, ella no había cambiado de opinión, y lo supe en el instante en el que la miré. Quería el divorcio.

Besé a Britney y la separé.

—Serán unos días. Después volveremos a hablar, ¿vale?

Mi preciosa hija dejó derramar una lágrima, pero se limitó a asentir.

TERCERA PARTE

I

1

No me apetecía estar completamente solo en casa de Chucks y convertirme en el nuevo fantasma de la Provenza, así que me mudé con *Lola*. La primera vez que volvió a ver la casa, nada más desmontar del Spider, se arrulló entre mis piernas y sollozó, pero enseguida recobró su territorio perdido. Ladró un par de veces y salió corriendo hacia el jardín. En cualquier caso, no estuve solo esos primeros tres días. Manon, la sobrina de Mabel, vino a limpiar todas las mañanas, mientras yo trataba de retomar una saludable disciplina creativa. Era una muchacha curiosa. Sabía que allí había muerto una persona e iba santiguándose por la casa, y aunque apenas hablaba una palabra de inglés, nos entendíamos bien. Los primeros días se dedicó a limpiar, planchar y recoger toda la ropa de Chucks, que quedó empaquetada en varias cajas y maletas. Después aspiró, fregó y abrillantó la casa y hecho esto supongo que temió quedarse sin trabajo, así que empezó a cocinar para mí. El primer día estuve a punto de disuadirla para que no lo hiciera, pero en cuanto probé su *tagliatelle* a las trufas blancas cerré los labios en cremallera. A fin de cuentas, aquellos días estaban siendo realmente productivos para mí, atrincherado en el salón Stalin con mi MacBook, café, tabaco y una Gibson Les Paul Goldtop del 57 que tocaba en mis horas de aburrimiento. Ni una pastilla, ni un trago, pasando el mono de la mejor manera que podía: escribiendo. Realmente aquella casa funcionaba para mí igual que le había funcionado a Chucks, y pensé que podría quedarme una temporada y terminar la novela. Eso al menos sería quitarme un problema de encima.

Bill Nooran parecía haber despertado de nuevo. Su amiga, la amable anciana Castevet, había comenzado a invitarle a tomar té a su casita de las afueras de Testamento con la excusa de charlar sobre literatura. Cierto día, después de terminarse la segunda taza, Bill le dijo que el azúcar le excitaba demasiado. Dicho esto, se levantó y la golpeó con un ejemplar del *Quijote* en plena mandíbula izquierda, quebrando aquel frágil cuello de vértebras sexagenarias y matando a la señora Castevet de un solo y seco golpe literario. Y a partir de ese momento la historia recobró el ritmo, se enfiló en la dirección correcta y ya podía ver el final.

Un viernes, casi ocho días después de haberme marchado de casa, tuve la última revelación del libro. Debían de ser las cinco o las seis de la tarde cuando me desperté de una larga siesta. Las ventanas de la habitación golpeaban entre sí empujadas por un viento sureño, extraño, casi premonitorio, y el cielo se había encapotado. La humedad previa a una buena descarga de lluvia, a una tormenta de verano quizá, se palpaba en todas partes. Era como si la tierra emanara una extraña energía aquella tarde y los grillos, casi coléricos, tocaran su guitarra una y otra vez, como si fuera la última tarde en sus vidas.

Lo bueno de las siestas es que a veces afinan la imaginación. Al despertarme de aquella, todavía tumbado en la cama deshecha, tuve la idea perfecta para el final: llevaría a Bill Nooran hasta la gasolinera de Rattle Avenue, donde tomaría a dos hermanitos como rehenes. Uno de ellos era el precoz pirómano Toby Bruster, que provocaría una explosión brutal con su minilanzador de bengalas (un invento que había dejado colar adecuadamente páginas atrás) y unas latas de gasoil. El cuerpo de Bill desaparecería y en Testamento todo el mundo pensaría que había sido reducido a cenizas, pero una última escena revelaría lo contrario. ¡Listo para la cuarta entrega!

Me puse unos vaqueros, una vieja camiseta de Bruce Springsteen y unas Crocs que habían pertenecido a Chucks. Eso es lo absolutamente genial de vivir solo: que nadie puede decirte que vas hecho un disparate. Bajé al salón Stalin con la idea de ponerme a escribir esa misma tarde. Mi MacBook Air de diez pulgadas estaba abierto sobre la mesa baja que había frente al sofá. El mismo sofá en el que una vez vi a Britney envuelta en mantas, llorando después de haber encontrado el cadáver de Chucks flotando en la piscina. El cenicero estaba lleno de colillas y había cinco tazas de café vacías a un lado.

Me puse a limpiar un poco aquello y pensé que un café cargado me vendría de perlas. La idea sobre el final de mi novela iba cobrando fuerza a cada paso que daba. La noche sería larga y le calculaba unas diez o quince buenas páginas, pero al final de la noche contaba con tener un manuscrito completo que enviar a Mark.

Fui a la cocina. Manon había dejado la cocina limpia y un puchero de pollo y arroz para la cena. La cafetera exprés reposaba desmontada en piezas. La llené de agua y fui a cargarla de café cuando me di cuenta de que esa mañana había terminado la última cucharada.

«Mierda.»

Había hecho una sola compra, cinco días atrás, y desde entonces no había vuelto a acordarme de ir al supermercado. Había un pequeño colmado en la carretera de Sainte Claire, pero no me apetecía coger el coche e ir hasta allí, así que decidí investigar en una despensa que me había parecido encontrar unos días antes, tras la puerta de la cocina.

Abrí la puerta y encendí la luz. Era un pasillo estrecho, con estanterías a los lados, donde Chucks había ido acumulando una cantidad insana de productos enlatados, botellas de vino, bolsas de patatas fritas y, por supuesto, salchichas Druwel como para aguantar un par de inviernos nucleares.

Me puse a revolver por allí, a remover cosas, en busca de una lata de café o un paquete. Ahora que lo recordaba, Chucks no bebía mucho café desde que aquella novia *feng shui* le dijo que era como veneno. Di con un par de posibles candidatas, pero estaban vacías. Entonces pensé que quizá tuviera más suerte en las estanterías superiores. Había una escalerilla plegable pegada a la pared del fondo, sobre unos delantales. La cogí y descubrí que lo que había detrás no era una pared, como había pensado en un principio, sino una puerta.

Estaba camuflada detrás de aquella confusión de cosas y no la hubiera visto de no haber estado buscando el café (ya que, como todo buen adicto sabe, uno hace lo que sea cuando quiere tomarse una buena taza). Bueno, aparté la escalera y quité los delantales que la cubrían y encontré la manilla. La abrí y de pronto sentí una corriente de aire frío y una oscuridad rampante colándose a través de ella.

«¿Otro sótano?», pensé al distinguir el comienzo de unos escalones de madera iluminados por la luz de la despensa.

Introduje la mano y palpé esa pared en busca de alguna luz. A veces haces eso y te topas con una araña, o con un escorpión, pero ese día tuve suerte y di con el interruptor de la luz. Unas lámparas fluorescentes destellaron durante unos segundos antes de encenderse definitivamente. Y entonces me di cuenta de dónde estaba.

No era ningún sótano.

Era el garaje de Chucks.

Sus dos coches estaban aparcados, uno al lado del otro. El elegante Tesla era el que más cerca estaba de mí, junto a esos cuatro escalones de madera que unían el garaje con aquella conexión a la casa que yo acababa de descubrir (¿la habría descubierto Chucks también?). Y junto al Tesla, como un gigantesco casco de Darth Vader, estaba el Rover. Aparcado al fondo, como escondido.

Y verlo me provocó un escalofrío.

«El Rover, tío», pensé, mientras un escalofrío me recorría la espalda.

Me di cuenta de que era la primera vez que lo veía desde que Chucks me contó su historia del atropello. Nunca había querido ver aquellas «pequeñas abolladuras» que Chucks aseguró que habían quedado impresas en su morro porque, en el fondo, era como si verlas pudiera dotar de realidad a una historia que a todas luces me parecía ficticia.

«... Llegué a Sainte Claire, metí el Rover en el garaje y me pasé una hora limpiándolo a fondo. Increíblemente, el puto coche no había recibido ni un toque. La matrícula un poco doblada y un par de abolladuras en la parte delantera. Nada más. Es lo que pasa con esos monstruos.»

Bajé los escalones, pasé junto al Tesla y me acerqué al morro del Range Rover. Palpé aquel oscuro y brillante chasis y detecté unas ligeras abolladuras en la chapa delantera. Eran tan amplias e indefinidas que podría haber pasado por una decoración. La matrícula también lucía una pequeña deformación en una de sus esquinas, y había algunos fragmentos rotos en el panel del radiador, pero nada demasiado grave, nada que no pudiera haber sido ocasionado por un golpe doméstico contra una pared o un obstáculo del jardín.

«Nunca sabremos lo que pasó —me dije—, lárgate de aquí. Vuelve a tu novela y olvida todo esto.»

Al fondo, a través de los ventanucos que había en lo alto del portón del garaje, se veían los árboles agitarse por el viento. De pronto sentí que algo estaba a punto de suceder allí mismo. Que los fantasmas me habían llevado hasta allí por alguna razón. La despensa, la puerta, el garaje. El Rover.

«Lárgate, Bert. Termina la novela.»

Caminé entre los dos coches y abrí la puerta del Rover. Un fuerte olor a tabaco me acarició la nariz. El cenicero aún estaba abierto y mostraba unas cuantas colillas. Recordé lo que Chucks me había contado: «Iba fumando y entonces se me cayó la brasa del cigarrillo entre las piernas y empecé a dar saltos y a intentar apagarla con el culo.»

Los asientos del Rover Evoque eran de piel cobriza, me agaché y observé de cerca el del conductor. Allí se podía ver el rastro de una quemadura, varios cráteres provocados por la brasa de un cigarrillo. «Bueno —pensé—, eso encaja, aunque esa quemadura podría haberse hecho cualquier otra noche.»

Monté en el asiento del conductor. ¿Qué estaba haciendo? Tomé el volante con las manos, tratando de imaginar aquella noche de lluvia. El cigarrillo entre las piernas. El momento en el que Chucks atropellaba a Daniel Someres. Le recordé contándomelo, estremecido, aquella mañana de mayo.

«De pronto levanto la vista y veo a un tío delante del coche. Así. Iluminado como si estuviera en un teatro, con los brazos levantados, en medio de la puta carretera, y pidiéndome que frenara. Fue un visto y no visto. Bam.»

Era un coche alto, pensé. Y si Daniel Someres era un poco más alto que su hermana, el morro le habría entrado justo por la mitad del pecho. Suficiente como para romperle la caja torácica, tal y como recordaba Chucks.

Encendí el contacto eléctrico y escuché los micromotores moviendo los faros y extendiendo los espejos retrovisores. Y al mismo tiempo, de pronto, el iPod mini se activó y comenzó a sonar una canción: «Beach Ride.»

«El motor del Rover se había apagado, y durante unos segundos "Beach Ride" dejó de sonar, pero después se activó el circuito eléctrico y la puta canción volvió.»

Un escalofrío me recorrió la espalda al escuchar aquello. Era muy posible que Chucks no hubiera vuelto a utilizar el Range Rover desde la noche del accidente y ni siquiera había retirado su iPod de allí. Permanecí congelado oyéndole cantar aquel bonito estribillo que evocaba una playa, un paseo de la mano con una chica. Con Linda, en Cádiz, donde ahora estarían los dos si sus dos vidas no se hubieran extinguido demasiado pronto. ¿No era James Dean el que decía «Vive a tope, muere joven y deja un bonito cadáver»? Pero el cadáver de Chucks era todo menos bonito. La cara pálida y flácida, los brazos encajados en el ataúd. No, no era nada bonito.

Había cosas en el asiento de atrás. Paquetes de tabaco. Botellas de Orangina medio vacías. «Joder, Chucks, tienes un Rover y lo tienes lleno de mierda.» ¿Cuántas veces le había hecho ese chiste? «Hemos salido de nuestro barrio, pero nuestro barrio no ha salido de nosotros, tío.» Incluso olía a vino. Solo me faltaba encontrar un condón.

Pensé en vaciar el cenicero y toda aquella mierda en algún sitio. Al fin y al cabo, ahora era yo el nuevo «comisario» de todas aquellas propiedades. Y el Rover estaba nuevo, tenía solo ocho meses y unos cuarenta mil kilómetros. Podría venderlo por unos cuantos miles de euros y donarlo a alguna organización que salvase urogallos o algo así. A fin de cuentas, ni a Carla ni a la gorda y avariciosa prima de Chucks les interesaba un coche francés con el volante cambiado. Y a mí, personalmente, no me gustaban los tanques.

Salí a por una bolsa y regresé. Abrí la puerta y empecé a recoger la basura que había sobre el asiento. Después fui a por un par de envoltorios de chocolatina que había en el suelo. Hecho esto vacié el cenicero y pensé que seguramente en el maletero habría más basura. Entré por el asiento del conductor y apreté el botón de apertura automática. La puerta del maletero se elevó mecánicamente y desveló el desorden de cosas que Chucks guardaba allí: una caja de vino que había comprado y que se había olvidado de descargar; unos patines; un tubo de buceo y unas aletas... Pero sobre todo aquello había algo que me llamó poderosamente la atención: un montón de ropa. Una bola que estaba colocada en el centro, sobre el resto de las otras cosas.

Bueno, pensé que el desorden y la calamidad de Chucks no tenían límites. Por un instante imaginé que quizá se habría quitado la ropa algún día y se habría olvidado de recogerla. ¿Le habría dado por conducir desnudo alguna noche? Quién sabe. O quizá se había cambiado de ropa por alguna razón. El caso es que comencé a desenrollar la bola y me di cuenta de que reconocía aquellas prendas. Unos pantalones, una camisa vaquera con el clásico yugo bordado de *cowboy*... «Joder, espera. Esta es la ropa que Chucks llevaba la noche del accidente.»

Extendí la gruesa camisa vaquera y descubrí una larga mancha de vino por todo el lateral. Era el vino que aquel idiota del bar le había derramado sin querer (o queriendo, según Chucks) en el Abeto Rojo. Pero ¿qué hacía allí esa ropa? Entonces, como un *flash*, recordé algo que Chucks había dicho el día que me lo contó todo: que escondió la ropa como un criminal, «pensando que quizá contuviera algún resto de ADN de esos que encuentran los polis de las películas».

Aquello me había hecho reír y volví a reírme solo en el garaje. El puto Chucks y sus ideas salvajes. Me lo imaginé en calzoncillos, escondiendo las pruebas de su delito. Pero lo cierto es que lo había hecho: todo cuanto me había contado era cierto.

La sensación de que los fantasmas me rodeaban aumentó. El viento ululaba fuera. Un perro. Una campana. La lluvia. Empecé a sentir que estaba allí por alguna razón, había encontrado esa ropa por alguna razón. Pero ¿cuál?

Bueno, Manon ya había hecho la colada y recogido toda la ropa de Chucks, y además aquella camisa me traía malos recuerdos, de modo que pensé en tirarla a la basura junto con el resto de las cosas. Y al cogerla por una esquina con toda la intención de meterla en la bolsa de plástico, vi que algo se escapaba de uno de los bolsillos y caía en el suelo del garaje, rebotando sobre los azulejos rojos.

El objeto, tan pequeño como un caramelo y de color negro, se quedó a mis pies. Me agaché a recogerlo. Primero pensé que se trataría de un mechero, o un pastillero, pero después me di cuenta de que no era eso. Dejé la bolsa de basura en el maletero y extraje aquella tapa, dejando al descubierto el extremo de uno de esos pequeños dispositivos para guardar documentos que caben en el bolsillo pequeño de un vaquero. Un USB.

El viento había cobrado fuerza ahí fuera. Y había empezado a llover. Cerré el puño alrededor de aquel objeto y salí del garaje por la puerta de la despensa olvidándome del café. Fui directo al salón y me senté frente a mi ordenador portátil. Con mucho cuidado, casi como si estuviera manejando la espoleta de una bomba, lo introduje en la ranura USB de mi Mac. Un nuevo icono, representando un disco, apareció en mi escritorio. Bajo el icono podía leerse el título del disco:

DSOMERES2

II

1

«Bravo, Bert. Bravo. Lo encontraste. Esto era lo que debías encontrar.»

Chucks y Daniel estaban allí, a mi alrededor, entre los demás fantasmas, celebrándolo, pero yo me sentía estremecido, asustado, minúsculo. Había comenzado a temblar y de pronto mi mente regresó a un lugar y a un momento en el que yo no había estado jamás, pero que había guardado en mi memoria:

«...Y ahí es cuando noto su mano. Me ha agarrado de pronto del bolsillo de mi camisa vaquera y me mira, temblando. Empieza a respirar muy fuerte y muy rápido, como un viejo asmático, está cogiendo aire para decirme algo, mientras me agarra por el bolsillo de la camisa con la mano...»

Aquella pieza era lo suficientemente pequeña y ligera para que Chucks no se hubiera dado cuenta de que caía en el fondo de su bolsillo. Y Daniel Someres confió en que aquel hombre que lo había atropellado la encontraría. Por supuesto, ni se imaginó que aquel hombre se daría a la fuga, ni que se cambiaría de ropa esa misma noche y la olvidaría en el maletero de su coche durante semanas. Y tampoco que moriría sin descubrirla.

Golpeé la mesa con rabia. Y me hubiese golpeado también la cabeza porque en aquel momento solo sentía una profunda ira contra mí mismo. Chucks había tenido razón desde el principio. Era Daniel Someres. Me lo repitió: «Te estoy diciendo la verdad», lo repitió hasta la saciedad y no le creí. Tuvo que ser terrible que ni siquiera su mejor amigo confiara en él.

—¡Lo siento, Chucks! —grité en aquel salón vacío—. Tenías razón. ¡Siempre dijiste la verdad!

Me encendí un cigarrillo y traté de relajarme. Aquella pequeña pieza negra había aparecido en mi vida como una terrible noticia. Como un tumor en el pulmón. Como un signo de muerte. Si aquello era lo que pensaba que era, entonces todo era cierto y Daniel Someres murió en la carretera entre Sainte Claire y Saint-Rémy la noche del 21 de mayo, bajo las ruedas del Range Rover de Chucks Basil. Y alguien robó su cadáver y lo hizo aparecer a cientos de kilómetros de allí. Seguramente alguien que lo perseguía y que no quería que su cuerpo pudiera aparecer cerca de ciertos terrenos...

Hice doble clic sobre aquel icono y apareció una pequeña ventana con un mensaje en francés que no me costó entender: «Este dispositivo está protegido por un cifrado. Por favor, introduzca contraseña.»

Un cursor intermitente esperaba al comienzo de un campo de texto. ¿Cuál podría ser la contraseña? No sé por qué lo intenté con el nombre de la hermana de Daniel. «ANDREA.» Supongo que era porque se trataba de un detalle «íntimo» de

Daniel que yo había llegado a conocer. Pulsé la tecla de IN-TRO y la pequeña ventana se agitó durante unos segundos y me informó de que «la contraseña era incorrecta». En la línea inferior se leía: «Le quedan dos intentos.»

La frase «dos intentos» me convenció precisamente para no seguir intentándolo. No quería que aquello se bloqueara o se autodestruyera. ¿Quién sabe qué sistemas de protección habría ideado Daniel Someres para aquello? Su hermana Andrea dijo que era un auténtico paranoico a la hora de proteger su trabajo (y aquella contraseña era buena prueba de ello).

Pero ¿qué importaba de todas formas? La policía contaría con especialistas que serían capaces de romper aquel sello de seguridad y desbloquear la información. Lo que realmente importaba era que aquel USB de Daniel Someres había terminado en la camisa de Chucks y eso solo podía significar una cosa: que toda la historia de Chucks era cierta. Que todo encajaba. Que uno más uno era igual a dos.

Llovía. El agua de una tormenta regaba el césped sediento, que alguien había dejado crecer más de la cuenta. Me levanté y empecé a dar vueltas por el salón. No sé cuánto tiempo estuve dando vueltas, pero me fumé dos o tres cigarrillos seguidos tratando de pensar, tratando de enfocar la mente. ¿Qué debía hacer?

«No te dejes llevar por el pánico, Bert. Piensa. Piensa. Piensa. Utiliza ese cerebro privilegiado que tienes sobre los malditos hombros.»

Terminé junto a la ventana. Había un mueble de bebidas que no había tocado en los ocho días que llevaba allí, pero hice una excepción y me serví una ginebra a pelo. Miré a través del cristal. *Lola* estaba tumbada a un lado de la terraza, guarecida bajo el saliente del tejado, dormida en una esquina. Más abajo se veía un fragmento de la piscina de Chucks, tapada por una lona de color azul. La piscina... ¡Ojalá *Lola* pudiese hablar!

«Piensa. Piensa. Piensa. ¡Ay, Rosie, ahora me vendrías tan bien!»

Quizá los «perseguidores» de Daniel Someres sabían que llevaba aquel dispositivo USB. Debieron de registrar su cadáver antes de lanzarlo por las Corniches. Recordé a François, el guarda de la clínica Van Ern, y su mastín rastreando los bosques colindantes a la carretera. Ahora estaba muy claro lo que iban buscando. Y al no encontrar nada supusieron que, de alguna manera, Daniel se lo habría pasado a Chucks, el hombre que lo había atropellado y se había dado a la fuga.

Saqué el teléfono y busqué el número de Miriam. Fue mi primer instinto, avisarla, ponerla a salvo. Pero ¿qué le diría? «Hola, Miriam, por fin puedo probarlo todo, los Van Ern son miembros de una secta de conspiradores. Ve preparando las maletas.» No, pensé mientras descartaba la llamada. Sería peligroso, más que nunca, porque Miriam había dejado de confiar en mi cordura. Corría el riesgo de que cualquier cosa que le contase terminara en los oídos de Edilia o Eric van Ern. Por no hablar de Britney y su amor adolescente a quien seguramente confiaba todos sus secretos íntimos. No... ni Miriam ni Britney debían saber nada todavía. Estaban demasiado cerca de los Van Ern. Demasiado cerca.

«Vamos, concéntrate.»

Debía mover ese asunto en otra dimensión: la justicia. Debía entregar el USB a la policía, pero no a cualquier policía. La *gendarmerie* de Sainte Claire estaba bajo sospecha. Allí era donde Chucks había realizado su confesión y desde donde posiblemente se había filtrado todo. Tenía que ser alguien de absoluta confianza que pudiera ayudarme a llevar aquello al lugar correcto. Un amigo. De los pocos que me quedaban...

V.J. tardó un poco en contestar. Su voz sonó soñolienta, como si acabara de despertarle de la siesta.

—¡Bert! Bueno, dispare —dijo nada más responder—. Estoy dispuesto a oírlo. Sea cual sea su opinión.

—No, Vincent, no le llamo por eso. Aún no me he puesto a leer su libro. ¿Está trabajando ahora?

—Pues estaba metiendo un barco dentro de una botella. —Se rio—. Ya ve. No muy ocupado. Pero ¿qué se le ofrece, señor Amandale?

—Verá... Vincent. —La voz había comenzado a temblarme—. Creo que he encontrado algo... importante. ¿Recuerda lo que le conté hace una semana? ¿Aquellas ideas fantásticas? Creo que tengo una evidencia que lo prueba todo.

Se hizo un corto silencio en la línea. Escuché como si V.J. dejara la botella con su barquito sobre la mesa de trabajo.

—Pero, Bert... —dijo dejando escapar un tono de lástima—. En fin... ¿de qué se trata?

—Créame, V.J., por imposible que parezca. Deme un voto de confianza.

V.J. se quedó en silencio otro par de segundos.

—Está bien, amigo —dijo al fin—. Lo tiene.

—Estoy en la casa de Chucks en Sainte Claire. ¿Puede venir esta tarde?

—¿Chucks? ¿Su... amigo? —titubeó Vincent.

—Sí, bueno... es una larga historia, pero estoy aquí. Necesito que venga y vea una cosa, ¿de acuerdo? Solo eso. Y que no lo comente con nadie. Absolutamente con nadie, Vincent.

La voz de V.J. era un poema al otro lado del teléfono. Tartamudeó un poco, pero terminó diciendo que vendría.

—Dígame la dirección.

No la sabía de memoria pero la leí en una de las cartas que había apiladas en la entrada.

—Pues salgo para allí en unos cinco minutos.

—Gracias, Vincent. Y recuerde: no hable con nadie de esto.

—Tiene mi palabra, Bert.

Colgó.

Esperé sentado junto al ventanal de la sala «de ver», fumando un cigarrillo tras otro con los nervios a flor de piel. Trataba de pensar cómo debían hacerse las cosas. Lo único que tenía absolutamente claro era que en el momento en que aquello se destapara correríamos peligro. Miriam, Britney y yo, y que deberíamos protegernos. Así que unos diez minutos después de haber llamado a Vincent pensé que podría ir dando pasos en esa dirección. No hacía falta informar a Miriam de lo que estaba ocurriendo, pero debería asegurarme de que esa misma tarde saldríamos de Francia. Quizá la policía actuase rápido, o quizá todo tardase mucho más. Pero estaba claro que debíamos alejarnos de ese pueblo y esa gente cuanto antes.

La dificultad estribaba en convencer a Miriam para que nos reuniéramos ella, Britney y yo esa misma tarde en algún sitio fuera del pueblo.

—¿Bert?

La voz de Miriam sonó sorprendida por la llamada, incluso un poco enfadada.

—Miriam, soy yo, ¿cómo... cómo estás?

—Bien, Bert —dijo con la voz más tiesa que un poste de la luz.

—Escucha: te llamaba porque he pensado que me largaré a Londres durante el mes de junio. Esta casa me deprime más que otra cosa y, bueno, comprendo que tú quieras quedarte en la de los manzanos...

—¿Londres? Bueno, claro —dijo Miriam, y noté que la noticia le entristecía—. Avisaré a Tristan y a Monica.

—No hace falta —respondí—. Por ahora me instalaré en el *loft* de Chucks. Oye, ¿Britney está contigo?

—No... ha ido al pueblo con Elron, ¿por qué?

—Pensaba salir conduciendo esta tarde. Si llego pronto a Calais, quizás esté en Londres de madrugada. Y, bueno, me gustaría despedirme de vosotras.

—¿Tan pronto? Vaya... —Se hizo un corto silencio—. Bueno, como tú veas. Creo que Britney tenía planeado pasarse por casa antes de salir. Hay una fiesta en alguna parte, ya sabes.

—Vaya, sí. Será un minuto. ¿Qué os parece sobre las ocho de la tarde?

—La llamaré y se lo digo. Me imagino que no habrá problema. Pero, Bert, ten cuidado con ese «minuto», ¿vale? Hablé con Britney anoche. Le conté lo nuestro...

Entonces oí, a través del teléfono, cómo alguien tocaba el timbre de nuestra casa en Saint-Rémy.

—¿Esperas a alguien?

—Sí... la señora Grubitz, acaba de llamarme para ver si le puedo prestar el *Mange tout*. Debe de haberle salido un compromiso urgente. Y de paso supongo que viene a tomarse un café y a cotillear un poco.

En ese momento escuché yo también un ruido fuera de la casa de Chucks: el motor de un coche y el sonido de los neumáticos sobre la grava. Aparté las cortinas de la ventana y vi un Renault Scenic bastante nuevo aparcando junto a mi Spider. Debía de tratarse de V.J.

—Bueno, Bert —dijo Miriam—, voy a abrir a la señora Grubitz. Te dejo. En principio quedamos a las ocho en casa, ¿de acuerdo?

Casi no me dio tiempo a decir «de acuerdo»: Miriam colgó y yo me quedé pensando durante un instante, hasta que vi a Vincent salir del coche vestido de civil, con una chaqueta de cuero marrón y pantalones de pana. Dejé el teléfono en la repisa de la ventana y salí a abrirle la puerta.

—Gracias por venir, V.J.

—Bert —dijo con un gesto de clara preocupación—. ¿Cómo se encuentra?

Noté que me miraba de arriba abajo y que lo que vio vino a acrecentar su preocupación. No era para menos. Yo iba vestido con unos vaqueros rotos, unas Crocs y la vieja camiseta agujereada del Boss. No me había dado una ducha y tenía el cabello bien revuelto. Supongo que tenía todo el aspecto de un loco.

—Pase. Hablaremos dentro —le respondí. Y sentí que mi aliento a Ginebra le golpeaba en el rostro.

Una vez cerrada la puerta, lo guie hasta el salón y también cerré esa puerta. Vi los ojos de V.J. escrutando el desorden de la mesa. Las tazas sucias, los cigarrillos.

—He pasado unos días aquí —dije tratando de excusar el caos imperante—. Estoy teniendo algunos problemas con Miriam.

Aquello hizo que V.J. abriera los ojos de par en par.

—¡Vaya... cuánto lo siento, Bert! No sabía nada. Ayer mismo la saludé por la plaza del pueblo y...

—Lo hemos mantenido en secreto. Bueno, todo el secreto que se pueda en ese pueblito. Pero estamos planteándonos la separación. Bueno... digamos que esta era nuestra última oportunidad. Y no ha funcionado. En fin... lo que quería enseñarle...

—Bert. Antes de que siga, estoy al tanto del pequeño episodio en Saint-Rémy el otro día, y también de lo que le contó usted al señor Van Ern. Esa historia que ya me había contado a mí antes. Tiene usted que dejar todo eso... ¿lo comprende?

—Lo comprendo, V.J., pero me temo que voy a tener que volver a la carga —dije con una sonrisa—. Y usted me acompañará después de ver esto.

Me senté en el sofá. Levanté la pantalla del MacBook Air y lo encendí.

—¿Alguna otra página web? —preguntó V.J.

—No... no, ya verá. Siéntese.

Pero V.J. se quedó de pie.

—¿Quiere tomar algo? Yo me prepararé un martini, con su permiso.

Fue al mueble bar que había junto a la ventana. Yo esperé a que el ordenador cargase la pantalla principal. V.J. regresó con un par de martinis.

—Brindo por lo que sea que haya encontrado, Bert —dijo colocándome el vaso en la mano.

No me apetecía mucho, pero bebí. Después me encendí un cigarrillo y lo apoyé en el único hueco libre del cenicero.

V.J. se sentó a mi lado en el sofá. En cuanto el sistema operativo hubo cargado la pantalla principal, me llevé la mano al bolsillo pequeño del vaquero. Seguramente el lugar más seguro del mundo para guardar algo pequeño. Pude ver el gesto de sorpresa de V.J. cuando vio aparecer aquel pequeño objeto negro entre mis dedos.

—¿Y eso?

—Esto —respondí— lo encontré hoy por causalidad en una camisa de Chucks. La llevaba la noche en que atropelló a Daniel Someres. ¡Lo atropelló, Vincent: Chucks atropelló a Someres y esta es la prueba que lo demuestra! Ese hombre estuvo allí, tal y como Chucks dijo. Y estaba escapando de la clínica Van Ern.

Desenfundé el USB y lo conecté al ordenador. Otra vez, el icono del disco apareció en el escritorio. Y debajo, el título que no dejaba ninguna duda: «DSOMERES2.»

—¿Lo ve?

V.J. soltó una especie de risa floja al verlo.

—¿Dónde dice que encontró esto?

—En el coche de Chucks. Venga, se lo enseñaré. Está en el garaje.

—No hace falta, Bert. Le creo. ¿Puede abrirlo?

—No... ese es el problema. Está protegido por una contraseña. Mire.

Hice doble clic sobre el icono y apareció la ventana con aquel mensaje de seguridad recordándome que aún me quedaban dos intentos.

—Pero no creo que esto sea un problema para la policía, ¿verdad?

V.J. asintió sin dejar de mirar la pantalla.

—Si no puede abrirlo, ¿cómo sabe que esta es la prueba de su teoría?

—¿A qué se refiere? —pregunté quizás un poco airadamente—. Mire el nombre: DSOMERES2. ¿Qué otra cosa puede significar? Está claro que es el nombre que le puso su dueño: Daniel Someres. Y lo encontré en la camisa que Chucks llevaba en la noche del atropello. ¿Qué más pruebas necesita?

—¿Cómo está tan seguro de eso? Puede que Chucks le pusiera ese nombre. Que guardara datos de su investigación... Usted mismo dijo que estaba obsesionado con Daniel Someres.

Se lo expliqué. Le hablé de la mancha de vino sobre la camisa de *cowboy*. Del momento en que Daniel Someres agarró a Chucks por la camisa, un segundo antes de morir, y le dijo aquella extraña palabra: *«ermitage»*, mientras seguramente le deslizaba aquel pequeño USB en el bolsillo.

—¡*«Ermitage»*! —repetí en voz alta nada más decirlo.

—¿Qué? —dijo V.J. sorprendido.

Bebí el resto del martini de un trago y apagué el cigarrillo en la pila de colillas que se acumulaban en el cenicero. Estaba tan nervioso que derribé parte de las colillas por la mesa.

—Esa puede ser la contraseña. ¡Claro! ¿Qué otra cosa puede ser? Someres quería salvar su trabajo, pasar el mensaje a aquel extraño que se topó en medio de la noche, que lo atropelló, con la vida suficiente para decir una palabra, eligió *«ermitage»*. ¿Por qué? Estoy seguro de que era la contraseña del USB.

V.J. miró la ventana. *Lola* se había puesto a ladrar ahí fuera. Supuse que era por la tormenta de verano que ya estaba sobre nosotros. Ladraba una y otra vez, pero yo estaba tan excitado que no la miré siquiera.

Empecé a teclear esa palabra en la caja de texto de la contraseña.

—Espere —dijo V.J.—, ahí dice que le quedan solo dos intentos. ¿Y si falla?

—No lo sé —respondí—, desconozco cómo funcionan estos cacharros.

—No debería intentarlo entonces —dijo V.J.—, podría

destruirse la información, y como bien ha dicho antes, es mejor ponerlo en manos de los expertos. Voy a llamar a un colega de la sección informática en Marsella ahora mismo. No toque nada.

Lola seguía ladrando. La palabra «*ermitage*» estaba ya escrita en el cuadro de texto (enmascarada detrás de unos asteriscos, pero escrita) y el puntero de mi ratón colocado sobre el botón de aceptar. Tenía tanta adrenalina en el cuerpo... y además estaba tan seguro de que aquello abriría el USB...

Lola ladraba y ladraba y ladraba. Miré por la ventana y la vi con las dos patas delanteras estiradas. No ladraba hacia fuera, al bosque o a la lluvia, sino que miraba hacia el salón. Hacia nosotros.

V.J. se había levantado del sofá y había sacado su teléfono.

—Parece que el perro está nervioso. ¿Le pasa algo?

—No lo sé —dije.

—Aquí no se oye bien. Saldré afuera a llamar —dijo V.J.—. Un segundo, Bert.

V.J. abandonó el salón y cerró la puerta detrás de él. De pronto vi que *Lola* se iba a otro lado, como si estuviera siguiendo a V.J. por la casa. Oí sus patas sobre la terraza buscando. Después volvió a la ventana y emitió una especie de sollozo.

—¿Qué te pasa, *Lola*? —dije, levantándome y acercándome al cristal.

El perro me miraba fijamente y entonces, más allá de la terraza, volví a ver la piscina de Chucks. La lona echada sobre ella. Y, como si en mi cabeza sonara un pequeño clic, entendí lo que *Lola* intentaba decirme.

Y lo que entendí no me gustó.

Caminé muy despacio, casi de puntillas, hasta la puerta del salón. V.J. tampoco estaba en el recibidor, pero podía escuchar su voz, en francés, en alguna parte de la casa. Tardé poco en darme cuenta de que estaba en el salón «de oír», me acerqué a la puerta y pude escuchar algo de lo que decía en voz muy baja.

—Hay que darse prisa. Hoy mismo. Sí. De acuerdo. Estoy con él ahora mismo.

2

Cuando V.J. regresó al salón, me encontró sentado en el sofá, mirando el ordenador y fumando un cigarrillo.

—Ya está, Bert. Mi amigo dice que podrán echarle un vistazo esta misma noche. Pero tendré que llevarle el USB a Marsella. ¿Qué le parece? ¿Se queda más tranquilo?

Lola había empezado a ladrar otra vez, en cuanto V.J. había puesto el pie en el salón.

—Vaya con el perro, qué malas pulgas tiene —dijo sonriendo.

Pero la sonrisa se le apagó en el momento en que vio cómo yo alzaba la escopeta de dos cañones de Chucks y le apuntaba.

—Levante las manos, V.J. —dije, y al hacerlo me di cuenta de que mi voz temblaba.

—¿Qué hace? ¿De dónde ha sacado esta escopeta?

—Un regalo de mi amigo Chucks. Y le juro que la usaré si no hace lo que le digo, querido amigo Vincent, querido traidor.

—Está usted... loco, Bert. ¿De qué habla?

Vi cómo daba un paso hacia mí.

—Quédese donde está —dije con la voz llena de nervios—. Y levante las manos.

—Bert, por favor, relájese. Está equivocado. Es un gran error.

—No es ningún error.

—Pero esto es un asalto a la autoridad. Tendré que detenerlo...

—Ya veremos quién detiene a quién. Por ahora, hágame el favor de quitarse la chaqueta.

—Se está metiendo en un lío muy gordo, Bert. Como amigo le aconsejo que...

—¡Quítese la maldita chaqueta, Vincent!

Se quedó callado y esta vez vi cómo todo su rostro adquiría un gesto de enfado absoluto. Se quitó la chaqueta y la dejó caer al suelo.

—Ahora dese la vuelta. ¿Lleva algún arma?

—¿Armas? Esto es Francia, querido amigo, no es ninguna película del Oeste. Aquí nadie lleva armas, nadie excepto usted.

—Bien. Bien. Siéntese en ese sofá —dije, señalando con la escopeta un sofá que había en la esquina del salón—. Vamos a ponernos cómodos y charlar, V.J.

Me obedeció con las manos aún en alto, pero le permití bajarlas al reposabrazos.

—Ahora explíqueme por qué *Lola* le conoce. Le está ladrando porque le ha reconocido, pero usted nunca estuvo en esta casa, ¿verdad, V.J.? Y a pesar de eso la conoce bien.

—¿De qué habla, Bert? Yo no sé por qué me ladra su perro. ¿Ese es todo su razonamiento para encañonarme? Ha perdido el sentido. Lo ha perdido usted completamente.

—Se ha metido usted en el salón contiguo. ¿Para qué haría algo así? Solo para que yo no le oyese. Pero le escuché decir esas palabras aceleradas, urgentes. «Hay que hacerlo, ahora.» ¿Con quién hablaba? ¿Con Van Ern, quizá? ¿Son ellos los que le pagan esos viajes a Tailandia, Vincent? ¿Ese retiro dorado?

V.J. soltó una risotada.

—Su fantasía ha podido con usted, Bert. Es realmente una pena. Supongo que es cierto lo que dicen: la muerte de su amigo lo ha trastornado.

—¿Fantasías? ¿Y qué hay de este USB? Un USB perteneciente a Daniel Someres, que le entregó a mi amigo Chucks. Quien por cierto murió en su piscina seguramente ahogado por ustedes. ¡Y yo que se lo conté todo! Desde el primer día estuvo usted al tanto de todo. Pero le haré pagar por ello. ¿Con quién hablaba?

—Ya se lo he dicho: con mi amigo Jean Frateau, del Departamento de Delitos Informáticos de la Jefatura de Marsella.

—Eso es muy fácil de comprobar. El teléfono. Pásemelo.

—¿Qué?

—Su teléfono móvil. ¿Dónde está? Revisaremos el historial, esa última llamada.

Traté de detectar un asomo de sorpresa en el rostro de V.J., pero este permaneció inmutable.

—En la chaqueta, bolsillo interior derecho —respondió impasible—. Llámele, ande. Y salúdele de mi parte.

La chaqueta había quedado a medio camino entre mi sofá y el suyo. Me levanté sin dejar de apuntar a V.J. con la escopeta y caminé hasta allí. Recogí la prenda del suelo y la palpé pegándomela al pecho hasta que di con el teléfono. Mientras tanto, V.J. me miraba sin perder la compostura. Empecé a temer que, al repetir la llamada, efectivamente hablaría con ese hombre de Marsella.

«En ese caso me disculpo y santas pascuas.»

Cuando por fin tuve el teléfono en la mano, me di cuenta de que no sería tan fácil. De entrada el teléfono estaba bloqueado con un PIN.

—El PIN, por favor.

—3131 —respondió V.J., y yo comencé a teclearlo. Al terminar, la pantalla se puso en rojo y me informó de que el PIN era incorrecto.

—Está mal... —empecé a decir, pero en ese instante, al alzar la vista del teléfono, vi que V.J. se levantaba a toda velocidad, gritando. Había aprovechado ese momento en el que había dejado de encañonarle para abalanzarse sobre mí.

Me embistió como un tren de mercancías y solo me dio tiempo a poner el cañón del rifle entre mi cuerpo y el suyo. Caímos al suelo agarrados los dos al cañón y V.J. fue más rápido y trató de colocármelo en el cuello, pero yo me resistí.

—No haga el idiota, Amandale. No se resista. Está detenido.

—Asesino de mierda —le respondí—. Les haré caer.

Lola empezó a golpear con sus patas en el cristal de la ventana mientras ladraba histéricamente. V.J. forcejeaba con la escopeta. Estaba concentrado en quitármela, quizá porque pensaba que estaría cargada, pero yo sabía que aquello solo era un trozo de madera y hierro, así que aproveché las circunstancias para sorprenderlo. Solté las manos del cañón y se las lancé al rostro en un golpe que podría definir como «de sumotori», ni puñetazo, ni tortazo, sino un aplastamiento nasal. Y al mismo tiempo saqué todas las fuerzas de la pierna derecha para propinarle un rodillazo y volcarlo contra el suelo. Aquello funcionó a medias. V.J. llevó una mano a mi muñeca para apartársela de la cara y con la otra siguió sujetando el rifle.

Entonces sucedió algo inesperado, joder que sí. Su pulgar debió de quedarse enganchado en uno de los dos gatillos y apretó, provocando que aquella escoba disparase su carga contra el techo.

¡Estaba cargada! Chucks debía de haber encontrado las balas, o quizá las había comprado en alguna tienda.

La bonita lámpara de araña que pendía sobre nosotros recibió la lluvia de perdigones. Cayeron trozos de escayola sobre nuestras cabezas y el humo a pólvora nos envolvió.

La explosión y el retroceso hicieron que nos separásemos. Según me levantaba vi que V.J. se hacía con la escopeta, así que salí corriendo hacia la puerta de cristal, donde *Lola* estaba ladrando histérica y mostrando sus afiladas fauces.

—¡Quieto! —gritó V.J.

Al oírlo pensé que dispararía, así que me lancé en plancha detrás del sofá que había junto a la ventana. En las películas, el héroe siempre cae bien, como los gatos, pero yo me zampé un bonito castañazo en el pecho.

—Deje de complicarlo todo, Bert —dijo V.J. en ese instante—. Salga de ahí con las manos en alto.

—¿Complicar el qué, V.J.? ¿Mi propia muerte?

—No diga tonterías, nadie va a hacerle daño.

Me recosté tras el sofá y miré a *Lola*, que seguía ladrando tras la ventana, a un metro y medio escaso de mí.

—Todo debe parecer un accidente, ¿verdad, V.J.? Eso es lo que ustedes saben hacer tan bien: crear accidentes. Lo mismo que hicieron con Daniel Someres y Chucks. ¿Fue usted quien se encargó de ahogarle? ¿Lo hizo en persona?

—Levántese, Bert. Todo irá bien, se lo prometo.

Oí cómo V.J. caminaba hacia un lado, tratando de buscar el ángulo por el cual apuntarme. La bandeja con botellas de vodka, ginebra y lima con las que solíamos hacernos los gimlets mañaneros en nuestros tiempos felices estaba cerca. Me arrimé y cogí una de Rose's Lime Juice.

—Deje eso.

Casi sin pensarlo, lo lancé en dirección a la voz, como si fuera una granada. La botella explotó en alguna parte. Después me hice con un Tanqueray número 10 y, esta vez asomándome un poco, se lo lancé directamente a V.J., que estaba en el centro del salón. No le acerté porque se apartó. La botella de ginebra se estrelló contra una pared, pero no llegó a romperse. Mientras tanto, salí corriendo hacia la puerta del jardín.

—¡No huya o dispararé! ¡Tendré que disparar!

Abrí la puerta dejando entrar a *Lola*. La perra dejó de ladrar y entró en el salón a toda velocidad, derecha hacia V.J. Vi cómo el gendarme daba la vuelta a la escopeta y se preparaba para repeler el ataque del perro con la culata. Aproveché para saltar sobre el sofá y correr hasta la esquina donde reposaba la Gibson Les Paul Goldtop del 57 de Chucks y cogerla por el mástil.

Lola saltó sobre V.J. y solo por cómo lo hizo estuve seguro de que lo odiaba profundamente. Jamás había visto a aquel bello animal portarse de manera tan agresiva con nadie. Pero V.J. estaba preparado y la recibió con un duro culatazo en un lado de la cabeza. La perra dejó escapar un tremendo aullido y cayó como un saco en el suelo. Después Vincent me vio llegar por su costado y se volvió al tiempo que volteaba el arma para encañonarme, aunque no le dio tiempo a abrir fuego. El cuerpo de caoba macizo de la Les Paul del 57 cortó el espacio entre V.J. y yo como un hacha. Le acerté en pleno brazo izquierdo, con tal fuerza que le hice soltar el cañón y provoqué que el arma bailara en su mano derecha, pero no llegó a disparar.

Aproveché el momento para darle otro guitarrazo en la mano derecha y conseguí que soltase la escopeta.

—¡Quieto! Me ha roto el hombro —gritó en francés doliéndose del brazo—. Me lo ha roto, malnacido.

Recogí el arma y le apunté con ella. Aún quedaba un gatillo por apretar.

—¡Ahora hable o lo mato aquí mismo!

—¿Qué quiere que le diga?

—La verdad, V.J. Quiero oír la verdad.

—La verdad es que está usted acabado, Bert. Esa es la verdad.

—¿Vienen hacia aquí, verdad? Usted les ha llamado.

—Sí... eso es —dijo Vincent riéndose—. Exactamente eso. ¿Piensa matarme?

—Lo haré si da un paso en falso, querido amigo. Ahora levante las manos y camine —dije dirigiéndolo hacia el vestíbulo.

Una vez allí le indiqué que recorriera el pasillo y al llegar a la puerta del sótano le dije que la abriera y se metiera dentro.

—Saque la llave y déjela en el suelo. Después entre, cierre la puerta y baje las escaleras. Grite cuando haya llegado abajo.

Gritó. Su voz reverberó desde el estudio de Chucks.

—Está loco, Amandale. ¿Me oye? ¡Loco!

Recogí la llave y cerré la puerta por fuera. Fui a la cocina, cogí una silla y la entrampé entre la pared y la puerta.

Regresé al salón, que aún olía a pólvora, y me acerqué a *Lola*. Tenía una herida en la cabeza, pero respiraba aunque estaba sangrando bastante. Debía ayudarla, pero ninguno de los dos nos salvaríamos si nos quedábamos demasiado tiempo en aquella casa. V.J. había avisado a los «demás» y ya estarían en camino. Pero ¿quiénes eran? ¿Aquellos hombres con sus perros? ¿El propio Eric van Ern? No iba a quedarme esperando para verlo.

Abrí la puerta y eché un vistazo al exterior de la casa. Había dejado de llover un momento y las nubes daban paso a unos pocos rayos de sol. No se veía ni un alma. Todo parecía normal aquella tarde en la Provenza. Los pájaros aprovechaban la escampada para salir en busca de algún gusano; lejos, en Sainte Claire, se oían los ruidos de un festival y la carretera que pasaba por Villa Chucks estaba tan solitaria como de costumbre.

Cogí a *Lola* en brazos y la saqué por la puerta delantera. El Spider tenía la capota echada, así que abrí el maletero y la metí allí. La pobre perra, que probablemente me había salvado la vida con sus ladridos, gemía de dolor, quizá moribunda.

—Tranquila, *Lola*, ahora te llevaré a un médico.

Me apresuré de vuelta a la casa y recogí la escopeta y el MacBook Air con el USB adherido a él. No se oía nada en el sótano y supuse que V.J. estaría esperando la llegada de los suyos, tranquilamente sentado.

De vuelta al coche pensé por un momento en rajarle las ruedas al Renault Scenic, pero lo descarté por parecerme una pérdida de mi valioso tiempo. Posé con cuidado la escopeta en el suelo trasero del Spider y metí el ordenador en la guantera. Después, sin más ropa que las Crocs, los vaqueros y la camiseta de Bruce, arranqué y salí de allí a toda velocidad. Las ruedas de mi Alfa Romeo patinaron sobre la grava húmeda y escupieron pedriza antes de proyectarme hacia delante.

III

1

Enfilé el camino a Sainte Claire, el único que me sabía de todas formas. Ahora estaba claro que era V.J. quien me había traicionado y no la gente de la comisaría de Sainte Claire. El teniente Riffle me ayudaría, o al menos me escoltaría hasta encontrar a quien pudiera ayudarme. También le pediría que enviase una patrulla a casa y que encontraran a Britney. Y esa misma tarde saldríamos de aquel nido de víboras y nadie volvería a oír hablar de nosotros.

Me acercaba ya al pequeño puente que cruzaba el Vilain cuando detecté un coche viniendo en la dirección contraria, y la sangre me cayó a los talones.

Era un coche grande, un monovolumen de color negro que se acercaba con las luces encendidas. Aquel era un camino vecinal, estrecho, de esos en los que debes echarte a un lado y ser amable. Avancé despacio conduciendo con la mano izquierda. Mientras tanto, con la derecha alcancé la escopeta, la saqué a través de los dos asientos y la dejé apoyada en mis piernas y el asiento del copiloto, apuntando hacia la ventanilla por la que estaba a punto de decir «*Bonjour!*».

El otro coche también redujo la velocidad, pero no hizo ningún ademán de apartarse y dejarme pasar. De hecho, ocupó un buen trozo del camino hasta que llegamos a estar el uno frente al otro. Yo arrimé el Spider a la orilla todo lo que pude —había un pequeño terraplén a un lado— y me las arreglé para enfilar un trozo de camino. Pero mientras tanto el otro avanzó de un golpe y se puso a mi par.

—¡Amandale! —dijo la voz, una voz familiar, alegre. Su rostro, que tardé en reconocer, me sonreía tranquilamente. Tenía el brazo apoyado en la ventanilla.

—¿Dan Mattieu? —respondí en cuanto mi cerebro tuvo a bien conectar el par de neuronas que necesitaba en aquel instante.

La cara del ginecólogo se ensanchó en una sonrisa.

—¡El mismo! —dijo, echándose a reír—. Parece que haya visto usted un fantasma.

Había otro hombre, que no era capaz de ver, sentado en el asiento del copiloto.

—¿Qué... qué hace usted aquí?

Mattieu miró por un segundo a su compañero e intercambió una palabra con él. Intenté verle, pero quedaba oculto detrás de Dan.

—Eso mismo podría preguntarle yo a usted —respondió Mattieu girándose hacia mí—. Vamos al Raquet Club. Teníamos una pista reservada, pero creo que nos dedicaremos a beber. Con este tiempo...

Me quedé callado, observándolos. El otro tipo ni se movía, permanecía en silencio, quieto, como si no quisiera que yo pudiera verle. Mattieu escrutó el interior de mi coche, frunciendo el ceño, como si algo le preocupara.

—¿Va solo? —preguntó entonces—. ¿No quiere venir con nosotros al Raquet Club? Tomaremos una copa...

Pisé el acelerador sin pensármelo dos veces y oí a Mattieu gritar algo, sorprendido. El Spider salió como un cohete en dirección al puente y, según me alejaba, miré por el retrovisor y vi que Dan había sacado medio cuerpo fuera del coche y me miraba.

Mi corazón bombeaba sangre y mis glándulas suprarrenales, adrenalina, pero nada de esto me convertía en un tipo más frío ni más inteligente. ¿Qué hacía Mattieu allí? ¿Se iba por ahí al Raquet Club o eran ellos los conspiradores a quienes V.J. había avisado? Mattieu... ¿Por qué no? Ellos también estaban en el ajo. Al fin y al cabo, eran amigos de los Van Ern. De hecho, ¿no habían aparecido los Van Ern de su mano aquella vez en el mercadillo de artesanía? Pero ¿quién más estaba en la lista? ¿Era todo el jodido Saint-Rémy una gran y feliz familia de sectarios? Entonces recordé la conversación que acababa de tener con Miriam, y que se había visto interrumpida cuando la Grubitz había llamado al timbre. «Le ha salido un compromiso urgente», había dicho Miriam. Y eso había ocurrido diez minutos después de que yo llamara a V.J. para contarle mi descubrimiento.

Joder. La Grubitz. Miriam.

Vigilé el retrovisor un par de veces para asegurarme de que el monovolumen de Dan Mattieu no se había dado la vuelta ni me seguía. Después, sin dejar de conducir, con el rifle sobre las piernas, me puse a buscar el teléfono móvil. Solo llevaba unos vaqueros, así que no tardé mucho en darme cuenta de que no lo llevaba encima. Con las prisas, al salir, había cargado solo a *Lola*, el rifle y el ordenador, pero me había dejado el teléfono móvil en la casa.

Tras cruzar el Vilain, me dirigí a la derecha, directo hacia Sainte Claire. La carretera estaba llena de pequeñas cagadas. Bolitas. Era como si hubieran pasado cinco millones de ovejas por allí. Pero ¿por qué? No tardé en saberlo. Era un festival de trashumancia. Ovejas. Cientos de ovejas desfilando por la carretera de Sainte Claire. Una caravana de por lo menos siete coches avanzaban despacio, tras ellas, bajo las indicaciones de algunos voluntarios. «Joder», grité golpeando el volante.

Un cartel indicaba que el centro de Sainte Claire estaba cerrado al tráfico, así que di un giro de ciento ochenta grados dispuesto a tomar la circunvalación. Entonces avisté el pequeño centro comercial que quedaba en ese camino, donde yo solía hacer la compra. Había una clínica veterinaria y quizá pudiera llamar por teléfono desde allí.

El lugar disponía de un amplio aparcamiento en la parte delantera. Había una tienda de flores, tiestos y enanitos (una larga fila de ellos sonreía en la acera), la clínica veterinaria, un estanco y tienda de prensa y un buzón de La Poste. Aparqué delante del centro veterinario, cuyo frontal mostraba un gran hueso blanco hecho de corcho o de espuma. Aún había luz y vi a alguien dentro. Escondí el rifle en el asiento de atrás y salí a toda mecha.

Temí que al abrir el maletero me encontrara a *Lola* muerta, pero la perra estaba bien; levantó el cuello un poco al notar la luz del día.

—Ya hemos llegado, *Lola*. Aguanta un poco más.

La cogí entre los brazos y la llevé con cuidado hasta la puerta de la clínica. Al llegar, me di cuenta de que estaba cerrada, tal como indicaba un gran cartel (otra vez con forma de hueso) que decía *FERMÉ* y mostraba los horarios. Pero había alguien en el interior y golpeé la ventana del escaparate con fuerza hasta que logré que abriera. Era una chica joven, rubia y pecosa, que vestía una bata blanca con el logotipo de la clínica. Primero me dijo que estaba cerrado pero después, al ver a *Lola* y la gran herida en su cabeza, me hizo un gesto rápido para que pasara. Entramos en una consulta y apoyé a *Lola* en la camilla.

—*Je suis désolé, mais j'ai hâte* —le dije entonces.

Tenía que marcharme. *Lola* ya estaba a salvo, y aquello era lo mínimo que podía hacer por mi salvadora, pero ahora debía encargarme de Miriam y Brit.

La veterinaria me respondió que no me podía marchar, pero yo ya estaba con una pierna en el pasillo.

—*Monsieur!* —gritó—. *Monsieur!*

Había ido poniéndome cada vez más nervioso pensando en esa nueva faceta de mi teoría. La Grubitz, los Mattieu, todos eran parte de la conspiración y ahora todos lo sabían, sin duda. V.J. les habría avisado. Las alarmas se habían encendido y Miriam y Britney estaban en peligro. Tenía que avisarlas, pero no me sabía ninguno de sus teléfonos de memoria. Eran números franceses, nuevos, y solo recordaba que el de Miriam tenía tres cincos, pero nada más.

Salí al aparcamiento del centro comercial tratando de detener mi cabeza, que era presa del pánico. A ciegas. Tenía que llegar a Saint-Rémy para avisarlas o regresar a la casa de Chucks a por el teléfono. Entonces se me ocurrió que podría utilizar el MacBook y mi cuenta de Facebook para enviar un mensaje a Brit. Ella estaba en Facebook también y tenía una de esas aplicaciones de mensajería instantánea conectadas a su *smartphone*. Solo necesitaba que alguno de esos negocios que quedaban abiertos (la tienda de flores o el estanco) tuviera una red accesible.

Saqué el Mac de la guantera y me dirigí al estanco. Era el clásico sitio que vendía de todo: postales, tarjetas de felicitación, cuadernos y diarios, tabaco y revistas. La dependienta era una voluptuosa mujer de unos cuarenta años y vestía como si fuera una astróloga de la televisión.

Entré con el ordenador bajo el brazo, deprisa, rompiendo la quietud de la tiendita. La mujer me miró de arriba abajo tratando de adivinar si era un ladrón, un borracho o un mendigo.

—¿Wifi? ¿Internet? —le pregunté.

Ella dijo algo en francés que no entendí bien. Creo que dijo que aquello era un estanco y no un cibercafé.

—Necesito mandar un mensaje —añadí después—. Es muy importante.

—Bueno —dijo la señora esgrimiendo una sonrisa—, si quiere puede enviarlo por carta. Aquí puede comprar sellos y sobres.

Estiré los labios hasta formar una sonrisa. Dije «*Merci*» y salí de la tienda. Lo intenté en la siguiente, el centro de jardinería, pero allí ni siquiera llegué a encontrar un encargado que me atendiese. Encendí el Mac y miré el monitor de wifi, pero allí había solo un par de redes y ambas protegidas.

«Vamos, no hay tiempo para esto. Sigue pensando.»

Volví afuera. El sol calentaba tras la tormenta, iluminaba el asfalto como si fuera plomo. Corrí al coche, entré y traté de pensar en las opciones que tenía. Podía intentar llegar a Saint-Rémy, pero eso llevaría media hora, y si mis sospechas eran ciertas sobre la Grubitz, las garras de la conspiración ya estarían cayendo sobre Miriam y Britney. La siguiente «mejor idea» era acudir a la comisaría de Sainte Claire y hablar con el teniente Riffle... pero con todo aquel festival tendría que ir andando y, además, ¿cómo le explicaría que acababa de golpear y encerrar a un agente del orden en el sótano de Chucks? Alcé la vista y vi a la mujer del estanco. Había salido a fumar a la puerta. Me miró y sonrió. Yo le devolví la sonrisa y me encendí un cigarrillo también. Después fui a devolver el ordenador a la guantera y vi que el USB todavía estaba enganchado allí. Lo cogí, me lo metí en el bolsillo del pantalón y de pronto tuve una idea.

2

Todo hasta ese momento había sido una gran cadena de errores. Comenzando por Chucks, que nunca debió haber dejado a aquel hombre en la carretera, seguido por mi tozudez al no creer ni una sola de sus teorías. Pero todo había resultado cierto y de pronto me daba cuenta de que habíamos llegado a esa situación por una vergonzante falta de iniciativa. Bueno, pues incluso Bert Amandale era capaz de acertar una canasta en medio de una lluvia de mierda. Y así lo hice. Aunque después de los aplausos, el baile de las animadoras y los fuegos artificiales, la lluvia iba a continuar. De hecho, iba a empezar a caer con más fuerza.

Tras rodear Sainte Claire, llegué a las faldas de Mount Rouge. Los folletos turísticos hablan de trescientos días de sol al año en la región de las Alpilles, pero ese día había llovido a gusto. Supongo que había que achacarlo al cambio climático, lo que también explicaba que algunos vinos ingleses empezaran a salir mejores que la media, incluso que alguno francés. El caso es que la carretera estaba mojada y la serpenteante ascensión de Mount Rouge comenzó a parecerme vertiginosa.

Una curva, después otra. Con cuidado. Pero notaba el Spider algo raro, extraño. Era como si también estuviera nervioso. No se dejaba manejar bien... ¿o era yo el torpe?

Había tráfico. El festival de Sainte Claire movía a la gente de otros pueblos. Esa noche se asaría carne, se bebería vino y se celebraría la llegada del verano. Un coche me adelantó pitando. ¿Iba demasiado despacio quizá? Pero entonces me di cuenta de que estaba invadiendo el carril contrario. ¿Qué me pasaba? Traté de centrarme en conducir. Llegaría a Saint-Rémy y haría lo que debía hacer. Pero tenía que llegar primero.

Otro coche comenzó a adelantarme. Me fijé en que era un monovolumen familiar negro. Era una recta de unos doscientos metros, antes de una nueva curva, pero el adelantamiento me pareció extremadamente lento, como si el tío tuviera todo el tiempo del mundo. De hecho, estaba a la par de mi Spider cuando pareció perder algo de fuelle.

—¡Vamos! —grité—. ¡Pise a fondo!

Miré a un lado pero no pude distinguir al conductor. El coche avanzó un poco pero todavía estaba en el carril contrario y nos acercábamos a la curva. Entonces volví a mirar y vi la ventana trasera. Ahí había alguien, mirándome.

Era la hija de los Van Ern. Solo la había visto un par de veces en mi vida, pero estaba seguro de que era ella. Pálida, pecosa, con aquellos ojos malvados. Tenía las manos sobre el cristal. Dos manos rojas apoyadas sobre el cristal. Estaban manchadas de algo rojo.

Sangre.

Me sonrió al tiempo que las deslizaba sobre la luna y creaba un rastro rojo en el cristal. Después se llevó la mano a la cara y se pintó el rostro de rojo al tiempo que reía.

Frené instintivamente.

Solo fue un pequeño frenazo, pero debía de llevar a alguien pegado detrás. El choque me impulsó hacia delante y al mismo tiempo se oyó una pitada.

El coche con la hija de los Van Ern terminó su adelantamiento y yo aceleré. Di una pisada quizá demasiado fuerte y el Spider salió para delante con excesiva fuerza. El tipo de atrás seguía pitando, quizás exigiéndome que parara, ya que seguramente nos habíamos llevado un buen golpe los dos. Había sonado bastante fuerte y al mirar por el retrovisor vi que iba tuerto de un faro. Pero yo ya no controlaba mi coche. Me di cuenta en ese instante. Mis brazos apenas podían moverse. Tan solo los llevaba apoyados sobre el volante (en la posición correcta, eso sí), pero sabía que no podría realizar el giro. Estaba en un sueño, y estaba a punto de acabar en cuanto llegase a la curva. El pedal del acelerador de un Spider es de estilo deportivo, fino como la seda. Mi pie estaba inmovilizado sobre él, perfectamente congelado y el motor se revolucionaba en tercera rugiendo por una marcha más larga. El otro pie, recogido frente a los pedales, era mi única oportunidad. Comencé a arrastrarlo como pude, intentando alcanzar el freno, y llegué a tocar la punta del pedal, pero volvió a caerse. El velocímetro marcaba setenta por hora; ¿llevaba el cinturón puesto? Eso era lo último en lo se me ocurrió pensar. Y también en el martini que V.J. me había preparado esa tarde, nada más entrar por la puerta de la casa de Chucks. Ya entonces me había parecido rara tanta sed por parte de mi viejo amigo el policía de pueblo. Tanta sed.

Las pitadas de enfado del coche de atrás se convirtieron en una gran pitada cuando me vieron enfilar la curva como un tren. El otro coche, el de la niña de las manos sangrientas, ya había desaparecido montaña arriba. De lo único que me alegré era de que no bajase ningún ciclista u otro coche en ese preciso instante, porque me lo hubiera llevado por delante.

Salí como un misil por el borde de la curva. Hubo suerte, porque podía haberme estampado contra la gruesa conífera que había en primera línea, pero en vez de eso el morro del Spider chocó contra algo duro (después sabría que era el tocón de un árbol aserrado) y eso detuvo el coche de golpe. La inercia de mi velocidad hizo que la cola del Spider se levantara en una perfecta voltereta y cayera de lado. Más o menos entonces me golpeé contra el volante primero y después contra el techo. Los cristales volaron sobre mi cara pero nada me hizo demasiado daño. Otro vuelco más, para terminar de dar la vuelta, y todo se detuvo. El ruido y el movimiento. Todo acabó de repente.

Vi la hierba a mi alrededor y escuché pitidos y gritos arriba en la carretera. Olía a gasolina. Esperé que el coche no empezara a arder. No quería quemarme vivo en aquel precioso Alfa Romeo.

Mientras tanto, noté algo avanzando por mi cara. Por una remota razón mi cabeza pensó que era una serpiente. En realidad, era sangre, que me llegó a la barbilla al tiempo que mis ojos empezaban a verlo todo más y más blanco.

Tengo recuerdos fragmentados de lo que ocurrió a continuación. Como cristales rotos o piezas de un rompecabezas. Nunca sabré si fueron reales o un sueño. O las dos cosas al mismo tiempo.

Un hombre se había agachado y me hablaba a través de la ventanilla, a ras de suelo. «*Monsieur, monsieur, vous m'entendez?*» Después vino más gente. Más hombres. Más piernas. Trataron de moverlo todo. De volcar el coche de nuevo, pero antes de que lo consiguieran se oyeron unas sirenas. Pensé que ojalá fuera el teniente Riffle y sus héroes blancos. Se lo contaría todo, aún estaba a tiempo, aún...

«Tiene que ir a buscar a Miriam. No se fíe de nadie. Esas mujeres del pueblo, sus amigas... son todas unas brujas conspiradoras, ¿me entiende? Pertenecen todos a la gran secta del Padre Dave.»

—Tranquilo, señor, tranquilo. ¿Me oye?

Recuerdo que alguien abrió la puerta o la rompió. Se oía el ruido de una especie de sierra eléctrica y por un momento, joder, estuve a punto de pedirles que tuvieran cuidado, que me rayarían el Spider. Bueno, después me sacaron, vi las copas de los árboles y el cielo medio estrellado del atardecer. Olía a verano. A menta, a pinares azuzados por la brisa. Y la brisa era el cabello de una joven hermosa. Camisas de seda, sueltas por encima del pantalón. Botellas de champán con sus cuellos de papel dorado. Candelabros de bronce junto a la piscina. Grillos y el olor de las brozas ardiendo en la campiña. Hacer el amor entre los árboles. Escuchar la música de un maestro de ojos tristes. Un gran reloj de pared, de madera oscurecida por los siglos. Su péndulo firme y profundo. Bum. Bum. Bum.

Me colocaron en una camilla y me llevaron bosque a través. Había montada una buena caravana. Coches parados en un largo gusano de faros. Gente fumando en el arcén, mirándome. Un padre gritó a sus hijas que no salieran del coche. Yo debía de ser una estampa terrible y en aquel momento pensé que quizá me habrían amputado alguna cosa para poder sacarme del Alfa Romeo. Esa sierra, ¿para qué podría ser si no? Pero aún no podía moverme, así que no pude cerciorarme. Pero quizás era un despojo sangriento. Me imaginé a mí mismo como un san Bartolomé despellejado, en carne viva, cocinado en una salsa de tomate con orégano. Me dolía todo como si me hubieran golpeado el cuerpo con un pequeño martillo. Como si alguien hubiera ido rompiéndome las costillas con una tenaza.

El techo de una ambulancia (supuse) y un par de muchachos franceses a mi lado. Dos héroes blancos. Médicos. Ellos podrían ayudarme. Intenté explicarles lo que estaba sucediendo. Les di el nombre del teniente Riffle, pero ellos ni siquiera me miraban a la cara. «Relájese, señor —me decía uno de ellos en inglés—. Vamos a ir a un hospital y van a curarle. Ahora relájese.» Noté que me inyectaban una sustancia en el brazo y que inmediatamente el dolor se diluía.

Pensé en Britney. La recordé en una tarde hace siglos en la que yo me marchaba a coger un avión. Tenía seis años y era como una princesa de pelo rubio, como un hada de la que me había enamorado. Salió corriendo detrás de mí, saltó a mis brazos y me plantó un beso en la mejilla. Y después se quedó a medio camino, despidiéndose con la mano.

—Promete que volverás pronto, papá.

—Lo prometo.

Vivíamos en una casa de Oxfordshire que alquilamos para ese verano. Llegué a la cancela del jardín, tras la cual el taxi me esperaba. Miré hacia atrás. Vi la casa. Mi hija. Y sentí que ese era todo el trabajo que un hombre venía a hacer a este mundo.

Después me fui, cogí el taxi y cerré los ojos.

Saboreé la sangre entrando por mis labios.

Dulces sueños.

IV

1

—Podía haber sido mucho peor. Mucho peor. Pero tuvo suerte, sí, mamá, sí. No te preocupes, claro. No hace falta, y además aquí ya hay demasiada gente.

La siguiente imagen era en una habitación de hospital. Paredes blancas, llenas de pequeñas máquinas. Flores para romper el aburrido monopolio de colores suaves. Miriam hablaba por teléfono junto a la ventana. Se miraba las uñas mientras el sol le acariciaba el rostro. Tenía el pelo recogido en una coleta. Vestía vaqueros y una camisa blanca, suelta por encima del pantalón.

—Ahora está dormido. Ha estado medio inconsciente todo el rato. Sí, es lo mejor. Ahora veremos lo que podemos hacer. Pero espera, parece que abre los ojos... ¿Bert?

—¿Mmmiriam?

—Mamá, tengo que dejarte. Acaba de despertarse. Sí, sí, te llamaré enseguida.

Miriam colgó el teléfono. Vino despacio a mi lado. Me cogió la mano.

—Hola, cariño.

Tenía ojeras, cara de cansancio, sin maquillaje ni pendientes.

—Hola —dije sonriendo—, ¿cómo estás?

—Mejor que tú, me parece.

Me reí, y entonces me noté las costillas rechinando de dolor.

—¿Duele?

—Un poco. ¿Qué me he hecho? ¿Estoy entero? —dije señalando las piernas.

—Varias contusiones, una costilla fisurada y una bonita raja en la cabeza. Nada más. Pudiste matarte, pero solo te has hecho rasguños. Eres el hombre de hierro.

Al decirlo, me apretó la mano entre los dedos.

En ese instante se abrió la puerta y apareció Britney. Jamás he estado tan feliz de verla como en aquella ocasión. Miriam y Britney, las dos estaban a salvo. Habíamos vencido. Aún no sabía cómo, pero habíamos vencido.

—¡Papá!

Cruzó la habitación corriendo pero se paró a un metro de la cama. De pronto rompió a llorar.

—Hija —le dije extendiendo la mano—, no llores. Ven. Ya está todo. Ya lo hemos solucionado todo.

—Sí, papá, claro...

—Sí, Bert —añadió Miriam—, todo se va a solucionar. Tranquilo.

Britney se acercó a darme un beso mientras yo pensaba en esas palabras de Miriam. «Todo se va a solucionar.» Pero ¿es que las cosas no se habían aclarado ya?

Britney olía a champú de flores silvestres. Su melena suelta me acarició el rostro. Sus lágrimas gotearon sobre mi frente.

—¿Cómo ha terminado todo? —pregunté—. ¿La policía? ¿Han actuado ya?

—No —respondió Miriam—, no habrá policía, Bert. Tranquilo. Tenemos que hablar de eso, pero podemos hablar más tarde. No hace falta tocar el tema ahora. Estás débil.

—Pero esto es importante, Miriam. Es muy importante.

Britney se llevó las manos a la boca, tratando de contener un sollozo. Se apartó. Se dio media vuelta. ¿Qué ocurría? Miriam también tenía los ojos llenos de lágrimas. Sacó un pequeño pañuelo de papel de alguna parte y se limpió los ojos.

—Es mejor que descanses, de verdad, cariño. —Me acarició el cabello con una dulzura casi maternal—. Verás cómo todo sale bien. Tenemos amigos...

Llamaron a la puerta y apareció una enfermera. Dijo que venía a hacerme unas curas y que Miriam y Brit debían salir un instante. Britney me dio un beso y Miriam otro.

—Volvemos ahora.

La enfermera era una mujer de origen africano, guapa, con los ojos castaños brillantes. Le pregunté su nombre y me dijo que se llamaba Fátima.

—Como la virgen —bromeé, y ella sonrió mientras comenzaba a quitarme las vendas de la cabeza.

—¿Qué hospital es este?

—El general en Salon-de-Provence.

—Ah. ¿Y cuánto tiempo llevo aquí?

—Menos de un día. Lo trajeron ayer por la noche. Tuvo suerte. Con el coche, quiero decir.

—Parece que sí.

—Tiene suerte de tener esa familia y esos amigos. Incluso aquí, en el hospital.

—¿Aquí en el hospital?

—Sí, Dan Mattieu, su vecino. Es médico aquí.

—¿Dan Mattieu? Pero... ¿está por aquí?

Lo que quería decir era: «¿Todavía está libre?», pero comenzaba a temer que así fuera.

Dejé que Fátima me limpiara los puntos y le pregunté si podía moverme. Ella me preguntó que adónde pretendía ir.

—Solo quiero dar un paseo —dije, y ella me respondió que ni se me pasara por la cabeza.

—De todas formas serán sus propias costillas las que le dirán que vuelva a la cama.

Salió Fátima y volvió a entrar Miriam, pero entonces vi a Britney ahí fuera, apoyada en el hombro protector de otra persona: Elron. Aquello me provocó algo parecido a un ataque de ansiedad.

—¿Qué hace él ahí?

—Tranquilo, Bert. Nos están ayudando.

—¿Quién nos está ayudando? No necesitamos la ayuda de nadie, Miriam. Por favor, cierra la puerta un segundo. ¿Puedes cerrar la puerta un segundo? ¿Hay pasador?

—No lo sé.

—Inténtalo; si no, coloca una silla o algo, por favor. Necesito hablar contigo a solas.

La vi mirándome con una expresión de pura tristeza. Respiró hondo y terminó haciendo lo que le pedía. Resultó que la puerta de la habitación no podía cerrarse por dentro pero apoyó una silla y se sentó en ella.

—De acuerdo, Bert. Te escucho.

—He encontrado la prueba que los incrimina a todos, Miriam. Una prueba real. Tangible.

—Lo sé, Bert. Lo sé.

—¿Qué es lo que sabes?

—Lo del USB, ¿verdad?

Me quedé sin palabras un instante.

—¿Cómo? Pero... ¿lo sabes?

—Sí... Vincent nos lo ha contado todo.

—¿Vincent?

—Sí, Bert, Vincent, a quien por cierto le debes que no haya un policía custodiando la puerta de la habitación en estos momentos.

—Pero ¿qué dices? —repliqué alzando la voz—. ¡Intentó matarme!

Miriam levantó las manos.

—Por favor, Bert. Por favor.

Mi cuerpo se había inflado con la tensión y sentí el dolor por todas partes. Volví a relajarme sobre el colchón.

—No sé lo que te han dicho, pero es lo que pasó. *Lola* empezó a ladrarle, le reconoció. Es parte de la organización. Él mismo lo confesó.

—Él tiene una versión diferente... —dijo Miriam.

—¡Por supuesto que la tiene!

—Dice que tú le llamaste y le pediste que fuera a casa de Chucks porque habías encontrado la «prueba definitiva» de tus teorías. Entonces, al llegar, le mostraste un USB protegido por contraseña. Algo que llevaba el nombre de ese tal Daniel Someres.

—Sí, es cierto. Es lo que encontré en la camisa de Chucks.

—Vale, pero no había nada en realidad. Solo ese nombre que tú o Chucks o cualquiera podría haber escrito. Entonces él intentó llamar a un amigo de la policía en Marsella, sobre todo porque te veía muy alterado con todo aquello. Además de que ibas vestido como un andrajoso y habías bebido.

—¡Eso qué tiene que ver!

—Tiene algo que ver para que Vincent se preocupase por ti. *Lola* empezó a ladrar por alguna razón y tú debiste de pensar que era porque lo había reconocido. Y automáticamente dedujiste que había matado a Chucks. Joder, Bert, le encañonaste con una escopeta cargada. Pudiste haberlo matado.

—No sabía que estaba cargada y, además, dicho así, parece que yo esté loco. Pero no fue eso lo que sucedió. Él me atacó. ¿Os ha contado esa parte?

—Sí. Dice que le pediste el teléfono. Que no te fiabas de él. Y entonces empezaste a temblar. El cañón de la escopeta estaba frente a su cara y temió que terminaras abriendo fuego. No era un temor infundado ni mucho menos, sobre todo después de ver cómo te comportabas. Así que intentó neutralizarte amistosamente.

Me reí. Era todo lo que podía hacer al escuchar aquella manipulación. El ángulo lo es todo a la hora de contar una historia, y parecía que V.J. había asimilado esa técnica narrativa perfectamente.

—Amistosamente, claro. ¿Te ha explicado también por qué afirmó haber llamado a «los otros» cuando se lo pregunté? Me lo dijo, Miriam. Confesó que pertenecía a esa secta.

—No. Tan solo te dijo lo que querías oír, Bert. Decidió que podría salvar su vida si te seguía la corriente. Eso es todo, Bert. Cariño, eso es todo. V.J. se comportó como un amigo, y ha seguido haciéndolo después. Ha decidido no denunciarte. Se da cuenta de que estás pasando por un momento muy duro. Que has perdido el control.

—¿Qué?

—Lo siento, Bert, pero eso es lo que ha sucedido. La policía pidió un análisis de sangre e ibas drogado y borracho al volante. Pudiste haber matado a gente, Bert. No solo a V.J., sino en la carretera. Habrá un juicio, pero lo superarás.

Observé a Miriam en silencio. Por un instante pensé que utilizaría otra declinación del verbo «superar»: «lo superaremos».

—Charlie Grubitz aseguró que te quitarán la licencia y quizá tengas que pagar una multa, pero no irás a la cárcel. Él mismo se ha ofrecido a defenderte. Ahora me doy cuenta de la buena gente que hemos encontrado aquí. Todos estos amigos, incluyendo a Dan Mattieu, que se ha encargado de encontrarte esta magnífica habitación.

—Dan Mattieu... Grubitz... están todos compinchados, Miriam. Me drogaron, Miriam, algo que me paralizó. Por eso tuve el accidente. La Grubitz se presentó en casa por sorpresa, ¿verdad? Seguramente la colocaron allí para vigilarte mientras se hacían cargo de mí... ¿es que no ves lo que está pasando?

Miriam sonrió.

—Sé que crees en lo que dices y respeto tu forma de comportarte; en el fondo es muy valiente. Pero necesitas ayuda, Bert, y tú no puedes dártela a ti mismo.

—¿De qué estás hablando?

—No sé muy bien cómo decírtelo, Bert. Pero creemos que necesitas ayuda profesional.

—¿Creemos? ¿Y quién es el otro «opinante»?

—Tu hija. Nuestros amigos; tus amigos, Bert.

Hizo un énfasis especial en la palabra «tus».

—Un psiquiatra, ¿a eso te refieres? Muy bien. Hablaré con un psiquiatra. Sin problema. No será la primera vez ni la última, Miriam, pero eso es otra cosa..

—No creo que sea suficiente con «hablar», Bert. Cuando rescataron a V.J. encontraron algo en el sótano.

—¿Qué? —la interrumpí—. ¿Cómo ocurrió eso?

—Alguien escuchó los disparos. Un vecino, creo. Y los ladridos de *Lola*. Vieron tu coche salir a toda velocidad. Dan Mattieu pasaba por allí. Dijo que te encontró extraño, que ni siquiera le hablaste y que saliste huyendo. Por eso se preocupó.

—¡Ah! Y no le preguntase qué hacía por allí...

—No ha hecho falta. Me lo dijo él: iban al Raquet Club.

—Claro... Bueno, ¿qué decías sobre V.J.? ¿Quién lo encontró?

—Dan Mattieu. Después de dejarte vio a unos vecinos frente a la casa de Chucks. Un hombre le dio el alto, le dijo que había oído un disparo. Dan reconoció el coche de V.J. y al ver la puerta abierta entró y oyó a V.J. pidiendo auxilio desde el sótano.

—¡Todo encaja! —dije riéndome en voz alta—. ¡Qué bien lo han hecho encajar!

—Había drogas ahí abajo. Pastillas, ya sabes de lo que hablo. Nitrazepam y otras cosas. —Miriam empezó a sollozar.

—No eran mías —respondí con frialdad—. Las pusieron allí.

—¿También las de la lata de pintura de tu cobertizo?

Aquello me desarmó por completo. Miriam se secó una lágrima con el dorso de la mano.

—Las encontré, Bert. Fue tu culpa, al fin y al cabo. Te las olvidaste y además dejaste la lata encima de la mesa.

—Está bien —admití—. He tomado alguna que otra. Pero no en la casa de Chucks. Precisamente fui allí a dejarlo todo. Eso es un montaje.

—¿Lo ves? ¿Te escuchas a ti mismo? Saltas de una mentira a otra, de una teoría a otra. ¿Por qué, Bert? ¿Qué hay en el fondo de todo esto? Acusas a nuestros amigos de conspiradores. ¡Al novio de tu hija! Yo también tengo una teoría, ¿sabes? Tengo una teoría sobre todo esto.

—¿Ah, sí? Bueno, me encantaría oírla.

—Creo que tienes miedo. Un miedo atroz. Eso es lo que creo, Bert.

—¿Miedo?

—A quedarte solo, sí, Bert. No soy tan lista ni tan brillante como tú, pero llevo observándote un tiempo. Britney era tu princesa, tu niña querida, y la estás empezando a perder. Le pasa a todo el mundo, pero hay hombres que lo encajan peor. En cuanto a lo nuestro... lo siento mucho, Bert, pero ya sabes lo que opino. Se ha acabado. Pensábamos que sería para siempre —Miriam dejó escapar una lágrima—, pero estaba condenado quizá desde antes de venir a Francia. Y parece que te resistes a verlo. Has puesto en marcha tu genial imaginación para intentar convencernos de que debemos irnos de aquí. Pero, en realidad, intentas huir de algo inevitable.

—Bonita teoría. Deja que la resuma: sugieres que estoy loco.

—Loco es una palabra antigua. Obsoleta. Eric dice que estás pasando por una crisis de identidad, sumada a un episodio de ansiedad extrema. Las pastillas tienen gran culpa de ello.

—¡Por fin aparece Eric van Ern!

—Pues de hecho fue él quien convenció a V.J. sobre la denuncia. Dijo que era lo que menos necesitabas en estos momentos. Pero a cambio V.J. exigió que aceptases un tratamiento. Y Eric dijo que todo correría de su cuenta.

—¿De qué hablas?

—Serán solo unas semanas, Bert. Durante tu convalecencia. Tú mismo aceptaste que podía ser una buena idea. Varias sesiones de psicoterapia, ejercicio y comida sana. Por supuesto, he insistido en pagar, pero Eric se niega. Dice que es lo menos que puede hacer por unos amigos. Porque él sigue considerándote un amigo, a pesar de todo.

Me había quedado callado, en silencio. Miraba por la ventana.

—¿Bert, me oyes? ¿Has escuchado lo que te he dicho?

—Sí... ¿Dónde... dónde está mi ropa?

Me oí hablar. Sonaba como un hombre que ha perdido la cabeza. O que la tiene llena de moscas que susurran «muerte, muerte, muerte».

—Bert, ahora no puedes moverte.

—No quiero moverme. Pero ¿dónde está la ropa que llevaba ayer? Mis vaqueros.

—Pues... no lo sé. Pensaba que alguien la habría dejado por aquí.

Miriam se levantó y miró por la habitación y el cuarto de baño. Debajo de la cama. Nada. Ni rastro de mi ropa.

—Hay que encontrarla, ¿entiendes, Miriam? —dije—. Es muy importante.

—Vale. Preguntaré a las enfermeras. Seguro que tienen algún depósito para estas cosas. Entraste por Urgencias. Supongo que te lo quitaron todo ahí abajo.

—Y otra cosa: mi teléfono. Se quedó en casa de Chucks. ¿Podrías ir a buscarlo? Las llaves están... en mi pantalón.

—Tranquilo, Bert.

Me rasqué las sienes con ansiedad.

—¡Deja de decir que me tranquilice! —Respiré. Bajé la voz—: Por favor.

Miriam ni respondió. Se limitó a hacer una mueca con los labios. Algo así como «No te enfades con él. Tiene la cabeza como una puta pandereta», y salió de allí. Me quedé solo en la habitación. Fuera debía de hacer un día azul de principios de verano. Se oía algo de tráfico a los pies del edificio. ¿En qué planta debía de estar yo?

Bueno, aparté una bandeja que Fátima había dejado frente a mí con un botellín de agua y unas barritas de cereal. Levanté la sábana que me cubría las piernas. Mis pies descalzos asomaron al otro lado. Mis dedos estaban en su sitio. El pequeño compró el huevo, el mediano lo frio y el gordo se lo comió.

Giré las piernas hasta sacarlas de la cama. Me dolían. El camisón que llevaba puesto se arrugó al borde del colchón, dejando al descubierto un enorme moretón que tenía en el muslo. Con los dos brazos me ayudé para reclinarme y entonces mi acordeón de huesos rotos hizo sonar aquella nota burda, desafinada y dolorosa que me salió por la boca como el quejido bovino de una vaca a punto de ser sacrificada. «Mierda puta» en mayúsculas y letras labradas en oro. Aquello dolía *Big Time*.

El gordo y sus hermanos se terminaron el huevo y se posaron en el suelo de la habitación. Mis manos buscaban cualquier cosa en la que ayudarse porque las costillas no me dejaban vivir. Terminé asiendo la mesita con ruedas de la bandeja. La giré y la puse delante, como si fuera un andador, y empecé a progresar hacia la puerta. Hice un par de acrobacias hasta que la pude dejar abierta y pasar al otro lado.

«Vale, ahora sal ahí fuera y monta una buena bronca.»

Era un pasillo de hospital normal y corriente. Puertas abiertas, televisores sonando, familiares aburridos y niños jugando a la videoconsola. No vi ni rastro de Britney, Elron o Miriam, y tampoco había ninguna enfermera a la vista ¿Derecha o izquierda? Siempre a la derecha, como dijo Aristóteles.

Con mi andador improvisado avancé un par de puertas hasta que me topé con una celadora que venía con otro carro.

—¡No puede ir con eso por el medio del pasillo, ni sacarlo de la habitación! ¡Ni sin albornoz! *Mon Dieu!*

Joder, no me había dado cuenta e iba enseñando las nalgas a mi retaguardia. La chica me ató el camisón por detrás y volvió frente a mí.

—¿En qué habitación está?

—No lo sé —respondí—, ahí atrás.

—¿Está usted solo? ¿Le acompaña alguien?

—Está mi familia, en alguna parte. Pero oiga, señorita: quiero encontrar mi ropa. La ropa que traía cuando llegué en la ambulancia.

Había empezado a coleccionar miradas. La celadora miró a un lado y otro. Al fondo, unas enfermeras interrumpieron su conversación y nos miraron. Seguí alzando la voz.

—¡Necesito mi ropa, enfermera! ¡Es muy importante!

—Oiga, señor, tranquilícese, por favor. Veamos, ¿en qué habitación está usted exactamente?

—Ahí atrás. ¿Dónde puedo conseguir mi ropa? ¿Me ayudará usted?

—¡Papá! —se oyó desde el fondo del pasillo. Britney venía corriendo. Debían de estar en una de las salas de espera. Miriam les habría dicho que papá no quería ver a Elron. Vi asomarse al chico. Se quedó atrás, rezagado.

Las dos enfermeras del fondo del pasillo llegaron también a nuestra altura. Yo volví a gritar, más fuerte, que quería mi ropa. Que era importante. Y una de las enfermeras, una bastante finita y bajita pero con el rostro de piedra, me ordenó que guardara silencio.

—Está usted en un hospital. Baje la voz.

Britney llegó a mi lado y me cogió de un brazo. Se presentó como mi hija.

—¿En qué habitación está su padre?

—En la 451.

—Bien —dijo la enfermera—, que regrese inmediatamente. Señor, ¿me escucha? Vamos a buscar su ropa. No se preocupe, seguro que está en la planta de Urgencias. ¿Me entiende? Pero ahora tiene que volver a su habitación. Y no vuelva a levantar la voz, por favor.

Regresamos a la habitación, Britney y yo solos. Me senté en la cama y ella me ayudó a tumbarme. Después me cubrió con la sábana.

—Eres la leche, papá. ¿Por qué has salido? Te ha visto el culo todo el pasillo.

—Se ven cosas peores, créeme —respondí, y Brit se echó a reír.

Después sus ojos volvieron a convertirse en cristal.

—Vas a ponerte bien, ¿verdad?

—Sí, hija, te lo juro.

—No te preocupes por todo eso que piensas. Estoy segura de que todo tiene una explicación, papá. Ahora lo crees firmemente, pero a veces lo que creemos puede estar equivocado. Te vamos a ayudar. Mamá y yo. Somos tu familia. No estás solo.

Tuve una especie de pequeña premonición en ese instante. Por un momento pensé que aquella era la última vez que iba a ver a Britney en mi vida.

—¿Tú qué crees, hija? ¿Crees que me lo he inventado todo?

Britney hizo entonces un gesto muy suyo: entrecruzó los

brazos y comenzó a presionarse los codos con los dedos. Lo hacía cuando se ponía nerviosa o estaba pensando algo que la preocupaba.

—Es que lo que dices es muy fuerte, papá. Estás diciendo que Elron y su familia son unos criminales. Que mataron a Chucks. Y además que el policía del pueblo y nuestros vecinos están todos compinchados. ¿Qué quieres que piense?

—Quiero que pienses lo que quieras.

Más presión en los codos. ¿Qué pasaba por esa cabecita?

—¿En qué piensas, hija?

—En nada.

—¿Estás segura?

Britney se volvió y miró hacia la puerta.

—¡Cualquiera podría inventarse una teoría! Yo también puedo...

La miré fijamente. Estaba nerviosa. ¿A qué venía aquello?

—Ayer, mientras tú estabas en casa de Chucks y liabas aquella con V.J., Elron recibió una llamada de teléfono. No le he dado importancia hasta que mamá me contó toda la historia esta mañana.

—¿Por qué? ¿Qué pasó?

—Dijo que era de su casa y parecía muy grave. Se alejó y se puso muy serio de repente. Cuando me acerqué a él, me hizo un gesto con las manos, muy agresivo, para que me alejara. Como si no quisiera que yo pudiera escuchar nada. Después le pregunté qué era y me dijo que su hermana se había puesto muy enferma.

El corazón empezó a latirme a toda velocidad.

—¿Y le crees?

—No lo sé. ¿Debería dudar de lo que dice mi novio?

—Deberías seguir tus instintos, Britney. —La voz me temblaba—. ¿Crees que te decía la verdad?

Agachó la cabeza y fijó los ojos en el suelo.

—Pues... pudo ser cualquier otra cosa. Algo que no quería contarme por alguna razón. No lo sé. El caso es que después me dijo que lo sentía. Me invitó a dar una vuelta en coche hasta Nimes. ¡Hasta Nimes!

—El viernes, ¿sobre las seis? ¿Estás segura?

—Sí, porque estábamos en la plaza de Saint-Rémy y sonaban las campanas. Al principio pensé que se alejaba por eso, por el ruido.

—¡Joder, Brit, qué casualidad!, ¿no? Es más o menos la hora en que llamé a Vincent por teléfono.

—Lo sé, papá. Lo sé.

Volvió a cruzar los brazos y a presionarse los codos.

—Escucha, Britney... —empecé a decir.

—No quiero hablar más de esto, papá. Es Elron, ¿entiendes? Le conozco.

—Crees que le conoces.

No dijo nada más. Se giró, abrió la puerta y desapareció tras ella.

2

Miriam llegó cinco minutos más tarde acompañada de dos médicos y una enfermera. Uno de los médicos era Dan Mattieu, quien nada más entrar permaneció discretamente en el fondo de la habitación, como si de alguna manera temiese que fuera a abalanzarme sobre él. El otro médico, al que no había visto nunca, era un hombre moreno que parecía recién llegado de unas vacaciones junto al mar. Tenía la barba ligeramente encanecida y el rostro de un hombre de cuarenta años sin demasiadas preocupaciones.

—Buenos días, señor Amandale, soy el doctor Badoux. ¿Cómo se encuentra hoy?

—He tenido días mucho más plácidos.

La enfermera era la que antes había venido a abroncarme en el pasillo. Aún parecía enfadada conmigo.

—Me han contado que antes se levantó de la cama —dijo Badoux, obviando el ridículo episodio que seguramente le había contado la enfermera—. No vuelva a hacerlo. Tiene todavía mucho que curar, señor Amandale.

—Yo... estaba... —dije.

—Su ropa sí. Está a salvo —me interrumpió—, ¿verdad, señora Amandale?

Miriam hizo un gesto afirmativo desde atrás. Me fijé en que llevaba una bolsa en las manos. Dan Mattieu, a su lado, miraba el techo con los brazos cruzados, impertérrito.

Badoux me hizo una serie de chequeos y preguntó cómo iba mi dolor. Había tenido suerte, mucha suerte de no fracturarme nada después de ese accidente. Pero el golpe en la cabeza era algo que había que vigilar de cerca. Me preguntó si veía doble, o si el sonido entraba distorsionado por mis oídos. ¿Oye voces? ¿Voces que le dicen cosas? «Mátalos a todos, Bert, no dejes uno con vida.» Finalmente recomendó seguir con una dosis baja de Nolotil. Supongo que ya era vox pópuli lo de mi adicción química.

—Y alégrese: puede que le demos el alta el mismo lunes.

Badoux y la enfermera salieron, y nos quedamos Miriam, Dan Mattieu y yo.

—¿Habéis encontrado ya mi ropa? —dije.

—Sí —respondió Miriam. Se acercó y me entregó la bolsa de plástico.

Antes siquiera de hurgar, miré a Dan Mattieu y vi que miraba hacia una ventana, con los brazos cruzados. Disimulaba, pensé, pero se moría por saber lo que buscaba. «¿Verdad, Mattieu? ¿Verdad que quieres saber dónde está, sucio traidor?» Aunque no dije nada.

Saqué la ropa. Habían cortado los pantalones a tijera y tenían manchas de tierra, sangre y algún que otro agujero. Fui directamente al pequeño bolsillo.

—¡No está!

—¿El qué?

—¿Quién más ha tenido acceso a esta ropa? ¡Mattieu!

El médico me miró en silencio. Supongo que Miriam ya le había puesto al día de mis sospechas. Sabía perfectamente lo que opinaba de él.

—Bert, controla ese tono —dijo Miriam—. Estás hablando con nuestro amigo.

—¿Qué está buscando exactamente, señor Amandale?

—Un pequeño dispositivo USB de color negro. Lo metí en este bolsillo... ¿o lo dejé en el ordenador? ¿Han encontrado el ordenador que iba en la guantera del coche?

—Nadie ha tocado su ropa —dijo Dan Mattieu—. Estaba en un depósito de la planta de Urgencias. Pero quizá lo que busca se cayó durante la intervención. O antes. ¿No tenía ninguna copia?

Me reí. Supongo que fue una risa demencial, porque Miriam y Dan Mattieu no hicieron ni un amago de sonreír.

—¡Una copia! Usted sí que sabe hacer bromas. Bueno, pero debe de estar en alguna parte, por el hospital. Miriam, por favor, tenemos que encontrarlo.

—Claro, Bert —dijo ella—. Daré el aviso.

—Y si no, hay que hablar con la policía. ¿Dónde está mi coche? Tiene que estar en el coche, o en la zona del accidente. Alguien ha debido de recogerlo. Ve a la comisaría.

—Bien. Bien. Lo haremos, Bert. Si estaba allí, lo encontraremos y te lo devolveremos. Pero, escucha, Dan está aquí para contarte algo. Algo importante. ¿Puedes prestarle atención un momento?

Dan Mattieu se acercó a mí. Llevaba unos papeles en la mano y un bolígrafo en la otra. Me miró con un gesto severo.

—¿Podemos hablar como adultos, señor Amandale?

—Supongo que sí.

—Le hablo como médico, y como amigo de su familia y los Van Ern también. Ellos quieren terminar con esto. Están sufriendo mucho. Y su familia también, Bert.

—Lo siento mucho por todos.

—No debe usted avergonzarse —dijo Mattieu, aunque yo en realidad no había dicho eso—. ¿Se avergüenza cuando tiene una gripe? No, porque es una enfermedad. Esto es lo mismo, señor Amandale. Una crisis que usted solo es incapaz de superar, y por ello necesita ayuda. Además, dado el carácter de sus ideas, Eric quiere invitarle a que pase unos días en su clínica. Está seguro de que después de unos días allí se diluirán sus teorías.

—Eso cree.

—Es un tratamiento de casi veinticinco mil euros y Eric se lo ofrece gratuitamente. ¡Ya lo querría para mí! Vacaciones, acupuntura, paseos a caballo, masajes... Parece que los desayunos son interminables —dijo Mattieu riendo—, piénselo. Además, es la condición que Vincent ha puesto para no denunciarle. Y suficientes problemas tiene ya.

—¿A qué juega, Mattieu? O, mejor dicho, ¿con qué equipo juega usted?

—Bert —dijo Miriam.

—Tranquila —repuso Dan Mattieu sin perder la sonrisa. Así eran los Beverly Hills: nunca perdían la sonrisa—. Juego a favor de usted, de nosotros, de nuestra pequeña comunidad, Bert. Aquí estamos para ayudarnos entre todos. Y estoy seguro de que usted ahora no es capaz de ver las ventajas, pero las verá.

Sonó un teléfono móvil y vi a Miriam salir un instante de la habitación. Dan Mattieu se volvió para verla salir. Después, cuando ella estuvo fuera, el doctor se apoyó en el colchón, de hecho se sentó muy cerca de mi cintura. Pasó ambos brazos por los lados de mi cara y acomodó la almohada con fuerza, haciendo que mi cabeza se agitara.

—Así está mejor, grandullón.

De pronto había perdido la sonrisa. De pronto solo había dientes grandes y apretados en su boca. Y sus ojos verdes me miraban de una forma salvaje, casi inhumana.

—Escuche, Bert. De hombre a hombre, le conviene hacerlo. Créame. Diga que sí y todo el mundo descansará más tranquilo. Incluidas su mujer y su hija.

Le miré fijamente.

—¿Qué quieres decir, Dan? ¿Es una amenaza?

Él sonrió. Sus ojos hervían en un fuego negro. Podría haberme estrangulado en ese instante sin despeinarse el flequillo.

—¿Por qué ve amenazas en todas partes, Bert? Es un consejo de amigo. De todos los amigos que tiene aquí. Buenos amigos. Imagínese por un instante que V.J. lo denunciara. Posiblemente terminaría en la cárcel, o expatriado. ¿Quién cuidaría entonces de su mujer y su hija?

Miriam entró de nuevo y Dan se levantó sin dejar de mirarme ni de sonreír.

—Espero que tome una sabia decisión, Bert —dijo colocando unos papeles con el membrete Van Ern sobre la mesilla—. Buenas noches.

V

1

Pasé la noche en blanco, tratando de pensar. Tenía la mente revolucionada, igual que cuando me tumbaba a pensar en las tramas de mis libros. ¿Y qué pasaría si...? ¿Y a continuación...? Estaba jugando a un juego terrible, en el que cualquier equivocación se pagaba con toda la apuesta. Tenía que elegir sabiamente todas mis palabras. Todos mis actos. Incluso el pestañeo de mis ojos. Tenía que controlar el mensaje igual que lo controlaba cuando escribía historias. Y al mismo tiempo debía hacer evolucionar la acción. No podía quedarme quieto. El reloj, igual que aquel reloj que sonaba en alguna parte del hospital, seguía marcando las horas y los minutos. El sábado había pasado. El domingo amanecería pronto. Y el lunes... ¿de cuánto tiempo estaríamos hablando? Miriam no me había traído el teléfono, pero daba lo mismo, ya no quería utilizarlo. No me arriesgaría a que incluso una conversación telefónica pudiera ser observada por aquel «gran ojo».

Finalmente la enfermera de noche llegó con un Nolotil a las tres de la madrugada. Entró en silencio y primero pensé que era alguien que venía para matarme, para ahogarme con mi propia almohada. Pero después resultó no ser más que una enfermera sonriente.

—Su medicina, señor.

«No, no quieren acabar contigo. Todavía no, Bert. Y en todo caso no lo harían aquí, en el hospital.»

Tomé el Nolotil y seguí pensando hasta que la droga me derritió los pensamientos como los relojes de Dalí. Tictac, tictac... más lento, pero el reloj seguía corriendo.

2

El domingo me desperté tarde. Alguien había dejado café, *croissants* y unos periódicos a mi lado. Supuse que Miriam y Britney habrían venido temprano, pero no sabía dónde estaban.

En los periódicos nadie hablaba de Bert Amandale, el famoso escritor, sino de un accidente anónimo en la carretera de Mount Rouge. Una fotografía pequeña mostraba una grúa arrastrando mi destrozado Spider del 88.

A mediodía apareció Miriam. Me explicó que se había puesto en contacto con la policía de Sainte Claire y que el coche estaba en sus dependencias. Dijo que había dejado una descripción del objeto que yo estaba buscando, pero que por ahora nadie lo había encontrado. En la sección de «objetos perdidos» del hospital tampoco tenían noticias de un pequeño USB de color negro. No hice ninguna pregunta ni comentario al respecto.

—Te he traído un teléfono —dijo Miriam después, sacando un pequeño Nokia de su bolso—. No es el tuyo. No me he atrevido a ir a casa de Chucks, lo siento. Pero tienes mi número y el de Britney en él. ¿Necesitas alguno más?

Negué con la cabeza. Le dije que no quería ningún teléfono.

—De todas formas —añadí—, seguro que en la clínica Van Ern no me permitirían tener uno.

Miriam arqueó las cejas.

—¿Quieres decir que...?

—Sí, Miriam. Iré.

Extendí el brazo hasta la mesilla de noche donde reposaba el formulario de inscripción al tratamiento «por una nueva vida sana» de la clínica Van Ern. El lugar donde «se convertirá en una nueva persona, más independiente, más fuerte, más feliz».

—Lo he pensado. He pensado en todo lo que me dijiste ayer. He tenido toda la maldita noche para pensarlo. Y quiero curarme.

Miriam alzó sus bonitas y finas manos y me apretó el brazo. La vi sonreír como no sonreía en semanas. Se le encendieron los pómulos, le brillaron los ojos.

—¿Lo dices en serio?

—Sí. He sido un idiota. Todo este tiempo me he negado a participar en la vida y ahora comienzo a darme cuenta. Tenía miedo de salir a bailar. Tenía miedo de que no me aceptaran en este lugar. Tú has ido de frente, te has arriesgado, pero yo me recluí en mi cobertizo, en Chucks... para intentar no ver todo lo que me estaba perdiendo. Esta vida, estos amigos. No son mi gente favorita y lo sabes. Tanto jersey, tanto zapato brillante, pero en el fondo, detrás de todo eso hay buena gente. Y ahora lo estoy descubriendo.

—Sí... de verdad, Bert. Son mejores de lo que piensas.

—Pero no iré de gratis. Quiero pagar hasta el último céntimo de mi tratamiento. Díselo a Eric, que esas son mis condiciones. Quiero salir de estas malditas pastillas para siempre y eso tiene un precio que tiene que ser pagado. De otra forma no sería real.

—De acuerdo. Es tu decisión y la respeto. Entonces... todo ese asunto de... bueno, ya sabes. El USB y esas cosas. Como ayer estabas tan...

—Confundido. Triste. Amenazado.

—¿Amenazado?

—Por las circunstancias. La vida. Britney y tú estáis construyendo vuestras vidas y yo sentía que me estabais dejando de lado. Que mi vida había llegado a una vía muerta. Lo de Chucks solo fue el golpe definitivo para terminar de hundirme en el fondo del pozo. Y las pastillas... y mi maldita y furiosa imaginación... pero quiero apearme de este orgullo que me impide aceptar mis debilidades. Lo dice en el panfleto de la clínica: «El orgullo es la armadura que tus miedos se colocan encima.»

Miriam se mordió el labio inferior y yo sabía lo que eso significaba. Me miró fijamente, meneando la cabeza de un lado a otro. Después se agachó y me besó en la mejilla. Un beso especial. Un beso que estaba un milímetro más allá de la ternura.

—Gracias, Bert.

—¿Gracias?

—Por volver. Por regresar. Gracias.

La visita de Badoux esa tarde discurrió sin sorpresas. El joven y sonriente médico dijo que me daría el alta al día siguiente, lunes. «Puede usted recuperarse perfectamente en casa, solo tendrá que venir a limpiarse esa herida del cráneo un par de veces más.»

Yo ya había decidido que mi siguiente parada sería la clínica Van Ern. Miriam regresó a Saint-Rémy a prepararme una maleta siguiendo el reglamento de la clínica: «Ropa deportiva, de paseo y un conjunto formal, nada más. Traiga su propia música y libros, si lo desea. Nada de tecnología más allá de un reloj de muñeca.» Y, entretanto, me imaginé que la noticia ya habría corrido como la pólvora entre todas nuestras amistades, quizás incluso llegara un poco más lejos... Eso sería lo más deseable.

Pero antes de todo eso tenía que jugar mi última carta. Y ya había decidido cómo hacerlo y con quién.

Miriam y Britney habían regresado de Saint-Rémy con la maleta. Miriam me informó de que la clínica enviaría un coche a buscarme al día siguiente, así que pensábamos despedirnos esa noche hasta al menos dentro de un par de semanas, ya que la clínica tenía un reglamento estricto sobre las visitas de familiares.

Estábamos en la habitación y eran cerca de las ocho de la tarde. El horario de visitas terminaría en media hora y ya no quedaba mucho más que decirse, pero necesitaba quedarme a solas con Britney por un instante, así que le pedí a Miriam un favor de lo más estúpido. Además de los tres libros de Highsmith, King y Capote que le había pedido que me metiera en la maleta, le pedí que me comprara un par de best-sellers en francés en la librería de la clínica. «Un capricho tonto —le dije—, pero he pensado que quizá deba esforzarme más con el francés.»

Un favor de última hora, pero desde que había firmado los papeles de ingreso en la clínica, Miriam era una nueva Miriam conmigo. Ya me había dado tres besos ese día, y sin pedírselos. Así que, tras preguntarme qué estilo quería («¿Histórica? ¿*Thriller*? ¿Romance?»), se marchó en busca de un par de novelas.

Y Britney y yo nos quedamos a solas.

—Brit, no tengo mucho tiempo para explicaciones, pero necesito pedirte algo. Algo que debe quedar entre tú y yo. Ni mamá, ni Elron, nadie. Tú y yo.

Ella me devolvió la mirada con aquellos bonitos y atentos ojos grises.

—Sí, papá, lo que quieras.

—No, escucha, de verdad. ¿Te acuerdas de cuando eras niña y me decías «promete que volverás pronto» y yo te decía «promete que estudiarás»? Hacíamos promesas...

Un pequeña sonrisa afloró en sus labios.

—Sí, me acuerdo.

—Pues esto es igual, Britney. Es importante y tienes que prometerme que harás lo que te pida sin decírselo a nadie, aunque pienses que estoy equivocado. Aunque mamá y todos piensen que he perdido la cabeza. ¿Me lo prometes?

El gesto serio en su rostro fue suficiente para convencerme.

—Te he dicho que sí, papá.

La agarré de la mano y la acerqué a mí. Puse mis labios junto a su oreja y comencé a hablar.

VI

1

Era lunes por la tarde cuando me dieron el alta en Salon-de-Provence. Un coche de la clínica me esperaba a la salida. Un hombre vestido de traje había recogido mi maleta y me invitó a sentarme en el interior de un cómodo Bentley de asientos de cuero color marfil. Cuarenta y cinco minutos más tarde llegábamos a las escaleras principales de la clínica. La canola amarilla danzaba al ritmo de un brisa veraniega.

Aquella mujer alta y elegante que me había servido café en mi última visita se encargó de recibirme. Se presentó como Emma y dijo que Eric estaba ocupado hasta la noche, pero que me recibiría antes de la cena.

Desde el primer instante noté algo extraño y diferente respecto a mi anterior visita a la clínica, pero no supe definirlo bien hasta que atravesamos los salones de la casa. Emma utilizaba su tarjeta magnética para abrir una puerta detrás de otra, provocando aquellos pequeños pitidos eléctricos, y yo me iba fijando en la soledad del lugar. Cuando Eric van Ern me invitó aquella mañana, había visto gente sentada dentro, fuera, leyendo o charlando. Enfermeros, jardineros... pero hoy, esa tarde de lunes, no se veía un alma.

—Hay muchos compañeros de vacaciones —respondió la mujer cuando le pregunté por esto—, y además estamos en una época de baja ocupación. Tiene usted suerte. Tendrá casi toda la casa para usted.

Las viviendas se encontraban en la parte trasera de la *maison*, formando alrededor de un patio de hierba y gravilla. Había un total de ocho pequeños apartamentos que debieron de pertenecer al servicio, o servir de caballerizas, en los tiempos en que la mansión estaba ocupada por una importante familia. Aquello también estaba desierto. Ni un alma. Cruzamos el patio y Emma abrió (con su tarjeta, una vez más) la puerta de uno de los apartamentos.

—Bienvenido a su casa —dijo invitándome a pasar.

El apartamento era amplio, luminoso y espartano. El dormitorio constaba de una cama individual, con una mesilla de noche y una lámpara. Había una pequeña ventana frente a un escritorio que daba a los terrenos adyacentes y otra que daba al patio. No había televisor, solo una estantería de libros y material de escritura. Un radiador de acero, con sus cuatro patas sobre el suelo de madera. La puerta no tenía llave, sino otra de aquellos lectores de tarjeta.

—No necesitará llave —dijo Emma cuando le pregunté—. Por cuestiones de seguridad, los apartamentos se cierran por la noche y hay un botón de llamada por si usted necesita cualquier cosa. Ahora póngase cómodo. Dentro de un rato se servirá la cena. Puede ir leyendo nuestra guía de bienvenida —dijo, señalándome un pequeño librito que alguien había dejado sobre el escritorio.

—¿Puedo fumar? —pregunté.

—Sí que puede, aunque nos encantaría que se plantease dejarlo durante su estancia. En todo caso, hágalo fuera, si no le importa.

Dicho esto, se marchó cerrando la puerta. Oí sus pasos alejándose por encima de la grava. Me acerqué a la puerta y comprobé que, efectivamente, estaba abierta.

«Vaya, parece que sigo siendo libre... por ahora.»

Me senté fuera, al sol, fumando y leyendo aquel folleto durante un rato. Esperaba encontrarme con algún otro «habitante» de la residencia. Algún otro yonqui de la Provenza, rico y perdido, buscando una salida llana a su barroca existencia. Pero nadie pasó por allí, ni un alma. Los pájaros aterrizaban sobre la hierba a coger un gusano. La brisa iba y venía recogiendo y llevando la fragancia de la lavanda. Todo era perfectamente tranquilo y aburrido.

Al cabo de un buen rato leyendo, me levanté y empecé a investigar el resto de las viviendas. Fui mirando una a una a través de todas las ventanas, pero allí no se veía un alma. Todas las camas estaban hechas, todas las habitaciones recogidas. Me fijé en la fina capa de polvo que cubría algunos escritorios que alcancé a ver. Parecía que todo aquello llevara una buena temporada cerrado. ¿Es que el negocio no iba tan bien como presumían? ¿O era por otra razón?

Salí del patio y di un paseo por un pequeño camino empedrado que iba a dar al picadero. El camino continuaba alrededor de esa valla y terminaba en el bosque. A mi derecha, a unos cien metros, observé que había una especie de pista de tenis o trozo de asfalto en medio del jardín, unido a la mansión por una estrecha carretera. Más allá comenzaba un frondoso y oscuro bosque y calculé que detrás se elevaba la casa familiar de los Van Ern. Pero antes, entre la clínica y la casa, había otra cosa. Los últimos rayos del sol apenas daban para iluminar el aire, pero quise adivinar el rastro de un tejado asomando entre las copas de los árboles. Era, por supuesto, el otro edificio.

La ermita.

Un estruendo, como un ruido de palas, empezó a crecer entonces desde alguna parte. Miré al cielo, a un lado y otro, hasta que vi aparecer un pequeño mosquito negro por detrás de la mansión. Un helicóptero que parecía una libélula monstruosa y que venía directamente hacia mí.

Me quedé congelado sobre el césped, no sabiendo hacia dónde ir, y después empecé a retroceder. El helicóptero pasó por encima de mi cabeza batiendo sus aspas con un ruido ensordecedor. Sobrevoló el césped hasta alinearse sobre aquella especie de pista de tenis que había visto antes. Me di cuenta de que se trataba de un helipuerto. Lo vi descender suavemente hasta posarse sobre aquel trozo de asfalto.

—¿Señor Amandale?

La voz sonó tan cerca de mí que me sobresaltó. Me volví y vi que se trataba de Emma. Obviamente, la mujer se había acercado al amparo del ruido del helicóptero.

—El señor Van Ern le recibirá ahora.

—¿Algún nuevo cliente? —pregunté, señalando al helicóptero, cuyo motor acababa de apagarse.

—No, regresa de Marsella. Esta tarde dimos el alta al último. Pero tendrá compañeros pronto, no se preocupe.

Regresamos a la *maison*. Emma me condujo a través de la casa (bip, bip) hasta las escaleras principales, y una vez allí hasta una biblioteca en la primera planta. Había varios sofás y canapés distribuidos en círculo y algunos grandes estandartes dictando lemas muy propios de una clínica de rehabilitación: ¿CÓMO ESTÁS?», me imaginé que aquel sería el lugar donde los pacientes se reunían para charlar en grupo. «Hola, me llamo Brian y llevo quince días sin tocar una botella.» Algo de lo que yo me había ido librando progresivamente a lo largo de los años, pese a que muy probablemente llevaba siendo alcohólico más de una década. Pero, bueno, todo es una cuestión de actitud.

Me senté en un sofá y esperé hasta que oí abrirse las puertas de nuevo. Eric van Ern cruzó la sala sonriente, su cuerpo delgado y fibroso, su plateada cabellera y sus andares que a veces me recordaban a Mick Jagger. Me estrechó la mano y me dio la «bienvenida a su casa». Después se dejó caer sobre el sofá opuesto al mío, cruzó las piernas y entrelazó las manos sin dejar de mirarme y sonreír.

—¿Qué le ha parecido la habitación? Espero que esté todo en orden.

—Cómoda, aunque un poco solitaria. Pensaba que tenían ustedes una larga lista de espera.

—Estamos planeando algunas reformas —respondió Eric—. Queremos dar un nuevo aire a las habitaciones y hacer algunos arreglos en la clínica. Esa es la razón de que hayamos decidido bajar un poco la intensidad durante el verano. Aunque, claro, su caso es diferente. Ya se lo dije: usted es un huésped especial.

Hizo un sonidito con la lengua en la palabra «especial»; me recordó a la lengua de una serpiente.

—Pero, bueno, ¿cómo se encuentra? ¿Qué tal van esas contusiones y la herida en la cabeza? ¿Aún le duele?

—Bueno, ya puedo andar sin que me rechinen las costillas —dije—. Y hoy se han pasado la mañana haciéndome resonancias. Parece que sigo teniendo mi cabeza de chorlito en su sitio.

—¿Le han prescrito algún calmante?

Dije que sí. Nolotiles.

—Intentaremos quitárselos cuanto antes —respondió Eric—. Mañana, antes del desayuno, empezaremos con un buen chequeo médico. Algunos análisis. Es importante para orientar los siguientes pasos. Eso respecto a la química. Pero había pensado mantener una primera charla con usted. Esta misma noche, si le parece.

—¿Por qué no? No tengo nada mejor que hacer.

Me reí y Eric se rio también. No obstante, noté cierta alteración en él. Como si algo le tuviera preocupado.

—¿Quizá prefiera cenar primero?

—No —dije—, hoy comí los dos platos en el hospital y no he hecho nada más que leer el resto de la tarde. En realidad, podría saltarme la cena perfectamente.

—Como usted quiera, Bert. Verá, no puedo ocultar mi sorpresa y curiosidad por todo lo sucedido. Vincent Julian vino a hablar conmigo el sábado. El hombre estaba descompuesto, confuso... me pidió consejo y se lo di: le pedí que evitara la denuncia.

—Se lo agradezco, Eric.

—Es lo mínimo que podíamos hacer por usted, Bert. Hablé con Miriam y ella estuvo de acuerdo en que podríamos intentar ayudarle aquí, en la clínica. Pero V.J. me explicó algo que usted le había contado unos días atrás... una historia en la que yo también era protagonista. ¿Sabe de lo que hablo?

—Olvídelo, Eric —respondí—. Aquello fue un momento

de locura. Ya se lo dije a Miriam: me arrepiento mucho de ello y le pido disculpas por haberle acusado a usted.

Eric van Ern tragó saliva. Su delgada nuez subió y bajó en el cuello y sus labios hicieron por sonreír.

—De veras, Bert. Será interesante empezar a hablar de eso y aclarar cualquier duda al respecto. A fin de cuentas, no hace ni tres días que usted pensaba que podíamos pertenecer a una especie de secta. ¿No es cierto? Y ahora usted está aquí... Me pregunto si podrá dormir tranquilo.

Me reí.

—Ya le digo que lo siento. Es una auténtica paja mental. Estoy completamente seguro de que todo está bien.

Eric se rio conmigo, pero tenía los ojos clavados en mí. Intuía algo, pero no podía saber el qué. Y yo había vestido mi expresión con la mejor cara de póquer que tenía. La cara de póquer con la que me jugaba el sueldo del mes en nuestro piso compartido en Londres.

—Bueno, déjeme recordar —siguió diciendo Eric—, usted le dijo a V.J. que somos los descendientes de ese tal Padre Dave. ¿Correcto? Aquel hombre de la Guayana. ¡Ah! Y toda esa conclusión es debido a que yo crecí en Surinam. Y los cuadros.

Me reí. Eric van Ern casi no podía ocultar su prisa por hablar del asunto.

—Si así lo desea. Sí, en efecto. Eso es lo que pensaba.

—Veamos, Vincent Julian también está metido en el ajo. Y por lo visto Dan Mattieu y los Grubitz. ¿Alguien más?

—Bueno, llegué a pensar que todo Saint-Rémy estaba dentro. Aunque me pareció exagerado. Más tarde pensé que quizá la secta alcanzase solo a algunos «recién llegados». Los Beverly Hills... A fin de cuentas, solo llevan unos años por aquí. Imaginé que eran un grupo de criminales que, haciéndose pasar por corrientes ciudadanos franceses, han escapado de la justicia y han ido a asentarse en este pueblo remoto, una pequeña comunidad donde poder continuar con sus actividades maléficas.

—Y la base central de esas operaciones es esta clínica, ¿correcto?

—Sí.

Volví a reírme.

—De verdad le pido disculpas por todo esto, Eric. Tengo verdaderas ganas de comenzar con el tratamiento. Jamás había estado tan motivado por curarme. Todas estas ideas... han escapado a mi control, ¿sabe? Me doy cuenta de que además tiene mucho que ver con mi relación con Miriam. Ya sabrá que estamos en proceso de separarnos y...

—No se preocupe, Bert —me interrumpió Eric—. Está usted en el sitio correcto. Pero sigamos por un instante. El viernes usted encontró algo en la casa de Chucks Basil. Un pequeño dispositivo que le hizo relacionarlo todo definitivamente. ¿Es correcto?

«Vaya, por fin sale —me dije para mis adentros—, confiaba en que por lo menos pasara un día antes de que quisieran sacar el tema.»

Pero Eric van Ern parecía apurado, y empecé a preguntarme el porqué.

—Sí, correcto —respondí.

—Hábleme de ese USB —dijo—, me interesa. Vincent nos contó que usted pensaba que contenía información extraída por Daniel Someres sobre nuestras actividades «criminales». Y que se lo había pasado a Chucks el día del accidente.

—Ahora ya no estoy seguro de nada, ¿sabe? Lo perdí. Debió de caerse en alguna parte...

—Pero V.J. lo vio —dijo Eric—, y ponía DSOMERES2. ¿Pudo ver lo que había en su interior?

De pronto Eric hablaba cada vez más rápido. Se había reclinado hacia mí. Se dio cuenta y volvió a apoyar la espalda en el sofá.

—No —respondí—. Estaba protegido por una clave.

—Pero en su teoría usted pensaba que eso contenía información sobre nuestras actividades. Es lo que Daniel Someres robó de nuestros ordenadores, ¿verdad? Datos. Algo parecido. ¿No?

—No lo sé, Eric, yo... —me limité a decir.

—Juguemos, Bert. ¡Especulemos! —dijo casi gritando—. ¿No es lo que a usted le gusta?

—Pongamos que son datos, sí. Evidencias.

—Evidencias —repitió Van Ern—. ¿De qué exactamente? ¿Qué es eso tan maligno que hacemos en esta clínica?

—Es en esa casa del bosque. La ermita.

Un extraño fuego se encendió en sus ojos. De pronto había empezado a hablar más y más alto.

—¡En la ermita! ¡Claro! Ahí es donde está el secreto, Bert, ¿verdad? Ese es el lugar que le trae de cabeza. También lo mencionó el otro día. ¿Qué es lo que escondemos ahí, Bert? ¿Al Padre Dave?

—Le ruego que me perdone, Eric. Haré lo que usted me pida para reparar esta ofensa. Escribiré una carta a todos los vecinos, a nuestros amigos. Lo que quiera.

—No se preocupe por eso ahora, Bert. Lo importante es que aclaremos todo esto. Siga. Usted pensaba que éramos parte de esa secta.

—Lo insinué, pero no tiene sentido. Usted creció en Surinam, y no en la Guayana Francesa. Y, de todos modos, ¿cuántos años tiene usted ahora, cuarenta y cinco? Debía de tener usted trece cuando ocurrió todo eso. Es imposible. A menos que fuera un niño.

—A menos que fuera un niño —repitió Eric perdiendo la vista en alguna parte—. ¿No se le ocurrió pensar que en esa clínica había niños? Quizás algunos de esos hombres tuvieron hijos... hijos que aprendieron de sus padres...

Eric se calló, como si se hubiera sorprendido hablando demasiado. No dije nada y se hizo un silencio abismal en la biblioteca. Un silencio negro y profundo. Eric van Ern estaba literalmente en tensión sobre su sofá. ¿Era el brillo del sudor lo que se dibujaba en su frente?

—Enhorabuena —dijo al final—. Solo un escritor magnífico podría tejer semejante teoría.

—Son solo bobadas, Eric. —Me temblaba la voz—. De veras...

—Bobadas... claro. Pero dígame una cosa más, Bert. Una última cosa. ¿Cómo se llama el perro de su amigo?

Aquello me pilló por sorpresa.

—¿El perro?

—El labrador de Chucks. ¿Cómo se llama?

—¿Se refiere a *Lola*?

—*Lola* —repitió Eric—. Qué nombre tan curioso. Al parecer, lo llevó usted a una clínica veterinaria el viernes y lo dejó allí abandonado. Después de la pelea con V.J. ¿Es cierto?

Noté que la sangre abandonaba mi rostro, pero intenté recomponerme. Ahora comprendía las prisas de Van Ern. Ahora se explicaba todo. Y mi plan de ganar tiempo acababa de recibir un gigantesco varapalo.

Asentí un poco con la cabeza. Eric van Ern continuó hablando.

—... Pero afortunadamente el perro tenía un chip con su identificación. Esta mañana, la veterinaria intentó localizar a Mister Basil y eso le llevo a la *gendarmerie* de Sainte Claire, donde le hablaron de usted. Y entonces fue cuando llamaron a Vincent. ¡Imagínese la sorpresa! Bueno, como amigos suyos que somos, fuimos allí a buscarlo en su nombre. No se preocupe por el perro. Vivirá. Pero la veterinaria estaba un poco preocupada por su «dueño». Le contó a Vincent que estaba usted fuera de sí. Enloquecido. Y Vincent se preguntó si habría causado alguna otra molestia por allí. Investigó un poco y parece que entró en un par de negocios preguntando si había Internet... La mujer del estanco recordaba que usted volvió a entrar más tarde y dijo que quería enviar una carta. ¿Es cierto?

Tragué saliva.

—No.

—Bueno. Pero ¿qué razones tendría esa mujer para mentir? Le recordaba muy bien, ¿sabe? Es usted extranjero y además iba como un loco. Ansioso. Muy ansioso. Compró un paquete acolchado y un sello urgente para el extranjero. Ella no vio nada más. Solo que escribía una nota, apresuradamente. Después lo echó en el buzón de La Poste. Y allí estuvo todo el fin de semana, hasta esta mañana.

Mi cara de póquer se desmoronaba por todas partes. Apreté los dientes. «Vamos, Bertie, hora de tener alguna idea feliz.»

—¡Ah! —dije dando un aplauso con las manos—, se refiere al contrato de Ontam. Sí... aproveché que estaba por allí para enviarlo. Era urgente.

Los labios de Van Ern formaron una sonrisa reptil. No

me había creído, y no le culpaba por ello: era la bola más cha-fardera que había inventado desde que tenía trece años.

—¿Un contrato? —dijo Eric sonriendo—. Vamos, Bert. Usted debía de sentirse perseguido, el cerco se estrechaba a su alrededor. Nadie se acordaría de un contrato en esas cir-cunstancias. ¿Sabe lo que pienso? Pienso que envió usted ese USB a alguien.

Me hice el sorprendido.

—Se equivoca, Eric. Es verdad que perdí el USB. Se me cayó en el accidente. ¿No me cree?

—No lo sé... Bert. Este mediodía, cuando nos enteramos del asunto, lo primero que pensé es: «Encaja.» Que usted venga a la clínica, de forma voluntaria, después de todo lo que ha imaginado sobre nosotros. Eso tendría lógica si lo que usted está haciendo es ganar tiempo.

Me reí.

—¿Ganar tiempo? ¿Para qué?

—No lo sé... quizá tenga la esperanza de que la policía se lance sobre nosotros en cualquier momento. Que el séptimo de caballería venga a rescatarle.

—¿Es que necesito ayuda, Eric?

De nuevo silencio. La tensión de aquella biblioteca se po-día cortar con una navaja.

—Lo que quiero decir, Bert, es que quizás esté usted min-tiéndonos a todos. Quizás esté jugando a un juego peligroso, en su imaginación. Y eso sería algo contraproducente, créame.

—¿Qué quiere decir?

—Imagínese por un instante que yo soy ese monstruo que usted teme. Usted me ha hecho daño, o planea hacerlo, ¿qué cree que haré? Tengo su vida y la de su familia en mis manos.

—No se atreverá —dije con la misma firmeza que un flan servido en un vagón restaurante—. Ustedes no quieren hacer tanto ruido. Ustedes...

Sus ojos se habían vuelto absolutamente negros. Dejó de sonreír y su voz se convirtió en algo horrendo, monstruoso.

—Hay muchas maneras de hacerlo, Bert. Unos ladrones que entran en la casa pensando que está vacía. Al ver a Miriam y Brit, se asustarán y las asesinarán torpemente, atadas en la escalera, a palos, después de violarlas. O quizá las invitemos a un crucero por el Mediterráneo. Empujaremos a Britney al agua, esperaremos a que Miriam se lance a por ella y las abandonaremos en alta mar. Hay tantas maneras...

—Elron... —empecé a decir.

—El chico hará lo que se le diga —respondió Van Ern.

Me quedé en silencio. Mirándole, aterrorizado. Entonces, Eric van Ern volvió a sonreír, a recobrar el color de sus ojos.

—Pero eso, por supuesto, es tan solo una fantasía, ¿verdad, señor Amandale? Una fantasía siniestra pero irreal.

En ese instante sonó un timbre. Eric van Ern cogió un teléfono del interior de su chaqueta y habló a través de él. Noté inmediatamente que algo le sorprendía.

—¿Puedes detenerlos?

Vi cómo murmuraba algo entre dientes. La verdad es que se había puesto de mal humor. Pensé: «¿Ya está? ¿Ha llegado la hora?»

—Bueno, de acuerdo. Yo me hago cargo. Gracias, François, acompáñalos hasta el patio.

Colgó. Se me quedó mirando.

—Vaya, parece que las sorpresas solo acaban de empezar —dijo elevando las manos al aire como si aquello fuera una buena noticia—. Se trata de su hija Britney.

Sentí que mi corazón daba un latido muy fuerte y muy profundo.

—¿Qué hace ella aquí?

—Elron y ella han aparecido por la puerta de la clínica. Al parecer, ella insistió en despedirse de usted. ¡Vaya! Hace bien. Después no le volverá a ver en unas cuantas semanas. Vamos, acompáñeme.

Eric se levantó de su sillón y me guio hasta la puerta del despacho, donde utilizó una de esas tarjetas magnéticas para abrir. Después enfilamos un pasillo que desfilaba ante el campo de canolas.

2

François, el jefe de seguridad, estaba esperándonos cuando salimos por la parte trasera, al patio de las viviendas. Nos observamos en silencio aunque él no pudo evitar sonreír como diciendo «tanto tiempo, señor». Eric le dijo un par de cosas en francés, muy rápidas, que no entendí.

Yo estaba nervioso y mi cabeza se había quedado en blanco. De pronto me había dado cuenta del gran error que había sido separarme de Britney y Miriam. Ellos se habían enterado de lo de la carta. Sabían a qué estaba jugando y no dejarían pasar demasiado tiempo. Quizá lo hicieran esa misma noche ¿El qué? ¿Abrirme la cabeza? ¿Colocarme una de esas coronas de espinas?

El sol se había ocultado ya completamente detrás del Mount Rouge. Un horizonte metálico y ligeramente rosado era el último fulgor del día, y sobre él, las estrellas. Yo trataba de pensar, de imaginar, de anticiparme a los pensamientos de Britney, a lo que fuera que hubiera podido planear. «Confía en ella —me decía a mí mismo—. Es diez veces más lista que tú y además tiene la sangre fría de Miriam. Algo se le habrá ocurrido.»

El coche de Elron rodeó la mansión y se acercó por la carretera que entraba en el patio. Dos hombres venían caminando a su lado. Otros dos guardas se seguridad. Y sumados a François eran ya tres. Además de ese gigantesco mastín que sabía que rondaba por alguna parte.

El Beetle dio un par de alegres pitadas y ráfagas antes de llegar donde nosotros. Se abrió la puerta y salieron los dos chicos. Eric alzó sus brazos para saludar a Brit, y mientras tanto Elron se acercó por el otro lado.

—Elron —dijo Eric sonriente—, debiste explicarle a Britney lo del reglamento de visitas...

—Lo hice, papá, pero...

—Lo siento, señor Van Ern —dijo Britney empleando su dulce tono de voz capaz de derretir muros de hormigón—. Estábamos en el estanque y recordé que había un par de libros que había olvidado meterle en la maleta. Espero que no le importe.

Eric jugó el papel del estricto doctor que se ve forzado a hacer una concesión.

—De acuerdo, de acuerdo. ¿Cómo podríamos decirle que no a nuestra «hija adoptiva»? Espero que no le importe, Bert —dijo mirándome fijamente.

Yo asentí con gravedad. Aún resonaban sus palabras en mi cabeza: «las asesinarán torpemente, atadas en la escalera, a palos, después de violarlas».

—¿Quieres ver mi habitación? —le pregunté a Brit. Y ella asintió. Entramos juntos, seguidos por Elron y su padre. Supuse que no querían dejarnos solos ni un instante.

—¡Está muy bien! —celebró Britney al ver la habitación—. Un poco monacal, pero en fin. ¿No tienes compañeros?

—Esta semana se incorporan un par de nuevos huéspedes —dijo Eric—, hasta entonces tu padre estará solo. Espero que no sea usted asustadizo, Bert.

—Bueno —dije—, no mucho.

—Bueno. Entonces quizá no debería haberte traído estos libros —dijo Britney entonces.

Sacó dos libros de su bolso y los colocó sobre la mesa. Joder, eran aquellas dos novelas de Amanda Northörpe que yo tanto odiaba. Pensaba que Miriam las habría reciclado ya.

—Tu escritora preferida, papá —dijo elevando la comisura de sus labios en una suave sonrisa.

La miré con el ceño ligeramente fruncido. Sonreí.

—Muchas gracias, Brit —dije recogiendo los libros—, esto hará que el tiempo pase más rápido.

Entonces Van Ern dijo que sería conveniente que nos despidiéramos.

—Tu papá necesita descansar. Le esperan semanas duras. ¡Aquí se viene a trabajar!

Brit se me acercó y me dio un beso en la mejilla y un abrazo. Después, al separarse, me miró fijamente a los ojos.

—Vuelve pronto a casa, papá. ¿Me lo prometes?

La miré a los ojos mientras veía a Elron y Eric van Ern a un metro de nosotros, escuchando cada palabra que decíamos.

—Te lo prometo, nena. Volveré muy pronto.

Brit y Elron volvieron a su coche y se marcharon. Los vimos partir en silencio. Las luces rojas de sus faros traseros hundiéndose en la penumbra.

—Es hora de descansar, Bert —dijo Eric despidiéndose—. Mañana nos espera un día muy duro a los dos.

A partir de aquel momento, uno de los guardas estaba siempre a mi alrededor. En el comedor principal, durante la solitaria cena, les vi al otro lado del cristal, observándome. Supuse que las cartas habían quedado boca arriba y que Eric no se la iba a jugar hasta sacarme lo que quería saber. Y quizá todo ocurriese esa misma noche.

Tras la cena, Emma me acompañó de vuelta a la habitación y me informó de que las ventanas quedarían cerradas por la noche, pero que podía regular la temperatura de la habitación con un termostato. Después salió y escuché el bip de su tarjeta al pasar junto al lector magnético. Inmediatamente oí cerrojos eléctricos activándose en la puerta y las ventanas. Era, a todos los efectos, como estar en una cárcel.

Me quedé un rato sentado sobre la cama hasta que sus pasos se hubieron alejado sobre la gravilla. Después me levanté y traté de abrir la manilla.

Estaba cerrada, por supuesto.

VII

1

«Saben lo de la carta, Bert. ¿A qué están esperando para torturarte? Quizá lo hagan esta misma noche, de madrugada.» Apagué la luz, me tumbé en la cama, con las manos detrás de la cabeza, y observé la habitación detenidamente. Lo hice porque quizás hubieran ocultado una cámara en alguna cavidad o agujero. No era descabellado pensarlo, pero tras unos minutos escrutando las paredes y el techo decidí que sería algo improbable.

Hecho esto encendí la luz de mi mesilla, me levanté y tomé los dos libros de Amanda Northörpe que Britney había dejado sobre mi escritorio. *La noche de los celos asesinos* y *La presunción del farero*, con sus rocambolescas cubiertas y frases de contracubierta:

«Con más de un millón de ejemplares vendidos en todo el mundo, Amanda Northörpe se proclama como la nueva dama del misterio actual.»

Abrí el primero: *La noche de los celos asesinos*, y empecé a pasar las páginas sin leerlas. Debía de haber algo escrito en alguna parte, un mensaje; pero después de un primer rastreo no encontré nada. Después tomé el segundo libro, *La presunción del farero*, e hice lo mismo. De nuevo, desfilaron ante mis ojos más de seiscientas páginas de misterios, diálogos, escenas de amor y algún que otro momento erótico, pero ningún mensaje ni nota que pudiera servirme para nada.

«Vamos, Britney. Sabes que odio estos jodidos libros. ¿Dónde está el mensaje?»

Entonces, según sujetaba el grueso tomo, la sobrecubierta se deslizó un poco entre mis dedos. Era una de esas aparatosas ediciones de tapa dura, sobrecubierta, solapas... y aquello me dio una idea. Desvestí el libro y lo giré entre mis dedos, abriéndolo y cerrándolo. Nada. Pero al hacer lo mismo con el otro tomo... *voilà!* Adherida en el lomo apareció algo: una tarjeta magnética de plástico.

Sentí el corazón acelerándoseme en el pecho, al mismo tiempo que tenía que reprimir un grito de «¡HURRA!». «¿De dónde la has sacado, Brit? ¿Se la robaste a tu querido Elron, quizá?»

Estaba tan absolutamente orgulloso de mi hija, de su inteligencia y de su sangre fría que casi aprieto el botón de llamada para contárselo al inepto de Eric van Ern. «Así es como hacemos las cosas en mi familia, pedazo de pijo zen extrasensorial.»

La tarjeta venía pegada a un pequeño trozo de celo. La separé con cuidado y la miré. No tenía ninguna marca o nombre impreso en ella, solo un pequeño trozo de papel que venía doblado detrás, y en el que había un corto mensaje escrito.

«Tenías razón... Suerte. Te espero en casa.»

No había tardado ni un solo día en comprobar lo que le

pedí que comprobara: si existía o no un hombre llamado Jean Frateau en la comisaría de Marsella. Y en caso de que existiera, si había hablado con Vincent Julian a las seis de la tarde del viernes pasado. Ese era el último cabo que supongo que ni siquiera V.J. recordaría haber dejado suelto. Una mentira. Otra mentira más. Y Britney por fin se había convencido de que todo era cierto. La tenía de mi parte. ¡Había dado un jodido paso en la dirección correcta!

En cuanto a la tarjeta, supuse que se la habría quitado a Elron. ¿O habría sido el propio Elron quien se la había dado? ¿Se equivocaba Eric van Ern al confiar tanto en su cachorro? En cualquier caso, había dos cosas claras: la primera, que esa tarjeta era mi carta de libertad, la última baza, y que debía jugarla correctamente. Y la segunda: que en caso de que Elron no hubiera colaborado en aquello, la seguridad de Britney duraría lo que Elron tardase en echar de menos la tarjeta.

Dejé pasar las horas. Dos exactamente. Me dediqué a leer *La noche de los celos asesinos* intentando no caerme dormido, lo cual no era nada fácil tratándose de Northörpe y sus diálogos de amor interminables entre Ratty Callahan y su musculoso y viajado mayordomo Mister Bundt. Entonces mi reloj de muñeca marcó las doce en punto de la noche. La hora bruja. La hora en la que los fantasmas despiertan y salen a pasear por los camposantos.

Y yo, como un fantasma, me levanté también.

El bip sonó muy alto, al menos en mi imaginación, pensé que lo habrían oído hasta en París. Después la puerta emitió un chasquido y quedó entreabierta.

Me quedé quieto, durante unos segundos, atento a cualquier sonido que pudiera escucharse fuera. ¿Habría un guarda vigilando mi habitación? Era lo más lógico, aunque en realidad nadie esperaría que yo tuviese una tarjeta, ¿no es cierto? Nadie podía anticiparse a aquel afortunado as que había aparecido en la manga de Mister Amandale. Pero allí estaba. Y quizá tampoco podían imaginarse que, pudiendo escapar, Bert no lo hiciera. Porque le debía una a Chucks. A ese hermano que ellos se habían llevado y por el que iban a pagar. ¡Sí que iban a pagar, Chucks! Aunque me costase la puta vida.

La luna me ayudaba también aquella noche. Solo mostraba una fina rodaja de su rostro y el patio estaba sumido en las penumbras. Emma me había dicho que las habitaciones se cerraban por seguridad durante la noche. ¿Qué otras cosas ocurrirían allí por la noche?

Caminé por el borde más oscuro de las viviendas sin perder de vista la casa, que parecía dormir en una completa oscuridad. Solo algunas tenues lamparillas exteriores irradiaban algo de luz junto a la fachada. Pero el campo estaba sumido en la negrura.

Repetí el camino de esa tarde, primero hasta las vallas y después por el sendero. Esta vez alcancé el helicóptero. La máquina era mucho más grande vista de cerca. Me parapeté tras ella y volví a observar la casa, pero mi pequeño *rendez-vouz* nocturno no parecía haber despertado a nadie, ni hecho sonar ninguna alarma. Por ahora. Solo me quedaban escasos quinientos metros para alcanzar el bosque y era quizás el tramo más descubierto. Así que decidí marchar a toda prisa. Correr hubiera sido demasiado doloroso con mis costillas aún resentidas.

El bosque me esperaba como un gran monstruo noctur-no. Una puerta negra, unas fauces abiertas esperándome. Pero no me iría de aquel lugar sin saber la verdad. Alcancé los primeros árboles y me paré a mirar atrás y descansar. ¿De verdad había llegado tan lejos sin que nadie me detec-tara? Parecía casi una broma... o una trampa. En cualquier caso, ya no había marcha atrás. Además, en cuanto me vol-ví de nuevo hacia el bosque, distinguí la fachada blanca de aquella capilla y su influjo me atrapó casi de forma hipnó-tica.

«Vamos. Demuéstrale a todo el mundo que no estabas tan loco.»

Caminé cada vez más despacio, como si me estuviera acercando a un lugar radiactivo, cuya proximidad podía res-tarte días de vida. El edificio fue cobrando forma a través de los árboles, bajo la luz mínima de una luna escurridiza. Un tejado puntiagudo, fachadas blancas y altas ventanas veladas con pintura. Avancé hasta situarme frente a la puerta, humil-de, elevada sobre tres escalones. Había uno de aquellos lecto-res de tarjetas magnéticas a un lado.

Escuché un ruido a mis espaldas. Casi un instante des-pués, un sonido metálico, como un gatillo amartillándose. Pero antes de que pudiera girarme, ese alguien habló.

—Vamos, Bert —dijo—. Ábrala.

Ni siquiera tuve que volverme para saber quién era mi in-terlocutor.

—Me han dejado llegar hasta aquí, ¿verdad, Eric?

—Abra la puerta, Bert. ¿No quiere conocer al Padre? Bien, vamos a hablar con él. Será una larga conversación.

Me volví a mirarle pero oí un sonido, como cuando chas-queas la lengua para que un niño deje de llorar.

—Tengo un arma. Haga lo que le digo.

Me dirigí entonces a la capilla, a la ermita, o como se llamase aquello. Subí los tres escalones y utilicé la tarjeta en el lector. La puerta se abrió igual que se había abierto la de mi habitación, quedándose entreabierta, pero, esta vez, el chasquido resonó a lo largo y ancho de aquella gran oscuridad.

—Vamos —dijo Eric a mis espaldas—, entre.

2

Me hundí en aquella negrura, con los ojos cerrados y los dientes apretados. Cuando escribía las historias de Bill Nooran siempre terminaba estremecido por el terror. Pensaba que conocía el terror, pero en aquel momento, según daba aquellos pasos a lo largo de lo que parecía un pasillo entre asientos de una iglesia, comprendí que nunca había estado ni a miles de kilómetros de distancia del verdadero miedo.

Recordé al hombre haitiano y sus heridas en la cabeza. Recordé aquellos testimonios de las personas que habían visitado el Hospital de la Jungla del Padre Dave. «Gatos que salían de las paredes y te comían las piernas.» Pero es que incluso podía escuchar los ruidos de animales a mi alrededor... ¿Estaba alucinando? ¿Me habían envenenado de nuevo?

Pese a que las ventanas estaban veladas con pintura, había un leve resplandor en el interior de la capilla. Eran luces eléctricas que partían de los lados, y mis ojos comenzaron a acostumbrarse a la pobre iluminación. Según escuchaba el ruido de mis propios pasos resonando en aquel vasto espacio, a mi alrededor empezaron a desvelarse formas. Cosas de cierta complejidad. Paneles luminosos, tubos, mesas de trabajo. A mi derecha vi algo parecido a pequeñas jaulas donde sonaban gruñidos y rumores de seres vivos. Al fondo, en el ábside, una especie de gran estantería de almacén.

La puerta se cerró a mis espaldas. Me detuve.

—¡Padre Dave! Salga, tiene invitados —gritó Eric, y después se echó a reír.

Me volví. Eric van Ern aparecía frente a mí como un espectro en medio de aquel pasillo.

—Ya está, Bert. Todo el misterio se ha desvelado. Es lo que usted quería. El Padre Dave. ¿Lo ve?

—No está aquí —dije.

—Por supuesto que no está aquí. Es muy difícil revivir a los muertos.

—¿Muerto?

—Claro que murió, Bert. Lo eliminaron, como se elimina siempre a los fantoches. El viejo era un loco, un fanático y un obseso sexual, como usted dijo. Pero solo era la cara visible de otra cosa, ¿entiende?, de otras personas que trabajaban en cosas importantes. Todos aquellos experimentos con drogas y electricidad arrojaron ideas singulares, únicas, pero el viejo comenzó a olvidarse de quién era, de quién le financiaba. Y había manos muy fuertes que ansiaban apoderarse de esos secretos. Entonces fueron a por él en Kourou, en Martinica. Y, finalmente, lo atraparon en Santa Marta. Gracias a Dios, una sección de la familia pudo escapar.

—Ustedes. Edilia, los Grubitz, los Mattieu...

—Hay de todo, como en todas las familias. También nuevos miembros y algún que otro traidor.

—¿Como el hombre que informó a Someres? —pregunté.

Van Ern se rio. Llevaba una bonita pistola en las manos. Grande y plateada. La movió en el aire y emitió algunos destellos a la luz de la luna.

—Qué gran imaginación, la suya, Bert. ¡Magnífica!

—¿Qué es lo que hacen aquí?

—Continuar con el trabajo de Dave —respondió Van Ern—, con la parte lucrativa de aquel trabajo, digamos.

—¿Fabricando drogas?

—Vamos, no nos insulte, Bert. Cualquiera puede fabricar esa basura sintética en su casa mirando solo Internet. Eso es algo de muy poca alcurnia, querido. Aquí hacemos ciencia. Ciencia auténtica. Experimentos avanzados que no se podrían hacer legalmente. Tenemos muy buenos clientes que pagan cantidades obscenas por ello.

—Experimentos con gente, con los chicos de su fundación. Eso es lo que Someres descubrió. Lo que hay en el USB.

Eric ni siquiera respondió. Se rio. Se apuntó con la pistola en la sien.

—Bueno, usted también ha participado en alguno de ellos. ¿Qué le pareció aquel sueño terrible de hace algunas noches? Una pesadilla casi real, ¿no es cierto?

Me quedé frío.

—El whisky —deduje rápidamente—. Cabrones... ¿Quién lo tocó? ¿Edilia? ¿Elron?

De nuevo, más preguntas sin contestación.

—¿Sabe? Es un verdadero placer hablar con usted tranquilamente. Desde niños nos han enseñado a callar y engañar. Es algo que termina cansando, créame: incluso en casa, jamás tocamos el tema. Así que le agradezco la oportunidad que me da. Aunque tengamos que acabar con esto pronto.

—¿Va a matarme?

—Depende de usted, realmente. Aunque si queda vivo, no volverá a ser el mismo, eso se lo aseguro. Pensaba hacer algunas cosas relacionadas con la memoria. De hecho, iba a ser el propio Elron el que se estrenara con usted. Provocarle una pequeña meningitis artificial, convertirle en alguien muy simpático y hablador, pero que siempre dijera tonterías que nadie creyera.

—Un gran plan. Podría haber llegado a político.

Van Ern no se rio.

—El caso es que nos ha puesto usted en un grave aprieto, Bert. —Movió la pistola arriba y abajo—. Hizo una jugada perfecta con el USB. Y en el hospital, gritando a los cuatro vientos para que le devolvieran su ropa cuando en realidad sabía que allí no había nada. ¡Enhorabuena!

No respondí y se hizo un largo silencio. El rostro de Van Ern parecía haber desaparecido en la oscuridad. Estaba perdido... a menos que me lanzase sobre Van Ern ahora mismo, a riesgo de recibir un balazo y saliese corriendo de allí. Pero él estaba a dos metros de distancia por lo menos. Tendría tiempo de dispararme hasta tres veces si trataba de saltar a por él.

—Están ustedes perdidos, Eric —dije intentando ganar algo de tiempo.

—Se equivoca, Bert. Hay gente que siempre sale ganando, y nosotros estamos en el bando correcto. Aunque quizá Vincent y algún que otro «postizo» tengan que caer. Serán daños colaterales. Como el suyo, a menos que hable. No nos obligue a esta incomodidad. Ya se lo dije: nos gusta este lugar.

—¿Qué quiere que haga?

—Bien... El asunto es el siguiente. ¿Tiene hora?

Miré mi reloj de muñeca.

—Cerca de las doce y media —respondí.

—Bien... Tiene dos opciones, Bert. La primera es que hable. Díganos a quién envió el USB y sus chicas despertarán mañana en nuestro feliz pueblo de Saint-Rémy. Ellas seguirán con su vida y usted con su tratamiento.

—¿La segunda?

—Que siga mintiendo. Haremos que usted se escape de la clínica esta noche, enloquecido, que llegue a casa y las mate de un disparo antes de volarse su propia cabeza. Miriam le ha dejado y casi todo el valle conoce sus desvaríos a estas alturas. Será una historia terrible, pero colará.

—Es demasiado tarde. Y además creo que lo harán de todas formas.

—No —dijo Eric—. Le doy mi palabra de honor: hable y nadie tocará a Miriam o Britney. Sus vidas están garantizadas si nos da el nombre y la dirección de esa persona. El correo ha salido esta mañana. Siendo un envío internacional, quizás estamos a tiempo de interceptarlo. Solo eso. Un vulgar robo de correo, Bert. No se derramará sangre. Ni una gota.

—Como con Chucks, ¿verdad? Será algo limpio. Tan limpio como aquello.

—Siento mucho lo de su amigo. Queríamos haberlo hecho de otra forma, pero debimos de equivocarnos con la dosis.

—Conozco sus martinis. Paralizantes.

Eric van Ern se llevó la mano al bolsillo de la camisa. Sacó algo y se acercó a un metro de mí. Lo dejó al borde de una de esas mesas. Era una pequeña botellita de cristal, del tamaño de un frasco de colonia.

—Uno de nuestros productos estrella. Inodoro, incoloro y no deja rastro. Tampoco lo dejará en su cadáver, Bert, después de masacrar a su familia. Lo bueno es que el individuo no pierde la consciencia. Lo presenciará usted todo en directo.

Me di cuenta de que Eric se había acercado bastante. El arma debía de pesarle en la mano y apoyaba el brazo en su costado y apuntaba ligeramente bajo.

Di un paso en dirección a la mesa.

—No se mueva —dijo Van Ern—, ahora le aplicaremos una pequeña dosis y...

De pronto oímos unos pasos sobre los escalones de la capilla. Se oyó el zumbido de una tarjeta pasando por el lector y el chasquido de la puerta. Ahora me encontraba lo suficientemente cerca de Van Ern como para intentarlo. Se volvió un instante, casi por instinto, para ver quién entraba y no lo dudé. Me lancé sobre él cargando como un *quarterback*, lanzando las manos hacia el arma.

Aterricé en un nudo de huesos y metal. Van Ern gritó algo y trató de corregir el objetivo de su cañón, pero yo ya le había levantado las manos al techo. El revólver disparó provocando un sonido ensordecedor. Se oyó un ruido de cristales rotos. Y de pronto un montón de animales gritando a nuestro alrededor. Monos, pájaros... no podría decir lo que eran.

—¡Quietos!

La otra persona entró gritando en francés y me di cuenta de que tenía apenas segundos para controlar aquello a mi favor.

Noté que Eric lanzaba su rodilla contra mi entrepierna y me giré, recibiéndola en el muslo. Entonces le empujé contra una de las mesas, violentamente, todavía disputándonos el arma en el aire, y lo tumbé sobre ella. Una familia de refinadas probetas y otros artefactos fue arrancada de su placentero sueño y derribada con estrépito contra el suelo. Estaba sobre él, pero en ese momento su muñeca, la del arma, se me resbaló entre los dedos. Noté cómo la movía rápidamente debajo de mi vientre. ¿Iba a disparar? Retrasé el brazo justo cuando notaba a la otra persona viniéndoseme encima, al mismo tiempo que notaba el cañón empujando mi barriga. Le propiné a Eric van Ern un puñetazo en toda la nariz. Joder, le di con todas las fuerzas que pude y eso me hizo derrumbarme a un lado de la mesa. Eric, noqueado, apretó el gatillo en plena furia, pero mi vientre ya no estaba allí para recibir la bala, pese a lo cual el disparo no llegó muy lejos.

François se había quedado de pie a mis espaldas. Se miraba el pecho sorprendido. La luz de la luna que entraba por la ventana rota iluminaba el humo de la pólvora saliendo de su camisa a la altura del pulmón derecho. Dio un paso hacia atrás, torpemente, y Eric, todavía noqueado, fue incapaz de vislumbrar quién era. Pensó que esa silueta tambaleante era yo. Apuntó un poco más alto y disparó de nuevo. Esta vez la bala le atravesó el cuello. La nuez y las cuerdas vocales debieron de salirle volando por la nuca, como las piezas de un violonchelo destrozado, y después aquella mole de metro noventa se desplomó como una marioneta a la que alguien abandona de pronto.

Cogí una de aquellas jaulas que formaban una hilera en la mesa y la levanté sobre la cabeza del señor Van Ern. Me di cuenta de que al menos debía de pesar treinta kilos.

—Por Chucks —dije.

—No lo haga.

Eric iba a decir otra cosa cuando dejé caer aquello sobre su cabeza. Sonó como cuando aplastas a una cucaracha, pero esta era una cucaracha bien grande. Las piernas le temblaron. Las dos manos se le abrieron de par en par y el arma cayó al suelo.

Pensé que quizá lo había matado, pero no iba a quedarme allí para comprobarlo. Recogí el arma y salí de allí.

VIII

Crucé la puerta con el cañón de la pistola por delante, esperando encontrarme otros guardas, pero el bosque estaba quieto y en silencio. Los campos que rodeaban la clínica eran extensos, pensé, y los otros guardas quizás estarían haciendo su ronda en alguna otra parte. Sin embargo, las tres detonaciones habían debido de sonar también muy lejos. No tardarían en dar conmigo. Ellos o sus perros. Y la suerte que había tenido con François, muerto a balazos por su propio jefe, quizá no se repitiera.

¿Hacia dónde correr? Sabía que al otro lado del bosque estaba la casa Van Ern, pero tenía la sensación de que no sería muy bien recibido a esas horas. De las otras tres coordenadas restantes, dos ofrecían una gran incógnita: los bosques al norte y al este; pero quedaba Mount Rouge. Cruzar el campo de canola y llegar a aquel bosque que me llevaría a la carretera. Tal y como debió de hacerlo el propio Daniel Someres la noche en la que casi logra escapar de la clínica Van Ern.

Me apresuré a través de los árboles hasta el mismo borde del bosquecillo, delimitado por la carretera de la clínica. A partir de allí se trataba de rodear la mansión y salir a aquel campo de flores. Ladridos y unas luces alborotadas me hicieron volver la vista atrás. Un grupo de personas con linternas cruzaba el prado desde el patio de viviendas en dirección a la capilla. Eran por lo menos cuatro. Oí ladridos de perros. Gritos. Aún no habían llegado a la «ermita» y eso me daba una ventaja única para cruzar el campo de canola sin ser visto.

Esperé a que el grupo de linternas hubiera penetrado entre los árboles y me lancé a ello con todas mis fuerzas, sintiendo un dolor como miles de agujas y cristales clavados entre mis costillas. Crucé la carretera sin perder de vista la casa. Había alguna ventana encendida pero no se veía gente. Quizás estaban todos entrando en la capilla en esos instantes y encontrando a François traqueotomizado y al señor Van Ern convertido en un personaje de dibujos animados 2D.

Las altas canolas me rozaron los muslos y las manos. Mount Rouge, delante de mí, parecía mucho más cerca de lo que en realidad estaba, pero en su cima, más allá del negro bosque que enmantaba su base, alguna luz furtiva entre los árboles me llenaba de esperanza: «Coches, Bert. Corre hacia los coches.»

Y lo hice. Avancé durante al menos dos minutos escuchando solo mis jadeos y el ruido de las flores entre mis piernas. La noche de verano estaba en su esplendor diamantino. La Vía Láctea cruzaba el cielo indicándome el camino. Pero el suave tacto de las canolas comenzó a convertirse en una fricción exasperante. Su polen se me pegaba en las piernas, sus tallos eran el obstáculo que me impedía avanzar más rápido y que me hizo tropezar en medio de la desesperación. Caí entre aquellas altas flores y la pistola se me escurrió de las manos. No quería perderla. Sabía que aún debía enfrentarme a más cosas esa noche. Salvar a Miriam, a Britney. La busqué en las oscuras profundidades de aquel jardín hasta volver a encontrarla y entonces fue cuando escuché los ladridos de los perros. Alcé la vista, como un tímido periscopio emergiendo entre la vegetación, y vi las linternas, cuatro o cinco, en el mismo borde de la carretera, apuntando hacia mí. Y los perros, su trote, golpeando el suelo. Sus ladridos quebrando el silencio de la noche. Sus hocicos encontrando el rastro del fugitivo. Venían. Venían. Venían.

«Corre, Bert.»

No me apetecía matar a un perro, pero lo haría si se me echaban encima. Así que me puse en pie y empecé a correr de nuevo, a golpearme con las flores, a sentir la colza llenando el aire con su aroma. Mis pulmones comenzaban a ser menos capaces de bombear aire y al mismo tiempo los ladridos se acercaban. Parecían gritar mi nombre: «¡Bert! ¡Bert! ¡Bert!» Pensé que al menos debía llegar al bosque. Allí podría parar, me escondería tras un árbol y esperaría a los perros.

Pero entonces, a menos de diez metros de los primeros árboles, volví a caerme.

Uno de los mastines ya estaba casi encima de mí cuando ocurrió, y lo siguiente fue cuestión de segundos. ¿Por dónde empieza a morderte un perro? ¿Cómo te ataca? Apreté la pistola entre las manos y apunté hacia delante. «No quiero matarte, pero...»

La sombra me impresionó por su altura, tanto que llegué a pensar que se trataba de otra cosa. Primero saltó sobre mí, creo que sin darse cuenta de que ya estaba en el suelo. Pero entonces se giró, derrapando sobre las flores y aplastándolas con su musculoso lomo. Para entonces, yo ya estaba de rodillas, jadeando y temblando como un jodido flan, pero con el cañón debidamente alineado. No me lo pensé dos veces. Odié hacerlo, pero aquel perro tenía solo una misión en este mundo y era romperme en pedazos. Abrí fuego una sola vez contra aquella faz confusa de ojos y colmillos. La pistola estalló en ruido y humo retrocediendo de golpe en dirección a mi cara.

Le acerté de pleno y el animal cayó como un saco sobre sus patas traseras. *Requiescat in pace*. El otro no debía de estar muy lejos, así que me giré inmediatamente, sosteniendo el arma entre ambas manos. Vi las linternas acercarse. Estaban a unos cien metros y alguien abrió fuego. Vi el destello del disparo y oí el silbido de la bala, unos metros a mi derecha. Y después voces que me ordenaban detenerme. El otro mastín venía saltando sobre las flores, como si fuera un conejo monstruoso, una maldad negra. Esta vez no esperé. El miedo y la precipitación se abrieron camino en mi mente. Hice tres disparos a la oscuridad hasta que el arma dejó de responder. El aire se llenó de humo. Cuando se ahogaron los ecos de aquellas explosiones, escuché una especie de lamento entre las flores y supe que lo había alcanzado.

Las linternas habían desaparecido de pronto, supongo que porque habían echado el cuerpo a tierra. Entonces otro disparo cruzó el aire a mi lado. Me di la vuelta. Estaba a solo diez metros del bosque y la protección de la oscuridad. Tomé impulso y seguí corriendo.

Salí de la canola y mis piernas se vieron, de pronto, liberadas de aquel lastre. Conocía el terreno. Raíces de pino, tierra seca. Solo debía tener cuidado de no tropezar con nada y llegaría a la loma ascendente. Sabía que los otros correrían más rápido que yo, pero ni siquiera miré hacia atrás. Avancé entre troncos durante cerca de medio minuto hasta que llegué a la pendiente, y ya estaba al borde de la extenuación cuando tuve que redoblar mis esfuerzos para subirla. Los otros ya estaban en el bosque, pero no disparaban. Oí sus pasos y vi el resplandor de las linternas iluminando troncos a unos cinco metros a mi derecha. Supuse que no me veían, así que eché el resto loma arriba. Los pulmones me ardían y las piernas empezaron a negarse a dar un paso más, pero mi cabeza repartió unos cuantos insultos entre dientes y logró sacar unos gramos de fuerza de mi extenuado cuerpo, hasta que mis manos agarraron el último trozo de hierba y fueron a posarse sobre la superficie caliente, rugosa —y en aquellos momentos maravillosa— del asfalto.

Estaba en la curva. En la misma curva en la que Chucks atropelló a Daniel Someres. Y era como si él estuviera a punto de aparecer con su Rover un tanto acelerado. El cigarrillo acababa de caérsele entre las piernas y, por un instante, había dejado de mirar.

Me incorporé. Me puse en pie y salí al centro de la calzada. «Venga —dije—. Maldita sea. Que alguien aparezca.»

Las linternas comenzaron a iluminar los troncos al borde de la carretera. Estaban ascendiendo por la loma. Estaban a punto de atraparme. ¿Qué día era? Lunes. ¿Es que no había nadie trasnochando en un lunes desde que Chucks y yo no salíamos de copas?

«Vamos, hijo de la gran puta, seas quien seas, aparece.»

Entonces lo vi. Giró por la curva que venía de Sainte Claire. Un turismo. Ya no podía casi moverme. Me situé en medio del asfalto. Tenía que hacerlo parar o ellos me cogerían. No podía permitir que me esquivase y siguiera recto. Jadeaba por el esfuerzo, no podía casi gritar, así que decidí alzar mi mano derecha con la pistola en ella.

El vehículo venía rápido. Tan rápido y confiado como posiblemente habría ido Chucks aquella noche. Yo me quedé quieto esperando a que sus dos faros me iluminaran por completo, pero me di cuenta, entonces, de que esto no llegaría a ocurrir hasta que fuera quizá demasiado tarde. Que a esa velocidad, en esa carretera, no le daría tiempo a frenar y la historia volvería a repetirse. Bien. De acuerdo. Estaba dispuesto a morir allí mismo. El USB estaría ya en manos de la policía, mañana por la mañana a mucho tardar. Los Van Ern y todos los demás caerían. Pero ¿qué pasaría con mi familia?

«Empujaremos a Britney al agua, esperaremos a que Miriam se lance a por ella y las abandonaremos en alta mar.»

Las linternas estaban ya casi en la carretera cuando los faros del coche me dieron de lleno. El conductor no tuvo tiempo de apretar al claxon. Oí el frenazo. Lo oí porque había cerrado los ojos y mantenía la pistola en alto. El chirrido de los neumáticos ardiendo sobre el asfalto. El aire producido por el vehículo, su onda expansiva, me llegó al rostro como el aliento de un dragón.

Dos o tres toneladas de acero se me vinieron encima.

Era el final.

Apreté los dientes.

IX

En mis rodillas, así de cerca.

Su parachoques estaba en mis rodillas.

Abrí los ojos. Con la boca abierta, pero incapaz de articular palabra. Temblando. Apunté con la pistola hacia delante.

—¡Abra!

Era un viejo Citroën DS, un «tiburón», creo que los llamaban. El motor se había parado por el frenazo y su único ocupante tenía las manos alzadas.

Me acerqué por un lado. El conductor era un hombre de gafas con cara de oficinista. Me dijo algo en francés a través de la ventanilla cerrada.

—¡Salga del coche! —dije apuntándole con la pistola, al estilo de las películas de acción.

Miré al borde de la carretera. Las linternas estaban ya de pie, entre los árboles. Dispararían en cualquier momento. El conductor estaba muerto de miedo, así que tiré de la manilla y abrí. El tipo estaba cagado. Pensaba que se había topado con su final. Que su vida terminaba en ese instante. Entró en pánico y se quedó clavado en el asiento, agitando las manos y diciendo «*s'il vous plaît!, s'il vous plaît!*».

—¡Salga o lo mato! —dije en inglés. Era incapaz de encontrar las palabras en francés.

Entonces los vi aparecer por la carretera. Sombras. Monstruos del bosque con sus linternas.

—¡Deténgase, Amandale! —gritó alguien en inglés—. No lo complique aún más.

Abrí la puerta del conductor y cogí a aquel tipo por el cuello de la camisa. El hombre llevaba el cinturón puesto y ni se movía. Entonces, con la otra mano, encañoné a las sombras.

—¡No os mováis!

El hombre del coche estaba bloqueado. Se puso las manos en la cabeza y se agachó sobre el volante. Si hubiese sabido un buen insulto en francés en aquellos instantes, se lo hubiera gritado con toda mi alma. En las películas, el héroe siempre consigue el coche a la primera, pero aquel tipo tenía el culo pegado al asiento. Me di cuenta de que estábamos perdidos, así que rodeé el coche por delante y entré por el asiento del copiloto. Sin mediar palabra con el hombrecillo, giré las llaves de contacto. La marcha estaba metida así que volvió a calarse. Tiré de la palanca, saqué la marcha y volví a girar el contacto. El motor se encendió.

—¡Conduzca! —le grité. Puse la mano en su rodilla y la empujé hacia abajo.

El tipo reaccionó. Metió primera y aceleró a fondo. El coche salió con el motor revolucionado y el hombre ni se acordaba de cambiar de marcha. Miré hacia atrás, veía las linternas en la carretera, pero no abrían fuego. Por supuesto: ahora estaba a salvo, en el coche de un testigo, y no se la jugarían.

Me acordé de cómo se decía segunda en francés. Se lo grité y el tipo obedeció como si fuera su primera clase en la autoescuela. Después metió tercera y pilló la curva a unos ochenta. Pensaba que nos mataríamos pero, joder, conducía de puta madre. Tomó la curva como un verdadero dragón de fuego.

—*Bien, bien! Très bien!* ¿Cómo se llama?

—Gérard.

—OK, Gérard. Llévelo hasta Saint-Rémy, ¿de acuerdo? Está a salvo, no le haré nada, pero lléveme hasta Saint-Rémy.

El hombre asintió. Estaba sudando por todos los poros de la piel, pero había convertido su miedo en una misión. Condujo rápidamente, mientras yo iba mirando hacia atrás, pensando en que pronto aparecería un coche persiguiéndonos. Pero nada de eso ocurrió. Mientras tanto traté de explicarle a Gérard que unos hombres me habían secuestrado y que iban a matar a mi familia. Pero Gérard solo asentía y conducía. Supongo que él también pensaba en su familia. Y, además, mi francés, en pleno ictus de terror, no era precisamente bueno.

Llegamos a Saint-Rémy, que dormía bajo las estrellas del verano. Indiqué a Gérard que cruzara el pueblo y enfilara la Rue des Petits Puits hasta llegar más o menos a cien metros de mi casa. Entonces le ordené que detuviera el coche.

—Mi nombre es Bert Amandale —le dije mientras salía de allí—. Llame a la policía de Sainte Claire, pregunte por el teniente Riffle y dígales que vengan a mi casa inmediatamente. Hágalo, por favor.

Gérard asintió en silencio, pero en cuanto comencé a caminar en dirección a mi casa, escuché cómo metía la marcha atrás y salía de allí como alma que lleva el diablo. Incluso rompió un par de tiestos que había frente a otra casa. No le culpé por ello, pero al menos esperé que llamase a la policía en cuanto estuviera a salvo. Que les dijera que un loco lo había asaltado en mitad de la carretera, que lo había secuestrado y que se dirigía ahora a una casa de Saint-Rémy armado con una pistola. «Perfecto. Eso hará que lleguen mucho antes.»

¿Me estaban esperando? No lo sabía, pero decidí tomar algunas precauciones. Rodeé el seto de la casa y busqué el punto de la verja que *Lola* había roto a mordiscos. Lancé la pistola a través de él y me colé por el hueco. Cinco arañazos más tarde gateaba por entre los pinos y terminaba junto al cobertizo.

La luz de la cocina estaba encendida. ¿Quién estaba despierto a esas horas? Intenté ver algo pero solo alcanzaba a distinguir los muebles de cocina a través de los cristales. Bueno, en cualquier caso debía rearmarme. La pistola era toda una amenaza, pero estaba descargada, así que entré en el cobertizo y busqué algo con lo que atizar, agujerear o cortar. Había un buen serrucho, pero pensé que no sería un arma muy manejable, así que opté por un largo destornillador de estrella. Esa punta podía causar un buen contratiempo si la hundía en el lugar correcto. Me la metí en el bolsillo trasero del pantalón.

Crucé el jardín empuñando la pistola. Llegué al techado de parra y miré a través de la ventana. No veía a nadie y me pareció oler el aroma de un pastel. ¿Eso era todo? ¿Un fantástico y rutinario momento de repostería nocturna? ¿Y yo me había roto los huesos, matado a dos hombres y secuestrado a un ciudadano francés para llegar a tiempo de comerme un trozo?

Abrí la puerta del jardín, que crujió en sus bisagras. Entré, crucé la cocina. Había restos de tazas en el fregadero. Platos de tarta, cucharillas. Olía a café.

El salón estaba en penumbra, pero atisbé la mesa del comedor con el mantel puesto y llena de tazas, como si allí hubiera ocurrido una pequeña merienda casera. ¿Quién había estado por allí? Las cosas sin fregar, como si hubieran salido corriendo. Dios mío, pero ¿adónde?

Corrí escaleras arriba y fui de frente, sin pensarlo, a la habitación de Britney. Grité su nombre según me lanzaba sobre la puerta. «¡Brit! ¡Brit!», con aquel revólver en las manos, enloquecido... Entré. La habitación estaba a oscuras pero las cortinas estaban descorridas y la luna entraba fugazmente. Había alguien en la cama. Alguien callado, inmóvil. Me lancé de rodillas a su lado y la vi. Era Britney y estaba quieta como un muerto.

Dejé el revólver en el suelo y la moví por los hombros, intentando despertarla.

—¡Britney! ¡Despiértate! ¡Despiértate!

Pero la niña estaba quieta, no se despertaba. Temblando, respirando como un loco, le puse los dedos en el cuello y empecé a buscarle el pulso pero no se lo encontré. («Britney, por favor, por favor.») Entonces acerqué el oído a su boca y me quedé quieto, como cuando ella era un bebé y yo me despertaba en medio de la noche atemorizado porque no la oía. Escuché mi corazón golpeando en el pecho. «Respira, por favor, Brit, respira. Lo has hecho muy bien, nena, has sido tan valiente...»

Entonces noté un ligerísimo soplido en mi oreja. ¡Estaba viva! Pero ¿qué le ocurría? Era como si estuviera sumida en un profundo sueño.

En ese instante oí crujir las maderas del pasillo. Me volví y vi a Miriam en el vano de la puerta, quieta, su silueta dibujada por el brillo plateado de la luna, su melena rubia.

—¡Miriam! —grité poniéndome en pie—. ¡Tenemos que llevarla al hospital! Creo que le han hecho algo.

Me acerqué a ella y vi cómo abría los brazos para recibirme. Se habría despertado al oírme entrar. No había tiempo para mucho. Se lo explicaría todo de camino al hospital. Le explicaría por qué me había escapado de la clínica esa noche. Todo lo que allí había encontrado. No era el Padre Dave, sino algo muchísimo más sofisticado e inteligente.

Según me acercaba a Miriam, me di cuenta de que estaba vestida de calle, con una falda y una camisa. Aquello me extrañó, pero yo ya estaba casi en sus brazos. Entonces, solo en el último segundo, me di cuenta de que era cinco centímetros más alta que yo. Algo que Miriam no conseguía ni poniéndose tacones.

Noté sus brazos rodeándome en el mismo instante en que percibí una fragancia extraña. «¿Cuántas veces debo decírtelo, Bert? No todas las rubias son iguales.»

Alcé la vista y vi a Edilia van Ern sonriéndome al mismo tiempo que notaba un pinchazo en la garganta.

X

Me separé violentamente, cayendo hacia atrás, presionándome el cuello con la mano de forma instintiva. Me tropecé y caí con las posaderas en el suelo de la habitación.

—¿Qué me has metido? —grité.

Sin moverse de donde estaba, Edilia van Ern enfundó la jeringuilla que portaba en la mano y la dejó caer en un pequeño bolso. Después atravesó el vano de la puerta y la luz de la luna iluminó su diabólico rostro.

—Hola, Bert.

¿Dónde estaba la pistola? Palpé el suelo con las manos, sin dejar de mirar a Edilia, pero no fui capaz de encontrar nada. La sorpresa y el terror se me habían mezclado en la garganta. Pero había algo más. Algo rápido, como una culebra, que me recorría las arterias y comenzaba a hacerme efecto.

Ella avanzó dos pasos y yo traté de retrocederlos apoyándome en los codos. Entonces vi cómo ella daba una patada a algo y la pistola salía patinando hasta la otra esquina de la habitación.

—¿Qué les has hecho? —dije tratando de elevar la voz.

—No hagas esfuerzos, Bert. ¿No querrás despertar a los vecinos?

Sentí que aquel veneno comenzaba a dominar mi cuerpo. Era algo familiar, solo que antes de mi accidente de coche había ido mucho más despacio.

—¿Qué...?

—Hemos tomado tarta y café —dijo aquel rostro de muñeca sonriente—. Una tarde estupenda. Quería estar cerca de Miriam en un día tan duro como este. Elron trajo a Britney un poco más tarde. Venía de visitarte en la clínica y estaba un poco nerviosa, pero terminó aceptando un trozo de bizcocho. Es una chica bien educada, en el fondo.

V.J. apareció por el pasillo. Iba vestido completamente de negro y llevaba una pistola en la mano. Y guantes.

—Hola, Bert —dijo.

Edilia pasó a mi lado y se sentó en el colchón, junto a Britney. Mi cuerpo respondía cada vez más tarde. Giré el cuello, muy despacio, y vi sus largas piernas a mi lado. Después noté que algo me tiraba de la cabeza hacia atrás y una sensación, ¿dolor? Edilia me estaba tirando del pelo. Vi la lámpara. Una sección de rostro.

—François ha muerto. ¿Sabes que crecimos juntos? Y Eric tiene la nariz aplastada y puede que pierda un ojo.

—Se lo han ganadddd... —dije, dándome cuenta de que mi lengua comenzaba a no funcionar.

—Ahora escucha. Hay que darse prisa antes de que la droga te deje mudo. Vamos a dispararle a Britney en la cabeza. Después a Miriam. Y finalmente te suicidarás. No queremos hacerlo, de verdad. No me apetece perder una socia y una amiga, y mucho menos reventarle el cráneo a la novia de mi hijo. Así que, una vez más, dinos a quién enviaste esa carta. Dejaremos a las chicas en paz. Será un suicidio pasional. Palabra de vecina.

—Cuidaremos de ellas, Bert —añadió V.J.—. Te lo prometo.

Le miré. Mi rostro apenas era capaz de transformar ninguna expresión, pero era terror, angustia, desesperación. Ahora ellos lo harían encajar todo: yo me había escapado de la clínica esa noche, había matado a su guarda de seguridad y había escapado por la canola hasta la carretera. Una vez allí había secuestrado un coche, enloquecido. La historia era perfecta. Una historia perfectamente hilada.

—Habla, Bert. Sálvalas.

—Mark Bernabe —dije con gran esfuerzo—. Calle Ucrania, 318. Londddres.

Edilia me soltó del pelo y mi cabeza cayó como la de un muñeco. Podía ver las piernas de V.J.

—Espero que sea verdad, Bert. O volveremos pronto a por ellas.

—Es verrrdddaaaddd —dije sintiendo que mi lengua era cada vez más incapaz.

Edilia se levantó, pasó a un lado de V.J. y le dijo algo, aunque yo ya no podía levantar el cuello para verles. Después salió al pasillo y la oí llamar por teléfono. Dijo algo en francés y después dictó aquella dirección de Londres.

Volví a ver sus piernas entrando en la habitación. Se acercó a mí y se agachó, colocando su rostro frente al mío. Me sujetó por la barbilla y me besó en los labios.

—Podíamos haber sido grandes amigos, Bert. Pero no dejaste que pasara. Tú y tu maldita imaginación de escritor.

Yo hubiese respondido «Jódete, maldita zorra», pero lo único que pude hacer fue mover los labios un poco.

—Una cosa más —dijo entonces—. Britney sabe algunas cosas y traicionó a Elron. Espero que comprendas que no podemos dejarla viva.

Después se puso en pie y se dirigió a V.J.

—Espera diez minutos y mátalos a los dos. Después deja la carta y reúnete con los Grubitz en la clínica. Salimos todos esta noche.

—Pero el hombre que lo trajo... llamará a la policía.

—Diez minutos, Vincent —repitió Edilia—. Dan te esperará con el coche.

Quise gritar, pero era absolutamente incapaz. Una furia terrible me recorrió el cuerpo, pero ninguno de mis músculos quiso reaccionar. Tan solo mi brazo izquierdo hizo un amago, mientras escuchaba a Edilia saliendo por el pasillo a toda velocidad. Los pies de V.J. también se habían marchado de la habitación de Britney. Les oí hablar por el pasillo.

Mi brazo era capaz de avanzar. Era lento, terriblemente lento, pero era capaz de avanzar. Lo moví, quería alcanzar mi destornillador. Hacer algo con él. Pero ¿qué haría? Tenía la misma fuerza que una hormiga. Mientras tanto, empecé a llorar.

Transcurrió una auténtica eternidad. Mis oídos eran capaces de escuchar el terrible silencio de la casa. Entonces sonaron los pasos de V.J. en el pasillo. Lo vi entrar en la habitación. Primero fue en busca de la pistola que Edilia había pateado. La cogió y se la enfundó en el cinto. Después se acercó a mí y se puso de rodillas para que pudiese verle.

—Tenías que haberme matado ese día, Bertie —dijo sonriendo—. De hecho pensé que lo harías... pero no eres un asesino. ¿Quieres un cigarrillo?

Sacó un cigarrillo de un bolsillo y me lo colocó entre los labios.

—En realidad es que yo también quiero fumar, ¿sabes? Y, claro, hay que hacer que la historia encaje. Todo tiene que encajar, y encajará. ¿Quieres escuchar tu última voluntad?

Dejó la pistola muy cerca de mis piernas y sacó un papel del bolsillo de su camisa. Lo desdobló ante mis ojos y vi unas letras escritas. Reconocí mi firma bajo ellas.

«Miriam: tal y como te avisé, no podrás separarme de Brit. Espero que esto te ayude a comprender lo que es la soledad a la que me has condenado. Bert.»

—Conciso, ¿verdad? La escribí yo. Es muy de tu estilo.

«Es una verdadera mierda de nota de suicidio», pensé.

—Y la firma me ha quedado bien, aunque debo decir que me pasé una noche entera ensayando con tu libro dedicado a un lado. Pero, en fin, cógela, Bert. Al fin y al cabo, es tuya.

Yo tenía la mano cerca de la cadera, muy cerca ya del mango del destornillador. V.J. la tomó por la muñeca y puso la carta entre mis dedos, apretando para que presionase el papel. Eso terminó con mis esperanzas de alcanzar el destornillador. De hecho, tampoco hubiera sido capaz de hacer gran cosa con él.

V.J. se encendió su cigarrillo y después encendió el mío y me lo colocó en los labios. No me apetecía fumar, pero él lo hizo, y me soltó el humo en la cara, mientras me miraba.

—No he matado a nadie en diez años, Bert. Y me jode que seas tú el primero. ¡Habíais entrado con tan buen pie en Saint-Rémy! Joder, incluso pensábamos en introduciros poco a poco en el negocio. Miriam en primer lugar. Aunque, bueno, puede que eso termine ocurriendo de alguna manera...

Miró su reloj. Fumó otra vez.

—Un minuto, amigo. Tengo que darme prisa. Primero te mataré a ti, Bertie. Después a la niña. Será rápido. Ella se ha dormido, estará soñando en algo bonito. Al fin y al cabo, la vida es un sueño, ¿no?

Colocó su pistola en mi mano derecha, hizo que mis dedos la rodeasen y me la colocó en la sien. La carta suicida en la izquierda.

—Bueno, treinta segundos, colega. Esos ojitos cerrados. ¿No quieres cerrarlos? Bueno.

Con el cigarrillo en la boca, mirándome fijamente. Mis ojos se habían llenado de lágrimas. Lágrimas por Brit.

—No llores, hombre. No es para tanto. Tuviste una buena vida, Bert. Te reencarnarás en algo bonito. Un delfín o un elefante. Bueno, vamos a contar. Diez, nueve, ocho... Bueno, qué cojones. Adiós, Bert.

Y sonó un disparo.

XI

1

Yo no había cerrado los ojos, pero tampoco veía. Estaban anegados en lágrimas y pensé que todavía estaba vivo, aunque no lo estaba. Estaba muerto.

El estruendo de la explosión me había ensordecido y posiblemente tenía un agujero en la cabeza en esos instantes. Posiblemente mi cráneo estaba reventado y mi masa cerebral, esparcida sobre las sábanas de Britney. Pero, de alguna forma, aún sentía la vida dentro de mí.

Debía de haberme convertido en un fantasma, pensé, como Chucks. Un fantasma de la Provenza. Como Daniel. Como Linda.

«Soy un fantasma.»

Ellos estaban allí, en la habitación, conmigo. De pronto había más gente. Entraban por la puerta. Una, dos personas. Alguien se acercó donde mí, pero no pude verle. «¿Eres tú, Chucks? ¿Has venido a recogernos a mí y a Britney? Ella está a punto de venir también. Dios mío, me alegro tanto de que haya una vida después de la muerte. Todo sería tan duro, tan triste si no...»

Alguien me agitó la cabeza, me movió los hombros, me gritaba, aunque mis ensordecidos oídos eran incapaces de escuchar una palabra.

—¿Bert? Joder, ¿estás ahí?

Un rostro apareció ante mis ojos. ¿Era el rostro de Dios? Una cabeza rapada, que hablaba en inglés. Un rostro simiesco, una nariz de boxeador. Tenía un pendiente de aro en la oreja derecha. Joder, ese tío tan feo con cara de macarra no podía ser Dios. Era Jack Ontam. ¿También él estaba muerto?

Seguía agitándome los hombros («¡Bert! Joder, ¿me escuchas?») y mi cuello se giró. Vi un cuerpo tumbado en la alfombra. Alguien le tomaba el pulso. Era V.J., tenía los ojos abiertos de par en par pero estaba muerto. Frito. Y el otro hombre era un policía. Era el capitán Riffle. Y eso significaba que yo no estaba muerto. Ni Britney.

Jack Ontam, con su aliento a whisky y su acento de barrios bajos, seguía diciéndome algo. Yo no entendía nada, pero le hubiera besado en los labios.

2

Miriam y Britney no despertaron hasta la madrugada, pero yo tampoco estaba allí para decirles buenos días. Toda la familia fue ingresada en Salon-de-Provence de urgencia. Había policía por todos lados y todo el mundo estaba desorientado, nervioso. Incluso Jack estaba tan acojonado que le pidió un revólver al comisario Riffle «para defensa propia», que le fue negado.

Creyeron que había sufrido un *shock* y trataron de reanimarme de muchas formas. Solo muchas horas más tarde, ciertos análisis comenzaron a hacer sonar las alarmas. Pero para entonces comenzaba a recuperarme. Noté frío, calor, y la aspereza de las sábanas y empecé a mover los dedos, y solo un poco más tarde pude decir «hola», y entonces una avalancha de policías se presentó en la habitación y me dijeron que empezase por el principio.

Aunque para entonces ya se sabían ciertas cosas. Pero, como digo, todo el mundo estaba desorientado.

El plan. El plan. Casi me echo a reír cuando escuché aquella palabra saliendo de los labios de Ontam.

—¿Cuál era exactamente tu plan, cabeza de chorlito?

Pero, a fin de cuentas, todo había funcionado. Las cosas no habían ocurrido tal y como las pensé, pero habían ocurrido de alguna manera, y a nuestro favor.

—¿Qué hiciste con el USB? —le pregunté entonces.

—Hice lo que me dijiste, joder —dijo Jack entregándome un sobre que guardaba arrugado en la chaqueta—. Se lo di a un tipo importante de Scotland Yard. Un hombre de confianza que además es fan de Chucks. Estuve llamándote todo el día, pero no cogías el teléfono, por eso decidí venir en persona.

Cogí aquella carta, la que había escrito días atrás, a todo correr, en aquel estanco cercano a Sainte Claire.

Jack:
Sabes que soy el propietario de todos los derechos sobre la música de Chucks. También soy quien debe rubricar tu contrato como representante. Bien, si quieres seguir sacándote un trozo del pastel, sigue estas instrucciones al pie de la letra.

1) Mantén esta carta en absoluto secreto. Mi vida y la de mi familia están en juego.

2) Pase lo que pase y oigas lo que oigas, no intentes ponerte en contacto conmigo, Miriam o Britney. A partir de ahora debes actuar solo.

3) El USB que viaja en este sobre contiene evidencias que incriminan a varios habitantes del pueblo de Saint-Rémy en una red criminal internacional. La información era parte de una investigación que Daniel Someres realizaba aquí, y por razones que te explicaré más tarde, terminó en manos de Chucks, aunque este jamás llegó a descubrir que lo poseía. Posiblemente, este USB fue la causa de que lo asesinaran.

4) Debes acudir a la policía británica. (Sé que los conoces muy bien.) Háblales de Daniel Someres, Chucks y de mí. Que investiguen. Y sobre todo: que miren dentro de este USB. Está protegido con una contraseña y estoy casi seguro de que es *«ermitage»*.

5) Una vez más: pase lo que pase y oigas lo que oigas, sigue mis instrucciones o te juro que prescindiré de tus servicios en el futuro.

Siento mucho el secretismo y las amenazas de este correo. Pero en el momento de escribir estas líneas, no me quedan muchas más opciones.

BERT AMANDALE

—¿Cuándo te ha llegado?

—Esta mañana. Y has tenido suerte, porque los lunes nunca madrugo. Pero esta noche he dormido mal. ¿Cómo sabías mi dirección?

—El contrato —respondí—. Pensé que tenías algo que

perder y que eras tan rata como para hacer lo que fuera. Además, sabía por Chucks que tenías buenos contactos en la policía. Veo que acerté.

—Bueno —dijo Jack—. Primero pensé que era una maldita broma, o que te habías vuelto loco. Pero en cualquier caso hice los deberes. Llamé a mi contacto en Scotland Yard. El tío era el fan de Chucks que nos ha resuelto algunas cosas a lo largo de los años. Le dije que tenía una posible evidencia de que Chucks Basil había sido asesinado y que había otra persona en peligro. Bueno, le enseñé la carta y me dijo que lo movería tan rápido como pudiera. Pero ya sabes cómo son las cosas de palacio. Así que decidí coger un avión.

Jack había pasado frente a mi casa esa tarde, pero no se atrevió a llamar. Tenía miedo de incumplir mi condición número 2: «no intentes ponerte en contacto conmigo, Miriam o Britney. A partir de ahora debes actuar solo», pero algo le dio mala espina.

—Había gente dentro, un par de mujeres hablando con Miriam. Las vi a través de la ventana. Pero fuera me fijé en un par de coches. Tíos que fingían leer el periódico, pero que se pusieron nerviosos al verme pasear por allí. Entonces decidí ir a Sainte Claire y hablar con Riffle y él me puso al corriente de tu accidente de tráfico y el ingreso en la clínica de rehabilitación. Joder. Empecé a ponerme más y más nervioso y Riffle tampoco me dejó marcharme. Le enseñé la carta y le hablé del USB. Y entonces decidimos ir a echar un vistazo a la clínica. Pero cuando llegamos no había nadie. Un helicóptero acababa de despegar de allí y todo parecía abandonado rápidamente. Riffle quería quedarse allí a investigar pero le dije que teníamos que venir a la casa. Que temía por Britney y Miriam. De camino recibimos una llamada de alerta de un hombre que había sido secuestrado en la R-81. Y llegamos justo a tiempo de poner a salvo tu preciosa cabecita.

—Joder, Jack, muchas gracias.

—De nada, Bert. Perderte después de Chucks hubiera sido demasiada mierda toda junta. Por cierto, ¿significa esto que firmaremos ese contrato?

3

Hubo un incendio aquella noche en Sainte Claire. La patrulla de bomberos fue alertada por algunos conductores de la R-81 que avistaron grandes llamas elevándose en el cielo, provenientes de un lugar más allá de los pinares que orillaban la carretera. Al otro lado del campo de canola amarilla, la antigua capilla de los Rothschild se consumió hasta los cimientos antes de que el primer camión cisterna encontrara el modo de llegar.

La policía no encontró a nadie a quien avisar en la clínica. Ni pacientes, ni empleados. Todas las dependencias habían sido abandonadas con prisa y cientos de papeles triturados. Tampoco había nadie en la casa familiar de los Van Ern. Faltaban todos los vehículos y el helicóptero, que fue hallado a la mañana siguiente en un helipuerto de salvamento marítimo en la costa de Marsella. Algunos testigos afirmaron haber visto un par de veleros esperando muy cerca de ese punto, en plena noche.

Los periódicos tampoco sabían cuál era exactamente la noticia. Unos se inclinaron por el intento de asesinato de un «escritor residente en la pequeña población de Saint-Rémy» en lo que calificaron de «historia truculenta que desembocó en la muerte de un policía local». *La Provence* puso a un equipo de periodistas a perseguir a los policías de Sainte Claire y se enteraron de la llegada de varios inspectores de París y de ciertos agentes de la sección extranjera de Scotland Yard. Pero fue muy poco lo que lograron sacarles, ya que todas las investigaciones se llevaron a puerta cerrada y con la mayor discreción. En cambio, por las calles, las plazas y los *bistros* de la zona, comenzaron a circular rumores. Algunos vecinos habían desaparecido de la zona sin dejar rastro. Sus casas abandonadas, sus neveras llenas de alimentos... ni siquiera habían avisado al jardinero o a la mujer de la limpieza. Y todo había ocurrido aquella extraña noche del incendio en Sainte Claire. La noche en que el escritor inglés había matado a un policía local. ¿Lo mató él? No se sabe a ciencia cierta. Otros dicen que fue un agente de Sainte Claire.

Fuentes mucho más atinadas apuntaron al extraño abandono de la clínica Van Ern y de todos sus trabajadores. Trataron de relacionar la muerte de Chucks Basil con el intento de asesinar a Bert Amandale y su familia con ciertas actividades mafiosas, pero, de nuevo, nadie daba exactamente en el clavo. Y tampoco hubo una gran voluntad para hacerlo.

Ontam no se fiaba de nada, y yo aún no había firmado ningún papel, así que de un día para otro nos rodearon unos espectaculares gorilas. Cinco tíos de dos metros custodiaban nuestro pasillo del hospital, la puerta y nuestra casa. Dos limusinas blindadas nos escoltaron a casa cuatro días después. El tiempo justo para hacer tres maletas y desaparecer de allí.

4

Han pasado diez meses y ahora es tiempo de escribir sobre ello. Nuestras vidas han quedado marcadas, nuestra tranquilidad, rota como un cristal. Jamás volveremos a caminar tranquilos. El dinero, que por otra parte ahora nos sobra, servirá para pagar a esas sombras que ahora viven con nosotros, que caminan con nosotros. Nuestros nuevos compañeros de vida.

Britney ha venido esta tarde de visita. Ahora vive con su madre en Pisa, aunque está pensando en mudarse a otro lugar. Quizás Holanda, Utrecht, donde Miriam está cerrando acuerdos para trabajar en un museo. Aunque en realidad Britney sigue con su sueño de terminar en Estados Unidos y dedicarse a la música. Y lo hará.

Le acompañaba Miroslav, su inseparable *terminator* esloveno. Hemos cenado frente al mar, en una noche de luna y estrellas en la casa de Cádiz. Llevo aquí seis meses, escribiendo y pasando la vida, y creo que aquí me quedaré un buen tiempo.

Britney es de la opinión de que los Van Ern no volverán a por nosotros. No necesitan vengarse, dice, no es de esa clase de gente. Y además los informes que de vez en cuando nos entrega la policía francesa apuntan a que la banda se ha diluido por completo. A que los Van Ern y el resto de su clan se han dispersado y escondido para siempre. Aunque eso es lo que todo el mundo pensó la última vez.

Después de la cena nos hemos sentado a escuchar *Beach Ride*. Castellito terminó las mezclas y el disco fue lanzado hace cuatro meses, por Navidad. Ha sido un éxito notable, sobre todo teniendo en cuenta que el artista no vivía para defender su disco. Pero la historia maldita que lo perseguía suscitó la curiosidad del público, y hay quien lo califica de «clásico». De hecho, hay quien opina que Chucks Basil jamás escribió nada tan bueno como *Beach Ride*. En cuanto a mí, la tercera parte de *Amanecer en Testamento* se va vendiendo, aunque no tan bien como pensábamos. De todas formas, ya no me apetece hablar de asesinos psicópatas. Es hora de empezar con algo nuevo. Amanda Northörpe, con quien por cierto he empezado a escribirme a menudo, dice que vendrá de visita algún día de estos. Es una chica preciosa y realmente le impresionó el comentario que hice de sus libros (sobre todo la parte en la que le decía que «me salvaron la vida»). Bueno, y yo soy un hombre soltero otra vez. Quién sabe, quizá podamos tener una buena tertulia literaria y algo más.

Anochece. Brit ha subido a dormir y yo he salido a mirar las estrellas. Los dos hombres «de confianza» están al otro lado del muro, fumando y charlando. Cierro los ojos, siento la brisa nocturna en el cabello. Llevo meses sin dormir bien, y realmente creo que ya nunca lo conseguiré, pero al menos he apartado todas esas pastillas del tablero. Sencillamente, leo, escucho música y me dejo acariciar por el clima, y a veces, cuando hay suerte, duermo cinco horas del tirón.

Entonces me despierto asustado. Se ha hecho un gran silencio, ¿dónde están los dos guardas? Me levanto y miro por la terraza, hacia la playa. Me parece ver un grupo de personas avanzando desde lo lejos, por la orilla. Siluetas que vienen hacia mi casa, hacia nuestra casa, con una sola y maléfica intención.

Pero son fantasmas, espejismos, y un par de pestañeos se encargan de diluirlos. Miroslav y Andrew aparecen de pronto.

—¿Todo bien, señor Amandale?

—Sí, sí, chicos. Todo va perfectamente.

Vuelvo a la casa. Britney duerme y yo me siento en el suelo, junto a ella, y me concentro en oírla respirar. Eso es todo lo importante ahora. En algún momento de la noche, el sol va a volver a salir por el horizonte y, de alguna forma, la vida seguirá.

Por el mal camino. Pero seguirá.

Ámsterdam-Bilbao, 2014-2015

Agradecimientos

La idea germinal de *El mal camino* se me ocurrió conduciendo —¿podía ser de otra forma?— una noche después de cenar con un amigo, Aiert Erkoreka, que es un músico fantástico y uno de los pocos de mi quinta que terminaron dedicándose profesionalmente a esto del rock. Esa noche conducía iluminando pinares y barrancos, y allí, entre la lluvia y la bruma, se me apareció Daniel Someres por primera vez. «¿Qué pasaría si un hombre aparece ahora en medio de la carretera y te lo cargas? ¿Cómo continuarías?» Así es como empecé a pensar en *El mal camino*. Una historia que podría mezclar un muerto, un músico de rock y mucho asfalto. El resto fue un trabajo de casi ocho meses plagados de varias crisis y problemas, en los cuales, como siempre, debo agradecer a mucha gente su ayuda.

En primer lugar a Javi Santiago, que fue una de las primeras personas a la que le conté la historia y me ayudó a ir perfilándola. Gracias por las grandes ideas que surgieron en muchos cafés y conversaciones acerca de la historia.

A Bernat Fiol, que le dio un meticuloso repaso al manuscrito y corrigió algo así como doscientas cosas.

A Carmen Romero, de Ediciones B, que se ha vuelto a llevar el gato al agua con el título de la obra, además de ser un apoyo constante y muy comprensivo durante estos meses.

Como siempre, a mi compañera Ainhoa, que me ha permitido llenar la casa de notas, dibujitos... y contarle la historia una y otra vez y además de eso leérsela cuando estuvo escrita y sugerir unas cuantas grandes ideas que han terminado formando parte de *El mal camino*. ¡Gracias por co-escribir y co-aguantarme!

Y a vosotros, lectores o lectoras, que seguís leyendo y jugando, y que a veces incluso me enviáis un mensaje de ánimo preguntándome por la siguiente historia. Espero que os haya gustado y nos vemos en la próxima.

Un saludo,

MIKEL SANTIAGO